~ 大学 学科地图 丛书 ~

文 学 系 列

A GUIDEBOOK FOR STUDENTS

文学理论
学科地图

王先霈 著

北京大学出版社
PEKING UNIVERSITY PRESS

图书在版编目(CIP)数据

文学理论学科地图/王先霈著.—北京：北京大学出版社，2017.11
（大学学科地图丛书）
ISBN 978-7-301-28814-6

Ⅰ.①文… Ⅱ.①王… Ⅲ.①文学理论—高等学校—教材 Ⅳ.①I0

中国版本图书馆 CIP 数据核字（2017）第 237525 号

书　　　　名	文学理论学科地图 WENXUE LILUN XUEKE DITU
著作责任者	王先霈　著
责任编辑	周志刚
标准书号	ISBN 978-7-301-28814-6
出版发行	北京大学出版社
地　　　　址	北京市海淀区成府路 205 号　100871
网　　　　址	http://www.pup.cn　新浪微博：@北京大学出版社
微信公众号	元培讲堂（微信号：yuanpeipku）
电子信箱	zyl@pup.pku.edu.cn
电　　　　话	邮购部 62752015　发行部 62750672　编辑部 62753056
印　刷　者	北京鑫海金澳胶印有限公司
经　销　者	新华书店
	787 毫米×1092 毫米　16 开本　19.25 印张　315 千字 2017 年 11 月第 1 版　2017 年 11 月第 1 次印刷
定　　　　价	54.00 元

未经许可，不得以任何方式复制或抄袭本书之部分或全部内容。
版权所有，侵权必究
举报电话：010-62752024　电子信箱：fd@pup.pku.edu.cn
图书如有印装质量问题，请与出版部联系，电话：010-62756370

目　录

开头的话 …………………………………………………………（1）

第一部分　学科历史 ……………………………………………（1）

一、轴心时代的文学理论 ………………………………………（1）

　　导语 ……………………………………………………………（1）

　（一）古希腊的文学理论 ……………………………………（7）

　　　1. 苏格拉底和柏拉图 …………………………………（7）

　　　2. 亚里士多德 …………………………………………（14）

　（二）春秋战国时期中国文学理论 …………………………（19）

　　　1. 孔子和孟子 …………………………………………（19）

　　　2. 老子和庄子 …………………………………………（29）

二、中国秦汉至明清的文学理论 ………………………………（35）

　　导语 …………………………………………………………（35）

　（一）《乐记》和《毛诗序》 ………………………………（37）

　（二）曹丕和曹植 ……………………………………………（42）

　（三）陆机的《文赋》 ………………………………………（45）

　（四）言意之辩 ………………………………………………（48）

　（五）沈约与陆厥的论争 ……………………………………（53）

　（六）刘勰的《文心雕龙》 …………………………………（58）

　（七）钟嵘的《诗品》 ………………………………………（63）

　（八）萧统 ……………………………………………………（67）

　（九）刘知几的叙事理论 ……………………………………（71）

（十）唐人传奇与小说叙事观念……………………（74）
　（十一）司空图的《二十四诗品》…………………（80）
　（十二）苏轼…………………………………………（86）
　（十三）《沧浪诗话》…………………………………（88）
　（十四）童心说与性灵说……………………………（92）
　（十五）明清小说戏曲评点…………………………（96）
　（十六）新形式的文学专论…………………………（106）

三、古罗马至19世纪欧洲文学理论………………………（110）
　导语……………………………………………………（110）
　（一）贺拉斯…………………………………………（114）
　（二）奥古斯丁………………………………………（118）
　（三）布瓦洛…………………………………………（122）
　（四）莱辛……………………………………………（127）
　（五）康德与黑格尔…………………………………（133）
　（六）歌德和席勒……………………………………（139）
　（七）华兹华斯和柯勒律治…………………………（144）
　（八）雨果、巴尔扎克和左拉………………………（148）
　（九）圣伯夫和丹纳…………………………………（153）
　（十）别林斯基、车尔尼雪夫斯基和
　　　　杜勃罗留波夫…………………………………（158）
　（十一）普希金、屠格涅夫和托尔斯泰……………（162）
　（十二）尼采…………………………………………（166）
　（十三）王尔德………………………………………（169）

四、20世纪欧美文学理论…………………………………（173）
　导语……………………………………………………（173）
　（一）詹姆斯兄弟和伍尔夫…………………………（176）
　（二）弗洛伊德、荣格和拉康………………………（180）
　（三）普列汉诺夫……………………………………（187）
　（四）瓦莱里、里尔克和庞德………………………（191）
　（五）卢卡奇…………………………………………（200）
　（六）本雅明、马尔库塞和阿多诺…………………（204）

（七）瑞恰兹、燕卜苏和布鲁克斯……………………………（209）
　　（八）巴赫金……………………………………………………（215）
　　（九）列维-施特劳斯、格雷马斯………………………………（219）
　　（十）英伽登、姚斯和伊瑟尔…………………………………（222）
　　（十一）布斯、热奈特和克里斯蒂娃…………………………（226）

第二部分　基本论题与重要概念……………………………………（232）
　一、文学和文学性………………………………………………（235）
　二、文学形式……………………………………………………（246）
　三、文学形象……………………………………………………（252）
　四、摹仿或再现…………………………………………………（260）
　五、灵感、兴会和直觉…………………………………………（266）
　六、个性、才能与风格…………………………………………（274）

第三部分　给文学专业研究生的几点建议…………………………（282）
　一、要有规划和计划……………………………………………（282）
　二、培养理论思辨力和审美感受力……………………………（285）
　三、充分地占有材料……………………………………………（291）
　四、论文选题提倡以小见大……………………………………（293）

后　　记………………………………………………………………（296）

开头的话

  在着手"绘制"这本文学理论学科"地图"的时候,第一步,我先来简单交代它所要介绍、描绘的对象,也就是先向读者交代我是怎样理解"学科"、怎样理解"文学理论学科"的。把"文学"作为学习、研究和教育、传授的对象,作为一个学习的专门领域,是从什么时候开始的呢?《论语·述而》里面说:"子以四教:文、行、忠、信。"《论语·先进》里又说到,孔子的一些大弟子分别在四个方面显示出过人之处:颜渊等人以德行见长,子贡等人以言语见长,冉有等人以政事见长,子游、子夏则以文学见长。于是,后来就有"孔门四科"之说,而文学是所谓"四科"之一。其实,孔子那个时候并没有"科"的概念,没有"学科"的概念,上面提到的《论语》两处所说的四个方面前后并不完全一致,也并不能算是"学科"。德行指的是人的品德,言语指的是人的口头表达能力,忠是指为人忠诚,信是指言行一致、讲信誉,哪里是说什么"学科"呢!元代陈天祥《四书辨疑》卷四说,《论语》这里的"行"是"诸善之总称";他又引金代学者王若虚的话说,"忠""信"是"行中之两端","又何别为二教乎",不应该并列,是弟子误记了孔子的话。至于《论语》里所说的"文学",是指古代文献之学,与今天人们理解的文学相差颇远。不仅是在孔子的时代,就是在其后很长时间,我们中国的古人一直不很注重学术分科。钱穆先生说得很对:"中国传统文化是注重融和合一精神的。中国古人并不曾把文学、史学、宗教、哲学各别分类独立起来,无宁是看重其相互关系,及其可相通合一处。因此中国人看学问,常认为其是一总体,多主张会通各方面而作为一种综合性的研求。"①不分科,缺点是研究难以精细、深入;重融合,优点是可以会通、交切。现代教育体制、学术体制规定要分科,中国现行的学术分科是在清末民初从西方引进的,西方的学术分科也是在16、17世纪之后逐步明确的。最近几十年,中国学术界、教育界和世界其他国家的同行一起,越来越注意到学科界限的相对性,不同学科之间合作、交融的必要性。许许多多重大课题的研究工作,不是按照传统的学科来组织,而是以要解决的问题为核心,协调若干学科学者合作去完成。我们今天绘制、观看、使用"文学理论学科地图",当然是要讲究学术的细致分工,划清不同学科之间的疆界,用当今"文艺学"学科的视角,勾勒古今中外文学理论发展的历程和它的主要内容;同时,也要意识到,学科之间的疆界在许多时候只能是模糊的,并且是在不断变动之中的,不同的学科你中有我、我中有你,各自从不同的角度努力去解决关于自然界和人类社会以及人自身的各种问题。学科是在不停地变动重组,文学是在不停地变化发展,绘制和观看文学理论学科地图,应该注意到文学和文学理论的动态性和复杂性。

在19世纪后期中国开始建立现代学科的时候,教育和学术改革的倡导者们更关心的是建船、造炮之类的技术学科,以及政学、商学之类的应用学科,但他们大都也还是列出了文学一科。例如,王韬在1883年所作的《变法自强》中提出的八科分类,郑观应1884年所作的《盛世危言·考试》中提出的六科分类,孙家鼐1896年拟《京师大学堂章程》和张百熙1902年制定的《钦定京师大学堂章程》,统统都标出了文学科,他们所说的"文学",并不是作为语言艺术的文学,而是"经、史、掌故、词章之学也",指的是中国传统的学问。只有蔡元培1901年的《学堂教科论》中所说的文学,包括音乐学、图画学、书法学、诗歌骈文学、小说学,王国维1906年在《奏定经学科大学文学科大学章程书后》对"文学科"的设想,包含了哲学概论、中国哲学史、西洋哲学史、史学、中国文学、外国文学。这两位前辈说的"文学"学科和我们今天通常的理解接近了一些。

就是在今天,各种各样的人对于"文学"和"文学理论学科"的理解也并不是完全一致,关于文学的疆域存在各种各样的划分方案。在文学理论界,前些年发生过关于"文学边界"的学术论争,学者们对于文艺理论学科应该

---

① 钱穆:《中国学术通义》,台湾学生书局1975年,第5页。

保持原有的格局还是来一个不小的变革,提出了彼此针锋相对的意见。既然历来和当前对于文学和文学理论的理解有这么大的分歧,我们绘制"文学理论学科地图"该如何进行呢?我们首先要认识到,在历史上,在现实中,文学都是在活泼泼地运动,在时快时慢地发生或大或小的变化。我们要想研究它,必须正视它的由运动、变化带来的丰富性、复杂性和不确定性。不只是文学理论学科,所有的学科都不是固定不变的。研究的对象有变化,研究的主体更有变化,人们越来越认识到研究者发挥主体性的必要和重要。20世纪前期,物理学发生了巨大变革,海森伯提出"测不准原理",波尔提出"互补理论",这些物理学家认为:离开观察者来说客体的属性、规律是没有意义的,必须同时说明主体的属性和他所采取的观测方式,主体对客体的认识必须通过对客体施加影响来实现,因此,主客体之间存在着不可分离的联系。物理学家提出的这些理论在哲学上也是一次很大的变革,对20世纪人们的思维产生了十分深刻的影响。自然科学尚且离不开观察的主体,文学理论更加是这样。一方面,我们说,先有文学然后才有文学理论,有什么样的文学,才会有什么样的文学理论;另一方面,我们又可以说,从不同的文学观念出发,会创造出不同的文学,会看到不同的文学。文学理论,是研究文学的理论,同时还可以是用文学的眼光研究非文学现象的理论。

不同的人持有各自不同的文学观,作为大学中文系的学生,作为有兴趣学习文学理论的求学者,首先需要客观地了解历史上出现过和现实中存在着的各种重要的文学理论。这本小册子绘制"文学理论学科地图",描述的不是一国一地的文学理论,不是一时一代的文学理论,不是一家一派的文学理论,而是要介绍自古以来有影响有价值的多种多样的文学理论。全世界几千年的文学理论太丰富了,我们这里能够介绍的、初学者需要着重了解的文学理论学科历史,主要是三大板块,那就是:中国古代文学理论,西方古代文学理论,西方现代文学理论。本书所说的"西方",主要指的是西欧和北美。[①] 其他地区和民族的文学理论,相比起来,学界已有的研究成果还不够丰富和系统,只能在别的专门著作里去讲述。这三大板块的文学理论在不同的环境中产生、发展和流传,彼此既有若干或少或多、或深或浅、或疏或密

---

① 参看本书"古罗马至十九世纪欧洲文学理论·导语",其中引述了蒋孔阳、朱立元主编《西方美学通史论》导论部分对"西方"的界定。

的关联,还各有其独特的概念、范畴、命题,构成各自的体系。现代的文学理论学习者,如果只取其一,而对于其余的一种、两种缺少起码的了解,在专业知识上就未免存在缺陷,对他所要着重钻研的那一种文学理论掌握的深度也会有所欠缺,不容易理解得清楚透彻,更不容易有较好的发挥,做出来的成果也就不容易有较大的创新。

对于我们十分重要的是马克思主义文学理论。列宁说过:"马克思的学说是人类在十九世纪所创造的优秀成果——德国的哲学、英国的政治经济学和法国的社会主义的当然的继承者。"[1]他指出,马克思主义的三个组成部分是,唯物主义哲学,以剩余价值学说为基石的政治经济学,科学社会主义。马克思主义文学理论是马克思主义完整学说的组成部分。我们要学习马克思主义经典作家们关于文学艺术的直接论述,更要用马克思主义的世界观和方法论作指导,观察和研究各种文学现象,考察和研究各种文学理论观念。国内外学者在阐述马克思主义文学理论上积累了不少成果,这需要单独的一本书来做介绍。

一般来说,"地图"以精细为佳,我这一本小书对于各个板块、各家各派的文学理论却只能是选择其中的一部分扼要地介绍。在选择的时候,我们当然要考虑到某家某派的影响力、重要性,同时,我们还会考虑到本书要与通行的大学相关教材相区别,在许多使用面比较广的教材里已经讲得多讲得细的,我们可能讲得简略,并且尽量从不同的角度、侧面切入。我们追求的不是涵盖面的广度,我们的第一个目标是引起读者对于文学理论的专业性的兴趣,对于所介绍的历代论者的观点,对于本书在介绍时的取向,我们不但不反对而且很企望读者持有不同的看法。质疑和辩论,是求知过程中必不可少的。第二个目标是希望能在读者自学文学理论的路径和方法方面提出一些有效的建议。此外,本书也会适当表示我们对所介绍的文学理论的个人看法,为同学们自己直接研读古今中外文学理论家的论著提供一点参考。

---

[1] (苏联)列宁:《马克思主义的三个来源和三个组成部分》,《列宁选集》第2卷,中共中央列宁著作编译局编,人民出版社1995年,第309—310页。

第一部分 学科历史

一、轴心时代的文学理论

导　语

本书的第一部分,也是分量最大的部分,是分别介绍前面提到的三大板块文学理论各自的发展历程,它们各自的代表人物和标志性成果。但是,在第一部分,对古希腊和中国春秋战国时期的文学理论,却不是分别归在各自的地域板块系统里,而是把中国和希腊这两个不同国度早期的文学理论放在一起来介绍。这是为什么呢？因为,在这个时期产生的文学理论,早就跨出了民族国家的疆界,两千多年来对全人类产生了广泛而深刻的影响,它们是全人类共同拥有的具有特别意义的智慧宝藏,为后世的人文思想提供了基础和框架。

德国哲学家雅斯贝斯在1949年出版的《历史的起源与目标》一书中,提出了人类文明的"轴心时代"的说法。他说,在公元前5世纪前后,在中国、印度、两河流域和希腊,"最不平常的事件集中在这一时期",思想家们"探询根本性的问题","引出一个为所有民族——不计特殊的宗教信条,包括西方人、亚洲人和地球上一切人——进行历史自我理解的共同框架"。"直至今日,人类一直靠轴心期所产生、思考和创造的一切而生存。每一次新的飞跃都回顾这一时期,并被它重燃火焰。"① 后来,1957年他出版了《大哲学家》,

---

① （德）卡尔·雅斯贝斯:《历史的起源与目标》,魏楚雄、俞新天译,华夏出版社1989年,第7页,第8页,第14页。

又提出"思想范式的创造者"的名目,在这个名目之下他举出的是苏格拉底、佛陀、孔子和耶稣,他说:"这四位大师的影响力是如此巨大,以致如果没有他们,那么就不可能有对世界哲学史的清晰认识。"同一本书里还提出思想史上有所谓"大人物",他说:"大人物能将我们的经验在世界上变成现实,借此来反映整体并成为整体的象征。""我们在敬畏和睿智之中感觉到大人物的存在,这种感觉也改变了我们自己。从他们那里获得的力量使我们自由自在地成长。大人物用看不见的精神世界充实着我们。"①对于雅斯贝斯"轴心时代"的说法,有学者提出不同意见,认为并不全都合乎世界思想史的事实。这是可以讨论的。但是,无论如何,有些特殊的时期,例如中国春秋战国诸子百家时期,古希腊人本主义哲学时期,确实具有雅斯贝斯描述的那些特点。我们接触世界的思想史、文学理论史,也会有与雅斯贝尔斯相似的感觉,轴心时代之后的两千多年,无论怎样大的思想家、理论家,他们的学说,他们的创造,追溯起来,总还是在"轴心时代"先哲们画出的那个大圈子里;轴心时代的学说,确实具有"重燃火焰"的功能。

"轴心时代"的思想为什么历经几千年并不过时,不被人们忘却,依然熠耀着智慧的光芒?这个问题还真不容易说清楚。我想,这里面表现了文学、艺术、哲学、诗学与科学技术的不同。自然科学,尤其是技术,是在不断地淘汰中向前发展。有了火车、轮船、飞机之后,独轮车、小木舟大体上就只有作为古董,被人玩赏,而很少实用价值。可是,文学艺术和哲学思想,则是累积式地向前发展,杰出的作品、深刻的命题并不因为后续者的出现而淡出,而是永远保持新鲜活泼的生命,在一定意义上说,它们是不可超越的。马克思在谈到古希腊的文学艺术时说:"困难不在于理解希腊艺术和史诗同一定社会发展形式结合在一起。困难的是,它们何以仍然能够给我们以艺术享受,而且就某方面说还是一种规范和高不可及的范本。"②荷马史诗、埃斯库罗斯的悲剧、阿里斯托芬的喜剧,《诗经》《论语》《庄子》《左传》,到今天还会让我们读起来爱不释手,还是那么"高不可及"。古人面对自然界,面对浩渺的苍穹、无垠的大海、奔逝的流水发出疑问和感慨,他们对于人和人的关系、

---

① (德)卡尔·雅斯贝斯:《大哲学家》,李雪涛主译,社会科学文献出版社 2005 年,第 63 页,第 1—3 页。
② (德)马克思:《1857—1858 年经济学手稿摘选·导言》,《马克思恩格斯文集》第 8 卷,人民出版社 2009 年,第 35 页。

对于个人内心的探究,对于诗歌音乐之美的思考,是现代自然科学、社会科学的源头,更是现代人文学科的源头,是现代诗学、美学、文学理论的源头,这个源头至今还在流出涓涓活水。

轴心时代几个文明古国的大人物,彼此没有交往,甚至由于交通和信息的阻隔,相互不知道彼此的存在,但是他们却具有某些惊人的共同之处。第一个也是最重要的共同之处,就是"爱智",即对智慧抱有天然的热爱和崇敬。苏格拉底向他的对谈者说:传话给荷马等所有写诗歌的人,以及梭伦(雅典城邦的第一任执政官,立法者,诗人,古希腊"七贤"之一)等写政治文章的人,他们应该使用表明他们高尚追求的名号,"称他们为'智慧者'我想未免过分一点,裴德罗,这个名称只有神才当得起,但是称他们为'爱智者',或类似的名称,倒和他们很相称,而且也比较好听"。"让我相信有智慧的人是富足的,至于财产,请让我拥有一个有节制的人可以承受和携带的也就可以了"。① 在将要对他执行死刑的当天,苏格拉底向对他做最后探视的青年人说,"真正的哲学家为他们的信念而死,死亡对他们来说根本不足以引起恐慌……一名真正的智慧爱好者拥有同样坚定的信念,认为自己只有在另一个世界才能获得有价值的智慧,这样的人难道能在死亡时感到悲哀吗?"②孔子有与此十分相近的言论,《论语·雍也》记载:"子曰:'知之者不如好之者,好之者不如乐之者。'"意思是说,掌握某种知识的不如喜好追求知识的,最难得的则是从求知过程中得到无穷乐趣的人。《论语·述而》记载:"饭疏食,饮水,曲肱而枕之,乐亦在其中矣。不义而富且贵,于我如浮云。"《论语·里仁》也记载:"士志于道而耻恶衣恶食者,未足与议也。"智慧的快乐是财富带来的快乐所无法比拟的。《庄子·秋水》里说,惠子做了梁国的相,害怕庄子会夺他的相位,命人到处严查搜捕。庄子主动前去见惠子,对他说,你知道南方有名叫鹓鶵的鸟吗?不是梧桐树它不肯落在上面栖息,不是竹米(竹子开花后结的果实)它不吃,不是醴泉的水它不饮。鸱鸮得到一只腐烂的老鼠尸体,看见鹓鶵飞过,仰而视之,惊吓地叫一声"嚇!"惠子,你是想要用你那腐烂的老鼠一样的相位来"嚇"我吗!在庄子看来,世俗所认为的最尊贵的相位不过是

---

① (古希腊)柏拉图:《裴德罗篇》,《柏拉图全集》第二卷,王晓朝译,人民出版社 2003 年,第 202 页,第 204 页。"裴德罗",也有学者译作"斐德罗"。
② (古希腊)柏拉图:《裴多篇》,《柏拉图全集》第一卷,王晓朝译,人民出版社 2002 年,第 65 页。"裴多"也有学者译作"斐多"。

腐烂的老鼠,那么,怎样才是快乐呢?接着,庄子在濠水的桥上,指着水里的鲦鱼对惠子说:"鲦鱼出游从容,是鱼之乐也!"思考中的爱智者,就是在水里从容出游的鱼儿。苏格拉底、柏拉图、亚里士多德、孔子、孟子、老子、庄子给我们最宝贵的遗产,是对于智慧的挚爱,追求智慧的快乐远远胜过醇酒佳肴的口腹之乐,远远胜过金钱官职的名利之乐。我们评价一个学习者文学理论学得好不好,不仅要看他读了多少专业书,不仅看他写了多少文章著作,还要看他是不是从对文学理论的思考中得到快乐、享受。知识对于个人,对于群体,对于国家、民族和全人类,具有实用价值。人们在大多数情况下是为了解决实际的问题而去追求知识。掌握知识并且善于运用知识,能够给个人带来物质报酬和荣誉。这也是他们应得的。但是,仅仅限于为实用而求知,那还不是很高的境界。享受求知的过程,爱智,那才是更高得多的境界。无所不知的神明,天生的智慧者,其实是不存在的,假设有,也不值得敬佩和羡慕。爱智之人,毕生追求智慧,在这样的追求中不断提升自己并且获得享受的人,才是最值得敬佩和羡慕的人。苏格拉底的学生色诺芬回忆,苏格拉底衣衫褴褛,经常是站在那里出神,有时候一天一夜动也不动,沉溺于思考之中。他说:"只要我还有生命和力量,我就绝不停止实践哲学与教导哲学,并劝勉我所遇到的每一个人。"最后,坚持他的信念,宁愿被判死刑,也不放弃对真理和美的追求。① 孔子呢,他的名言是:"朝闻道,夕死可矣。"为了追求真理,追求智慧,他们宁愿献出宝贵的生命。

轴心时代的"大人物"第二个共同点是,他们看重的主要不是最后的结论,而是求知的过程和方法;他们不是给前来问学者提供现成的知识,他们要做的是推动学生、推动当时和后世一切爱智的人自己去求得真理。苏格拉底把自己看做是"理智的助产士"(也有人翻译为"精神的助产士"或"思想的助产士")。他的母亲确实是一位接生婆,他说:"难道你从来没有听说过,我是一个名叫斐那瑞特的产婆的儿子……我关心的不是处在分娩剧痛中的身体,而是灵魂。""我的技艺最高明的地方就是通过各种考查,证明一位青年的思想产物是一个虚假的怪胎,还是包含生命和真理的直觉。……由他们生育出来的许多奇妙的真理都是由他们自己从内心发现的,但接生是上

---

① 参见(古希腊)色诺芬:《回忆苏格拉底》,吴永泉译,商务印书馆 1984 年;也可参见柏拉图:《申辩篇》,《柏拉图全集》第二卷,王晓朝译,人民出版社 2003 年。

苍的安排和我的工作。""我怀疑你的心灵正处在分娩所孕育的某些思想的过程中,你本人也相信,那么,请接受一位自己也会接生的产婆的儿子对你使用这种技艺,尽你所能回答我的提问。在考察你的论断时,我可能会把其中的一些判定为假胎……我的所作所为只是因为我不能容忍对谬误的默认和对真理的压迫罢了。"①罗素《西方哲学史》说:"所有的这些篇对话里,都没有得出结论,但是苏格拉底明确表示了他认为探讨这些问题是重要的。"②苏格拉底从不认为自己无所不知,他认为,自己比别人聪明之处,只在于他知道自己是一无所知。这话听起来好像有些悖理,怎么一无所知的人反而是聪明人?其实,这话才是道出了真理。生也有涯,知也无涯,知识是无穷无尽的,个人乃至于人类能够掌握的都是有限度的。承认、了解自己知识的局限所在,更有动力去追求新知,更能把握追求新知的方向、路线。孔子也强调:"知之为知之、不知为不知,是知也。"孔子说:"不愤不启,不悱不发。举一隅不以三隅反,则不复也。"(《论语•述而》)"愤"是求知过程中的困惑,"悱"是表达自己对真理认知时的困惑。倘若学习者没有这样的困惑,老师能做的就只是灌输,效果十分有限。学习者有了这类困惑,老师应该做的是"启"和"发",帮助他自己把新知的"婴儿"生育出来。孔子的学生说:"夫子循循然善诱人,博我以文,约我以礼,欲罢不能。"(《论语•子罕》)孔子认为,他要做的,他能做的,不是直接给予,而是"启"和"发",是"举一隅",那也就是催生、接生。公孙丑问孟子:"道则高矣,美矣,宜若登天然,似不可及也。何不使彼为可几及而日孳孳也?"老师为什么不设计制造知识的梯子,让学生很方便地一步步踏级而上?孟子回答:"大匠不为拙工改废绳墨,羿不为拙射变其彀率。君子引而不发,跃如也。中道而立,能者从之。"(《孟子•尽心上》)客观的规则不会迎合笨拙的或懒惰的学习者,要想掌握它只有自己在实践中体会,思想只能由个体自身孕育。学习者对于老师的讲授,对于教科书,对于经典,都不要当做固定的阶梯,而要当做推动和引导,引导你"欲罢不能",引导你沉迷在艰苦而又充满趣味的思考中。今天的文艺理论学习者,如果自己不"愤"不"悱",那么,光是读书、听讲,也不能有什么创造。如果我们有"愤"有"悱",那么,苏格拉底和孔子这些古代的大人物,仍然可以

---

① (古希腊)柏拉图:《泰阿泰德篇》,《柏拉图全集》第二卷,人民出版社2004年,第660—664页。
② (英)罗素:《西方哲学史》,何兆武、李约瑟译,商务印书馆1987年,第128页。

给我们孕育中的思想"助产",他们永远不会过时。

　　轴心时代的思想家宁愿做思想的助产士而不是做独断的结论,这和他们活动时期的环境有关。中国的春秋战国是百家争鸣的时期,古希腊的人文主义时期多种学说共存,都是没有凌驾于众人之上的思想威权的时代。学者靠思想本身的力量说服人、打动人,而不可能用强力压服别人。苏格拉底总是在与别人的讨论、辩论中展开自己的思想。孟子的学生公都子问:"外人皆称夫子好辩,敢问何也?"孟子回答,"予岂好辩哉?予不得已也!……诸侯放恣,处士横议"(《孟子·滕文公下》),他只有靠自己的论证、靠言辞努力说服他人。理论总是在辩论中分出谁的正确的成分更多,也总是在辩论中得以修正、完善。学习文学理论,不宜盲从某个唯一的论断,而要比较各家各派,听听他们直接的或者间接的辩论,而且我们在思考中可以和书中的论述辩论,可以和老师的讲授辩论,还可以自己与自己辩论,在肯定——否定——再肯定中不停顿地循环而上。

　　轴心时期的"大人物"第三个共同点是他们探索思考的,如雅斯贝斯所指出的,是一些"根本的问题"。现代社会是高速、高效的社会,"时间就是金钱,效率就是生命"成为流行的口号,因此,实用思维受到重视。轴心时期的许多学者却爱做玄远的思考,他们思考的是生存和死亡,爱和恨,美好和丑恶,真理和谬误,这是一些所谓"永恒的问题",不论生活的客观条件怎样变化,这些问题都存在,都是人类所必须思考和处理的,也是文学和文学理论要涉及的。这些问题永远都不会有最终的结论,永远地吸引着愿意严肃思考的人。其实,不少现代社会成员也越来越感觉到经常需要反复地自我定向,需要反复地清净和鼓舞自己的灵魂,需要思考一些虽然不能直接给我们学分、学位,不能用来"烤面包",却能够让我们身心宁静、平和,让我们人格完整,让我们的人性全面舒展开来的问题。

　　在古希腊轴心时代发生的很重要的转变,是从早期自然哲学时代学者们注意力更多地在自然界,转向这时的以人为核心,集中在对人、对人的精神的关注。西塞罗《在图库兰姆的谈话》中说:"是苏格拉底第一个将哲学从天空召唤下来,使它立足于城邦,并将它引入家庭之中,促使它研究生活、伦理、善和恶。"[①]在中国,这一转变由孔子带头实现,以前的中国哲学与巫术、占卜多有

---

① 转引自汪子嵩等著:《希腊哲学史》第2卷,人民出版社1993年,第364页。

混淆,孔子则关心人间、现世,而不愿意谈论怪、力、乱、神。《论语·先进》记载:"季路问事鬼神。子曰:'未能事人,焉能事鬼?'曰:'敢问死。'曰:'未知生,焉知死?'"苏格拉底、柏拉图、亚里士多德,孔子、孟子、老子、庄子,围绕"人"这个中心建立各自的理论,即使其中许多言论不是直接讲文学,也与文学有深刻的联系,对后世的文学理论有深刻的影响。

我们在这里是绘制文学理论学科地图,讲到轴心时代和以后的学科历史,都是从现代文学理论这一特定角度介绍前人的论述。毋庸讳言,我们的介绍不可能是纯客观的"还原"。马克思说:"人体解剖对于猴体解剖是一把钥匙。低等动物身上表露的高等动物的征兆,反而只有在高等动物本身已被认识之后才能理解。"[①]我们是站在现代学术分科的立场,看文学理论的历史,同时也关注到学科之间的沟通和交叉,今天的人在许多时候是取古人言论的材料帮助他们建构起他们的文学思想系统。在史料上我们力求言之有据,至于我们的阐释则只是与读者讨论,期望引起读者的兴趣,提出各自不同的看法来。

(一)古希腊的文学理论

1. 苏格拉底和柏拉图

苏格拉底(前469—前399)是古希腊哲学史上划时代的人物,这从多种通行的哲学史把在他之前各门各派的哲学统名之为"前苏格拉底时期哲学",就可以看出来。但是,他并没有任何独立的著作流传下来,据说他只是谈话而不愿意撰写著作,后世对他思想的了解,我们在这里评述的,主要都是根据柏拉图著作里对他的言论的记述。这些记述在多大程度上忠实准确地传达了苏格拉底的原意,现在已经难以判断。可以推断的是,记述传达的是他们两个人共同的看法。所以,我们就把苏格拉底和他的这位学生放在一起来介绍。柏拉图的著作大多数用的是对话体。对话体在古希腊原来就

[①] 马克思:《1857—1858年经济学手稿摘选》,《马克思恩格斯文集》第8卷,人民出版社2009年,第29页。

出现了,古希腊哲学史家第欧根尼·拉尔修撰写的《柏拉图传》里说:"依我看来,柏拉图是使这种体裁达到完美地步的人,应该享受发明和美化这种文体的荣誉。所谓对话就是一篇讨论哲学问题和政治问题的讲话,包含着问和答,文章剪裁匀称,用语切合对话人的性格。所谓辩证法就是通过对话人物的问和答来否定或肯定某个命题的讲话技术。"柏拉图用人物的对话表达自己的观点,其中最主要是通过苏格拉底与别人的谈话,"即便用苏格拉底和巴门尼德当发言人,那也是表达着柏拉图的教义"。[①] 柏拉图不仅仅记述对话的内容,还描述对话的环境和对话者的闲适心情。例如,《斐德罗篇》描述苏格拉底与斐德罗赤脚趟过溪水,在梧桐树的树荫下,头枕着茸茸的绿草,嗅着扑鼻的花香,谈论美和善、谈论灵魂的提升这样的话题。我期望,阅读这本小册子的读者,也抱着这样闲适的心情,这样超脱的心态,在文学理论的园囿里漫步。

本来,古希腊有一种很好的风气,那就是在讨论、争辩中展开不同的观点,当时参与、听取讨论的人,后代阅读对话记载的读者,从争辩的双方都可以得到启发。柏拉图与他的老师苏格拉底之间,他的学生亚里士多德与他之间,都是这样在真理面前平等的关系。柏拉图在《普罗泰戈拉篇》里生动地描述,年轻人希波克拉底天不亮就来叫醒苏格拉底,要求带他去见从外地来的老学者普罗泰戈拉,"我来这里的唯一原因是要说服你为了我而去与他交谈",哪怕为此花光所有的钱也毫不吝惜,这样做不是想学习一门谋生的职业,而是想要分享智慧。苏格拉底提醒道,怎么知道普罗泰戈拉能够给前去求学之人的灵魂带来好处而不是坏处呢?这是需要谨慎考虑、需要与许多人商量的。随之,苏格拉底当面对普罗泰戈拉说,关于建筑,关于造船,可以向有专门知识的人求教,"但若有争议的事情涉及这个国家的统治,那么站起来提建议的可以是建筑师、铁匠、商人、船主,无论他们是富裕的还是贫穷的,也无论他们出身高贵还是低贱"。[②] 苏格拉底这样对待比他年长的学者,也要年轻的学者同样地对待自己。柏拉图《斐多篇》记苏格拉底对两个向他请教的人说:"至于你们,如果接受我的建议,那么少想一些苏格拉底,

---

① (古希腊)第欧根尼·拉尔修:《柏拉图》,见王太庆译《柏拉图对话集》附录,商务印书馆2007年,第318—319页。
② (古希腊)柏拉图:《普罗泰戈拉篇》,《柏拉图全集》第一卷,王晓朝译,人民出版社2002年,第427—489页。

多想一些真理。如果你们认为我说的全是真的,那么你们必须表示同意;反之,如果是假的,那么就用你们拥有的一切论证来反对它。"① 多年以后,亚里士多德在《尼各马科伦理学》里写下了一段话,说是因为"普遍"(或译为"型")的概念是他的老师即"我们所敬爱的人所提出来的",讨论这个概念就要对老师的说法给以反驳。他认为,在这个情况下,反驳比回避"还是较好的选择",因为"作为一个哲学家,为了维护真理就得牺牲个人的东西。两者都是我们所珍爱的,但人的责任却要我们更尊重真理"。② 中国现代学者把这句话翻译为"吾爱吾师,吾尤爱真理",成了一句著名的格言。柏拉图始终尊敬苏格拉底,亚里士多德一生敬重柏拉图,而两位学生都敢于对老师的学说提出修正和辩驳。德国哲学史家策勒尔在《古希腊哲学史纲》中说,这三个人和古希腊别的哲学学派不同,不是继承者对老师仅仅做少许非本质的改动,而是"三位具有独创性的天才,每个人都创造了自己的哲学,所以,学生自己所创造的思想掩盖了从老师那里接受过来的思想的光辉"。③ 这也是我们每个学习者了解和学习文学理论学科的历史时应该持的态度,正如人们常说的:"以柏拉图为友,以亚里士多德为友,更以真理为友。"

苏格拉底生于公元前 469 年,父亲是一位雕刻匠,母亲是一位接生婆,他本人参加过著名的伯罗奔尼撒战争。他生活在雅典兴盛的年代,当时艺术和科学都取得了辉煌成就,他的前人在哲学和美学上提出了不少天才的论断。苏格拉底学识渊博,生活经历也很丰富,他在当时有很多仰慕者、追随者,他热心地教诲了许多学生。后来,他被控告犯有不敬神和腐蚀青年的罪行,他对审判他的人说:"我宁可服从神而不服从你们,只要我还有生命和能力,我将永不停止实践哲学,对你们进行规劝,向我遇到的每一个人阐明真理。""你们知道我不会改变自己的行为,哪怕要我死一百次。"④ 于是,他在公元前 399 年 69 岁时被迫饮鸩而死。不久,雅典人为处死苏格拉底而后悔,惩处了控告者,为苏格拉底立了一座铜像,苏格拉底的思想则进入了人类思想的宝库。

---

① 《柏拉图全集》第一卷,王晓朝译,人民出版社 2002 年,第 97 页。
② (古希腊)亚里士多德:《尼各马科伦理学》第一卷第六章,《亚里士多德全集》第八卷,中国人民大学出版社 1994 年,第 9 页。"牺牲个人的东西",汪子嵩等在《希腊哲学史》第 3 卷上册(人民出版社 2003 年版)中翻译为"牺牲个人的友情",见该书第 20 页。
③ (德)策勒尔:《古希腊哲学史纲》,翁绍军译,山东人民出版社 1996 年,第 180 页。
④ (古希腊)柏拉图:《申辩篇》,《柏拉图全集》第一卷,王晓朝译,人民出版社 2002 年,第 17—18 页。

柏拉图(前427—前347)在年轻时写了不少诗歌,他和两个哥哥都是苏格拉底的学生,苏格拉底的死给他极大的震动,他说:"他们要控告我的朋友年迈的苏格拉底,我毫不迟疑地认为他是所有活着的人中间最正直的一位……我对这些罪恶活动深感厌恶,于是就让自己离开这些弊端","我被迫宣布,只有正确的哲学才能为我们分辨什么东西对社会和个人是正义的"。① 接着,他外出旅行十多年,接触埃及和意大利等几种不同的文化,回国后在雅典城外创建了柏拉图学园,吸引学者们在那里研究数学、天文学、地理学和生物学,当然最主要的还是研究哲学,著书和授徒,开创了西方学术自由的传统。公元前347年,柏拉图以八十高龄去世。

柏拉图的《伊安篇》叙述苏格拉底提出的一个重要观点,即是:文学艺术创作才华出自灵感,他们把这种灵感状态叫做"迷狂",后世人们就把他们的论述称为"迷狂说"。苏格拉底说:"那些创作史诗的诗人都是非常杰出的,他们的才能绝不是来自某一门技艺,而是来自灵感。""抒情诗人创作出那些可爱的诗句自己也不知道,他们一旦登上和谐与韵律的征程,就为酒神所俘虏。""诗歌就像光和长着翅膀的东西,是神圣的,只有在灵感的激励下超出自我,离开理智,才能创作诗歌,否则绝对写不出诗来。"② 灵感是一种十分微妙的心理现象,主体在灵感状态下能令自己的能力得到超常的发挥。灵感的来源和发生机制,灵感与理智的关系,这些是直到现在还需要继续研究的问题。古代没有建立神经生理学,心理学也还处于前科学的萌芽状态,对灵感无法合理解释,就用外力来解释灵感。苏格拉底和柏拉图也是这样,他们说诗人在被神支配的时候才能够创造,在今天看来这当然是不对的。但是,我们仔细察究,苏格拉底和柏拉图讲灵感,是在宣传一种迷信,还是强调人的主体创造力呢?《斐德罗篇》指出,迷狂有四种。第一种、第二种是宗教、巫术的迷狂,他们说,女预言家和女祭司清醒时一无所获,"迷狂时给国家和个人带来福泽",使家族及其成员"通过神灵附体得到拯救"。这两种迷狂在苏格拉底看来是较低级的,后两种迷狂则是高级的,那属于文艺、哲学和爱情。"神灵附体或迷狂还有第三种形式,源于诗神。缪斯凭附于一颗温柔、贞洁的灵魂,激励它上升到眉飞色舞的境界,尤其流露在各种抒情诗中,赞

---

① (古希腊)柏拉图:《第七封信》,《柏拉图全集》第四卷,王晓朝译,人民出版社2002年,第79—80页。
② (古希腊)柏拉图:《伊安篇》,《柏拉图全集》第一卷,王晓朝译,人民出版社2002年,第304—305页。

颂无数古代的丰功伟绩,为后世垂训。若是没有这种缪斯的迷狂,无论谁去敲诗歌的大门,追求使他能成为一名好诗人的技艺,都是不可能的。与那些迷狂的诗人和诗歌相比,他和他神志清醒时的作品都黯然无光。"第四种迷狂是"神灵附体的各种形式中最好的形式","通过观看尘世间的事物来引发对上界事物的回忆","每逢见到上界事物在人间的摹本,就惊喜若狂而不能自制"。① 苏格拉底和柏拉图所说的"好的"迷狂,是主体摆脱肉体的物质需要,摆脱琐碎的日常功利的盘算,沉浸在审美创造或哲学思维的那样一种状态,"当灵魂能够摆脱一切烦扰,比如听觉、视觉、痛苦、各种快乐,亦即漠视身体,尽可能独立,在探讨实在的时候,避免一切与身体的接触和联系,这种时候灵魂肯定能最好地进行思考"。苏格拉底用灵感作为衡量尺度把人分成九等,最优秀的是爱智和爱美的人,"那些看见了大多数真实存在的灵魂会进入婴儿体内,婴儿长大以后注定会成为智慧或美的追求者,或者说成为缪斯的追随者和热爱者。这是第一类灵魂"。而即使"守法的国王"也只能属于第二类,"模仿的艺术家"在第六类。② 最好的迷狂,是人的感受力、想象力、创造力发挥得最好的状态。他们的这种看法,对于认识文学艺术创作心理的特点,有正面的启发作用。

然而,苏格拉底和柏拉图同时又对诗人进行贬低和排斥,在对待文艺、对待文艺家这个重大问题上他们自相矛盾。苏格拉底一方面指出文艺反映的是人所感知的现实世界,他说:"难道绘画不是对于我们所看到的事物的一种表现吗?"并且他进一步认为,文学艺术也包含了对现实的加工、提炼、美化,"由于在一个人的身上不容易在各方面都很完善,你们就从许多人物形象中把那些最美的部分提炼出来,从而使所创造的整个形象显得极其美丽"。对于无法直接看出的人的内心世界,可以通过眼神、通过动作来表现,文艺家"也描绘心灵的性格,即那种最扣人心弦、最令人喜悦、最为人所憧憬的最可爱的性格","一个雕塑家就应该通过形式把内心的活动表现出来"。③ 从这些地方看,苏格拉底和柏拉图对艺术和艺术家充满好感。但是,另一方面,柏拉图在自己最重要的著作《国家篇》中,描绘他设计的理想中秩序良好的国家时,却断言不

---

① (古希腊)柏拉图:《斐德罗篇》,《柏拉图全集》第二卷,王晓朝译,人民出版社2002年,第158页,第164页。
② (古希腊)柏拉图:《斐多篇》,《柏拉图全集》第一卷,王晓朝译,人民出版社2002年,第162页。
③ (古希腊)色诺芬:《回忆苏格拉底》,吴永泉译,商务印书馆1984年,第120—121页。

能让诗人进入。《国家篇》第十卷讨论文艺问题,通过苏格拉底之口说:"这个国家要拒绝接受大部分诗歌,因为他们是模仿性的。"他说的不是艺术家彼此有什么模仿,而是说文艺本质上就只是模仿,还是不高明的模仿。他用床做例子说,神制造本质的床,木匠制造具体的床,画家以具体的床为模型,画家的作品和本质的床隔着两层,是对模仿品的模仿。"从荷马开始的诗人这一族都是美德影像的模仿者,或者是他们'制造的'其他事物影像的模仿者。他们完全没有把握真相"。"模仿者对于他自己模仿的东西并不具有什么有价值的知识,模仿只是一种游戏的形式,不能当真,那些想要尝试悲剧创作的人,无论是用抑扬格还是用史诗格,充其量都只是模仿者。"他还说,悲剧诗人或其他模仿者会腐蚀听众的心灵。"像画家一样,诗人的创造真实性很低;因为像画家一样,他的创作诉之于灵魂的低劣部分,我们终于可以说,不让诗人进入治理良好的城邦是正确的,因为他会把灵魂的低劣成分激发、培育起来,而灵魂低劣部分的强化,会导致理性部分的毁灭,就好比把一个城邦的权力交给坏人,就会颠覆城邦,危害城邦里的好人。"①

为什么苏格拉底和柏拉图会前后矛盾,他们为什么先是赞扬后来又要贬损和攻击文艺家呢?这个问题历来争议很多。柏拉图预料到诗人会对《国家篇》的说法表示不满和抗议,他说,"哲学和诗歌之间的争吵古已有之"②。那时的文艺家对哲学家也不是那么客气,阿里斯托芬的喜剧《云》,对苏格拉底极尽嘲笑之能事,指责苏格拉底败坏年轻人的心智,苏格拉底本人也观看过《云》的演出。到了现代,又有尼采对苏格拉底的批判。美国的列奥·施特劳斯教授的《苏格拉底与阿里斯托芬》一书和丹豪瑟教授的《尼采眼中的苏格拉底》一书做了详尽的评述,可以参看。③ 另外,我想,自由的想象与实际的规划的不同或许是柏拉图自相矛盾的原因。柏拉图一辈子本来是立志要做一个政治家,要在政治实践的领域做一番功业。他生活在古希腊衰落的阶段,没有能够在政治生活中有所作为。《国家篇》从政治的角度考虑问题,希望公民都能理性、守法,因此,对于总是与激情相伴的文学艺术警觉而排斥。当他们作为思想家考虑问题时,对于有才华的诗人是赞扬的。

---

① (古希腊)柏拉图:《国家篇》,《柏拉图全集》第二卷,王晓朝译,人民出版社2003年,第612—628页。
② (古希腊)柏拉图:《国家篇》,《柏拉图全集》第二卷,王晓朝译,人民出版社2003年,第630页。
③ (美)列奥·施特劳斯:《苏格拉底与阿里斯托芬》,李小均译,华夏出版社2011年;(美)丹豪瑟:《尼采眼中的苏格拉底》,田立年译,华夏出版社2011年。

在社会的实际中,哲学家、文学理论家和从事行政操作的人很容易发生争吵,在后世,在其他国度,也经常有这类情况。例如,作为文学家的曹操、曹丕,对待文学和文人的态度,与作为政治家的曹操、曹丕,就有很大的差异。作为文学家的曹操、曹丕,是同时代文学家的知音、好友;作为政治家的曹操、曹丕,处罚以至处死妨碍他们政治实施的有才华的文学家毫不手软。鲁迅解释曹操杀孔融的原因时说,"为什么他(曹操)的行为会和议论矛盾呢?此无他,因曹操是个办事人,所以不得不这样做;孔融是旁观的人,所以容易说些自由话。"①当然,对这种现象,还可以有其他也许更为合理的解释。

《国家篇》在论证悲剧的"坏处"时指出一种现象,就是,在实际生活中被认为失态、失礼的行为,在悲剧中却常能引起最好的效果。比如荷马史诗里的英雄受苦时悲吟苦叹,捶胸顿足,观众中最优秀的人物看了也很喜欢;而实际生活中人们赞美的是在苦难中忍耐、平静。实际生活里某些"品行我们非但不会接受,而且还会感到可耻,然而在剧场里我们非但不厌恶这种表演,而且还要以此为乐"。"从事模仿的诗人与灵魂的这个优秀部分无关,即使想要赢得观众的好评,他的技巧也不是为了让灵魂的这个部分高兴,而是与暴躁多变的性格相连,因为这种性格很容易模仿"。②对于小说家和剧作家来说,歌颂赞美圣洁高尚的君子不容易讨得读者喜欢,而描写狡诈歹毒的恶人则更有吸引力。伦理的评价与文艺欣赏中的心理规律发生错位,以至发生冲突。英国小说家毛姆在他的小说《月亮和六便士》里有一段议论:作家"喜欢观察这种多少使他感到惊异的邪恶的人性,自认这种观察是为了满足艺术的要求;但是他的真挚却迫使他承认:他对于某些行为的反感远不如对这些行为产生原因的好奇心那样强烈。一个恶棍的性格如果刻画得完美而又合乎逻辑,对于创作者是有一种魅惑的力量的。尽管从法律和秩序的角度看,他绝不该对恶棍有任何欣赏的态度。我猜想莎士比亚在创作埃古时可能比他借助月光和幻想构思苔丝德梦娜怀着更大的兴味。说不定作家在创作恶棍时实际上是在满足他内心深处的一种天性,因为在文明社会中,风俗礼仪迫使这种天性隐匿到潜意识的最隐秘的底层下,给予他虚构的人物以血肉之躯,也就是使他那一部分无法表露的自我有了生命。他得到的

---

① 鲁迅:《魏晋风度及文章与药及酒之关系》,《鲁迅全集》第三卷,人民文学出版社1981年,第505页。
② (古希腊)柏拉图:《国家篇》,《柏拉图全集》第二卷,王晓朝译,人民出版社2003年,第629页,第627页。

满足是一种自由解放的快感。"①我猜想,毛姆很可能读过上面引述的《国家篇》里那段话,但毛姆一定是从自己的艺术经验得出同样的结论的。在古今中外许许多多叙事的、戏剧的作品里,艺术上最成功的人物并不是作者一心歌颂的人物。当然,拿这个作为限制和禁绝文艺的理由,是站不住脚的。

2. 亚里士多德

亚里士多德(前384—前322)不只是一位大哲学家,同时还是对学问进行分门别类研究的开创者,他的著作涵盖今天的自然科学、社会科学和人文学科的各个方面。罗素《西方哲学史》说,亚里士多德死后两千多年,西方世界才产生了可以与他相匹敌的大哲学家,这期间,他的权威几乎和基督教的权威相近,知识的进步总是要从对亚里士多德的挑战开始。罗素的话至少在实证学科领域是有实际依据的,如他所说,用现代科学的观点看,亚里士多德的《物理学》几乎没有一句话是可以接受的,可是在伽利略之前的一千五百多年间,却被奉为不容置疑的经典。在每个学科的历史进程中,成为后来者的靶子供人批判,也是一种贡献,后人总是踏着前人的肩膀攀登到新的高度。至于在人文学科,亚里士多德给后人更是留下了不少至今仍然值得回味的论述。他也是第一个以专门的、成系统的著作讨论文学艺术的学者,他的文学理论主要见于《诗学》和《修辞学》,而在《政治学》《尼各马科伦理学》等著作中也有关于文艺的重要论述。他从17岁开始在学园里跟随柏拉图20年,柏拉图去世后,他外出游历12年,返回雅典之后创立吕克昂学园,从事教学和著述。他习惯于带领学生一边在走廊、花园踱来踱去,一边向学生发表自己的见解,因此,他和他的学生被称为"漫步学派"(或译"逍遥学派")。创造性的思想并不一定产生于书桌前的焦思苦想。我国现代美学家宗白华先生,常执手杖,散步在未名湖畔,他的一本著作题名"美学散步",他说,"散步与逻辑并不是绝对不相容的"。②"散步"正是宗白华治学的一大特

---

① (英)毛姆:《月亮和六便士》,傅惟慈译,外国文学出版社1981年,第187页。傅惟慈译名相对陌生。"埃古"通译为"伊阿古","苔丝德梦娜"通译为"苔丝狄蒙娜"。这是一部以印象派画家高更为原型的十分引人入胜的长篇小说,作者对天才艺术家与商业社会的冲突作了深刻思考。不少文学作品中也包含重要的文学理论观念,是我们学习文学理论时有用的材料。钱锺书说:"夫文评诗品,本无定体……或以赋,或以诗,或以词,皆有月旦藻鉴之用,小说亦未尝不可。"见《管锥编》第二册,"小说中之谈艺",三联书店2007年,第1002页。

② 宗白华:《美学散步》,上海人民出版社2006年,第1页。

色。至于亚里士多德,据说,他和学生在雅典吕克昂学院林荫道上漫步,上午讨论深奥的学术问题,下午则做带有普及性的讲演,《诗学》被认为属于前一种。

《诗学》一开头就集中讨论文学理论的一个基本问题——摹仿。他开宗明义地说,他要"先从本质的问题谈起",那就是,"史诗的编制,悲剧、喜剧、狄苏朗勃斯的编写以及绝大部分供阿洛斯和竖琴演奏的音乐,这一切总的说来都是摹仿"。在第六章里又说,"悲剧摹仿的不是人,而是行动和生活"。①《修辞学》第三章引公元前四世纪哲学家和修辞学家阿尔喀达马斯的话,说他"称《奥德赛》为'人类生活的明镜'"。② 最后这句话后来许多人乐于引用。与他的老师柏拉图相反,亚里士多德肯定和赞扬文学艺术的摹仿功能,认为,文学艺术"作品应高于原型","既然悲剧摹仿比我们好的人,诗人就应向优秀的肖像画家学习。他们画出了原型特有的形貌,在求得相似的同时,把肖像画得比人更美"。文学艺术高于生活原型,是由于它更能表现出普遍的规律,而这是作家加工的目标和结果。"就做诗的需要而言,一件不可能发生但却可信的事,比一件可能发生但却不可信的事更为可取。生活中或许找不到如宙克西斯画中的人物,但这样画更好,因为艺术家应该对原型有所加工。""历史学家和诗人的区别不在于是否用格律文写作,而在于前者记述已经发生的事,后者描述可能发生的事。所以,诗是一种比历史更富哲学性、更严肃的艺术,因为诗倾向于表现带普遍性的事,而历史却倾向于记载具体事件。"从理论上把文艺和历史做性质上的区分,并且提出艺术的真实可以高于历史的真实,这是一个很重要的创见。

亚里士多德认为摹仿能给作者和欣赏者都带来快感,《诗学》第四章说:"作为一个整体,诗艺的产生似乎有两个原因,都与人的天性有关。首先,从孩提时候起人就有摹仿的本能。人和动物的一个区别就在于人最善摹仿,并通过摹仿获得了最初的知识。其次,每个人都能从摹仿的成果中得到快感。"③《修辞学》第一卷第十一章说:"既然求知和好奇是愉快的事,那么像

---

① (古希腊)亚里士多德:《诗学》,陈中梅译,商务印书馆1996年,第27页,第64页。狄苏朗勃斯是讲唱酒神狄苏朗勃斯生平的当时广为流传的一种艺术活动形式,阿洛斯是一种管乐器名称。又,在古希腊,"模仿"最初是指祭祀活动中祭司表演的歌舞,后来才被转为哲学及诗学术语,表示对外在世界的再造或复制,参见(波兰)塔塔尔凯维奇著:《西方六大美学观念史》,刘文潭译,上海译文出版社2006年版,第274—275页。
② (古希腊)亚里士多德:《修辞学》,罗念生译,三联书店1991年,第158页。
③ (古希腊)亚里士多德:《诗学》,陈中梅译,商务印书馆1996年,第113页,第180页,第81页,第47页。

摹仿品这类东西,如绘画、雕像、诗,以及一切摹仿得很好的作品,也必然是使人愉快的。"① 摹仿的产品能够给人逼真感,从而显示出文艺创作主体的能力,显示出人的能力,文艺的创作和欣赏带来人对自身力量的肯定,由此而生出快感。

亚里士多德文学理论的第二个要点是对于文艺的功能的论述,他指出了文艺的多方面作用,其中很有特色并且引起历来广泛讨论的是所谓"卡塔西斯"。《政治学》里说:"我们认为音乐的功效不应从一个方面而应从几个方面去探讨。它有教育功效、卡塔西斯功效,此外它还可以化紧张为松弛或休息。"②《诗学》第六章在给悲剧下定义时说到,悲剧的"摹仿方式是借助人物的行动,而不是叙述,通过引发怜悯和恐惧使这些情感得到疏泄"。③ 陈中梅译为"疏泄"的,罗念生译为"陶冶",朱光潜译为"净化",吴寿彭译为"被除情感",若按希腊原文音译则为"卡塔西斯"。卡塔西斯在古希腊是一个医学术语,其含义为疏泄;也是一个宗教术语,其含义为净化。罗念生《卡塔西斯笺释》说,卡塔西斯是个医学术语,"这个词指宣泄作用,即借自然力或药力把有害物排出体外"。吴寿彭在《政治学》译注中说:卡塔西斯"或译'引发情感'(release of emotion),或译'被除情感'(purgation):如引泄之药,可清除腹中积食,宗教音乐可引发情感而被除心中沉郁。"朱光潜对此一概念有很详细的阐释评述,陈中梅、王士仪对卡塔西斯历来释义做了介绍,都可以参考。④ 总之,卡塔西斯说的是文艺活动对于人的心理有调适作用,太强烈的以宣泄使之平和,纷乱的给以安抚、洗涤使之纯净。悲剧作品的卡塔西斯效果明显,则是因为悲剧讲的是英雄人物的不幸命运,足以使人怵惕、警觉。

亚里士多德认为,不同的艺术种类其社会功能各有着重点,音乐和文学

---

① (古希腊)亚里士多德:《修辞学》,罗念生译,三联书店1991年,第53页。
② 此段译文见罗念生:《卡塔西斯笺释》,《罗念生全集》第八卷,上海人民出版社2004年,第163页。这一段话吴寿彭译为:"音乐的三种利益为:其一,教育;其二,被除情感——现在姑先引用'被除'这一名词,等待我们讲授《诗学》的时候再行详解;其三,操修心灵,操修心灵又与憩息和消释疲倦相关联。"见吴译《政治学》,商务印书馆1965年,第430页。亚里士多德在《政治学》里说,关于卡塔西斯,他将在《诗学》"再详细说明",可是现存的《诗学》中并没有这种讨论。
③ 《诗学》,陈中梅译,商务印书馆1996年,第63页。
④ 罗念生的阐释见《卡塔西斯笺释》一文;朱光潜的阐释见《西方美学史》第三章,载《朱光潜全集》第6卷,安徽教育出版社1990年,第104—108页;陈中梅的阐释见陈译《诗学》附录"Katharsis"条,商务印书馆1996年,第226—233页;台湾学者王士仪将此词译为"赎罪、补偿",见王士仪《亚里士多德〈创作学〉译疏》,台北联经出版事业有限公司2003年,第90—94页。

一样也具有教育功能,但更具特色的是使人愉悦和获得休息,绘画也是同样。他说:"音乐这样一门〔不切实用亦非必需的〕课目总是很早已被古人列入教育规程之内了。""教授绘画的用意也未必完全要为了使人购置而不致有误……毋宁是目的在养成他们对于物体和形象的审美观念和鉴别能力。事事必求实用是不合于豁达的胸襟和自由的精神的。"亚里士多德既重视文艺在政治和道德上的教化功能,也反复强调文艺的怡情养性的作用,这是出于他和古希腊许多学者的一种看法——闲暇是人生的重要的内容,是美和善的重要的前提。对于人来说,勤劳的目的是获得闲暇,而不是相反把勤劳本身当做目的。"父辈对于诸子应该乐意他们受到一种既非必需亦无实用而毋宁是性属自由、本身内含美善的教育。"①古希腊学者的这一观念,有助于人性的全面的和谐的展开和发展,他们期望工作、实务于人不成为一个重负,更不成为一种桎梏。

亚里士多德并不完全赞成他的前人中那些避世的学派,他理解那是专横混乱的政治使城邦公民远离社会中心,而在"良好政治"的城邦,公民则应关心公众之事。《政治学》说:"以善德为本的生活应取怎样的方式?参加政治活动而实践世务还是谢绝一切外务和俗事而独行于所谓静修(沉思)的生活——照有些人的论断,唯有玄想才是一个哲学家的事业?这里,我们可以说,在今世以及上代,一切以善德为尚的诚笃的学者,他们的生活有两种不同的方式——政治生活和哲学生活。要确定真理究竟属于哪一边,是不容易的。"②这类似于困扰中国古代文人的进退、出处、穷达的矛盾。文艺既可以表达兼济天下、建功立业的大志,也可以作为退居林泉、独善其身时的慰藉。谙熟中国与西方哲学和文学理论的朱光潜先生多次说过:以出世的精神做入世的事业;没有入世的脚步,就登不上出世的峰巅;在入世之时就有出世的意识,所以超凡脱俗。③ 好的文学帮助人们在入世和出世之间达成最佳的平衡。

---

① (古希腊)亚里士多德:《政治学》,吴寿彭译,商务印书馆1965年,第393页。另一方面,古希腊学者也肯定音乐在道德上的功能,亚氏《政治学》里说,"音乐的节奏和旋律反映了性格的真相——愤怒与和顺的形象,勇毅与节制的形象以及一切和这相反的形象,其中种种性格或情操的形象——这些形象在音乐中表现得最为逼真。"(见该书第420页。)柏拉图在《法篇》中更说到"姿势、歌曲、舞蹈、旋律中的善","一切与灵魂或肉体的善相连的旋律和姿势都是好的,而那些与灵魂或肉体的恶相连的旋律和姿势都是坏的"。(见《柏拉图全集》第三卷第401页。)
② (古希腊)亚里士多德:《政治学》,吴寿彭译,商务印书馆1965年,第344—345页。
③ 朱光潜:《以出世的精神,做入世的事业——纪念弘一法师》,见《朱光潜全集》第10卷,安徽教育出版社1993年,第524—525页。

不过，我们还要注意，亚里士多德把"闲暇"和"游嬉"这常被一般人混淆的两者区别开来。他说，游嬉是紧张劳作之后的歇息，用以消除疲劳，"游嬉使紧张的（生命）身心得到弛懈之感，由此引起轻舒愉悦的情绪，这就导致了憩息。〔闲暇却是另外一回事〕，闲暇自有其内在的愉悦与快乐和人生的幸福境界，这些快乐只有闲暇的人才能体会"，"唯有安闲的快乐〔出于自得，不靠外求〕才是没有痛苦的快乐；如果一生勤劳，他就永远不能领会这样的快乐"。① 后来，席勒在《论素朴的诗与感伤的诗》中讨论诗的功用，提出"两种休息"之说，一种是"精神安静"，另一种是"经过能力单方面发展之后，我们个人作为自然的整体得到恢复"。② 后一种休息是积极的休息，是精神活跃的休息。历来有一部分文艺仅仅是替人消愁解闷，闲得无聊之际打发时光，在现代世界，文化商业加重了文艺游嬉的性质，甚至流于低俗，我们虽不必也无法杜绝单纯游嬉的文艺，但更值得追求的是利于人性自然展开的那种闲暇的快乐。

亚里士多德对文学艺术的多种类型做了论述，其中重点讨论了悲剧、喜剧和史诗，这是中国古代文艺理论所欠缺的，因为中国古代缺少这样的文艺作品。在亚里士多德的著作里，悲剧、喜剧既是艺术的类型的名称，又是文学理论的范畴，从文学史的角度主要了解前一方面的涵义，从文学理论的角度，则是要着重理解后一方面的涵义。亚里士多德是第一个对悲剧概念作出界说的理论家，他的定义和说明直到今天还是我们理解悲剧概念时必须把握的。他认为，悲剧的主人公是比现实中的普通人好的人，这种人物遭受苦难、不幸，"由于受害者不应当遭受苦难，而苦难又呈现在我们的眼前"，引起观众的怜悯和恐惧。③ 也就是说，悲剧是英雄人物遭遇苦难、折磨甚至毁灭。同时，他讲到悲剧要有完整的情节，即有开端、发展和结局；悲剧要表现人物的性格，人物性格要保持一致性，"使某一类人按必然或可然的原则说某一类话或做某一类事"。④ 亚里士多德对喜剧没有那么重视，他认为，与悲剧相反，喜剧主人公是"比今天的人差的人"。他对当时的喜剧也做了雅俗、文野的区分："高贵的人所开的玩笑和俗流之辈不同，受过教育的人所开的

---

① （古希腊）亚里士多德：《政治学》，吴寿彭译，商务印书馆，1965年，第344—345页。也可参见第349页，第410页。此译本方括号内的文字，均是中译者据西方多家注释补足亚氏语意而作的增添。
② （德）席勒：《论素朴的诗和感伤的诗》，曹葆华译，《古典文艺理论译丛》第二册，人民文学出版社1961年，第44页。
③ （古希腊）亚里士多德：《修辞学》，罗念生译，三联书店1991年，第92页。
④ （古希腊）亚里士多德：《诗学》，陈中梅译，商务印书馆1996年，第112页。

玩笑和没有受过教育的不同。这种区别我们在旧喜剧和新喜剧之间也能看到。在前者剧作家为了取笑而讲一些粗鄙的语言,在后者妙趣横生的语言则更令人发笑。"①这些话对于我们观察当前的文艺仍然很有教益。

《诗学》不讨论抒情诗,这和中国古代文学理论着重地讨论抒情诗而很少涉及叙事类和戏剧类文学恰成对比。厄尔·迈纳说:亚里士多德的诗学"建立在戏剧的基础之上,而戏剧是一种再现(representing)的文类"。迈纳反感某些人因此而贬低东方古代的文学理论,他说,"欧洲中心主义观念使得我们把别的诗学——世界上其他地区的诗学——称作非模仿的(no mimetic)诗学"。② 为什么东西方古代文学理论会有这样的区别的呢?这是否说明古希腊人重视再现,而古代中国理论家重视表现?这又是一个可以专门探讨的研究题目。③

(二)春秋战国时期中国文学理论

1. 孔子和孟子

孔子(前551—前479)是中国两千多年思想史上影响最大最深的人,近一百年来,人们对他的态度有过几次剧烈的变化,但是,尊孔的人所尊的,批孔的人所批的,有不少并不是孔子本来所实有的。我在此谈论孔子,愿意把历史上真实的孔子和汉代以来诸多帝王、史家所塑造的孔子的形象区别开来。在我看来,《论语》和其他可信的典籍中的孔子,不仅并非反孔批孔的人所描画的那么可憎可厌,而且比起尊孔的人所描画的孔子更加平易可亲。汉代的董仲舒提出独尊儒术,魏文帝曹丕下诏说孔子"可谓命世之大圣,亿载之师表者也",宋代朱熹把《论语》作为四书之首,成为读书人必修的通用教科书。帝王将相们把《论语》作为政治工具,从中寻求意识形态的基本原

---

① (古希腊)亚里士多德:《尼各马科伦理学》,苗力田译,《亚里士多德全集》第八卷,中国人民大学出版社1992年,第92页。
② (美)厄尔·迈纳:《比较诗学》,王宇根等译,中央编译出版社1998年,第32—33页。
③ 陈中梅在其所译《诗学》注释中对诗学不讨论抒情诗提出可能有三个原因:抒情诗与音乐关系密切,而《诗学》不以音乐为讨论重点;抒情诗一般没有情节,《诗学》注重有情节的文学作品;抒情诗在亚里士多德时代不合时尚。见该书第30—31页。

则,对他的思想的诠释越来越死板、僵化,对人们的心理、精神起到很大的束缚作用。"五四"时期,先进的知识分子对儒家学说进行了猛烈的批判,提出"打倒孔家店"的口号,表现了反封建的战斗精神,但矫枉过正,又不免有不少片面的地方。在漫长的世代,各类人物怀着各种目的把孔子抬到神坛上,唐玄宗开元二十七年(739年)追封孔子为"文宣王",接着,在宋代和元代,又加上"大成""至圣"的美称。其实,孔子活着的时候,并没有那么风光体面,相反,更多的是遭遇苦难、困顿。他很小的时候就死了父亲,成年以后做过仓库管理员("委吏")、畜牧管理员("乘田"),五十岁以后才在鲁国做过司空(主管工程)、司寇(主管司法),时间不长就被迫去职。当时有一位太宰官,问孔子的弟子子贡:"你的老师是圣人吧,不然怎么那样多才多艺呢?"子贡回答:"老天爷要他做圣人,便使他有多种能力。"孔子听说之后,认为子贡的说法不对,纠正说:"吾少也贱,故多能鄙事。君子多乎哉,不多也。"意思是说,他出身贫寒,在实践中学会许多被人们鄙视的技艺。上层阶级的君子生活优越,哪里能掌握这样一些技能!对于文学艺术,孔子比许多以此为职业的人更加痴迷,在某些地方,也领悟、把握得更为精致。他周游列国十四年,碰壁的时候居多。有一次,在郑国与弟子们走散,独自一人伫立城东门之下。郑人告诉正在到处寻找他的学生说,东门那里有一个人,身体的几个重要部位分别像尧、皋陶和子产等名人,整体则"累累然若丧家之狗"。学生如实转述,孔子听了,不但不生气,反倒欣然笑道:"形状,末也;而谓似丧家之狗,然哉,然哉!"从这两个故事看来,孔子本人并不热衷于做圣人,也不以位居下层为耻,是一个大度而有幽默感的人。"丧家之狗"用来描述他的形貌神情不准确,却道出了他周游列国每每遭受冷遇、自己的思想主张无法付诸实践的窘境,"欣然"背后是苍凉的失落感。孔子当然不只是多能鄙事,他精通中原文化的精华,给以系统的总结,从事文化典籍的整理,后人所说的"五经",经过了他的删定;他教诲了众多的学生,司马迁说他有学生三千人,其中有七十二位优秀人物。这两项功业远远超过从政所能发生的作用。

《论语》是记载孔子以及他的学生的言行、思想的一部书,孔子的文学理论主要也见之于这部书。[①] "论语"两个字是什么意思呢?汉代的班固说:

---

① 本书引用《论语》,据程树德《论语集释》,中华书局1990年,也参考杨伯峻《论语译注》(中华书局,1980年)、李泽厚《论语今读》(安徽文艺出版社1998年)等其他版本。

"《论语》者,孔子应答弟子、时人,及弟子相与言而接闻于夫子之语也。当时弟子各有所记,夫子既卒,门人相与辑而论纂,故谓之论语。""论"的本义是秩序和选择,在这里有"整理"的意思,"语"字在这里是"二人相对而说"的意思。"论语",就是经过编辑整理的孔子同他的学生的对话录,它并非单向的老师对学生的教诲,而是含有被过去世代人所忽视的对话精神,是不同于柏拉图《对话集》的古代东方的对话经典。

孔子一心要恢复当时已经崩坏的西周政治文化制度,这自然是办不到的,从这个意义上看,他的思想立场是保守的。孔子并不是没有意识到他的主张之难以推行,《论语·宪问》记载,当时就有人把孔子称作"知其不可而为之者"。子路也说过:"君子之仕也,行其义也。道之不行,已知之矣。"《论语·微子》他们按照认定的原则去做,其结果会行不通,是在事前就已经料到了的。知其不可而为之,正是孔子性格的突出特征,是先秦儒家的基本精神之一。守旧固然是不好的,坚持自己的信念,明知会遭到失败也不放弃,却对中国历来的仁人志士产生了正面的作用,对中国古代文学和文学理论产生了巨大的影响,在屈原[①]、诸葛亮、杜甫、文天祥一直到谭嗣同的生平作为和所撰诗文中,都有鲜明的体现。诸葛亮《后出师表》里有几句被传诵的话:"臣鞠躬尽瘁,死而后已。至于成败利钝,非臣之明所能逆睹也。"这岂不就是用婉辞说出的"知其不可而为之"吗?!人在危难艰苦关头,尤其需要这样的韧劲、蛮劲。茅盾《从〈风洞山传奇〉说起》里说:"在明末诸忠臣中,我对于瞿式耜的评价,比史可法还高——因为瞿比史更富于'知其不可而为之'的精神。"[②]现代作家鲁迅的《坟》《野草》等作品中,也可以看到这种思想的痕迹。

当时最重要的艺术类型是音乐,乐与礼紧密联系,孔子主张复礼,他喜欢的是古典音乐,看不起流行音乐。但是他对音乐怀有发自内心的热爱,而且很内行。孔子听《韶》乐,认为是"尽善尽美",流连、沉浸在音乐的韵味之中,以至"三月不知肉味",说"不图为乐之至于斯也"。对于这句话历来有各种注释,在我看来,《汉书·礼乐志》的讲解很有意味:"夫乐本情性,浃肌肤而臧骨髓,虽经乎千载,其遗风余烈尚犹不绝",孔子在这里对于音乐的魅力

[①] 李长之《孔子和屈原》说:"屈原有一种'求其在我'的精神……这都是只问耕耘,不问收获,只正谊明道而不谋利计功的。这个精神乃是儒家的精神。"见《苦雾集》,商务印书馆,1942年。

[②] 茅盾:《从〈风洞山传奇〉说起》,《茅盾全集》第21卷,人民文学出版社1991年,第555页。

"美之甚也"。孔子从音乐中获得如此强烈而持久的快感,也见出他的审美趣味的高雅和审美能力的精妙。《史记》记载,孔子向师襄子学鼓琴,学了十天,不向下一个阶段转移,师襄子说,你可以前进了,孔子却答道:"我已经熟悉这支曲子,却并没有掌握这门技艺。"又过了一段时间,师襄子说,你已经掌握技艺,可以前进了,孔子说:"我还没有理解作者寄寓的情志。"再过一段时间,师襄子说,你已经理解作者的情志,可以前进了,孔子说:"我还没有通过作品认识和体会作者的为人。"过了一段时间,孔子才说,曲子里有一种肃穆深思的意味,有一种愉悦地高望而远想的意味,我仿佛看到作者了,那是一位黑黑高高的人,眼睛迷茫地环视四方,如果不是周文王谁能做到这样?从一首乐曲里听出这样丰富而深隐的内容,可见孔子下的功夫有多深!孔子关于文艺的那些论断,多半就是在这类切身体验的基础上作出的。明清之际的大思想家顾炎武在《日知录》卷一中引述这个故事,认为说明即使是像孔子这样的天纵之才,治学求知,也必须由"器"而达于"道","下学而上达",从具体的、实证的技术性的,达到抽象的、普遍的、深层的规律。这对学习文学理论,也是完全适用的。对于具体作品不全心投入,不获得深切的体验,缺乏感受能力,或者不能进行思维加工,不能在具体现象材料上提炼、提升,都不能得到全面的认知。

孔子把音乐、诗歌等等一切文学艺术放在"礼"的附属地位,"礼"是他理想的社会、政治、道德的制度和规范。子夏曾经问他"巧笑倩兮,美目盼兮,素以为绚兮"这几句诗是什么意思,孔子回答:"绘事后素。"就是说,绘画是在素白的底子上添加、描画而成。子夏得到这个点拨,再问:"那么,礼乐是在仁义的伦理原则之后建立的吗?"孔子高兴地肯定:"起(启发)予者商(子夏姓卜名商)也,始可与言《诗》已矣。"孔子认为,诗、画、乐,一切艺术,都是仁义之道的体现,是推行仁义之道的手段。懂得这个道理的人,才配参与关于诗歌、音乐的讨论。他很强调文学艺术的教化功能,却不是简单的实用主义者,他也很重视艺术的审美性质和品格,把艺术的形式和内容结合起来,并不偏废其中之一。他的文学思想中重视伦理性、政治性的一面,为历代统治者和文人所强化,而重视艺术的审美性、感染力的一面,则被不少人有意或无意地忽略。

关于文艺的功用,孔子提出兴、观、群、怨四个方面,《论语·阳货》说:"小子何莫学夫诗?诗,可以兴,可以观,可以群,可以怨。迩之事父,远之事君,多识于鸟兽草木之名。"这段话分为前后两部分。后面说,学了诗,可以使人孝顺父母,忠于君王,学诗,可以增加人的知识,包括对自然界事物的了解。这些话颇为一般,也不难理解。重点是在前面的一句。兴、观、群、怨,讲诗歌的作用和产生作用的特点与方式,讲得精当、深刻、全面,符合文学艺术的特点。朱熹《四书集注》说:"学《诗》之法,此章尽之。"①清代黄宗羲《汪扶晨诗序》说:"昔吾夫子以兴、观、群、怨论《诗》……盖古今事物之变虽纷若,而以此四者为统宗。""古之以'诗'名者,未有能离此四者。"②王夫之《诗译》说:"'诗可以兴,可以观,可以群,可以怨。'尽矣。辨汉、魏、唐、宋之雅俗得失以此,读'三百篇'者必以此也。"③从现代文艺学观念看,孔子的这个论断是非常重要的思想资源,给我们提供了很大的阐发空间。

关于兴,孔子此处所说,不是比兴之兴,而是兴起之兴。《论语·泰伯》说:"兴于诗,立于礼,成于乐。"宋代邢昺《论语注疏》引汉代包咸《论语章句》解为:"兴,起也,言修身当先学《诗》。"《泰伯》这段话讲的是人格的培育:诵习诗歌,接受文学教育,使人奋起,激发出向上的志向;遵循礼制,才能在社会上安身立命;最后,在当时具有综合性(综合多种艺术)并且是制度化(作为礼制的重要组成部分)的音乐中,实际上是在诗歌、舞蹈和音乐的结合中,在伦理、礼仪和艺术的结合中,达到人格的成熟和完善。《泰伯》中的"兴",讲的是人格培育的第一步;《阳货》中的"兴",讲的是诗歌对人的作用的第一个方面,两者基本含义是接近的。文学艺术发生"兴"的作用,从心理学上说,是对接受者心理能量的唤起和激发,它对接受者的情感和情绪起到激活、保持、维护、调整和组织等作用。文学艺术作品蕴含着作者的情感、情绪,它会引起接收者的共鸣;作品叙述、描写的生活内容、情感内涵,传达作者的评价,都会引起接收者的情绪反应和评价,钩起接受者的情绪记忆。读者心理上的评价活动把接受者的感性和理性联系、结合,对原有情感分别起着巩固增强作用或瓦解削弱作用。

观,郑玄解释为"观风俗之盛衰",邢昺据此说,"《诗》有诸国之风俗盛衰,可以观览知之也"。朱熹解释为"考见得失",就是借文艺作品了解社会治理的得和失。观,是观察,审视。在古代汉语中,"观"有主体自己观看和

---

① 朱熹:《论语集注》,《儒藏》精华编110册,北京大学出版社2008年,第250页。
② 黄宗羲:《南雷文定》四集卷之一。
③ 戴鸿森:《薑斋诗话笺注》,人民文学出版社1981年,第4页。

指点别人观看两重含义,后一种含义往往为人们所忽视。"兴、观、群、怨"都包含使动的意思,说的是文艺使接受者精神面貌发生变化。可以观,正是说《诗》能够使人观、助人观。诗歌可以帮助读者仔细深入地认识社会,诗歌可以作为教材,用来向读者展示社会生活现象并揭示它的规律。

在孔子生活的时代,上层社会的人在交往中"赋诗言志",有些话不便直说,引用大家都熟悉的诗句,委婉地表示出来。说话的人赋诗言志,听话的人则是闻诗观志,善于听的人可以很准确地理解对方的本意。这在《左传》中有很多例子。此外,老话说,"不知其人,观其所取",从一个人喜欢什么样的文艺作品可以判断他的修养、品格,这也是一种观。

孔子所说的诗,基本上是短篇抒情诗,并且与音乐、舞蹈结合在一起,其中没有对于人物、事件的详细铺叙。那如何又能观风俗之盛衰呢?原来,孔子这里所说的观,不是一般的看,也不是看一般的事物。《春秋谷梁传》说:"常事曰视,非常曰观。"观和视有区别。看寻常的对象叫视,看不寻常的对象叫观。诗歌,文学艺术,帮助人们看到肉眼不能直接看见的东西。孔子说诗可以观,他指的是诗歌能够展示、透露作者的心理,展示、透露作者所代表的人群的心理,从而进一步显示了社会的精神风貌,从社会心理状况客观地显示出国运的盛衰。儒家很重视心理因素对于政治过程的作用和影响,重视人们的好恶、喜怒哀乐、亲近信任与疏远怀疑等心态对于政治的影响。而在古代,及时了解社会心理的一种方式,便是收集民间歌谣。中国古代有关于采诗制度的传说。《汉书·艺文志》说:"古有采诗之官,王者所以观风俗。"《春秋公羊传》何休注疏加以发挥说:"男年六十、女年五十无子者,官衣食之,使之民间求诗。乡移于邑,邑移于国,国以闻于天子。故王者不出牖户尽知天下所苦,不下堂而知四方。"[①]这些,都可以作为理解"诗可以观"的参考。诗可以观,当初是说,诗可以帮助统治者及时掌握国民的心理状况,也了解其他国家的风俗盛衰,作为施政的重要依据。《左传·襄公二十九年》记载了季札观乐,这是"观"的最好的例子。鲁国为季札表演《诗》的十五国风,表演中包括音乐、舞蹈。季札从齐国的诗乐听出"泱泱大国"的气概,从郑国、陈国的诗乐中听出亡国之音。总而言之,季札"观"到的不是事

---

① (东汉)何休:《公羊传解诂》,见李学勤主编《十三经注疏·春秋公羊传注疏》,北京大学出版社 1999 年,第 361 页。

件,不是图像,而是情感,他观的不是社会生活画面,而是社会心理。季札从文学艺术作品体现的情调,观察到社会政治心理,由此体会到国势的兴亡走向。所谓观乐,第一步,就是捕捉、体会乐曲所传达的情感。观乐者不把乐曲的情感仅仅看成作曲者、吟唱者个人的情感,而看作一个群体、一个社会的普遍情感。这样做的理论前提,是把艺术、文学作品当做社会环境的产物,以环境解释作品的内涵,反推过去,从作品又可以考知环境。

群,是合的意思,又有和谐、协调的意思。孔子说"诗可以群",就是说,《诗》使群体产生和加强向心力、凝聚力。"迩之事父,远之事君",《诗》的教育、熏陶使得家庭、国家在礼的原则下,更为牢固地结合。文学艺术是人与人之间交流情感、沟通思想的便利的有效的方式,在公众场合,大家同听一首诗、同唱一支乐曲,往往会产生融为一体的感觉。一个地区、一个民族长久流行的作品,是其成员精神联结的重要纽带。文学作品的创作和接受过程,都需要主体的同感力,所谓同感力,就是感受、体贴他人心理的能力。文学艺术的活动可以帮助接受者增强进入别人心理世界的兴趣与能力。

怨,是怨恨、忧伤、愤懑。诗可以怨,是说诗歌可以宣泄、表达对不公正、不合理现象的怨恨之情,前人称之为"怨刺上政"。这里有两层意思,一是文学帮助统治者了解民间疾苦和民众的不满,从而对施政有所改良;二是民众通过文学渠道宣泄不满之后,降低了用行动反抗的心理能量。两者最终都对维护统治秩序有利。《春秋公羊传》何休《解诂》中说,光靠法律手段管制社会是不够的,还要设法及时了解民间疾苦,"男女有所怨恨,相从而歌,饥者歌其食,劳者歌其事"。① 饥者、贫者、寒者、弱者,满腔怨愤之情,可以通过音乐,通过诗歌,通过各种文学艺术形式宣泄抒发。《国语·周语》里说:"防民之口,甚于防川,川壅而溃,伤人必多,民亦如之。是故为川者,决之使导;为民者,宣之使言。"② 让老百姓通过文学艺术宣泄怨愤,是打开对抗情绪的溢洪口,不让对抗情绪冲破堤坝。钟嵘《诗品序》说"使穷贱易安,幽居靡闷,莫尚于诗",目的是让文艺软化社会的敌对情绪,作诗者和读诗者可以在心理上自我调整,达到心理平衡,促进心理健康。

兴、观、群、怨这四种作用并不是截然分开,而是相互交错、相互加强,在

---

① (东汉)何休:《公羊传解诂》,见李学勤主编《十三经注疏·春秋公羊传注疏》,北京大学出版社1999年,第361页。

② 徐元诰:《国语集解》,中华书局2002年,第11页。

读者的接受活动中,很难把它们单独地离析。清代哲学家和文论家王夫之《诗译》说得很好:"于所兴而可观,其兴也深;于所观而可兴,其观也审。以其群者而怨,怨愈不忘;以其怨者而群,群乃益挚。出于四情之外,以生起四情;游于四情之中,情无所窒。作者用一致之思,读者各以其情而自得。"①诗歌,文学,发生作用的方式,不同于史学、哲学的特性之一,也正在它的各个方面作用的融会交织。

孟子(? 前372—前289)出生在孔子去世之后一百七八十年,《孟子·离娄下》里说:"予未得为孔子徒也,予私淑诸人也。"②他虽然不可能得到孔子直接的传授,却成为历代公认的孔子最重要的继承者。宋神宗时把孟子配享孔庙,朱熹把《孟子》与《论语》等合为"四书",成为士子必读的经典,元朝加封为"亚圣公"。孟子不只是阐发孔子的思想,在哲学、伦理学和文学理论上,孟子都提出了一些独到的思想。《孟子·万章下》说:"孔子,圣之时者也。"其实,孟子比孔子更主动适应时代变化,孔子因为季氏"八佾舞于庭"而怒不可遏,又排斥郑国新兴的音乐,说"郑声淫",孟子则正视时代的变迁和社会变迁中艺术的变迁。《梁惠王》记述孟子与齐宣王的一段对话,孟子听人说齐宣王喜好音乐,齐宣王不好意思地承认:"寡人非能好先王之乐也,直好世俗之乐耳。"孟子开导他说,喜欢什么音乐并不重要,爱好音乐,爱好新兴的流行音乐,属于自然而然的需要,不必也不该为之惭愧,只是,统治者爱好音乐,从对音乐的欣赏得到享受,应该同时想到老百姓也有自己的爱好,努力使老百姓的爱好也得到满足。孟子对音乐的了解可能不及孔子那样细腻和深入,但柳宗元《非国语·无射》说,"孟子曰,今之乐犹古之乐也,吾独以孟子为知乐",赞扬孟子懂得音乐和一切艺术的形态、风格随时代而变化,人们的审美趋向随时代而变化,不必因为向往周礼而固守周代音乐。

我们读《孟子》,在许多地方可以感受到作者个性之刚勇豪雄,高度的自信和无畏,感受到书里洋溢着壮志豪情,例如下面这些句子:"夫天未欲平治天下也,如欲平治天下,舍我其谁也!""富贵不能淫,贫贱不能移,威武不能屈,此之谓大丈夫。"只要是站在真理一边,"虽千万人吾往矣"。"说大人,则藐之,勿视其巍巍然。……在我者,皆古之制也,吾何畏彼哉?""万物皆备

---

① 戴鸿森:《薑斋诗话笺注》,人民文学出版社1981年,第4页。
② 本书引《孟子》,据(清)焦循《孟子正义》,中华书局1987年,也参考杨伯峻《孟子译注》(中华书局1960年)等其他版本。

于我矣。"孟子回答公孙丑说,自己的长处是"我善养吾浩然之气"。出于这样的个性,他提出"养气"之说,这也正是孟子文学理论中最有特色的部分。"养气"涉及主体的道德心理与艺术心理的关系,养气说认为,纯正的道德修养,充沛的道德情感,是艺术创造力和审美鉴别力的基础。

气,是中国古代哲学的基本范畴之一,含义非常丰富。本书后面会提到不同民族、不同时代的各种文学理论术语,它们的含义都要放到各个语言环境、文化环境中去理解,不能望文生义,不能以偏概全。英国学者奥利雷说,对于一些专用词语,"来自某种文化的人也是难以理解另一种文化的艺术之全部含义的"。他举的例子就是中文里的"气",可以翻译为 character 或 disposition,但在不同的上下文里,会有不同的含义。他说,气,"包括了从'呼吸'到'精神反应'到'节奏'到'性格特征'"以及"关于自然界与自然规律的含义"。① 我们理解阐释文学理论著述中的术语,一定要注意这一点。

气,原指构成万物的始基,经过发展、引申,又有个性、气质、习染、志气、志趣等义项。孟子所讲的,是作为主体精神属性的气,也是指主体因道德自信、人格自信而自然具有的巨大精神力量。这种气,不是天生的,需要后天培育。养气的"养",是说人的气质、志气等是长期自觉修养、磨炼的结果,由各种因素造就,它的形成有一个过程,要遵循精神活动、心理活动的自然规律,遵循人的素质培育的自然规律,不能临时为着某一种功利目的而勉强造作,"是集义所生者,非义袭而取之也"。集,是循序渐进、脚踏实地地积累、蓄聚,生,是从内部顺乎自然、顺乎规律地形成;袭,是突然地无准备地强加,取,是由外部借取、模仿、搬用。后来韩愈在《答李翊书》里说,"无望其速成,无诱于势利,养其根而俟其实,加其膏而希其光,根之茂者其实遂,膏之沃者其光晔",更加生动形象地发挥了孟子的思想。人的成长,求真和求善、求美,都是长期自然积累的过程,正确的做法是养根俟实,绝不应揠苗助长。韩愈还说,养气要"行乎仁义之途,游乎诗书之源",即是道德修养与文化艺术修养两大方面,道德和艺术修养到了火候,在创作中,"当其取于心而注于手也,汩汩然而来矣"。养气说把"道德"和"文章"紧密地联系在一起,鼓励文人追求独立人格、崇高气节和高尚道德,成为历代文人律己和衡文的标准。文天祥《正气歌》歌颂"于人曰浩然,沛乎塞苍冥"的"正气",历数各个时

---

① (英)奥利雷:《非西方艺术》,彭海姣等译,广西师范大学出版社 2004 年,第 12 页,第 131 页。

期"正气"的代表。许多优秀的文学作品,歌颂杰出人物表现的正气。养气说重视作家人格力量在创作中的重大作用,成为中国文学理论传统的重要内容,起到积极作用;但以为道德好文章必定好,则失之偏颇。

孟子讲到他另一个长处是"知言",知言讲的是如何从语言分析他人心理,所谓"我闻人言,能知其情所趋"。《公孙丑》讲"知言",是对于当时宣扬不同政治主张的言论,善于看出论者用心之合于或不合于王道之处。到了《万章》说,"故说诗者不以文害辞,不以辞害志,以意逆志,是为得之"。"以意逆志"也就是知言,是知文学之言,是从文学文本分析出作者的心理,这是最早明确提出的,在文学批评中运用心理推想方法的命题。

对孟子这段话,历来诠释不一。汉代赵岐注释说:"文,诗之文章。所引以兴事也;辞,诗人所歌咏之辞;志,诗人志所欲之事;意,学者之心意也。……人情不远,以己之意逆诗人之志,是为得其实矣。"①清人吴淇《六朝选诗定论·缘起》说:"汉宋诸儒以一'志'字属古人,而意为自己之意。夫我非古人,而以己意说之,其贤于蒙(蒙,指咸丘蒙,拘泥于词句解诗,孟子的以意逆志就是答复和批评他的)之见几何矣!不知志者古人之心事,以意为舆,载志而游,或有方,或无方,意之所到,即志之所在,故以古人之意求古人之志,乃就诗论诗,犹之以人治人也。"②孟子的本意究竟是以接受者、解说者之意去求作者之志,还是以作者之意求作者之志呢?"志"和"意",在上古为同义词,所谓以古人之意求古人之志,只不过是同义反复,这样解释"以意逆志"在文学批评实践和读者阅读鉴赏实践中,不具备可操作的价值。在孟子这段话里,"意"是接受者、研究者之意,"志"是作家诗人之志;"逆",是揣度、推测。以意逆志,就是接受者用自己的"意",去揣测作者的"志"。这是对《孟子》原文的顺畅自然的解释。

但是,怎样回答吴淇的质疑呢?"我非古人",我非作者,怎么能揣测到他们的意旨呢?这里的关键就在于"逆"。所谓"逆",是指一个人主动地设身处地感受他人的情感、知觉和思想;"以意逆志"是理智上对于他人内部经验的理解。人们可以借助想象把他人的体验同自己的体验联系起来,努力去获得与他人相同或相近的体验。以意逆志之所以可能,在孟子那里,是以其人性论为

---

① 赵岐:《孟子注疏》,见李学勤主编《十三经注疏·孟子注疏》,北京大学出版社1999年,第253页。
② (清)吴淇等:《六朝选诗定论》,广陵书社2009年,第9页。

前提。孟子认为,所有人的天性都是一样的,口之于味有同嗜、耳之于声有同听、目之于色有同美。这是感觉方面。至于人心,人的理性、思维,也可以相通。比如,人都有恻隐之心、羞恶之心、辞让之心、是非之心。所以,一个人应该是可以感受、可以理解另一个人的内心,可以相互共鸣。问题是如何去"逆"。在文学批评中,如何与作者共鸣?孟子反对停留于本文的字句,而主张从作者身世、性格和所处时代出发,主动迎上去体验。"逆"的目标是"志"而又不仅限于一篇作品所含的具体的"志",更是"人",是作者的人格整体。与此相配合,孟子又提出"知人论世",孟子对万章说:"颂其诗,读其书,不知其人,可乎?是以论其世也。""知人论世"被孟子用来作为以意逆志的基础,就是联系作者的身世、作者所处的社会状况,推想作者的心理,推论作品的本意。后来,司马迁在《史记》里多次提到"读其书,想见其为人"。例如在《屈原列传》的末尾说:"余读《离骚》《天问》《招魂》《哀郢》,悲其志;适长沙,观屈原所自沉渊,未尝不垂涕,想见其为人。"《孔子世家》的末尾说:"余读孔氏书,想见其为人。"司马迁认真地研读作品,收集故老传闻,实地考察遗迹,然后有意识地进行替代体验,有意识地"逆"作者之志、作者之人,使自己的思想情感与作者重合。以意逆志与知人论世的结合,逐渐形成一种有浓厚民族特色而行之有效的文学鉴赏方式和文学批评方法。

2. 老子和庄子

老子的生平难以确考,大约生活在孔子同时。《老子》八十一章,约五千字,千余句,今存多种文本,各本文字及次序有差异。庄子(?前369—前286)是老子思想的继承者和发扬者,他的思想与老子也存在一些重大差异。《庄子》三十三篇,其中内篇七篇被认为是庄子本人所作,外篇和杂篇为其弟子门人所作。①

老子和庄子与孔子和孟子很不一样,他们的著作里没有关于文艺的性质和功能的正面的肯定的论述,倒有不少反对文学艺术的言论。对此,现代有的文学批评史专家都曾指出过,如朱东润先生《中国文学批评史大纲》一书对于

---

① 本书引用《老子》据朱谦之《老子校释》,中华书局 1984 年;也参考高明《帛书老子校注》(中华书局 1996 年),彭裕商、吴毅强:《郭店楚简老子集释》,巴蜀书社 2011 年,陈鼓应《老子注译及评介》(中华书局 1984 年)等。本书引用《庄子》据(清)郭庆藩《庄子集释》,中华书局 1981 年,也参考陈鼓应《庄子今注今译》(中华书局 1983 年)等。

先秦道家仅以二十余字带过:"道家之论,颇涉玄妙,于后世文学,良多影响,至于评骘文学,固无可述。"①黄海章先生则说:"道家崇尚自然,反对人为,崇尚素朴,反对浮华,从基本上说来,他们对文学是采取否定态度的。"②敏泽先生说,《老子》"表现了排斥和反对一切文学的思想","和老子一样,庄子也是反对文化和文学艺术的"。③ 可是,谁也无法否认的是,老庄的学说思想为后世许许多多文学家、艺术家以及文学理论家所乐于称引,所深深喜爱,并且对这些人的创作和思想起到滋育、引导、启迪、鼓舞的良好作用,尤其是那些重视文学的审美特性的文艺家,往往更多地倾向于老庄的思想而不是孔孟的思想。《晋书·殷仲堪传》说,仲堪"能清言,善属文,每云:三日不读《道德论》,便觉舌本间强"。闻一多的《庄子》说,"中国人的文化上永远留着庄子的烙印"④。郭沫若《鲁迅与庄子》说:"秦汉以来一部中国文学史差不多大多是在他(庄子)的影响之下发展的。"⑤在上世纪 60 年代,徐复观先生著《中国艺术精神》,极力推崇庄子在中国文艺上的地位,他说,他"发现庄子之所谓道,落实于人生之上,乃是崇高的艺术精神,而他由心斋的工夫所把握到的心,实际乃是艺术精神的主体,由老学、庄学所演变出来的魏晋玄学,它的真实内容与结果,乃是艺术性的生活和艺术上的成就。历史中的大画家、大画论家,他们所达到、所把握到的精神境界,常不期而然的都是庄学、玄学的境界"。⑥ 很少直接讨论具体文学艺术作品的、甚至有似乎是否定艺术言论的理论,而为大艺术家所钟爱,对大艺术家起到深刻的影响,这个现象含有深厚的学术意味,很值得我们进一步思考和分析。

先秦道家是一群不愿和当政者合作的人,他们愤世嫉俗,冷眼看现实社会,并且用尖锐的言辞加以批判;他们因为厌恶而避开纷扰的尘世,更多地陶醉在自然万象中。古希腊的泰勒斯忘情地观察天空而误落到一口井里,庄子则兴味无穷地思索:"天之苍苍,其正色耶,其远而无所至极耶,其视下亦若是?"这种心理显然很适合于哲学思维和审美静观。《老子》的文辞精约隽美,《庄子》的文笔恣肆汪洋,《文心雕龙》说:"老子疾伪,故称美言不信,

---

① 朱东润:《中国文学批评史大纲》,上海古籍出版社 1983 年,第 8 页。
② 黄海章:《中国文学批评简史》,广东人民出版社 1981 年,第 16 页。
③ 敏泽:《中国文学理论批评史》,人民文学出版社 1981 年,第 54 页,第 57 页。
④ 闻一多:《庄子》,《闻一多全集》第 9 卷,湖北人民出版社 1993 年,第 7 页。
⑤ 郭沫若:《庄子与鲁迅》,《郭沫若全集》第 19 卷,人民文学出版社 1992 年,第 64 页。
⑥ 徐复观:《中国艺术精神》,春风文艺出版社 1987 年,第 3 页。

而五千精妙,则非弃美矣。"汉学修养甚高的日本物理学家汤川秀树说:"我特别喜欢庄子,他的作品充满了比喻和佯谬,而且其中最吸引人的是这些比喻和佯谬揭示在我面前的那个充满幻想的广阔世界。"① 这也是使文人迷恋的因素。

　　如果说儒家性格的一个突出特点是知其不可而为之,那么,道家的重要主张刚好相反,那就是无为,行动上无为,先要思想上无为;他们希望在上者自身无为之后,再设法让百姓无为。无为先须无欲,所以,《老子》第十二章说,"五色令人目盲,五音令人耳聋,五味令人口爽(爽,意为伤),驰骋畋猎令人心发狂,难得之货令人行妨。是以圣人为腹不为目"。"为腹"是求温饱,"为目"就是追求心理的、精神的享受,包括审美的享受。② 老子甚至希望"使民复结绳而用之";《庄子·马蹄》说,"夫至德之世,同与禽兽居,族与万物并"。他们都宣称要退回到原始蒙昧的时代。既然有这种反文明的倾向,怎么可能赞成提倡精湛的音乐、诗歌、绘画艺术呢? 于是,《老子》要说,"信言不美,美言不信";《庄子·胠箧》说,"擢乱六律,铄绝竽瑟,塞师旷之耳,而天下始人含其聪矣;灭文章,散五采,胶离朱之目,而天下始人含其明矣"。但是,《庄子》中也有对于艺术的热情赞美,如《达生》篇里的梓庆是一位雕刻家,削木为鐻,"见者惊犹鬼神"。《田子方》篇中那位迟到的"真画者",也被庄子赏识。《庄子》不仅没有轻视、贬低、否定他们,而且对他们极尽推崇。老庄反对人为藻饰,主张自然天成,他们反对的,是把艺术作为个人谋生牟利的手段,把艺术作为实现社会功利目的的工具。我们可以说,老子、庄子与孔子、孟子的分歧,不是肯定和否定文学艺术的分歧,而是主张什么样的文学艺术,主张人们怎样进行文学艺术活动的分歧。

　　对后世发生深刻影响的是,老庄不是要使艺术摹仿人生、服务人生,而是要使人生本身成为艺术,以艺术的态度作为自我生命的方式。庄子提出:"天下有至乐无有哉?"他的回答是,人生的快乐不在于"富贵寿善",不在于"身安、厚味、美服、好色、音声"。那么,乐在何处? 他的结论是:"至乐无乐"。艺术化的人生就是顺乎自然的规律,不强求非本性、非自然的东西。《老子》

---

① (日)汤川秀树:《创造力与直觉:一个物理学家对于东西方的考察》,周林东译,河北科学技术出版社2000年,第55页。
② 林语堂《老子》英译本解释说,"'腹'指内在自我(the inner self),'目'指外在自我或感觉世界"。转引自陈鼓应:《老子注译及评价》,中华书局1984年,第107页。

提出"复归于婴儿","比于赤子",即回归自然本性。庄子让梦中旷野里的枯骨大谈死的乐趣:"无君于上,无臣于下,亦无四时之事,徒然以天地为春秋,虽南面王乐,不能过也!"那意思无非是,人生的快乐在于自然本性的舒展。汤川秀树说:"在老子和庄子那儿,自然界却一直占据着他们思维的中心,脱离了自然界的人不可能是幸福的。"① 正是这种艺术化的生活态度,吸引了后代的文人,开启了中国艺术精神传统的一个重要方面。

老庄文艺思想围绕着"忘"而展开,告诉人们忘的必要、忘的难以实现以及如何努力向"忘"的境界靠拢的路径。在庄子看来,与各种实务活动相比,创造性的脑力活动、特别是艺术创作,需要"忘",不善于遗忘的人,成不了好的艺术家。庄子的一个重要命题是《达生》篇提出的"齐以静心",这里的"齐"就是"斋",通过斋戒排除内心的所有各种功利计较,去欲、去惑、去杂,从主体内心排除掉许多东西,走向"忘"。《达生》讲了一个木雕艺人的故事,说"梓庆削木为镰,镰成,见者惊犹鬼神"。镰是当时用来悬挂钟磬等乐器的木架,立柱往往雕刻成猛兽之形。梓庆刻的格外生动逼真,他是怎么做到的呢?"臣将为镰,未尝敢以耗气也,必齐以静心。齐三日,而不敢怀爵禄庆赏;齐五日,不敢怀非誉巧拙;齐七日,辄然忘吾有四枝形体也。"梓庆在创作过程中,不上朝,不交往,专心于雕刻而消除其他思念,使得已成的镰的形象预先呈现于心中。

忘,在较浅的层次上,关系着心理学中说的注意,即心理活动指向集中的问题,忘是为了给记忆排除干扰。这相当于孟子说的"专心致志",荀子说的"虚壹而静"。道家认为,"忘"的最高层次,是《齐物论》所说的"吾丧我"。"吾"是今日主体的精神的、心理的状况,"我"是主体的自我清醒的意识。"吾丧我",是主体超脱个体的偏执与狭隘,把世俗的、为功利欲念所支配的主体排除出心理生活空间,与自然之道、与本体合而为一,这也正是审美思维的目标。这相当于佛家的"止观""数息",道教的"存思""观妙""入静"。西方后来也有从哲学和美学层面讨论"忘"的,例如德国哲学家叔本华《作为意志和表象的世界》创造过一个概念叫"自失"(sich verlieren,又译"自我丧失"):"把人的全副精神能力献给直观,浸沉于直观……人在这时,按一句

---

① (日)汤川秀树:《创造力与直觉:一个物理学家对于东西方的考察》,周林东译,河北科学技术出版社2000年,第60页。

有意味的德国成语来说,就是人们自失于对象之中了。"①叔本华说的"失"和庄子说的"丧"一样,也正是主客冥合、物我冥合的统一感。

《庄子》不仅强调了由"吾"把"我"过滤、涤除、放逐、遗忘这一方向,而且对于"丧"作为一种心理动作和心理过程,设计了细致的步骤和技巧。梓庆"齐以静心"的三日、五日、七日,一直到忘记自身的四肢形体;纪渻子训练斗鸡的四个十日,从"虚憍而恃气"(骄昂而恃气)一直到呆若木鸡。② 这些,受到后代很多人的重视,从各不相同的方面大加充实、发挥,形成若干种自我心理控制的方法。③ 美国布恩与埃克斯特兰德在《心理学原理和应用》一书中说:"沉思是一套心理活动和身体动作,其目的在于产生松弛、思想和身体的宁静以及对自己和世事的意义深邃的洞察。对各种各样的已知沉思技巧以及它们引起的意识状态进行的科学研究还不很多。我们现在大部分知识来源于宗教,特别是东方。"④庄子的思想是沉思技巧的重要源头。

"忘"给主体带来自在、舒畅,那就是"适"。《达生》篇说:"忘足,履之适也;忘要(腰),带之适也;知忘是非,心之适也;不内变,不外从,事会之适也;始乎适而未尝不适者,忘适之适也。"人不想到自己的脚,把它忘掉,那是因为鞋子合脚,穿得舒服;不想到自己的腰,把它忘掉,是因为裤带的松紧合适,系着舒服。木工随手画圆其精确程度超过了用规和矩,主体的手同对象化而为一,不必费心思去考查计量,所以心理、思维毫无阻碍,这就是由忘而达到适了。适,是心理的完全放松,没有任何负担,无忧无虑,无拘无束。适,能够给予主体心理上最大的自由,从而给主体思维的创造性提供最充分的拓展空间。

《老子》语言简约,抽象层次很高,给后人留下发挥的宽阔空间,例如他提出的"大音希声,大象无形",被学者从不同的角度阐释。有的解释说,最有力的声音是真理的声音,不是大叫大嚷的喧嚣;最崇高的形象是富于道德

---

① (德)叔本华:《作为意志和表象的世界》,石冲白译,商务印书馆1982年,第250—253页。

② 《庄子·外篇·达生》:"纪渻子为王养斗鸡。十日而问:'鸡可斗已乎?'曰:'未也,方虚憍而恃气。'十日又问,曰:'未也,犹应向景。'十日又问,曰:'未也,犹疾视而盛气。'十日又问,曰:'几矣。鸡虽有鸣者,已无变矣,望之似木鸡矣,其德全矣,异鸡无敢应者,反走矣。'"

③ 佛家修禅之法,如北天竺婆罗门禅师佛陀波利(汉译称为觉爱)《修禅要诀》答怎样渐次修禅之问说:"令心先住长安一城之中,但勿令出外。如是渐住一寺、一房,乃至鼻端。心若不住。还摄令住。"

④ (美)布恩、埃克斯特兰德:《心理性原理和应用》,韩进之等译,知识出版社1985年,第402—406页。道教徒和佛教徒的若干心理技巧,如唐时道士司马承祯《坐忘论》对静坐中调心法的细致的阐述,佛教典籍中关于止观、数息的阐述,都很有实用性。

感召力的形象,不是外形庞大的形象。有的解释说,最完美的音乐只存在于想象与思议当中,是无声的;能够为人所感知的音乐,无论如何优美也不足以为大音。有的解释说,音乐的最高境界,是把接受者从有声引导到无声之域;绘画的最高境界,是把接受者从有形引导到无形之域;诗歌的最高境界,是用语言把接受者引导到无语言、超语言之域。文学艺术作品,其悠长的韵味在声外、画外、文辞之外。还有很多人用自然朴素来解释"大音希声,大象无形":在音乐里,最美的不在于把声音拔高,不在于繁缛的花腔,而在于旋律的优美。在绘画里,最美的不在于色彩炫目,也不在于描摹的精细,而在于自然浑朴,意味深远。《老子》还说到"大巧若拙"。"巧"指人工的机巧,老子反对雕琢浮华,他反对的是"小巧",而赞赏"大巧"。"大巧"就是人工制作而看起来却质朴自然,大巧不愿意显示人工的巧。这在艺术上是常见的。例如,晋宋时代的文学,谢灵运是"巧",陶渊明是"拙"。黄庭坚《题意可诗后》说:"至于渊明,则所谓不烦绳削而自合,虽然,巧于斧斤者多疑其拙,窘于检括者辄病其放。孔子曰,'宁武子其智可及也,其愚不可及也'。渊明之拙与放,岂可为不知者道哉!"①

《老子》《庄子》讲"无为"、讲"忘"、讲"适"这类地方所讲本来是讲"道",是哲学,但历来被人作为艺术审美的最高境界来理解,使"体道"之境通于审美,他们给我们展示出不同于儒家的论证方法、思维方法。《老子》第七十八章说"正言若反","反"是《老子》的核心概念,是它的重要范畴。《老子》书中,"反"首先是与"正"相对立的另一方面,其次是从"正"向它的对立面转化的过程,或者说是一个连接对立的两方面的思维动作。《老子》说:"天下皆知美之为美,斯恶已。皆知善之为善,斯不善已。"美和不美、美和丑,善和不善、善和恶,相比较而存在,没有绝对的美和丑,没有绝对的善和恶。美里面就包含了丑,善里面就蕴藏了恶。其中任何一个走到极点,也就走向相反的方面。《庄子》说"至乐无乐,至誉无誉",就表达了这样的认识。《老子》第四十章说"反者道之动",道的规律、事物的规律,是对立的方面相互包蕴,相互转化。"观复","好还","正复为奇",正常随时可以转变为反常。智慧的人,看事物的不同侧面、不同发展趋势,向相反方向转化的可能性。正面的和反面的既是不同的,相异的,相对立的,又总是相通的,正的可以走向反面,反

---

① 黄庭坚:《题意可诗后》,见《山谷题跋》卷之二,丛书集成初编本,商务印书馆1936年,第18页。

的可以走向正面。表达正面意思的词语句子,可以从反面理解;表达反面意思的词语句子,可以从正面理解。智慧的人,领悟它们内在的关联;死板的人,盯着两者外在的差别和冲突。

古希腊哲学家也提供给我们许多正言若反的例子,赫拉克利特说:"善和恶是一回事","结合物既是整个的,又不是整个的,又是分开的;既是和谐的,又不是和谐的;从一切产生一,从一产生一切"。[1] 黑格尔《哲学史讲演录》引赫拉克利特说,对立物存在于同一东西中,此物中包含着此物的对方,这当中恰恰有它们的同一性,每一个都是对方的对方,也就是它的对方的对方。[2] 这些论述可能显得晦涩,然而是思辨的,思辨的真理对于理智永远是晦涩的。老庄的著作,他们的文学理论,较之于儒家而言更富于思辨性。

二、中国秦汉至明清的文学理论

导　语

从秦始皇统一中国到辛亥革命推翻清王朝,两千多年间中国文学理论经历了长期发展和多次变革,形成了自己稳定的民族特色。关于中国古代文学理论的总体特点,若干年前,我在《国学举要·文卷》一书中提出,了解中国古代文学理论有三个需要特别重视的方面:第一个是,自从殷周确立了宗法制度,其基本准则被后世承袭,在这种制度下,以父子关系为主干建立社会关系的纲目,维持社会制度的延续稳定,必然地导致血统观念成为至为重要的观念,孝和忠作为伦理的基石,成为规范和指导其他意识形态的准则。由此决定了文学思想注重教化,古代文学理论占据主流地位的观念是把文学的伦理价值作为最重要的评判标准,也作为作家修养的主要内容。这一点与古希腊、古印度很不一样,对文学艺术影响极深。第二个是,中国

---

[1] (古希腊)赫拉克利特:《赫拉克利特著作残篇》,北京大学哲学系外国哲学史教研室编译:《西方哲学原著选读》上卷,商务印书馆1985年,第23—24页。

[2] (德)黑格尔:《哲学史演讲录》第一卷,商务印书馆1995年,第300页。

古代文学在很长时期里以抒情文学为正宗而轻视模仿艺术,叙事理论和戏剧理论发展滞后。在本书前面我已经说到,这一点和西方从古希腊开始的传统也是很不一样的。之所以如此,很可能与前一点有关,宗法制下"男女之大防",忌讳详尽描摹人物情貌和心理的小说和戏剧。第三个是汉语汉字的特点带来的,在全世界几千种语言中,汉语是非常特殊的一种语言,汉字是独体的方块字,一字一音,一个汉字表示一定的意义,单音节和双音节词语占有很大比例,一个词语常有很多种彼此相差颇远的义项,易于造成歧义多解,造成语句的含蓄朦胧,字形以及字音往往也有表意性,独体、表意的文字带来的对文学形式美的特殊追求,古代文学家利用汉字造成形文之美、声文之美和意义之美。此外,我在《国学举要·文卷》里还提出,中国古人对文学有三种基本态度——以文为用,以文为哭,以文为戏。文,文学,它的"用"是什么?就是"化"。统治者的两手是,用"武"征服、强制,用"文"教化、感化,"上以风化下",统治者用文学统一百姓的思想。至于文人,小而言之以文学作为进身之阶,大而言之以文学实现经邦济国之志,都是以文为用。以文为哭,是用文学抒发悲伤、愤慨的感情。历史上有志向有才华的人被嫉妒、被防范、被贬斥十分常见,忠不见用、怀才不遇的人用文学宣泄忧烦愤懑,他们的作品里回响着哭声,哭自己生不逢时,哭王朝盛筵难再,哭百姓生灵涂炭。接受者阅读这些作品,作同情之哭,读《离骚》,读李清照,读《红楼梦》里的《葬花词》,一洒同情之泪。以文为戏,包括自遣和娱众两大类。自遣,是本人藉文学创作或文学欣赏消愁解闷,杜牧《读韩杜集》说,"杜(甫)诗韩(愈)集愁来读,似倩麻姑痒处搔";汤显祖在《艳异编序》里说,"亦足以送居诸而破岑寂",或是纪昀《姑妄听之序》里说的,"姑以消遣岁月而已",都是讲文学的自娱作用。娱众,是文艺作品为它的接受者提供娱乐,如《淮南子·缪称》所说,"侏儒瞽师,人之困悴者也,人主以备乐";或是《水浒传》里白秀英的父亲白文乔说的:"只凭女儿秀英歌舞吹弹,普天下服侍看官。"[①]这三种态度并非是截然分开的,一个人可以兼有几种态度,一件文学作品可以在几个方面发生作用。《红楼梦》第一回说,这部小说"可以消愁破闷,可以喷饭供酒",愿世人"醉淫卧饱之时,避世去愁之际,把此一玩";同时又说,这部小说是"满纸荒唐言,一把辛酸泪","字字看来都是血"。《红楼梦》确实有以文为戏的效果,骨子

---

① 参见王先霈:《国学举要·文卷》,湖北教育出版社2002年,第3—34页。

里却是以文为哭,写的是曹雪芹的身世之感。现代人把《红楼梦》"当做历史来读",那又是"以文为用"了。历史上一些怀着深沉痛苦写作的作家,常要声明他们的作品只是供读者闲中翻阅,绝非伤时感事;而大多低俗无聊的色情小说,却信誓旦旦地申明是"以文为用",是警戒世人不要贪恋女色。我们只能看作品的实际,不能听信作者的宣言。

两千多年的文学理论前后有巨大的变化,在不同阶段有不同的形态,文学批评史通例是分成若干阶段来阐述介绍。中国古代文学和文学理论发展的分期、分阶段,按照其内部的特色与形态的变异来说,与王朝的此兴彼灭不会是一一对应的,但为了讲说的方便,人们还是以王朝为标志来分期,一般划分为先秦至秦汉时期、魏晋南北朝时期、唐宋时期、元明清时期。对于文艺学的初学者来说,我以为,在对各个阶段的概况都有所了解的基础上,对魏晋南北朝时期和元明清时期不妨给予更多的注意。前者是中国文学理论独立成型时期,开始形成明确区别于汉代的经学,或者说区别于现代所谓哲学、文化学、政治学、伦理学的文学理论。后者是中国古代文学理论的转折时期,叙事的、戏剧的文学取代抒情的诗文成为文学实际上的主流,俗文学所显示的勃勃生机使得雅文学相形见绌,文学创作上的新变在理论上得到及时的反应,使中国古代文学理论呈现出新的面貌。下面,选择各个时期代表人物及标志性著述以介绍各个时期的文学理论。同学们在了解理论家和理论批评著作的同时,对于各个阶段理论批评问题意识的嬗变,也应给以足够的关注。

(一)《乐记》和《毛诗序》

《乐记》和《毛诗序》是汉代最重要的两种文艺理论著述,对其后中国文艺理论有十分深远的影响。清代宫廷编撰的《律吕正义》说,"《乐记》者,囊括古今言乐之道,精粗本末,觊缕无遗"。李泽厚、刘纲纪主编的《中国美学史》说,"《乐记》是我国古代第一部专门论述音乐问题的著作","而且是儒家美学的重要经典","正如了解西方美学不可不研究亚里士多德《诗学》一样,了解中国美学不可不研究《乐记》";《毛诗序》"是《乐记》的美学思想扩展应用于诗歌的产物,同时也是对整个儒家诗论的一个总结和经典化"。顾易生、蒋凡的《先秦两汉文学批评史》说,《乐记》是"我国古代第一部具有完整体系的文艺理论专著",《毛诗序》"是我国诗歌理论的第一篇专论"。① 《乐记》和《毛诗序》之所以重要,首先都在于它们承先启后的特殊地位。承先,是说它们总结殷周到西汉前期的文艺理论,但它们并不是全面的总结,战国时期的学者们对于音乐和诗歌发表了多种彼此不同的看法,《乐记》和《毛诗序》的写定者对于道家、法家、墨家的音乐观、诗歌观赞成、吸收的极少,不赞成的居多,它们是集中地阐述儒家的观点,并且它们突出的是儒家文艺思想伦理化的一面,强调音乐、诗歌维护君臣父子关系作用的保守的一面。《乐记》里面有七百多字与《荀子·乐论》大体一样,这占到《乐论》近一半的篇幅,《毛诗序》里也有与《乐记》大体一样的语句。《礼记》和《诗经》都在"五经"之列,《乐记》和《毛诗序》是西汉经学的产品,它们把儒家的音乐理论、诗歌理论做了比较完整、系统的表述。启后,是说它们确定了两汉时期文艺理论的基调,后来作为儒家经典被士子学习,它们的启后,既有有利于加深对音乐、诗歌特性认识的积极的一面,也有限制、阻碍文艺特性正常发挥的消极的一面。

　　《乐记》是《礼记》中的一篇,《礼记》各篇出于不同时代不同人之手,《乐记》又分多篇,现在保存的有十一篇,很可能作者不止一人。② 其中重要的是《乐本》《乐象》《乐化》《乐施》等篇。《毛诗》指的是汉代鲁人毛亨、赵人毛苌所传的《诗经》,它在每一首诗前面对诗的主题做了说明,叫做诗序。第一篇《关雎》前面的说明最长,其中最前面三十多字是说明《关雎》的,称为"关雎序"或者称为"小序",接下去的大部分阐述对于诗歌、对于文艺总的看法,被称为"诗大序"或"毛诗序"。《毛诗序》的作者未有定论,和《乐记》同样,应该是西汉时期人综合前人见解写定的。

　　《乐记》和《毛诗序》都表达了诗歌和音乐本为一体的思想,它们的论述对象既是音乐也是诗歌,内容和核心观念多有相近之处,所以我们放在一起来介绍。

　　音乐和诗歌是人类最早出现的艺术样式,它们是怎样发生的,它们的

---

① 参见李泽厚、刘纲纪主编:《中国美学史》第一卷,中国社会科学出版社1984年,第340页,第362页,第571页;顾易生、蒋凡:《先秦两汉文学批评史》,上海古籍出版社1990年,第374页,第400页。

② 参看人民音乐出版社编辑部编:《〈乐记〉论辩》,人民音乐出版社1983年。

基本性质是怎样的？这是《乐记》和《毛诗序》首先要回答的大问题。《乐记·乐本》说："凡音之起，由人心生也。人心之动，物使之然也。感于物而动，故形于声；声相应，故生变，变成方，谓之音；比音而乐（yuè）之，及干、戚、羽、旄，谓之乐。"①《毛诗序》说："诗者，志之所之也，在心为志，发言为诗。"②古希腊学者讲文艺的发生与性质，重点在模仿；中国古代文论讲文艺的发生与性质，重点在感应。感应是人的心理受到外界事物、事件激发后的反应。讲模仿，把文艺比作镜子，就要讨论文艺作品中外在世界影像的真实性，就要讲人对外界事物、事件的评价。讲感应，讨论的就是外界激发所引起的主体的情感，就要讲外物→情感→文艺三者的关系。这两种讲法是从很不相同的角度来理解文学艺术。什么是音乐？音乐就是人受到外界事物激发引起情感反应，把这种情感用按照美的规则组合的声音表现出来。关于文艺与情感的表现，在欧洲，直到两千年后，才由托尔斯泰明确表述："艺术的本质，即用他个人固有的独特方式来表达感情。""一个人有意识地利用某些外在的符号把自己体验过的感情传达给别人，而别人为这些感情所感染，也体验到这些感情。"③表现说和再现说，讲感应和讲模仿，不是相互排斥，而是可以相互补充。

不是人的任何情感反应都能成为音乐，成为诗歌，成为文学艺术；也不是任何声音都能成为音乐，不是任何语句组合都能成为文学。音乐和诗歌是声音的、语言的符码按照一定规律、规则组成的符号系统。《乐记》讨论声、音、乐三者关系，勾画从无意识的自然声音到艺术化的乐曲的形成过程。它说的"声"，是自然的声音；"音"，是人为艺术加工后的声音；"乐"，是由众多的"音"组合而成的曲调。"比音而乐（yuè）之"，比是组合，组合"音"成为乐句，成为乐曲；"乐"（yuè）是名词作动词使用，意思是使之成为乐曲。"声成文"是声音按照美的规律组合，"声"加工成了"音"，众"音"安排到组织结构之中，成为乐调、乐曲；"声相应"是不同的声调相互应和。它们组合到一起之后再也不是原来单独的声音了，彼此都发生了变化。"变成方"就是形

---

① 本书引《乐记》，据《十三经注疏·礼记注疏》，中华书局1980年，并参考蔡仲德：《〈乐记〉〈声无哀乐论〉注释与研究》，中国美术学院出版社1997年。

② 本书引《毛诗序》，据《十三经注疏·毛诗正义》，中华书局1980年。

③ （俄）托尔斯泰：《艺术论》，《托尔斯泰文集》第14卷，陈燊等译，人民文学出版社1992年版，第247页，第174页。在之前，英国华兹华斯1800年在《抒情歌谣集序言》中说，"诗是强烈情感的自然流露"，见《〈抒情歌谣集〉序言及附录》，曹葆华译，《古典文艺理论译丛》第一册，人民文学出版社1961年，第16页。

成新的结构。声"成文"之后,再也不是原来的声了,语言"成文"之后,再也不是原来各自独立的字和词了,它们成了一个符号体系,指向某种意味、意蕴的符号体系。20世纪艺术心理学指出,整体式样中各个不同要素的表象给接受者的印象,取决于这一要素在整体中所处的位置和所起的作用,"假如不能把握事物的整体或统一结构,就永远也不能创造和欣赏艺术品"。①决定艺术和非艺术界限的,是作品的结构和意蕴,直接呈现的外在因素都应该是指向内在的意蕴,就文学作品而言,如黑格尔所说的,"每个字都指引到一种意蕴",所有的文艺作品,"不只是用了某种线条,曲线,面,齿纹,石头浮雕,颜色,音调,文字乃至于其他媒介,就算尽了它的能事,而是要显现出一种内在的生气,情感,灵魂,风骨和精神,这就是我们所说的艺术作品的意蕴"。②《乐记》注意到了从"声"到"音"到"乐"的转化过程,这是很了不起的。

　　受到激发,每个人每次的反应各不相同,创造出的作品也是多种多样的。每次从发生情感反应到创作出一件完整作品,有一个过程。《乐记·师乙》篇说:"故歌之为言也,长言之也;说(yuè)之故言之,言之不足故长言之,长言之不足故嗟叹之,嗟叹之不足故不知手之舞之、足之蹈之也。"《毛诗序》说:"情动于中而形于言,言之不足故嗟叹之,嗟叹之不足故永歌之,永歌之不足,不知手之舞之、足之蹈之也。"这里都是说的早期诗、乐、舞合而为一的综合性的艺术。原始时代的人们,情感激动就用简短的语言表达,简短的语言不足以充分表达,就强化语调,加进各种感叹语气,形成某种曲调,并且配合以舞蹈动作。孔颖达《毛诗正义》引《汉书·艺文志》并发挥解释说:"'诵其言谓之诗,咏其声谓之歌',然则在心为志,出口为言,诵言为诗,咏声为歌,播于八音,谓之为乐,皆始末之异名耳。"诗歌、音乐、舞蹈,可以分开,可以结合,它们都是人的情感以美的形式的表现。

　　《乐本》篇还说,情感的性质、类型不一样,创造出来的音乐也不一样,"其哀心感者其声噍以杀,其乐心感者其声啴以缓,其喜心感者其声发以散,其怒心感者其声粗以厉,其敬心感者其声直以廉,其爱心感者其声和以柔。六者非性也,感于物而后动"。类似的说法在《乐言》等篇也有。就创作说,有哀心而后有"噍以杀"之声;就欣赏说,听到"噍以杀"之音而后产生哀心。

---

① 参见(美)阿恩海姆:《艺术与视知觉》,滕守尧、朱疆源译,中国社会科学出版社1984年,第5页。
② (德)黑格尔:《美学》第一卷,朱光潜译,《朱光潜全集》第13卷,安徽教育出版社1990年,第23—24页。

《乐象》企图从生理上加以解释:"凡奸声感人而逆气应之,逆气成象而淫乐兴焉;正声感人而顺气应之,顺气成象而和乐兴焉,倡和有应,回邪曲直各归其分,而万物之理各以类相动也。"音乐与人的情感、情绪的关系,至今还难以在实证的水平上精确地说明,①但人类的极其丰富的实践证明了,音乐可以表达深刻而细腻的感情,并且其作品在长时间内能对广大人群的感情产生重大的影响。

　　《乐记》和《毛诗序》把文艺对人的情感的作用,归结到对统治者治理国家的作用。《乐本》篇说:"礼、乐、刑、政,其极一也,所以同民心而出治道也。"明确地把音乐作为巩固统治秩序的手段。《毛诗序》说:"情发于声,声成文谓之音。治世之音安以乐,其政和;乱世之音怨以怒,其政乖;亡国之音哀以思,其民困。故正得失,动天地,感鬼神,莫近于诗。先王以是经夫妇,成孝敬,厚人伦,美教化,移风俗。"《乐本》篇说:"乐者,通于伦理者也。是故知声而不知音者,禽兽是也;知音而不知乐者,众庶是也。唯君子为能知乐。"关于"治世之音""乱世之音""亡国之音"的说法,认为音乐能折射出社会政治稳定与否,这有一定的道理,但是过于夸张,并且其中带有"天人感应"的神秘色彩。就像是《韩非子·十过》所讲的,卫灵公听人奏"清角"之乐,玄云起,大风至,大雨下,破帷幕,碎廊瓦,大旱赤地三年。蒙昧时期音乐是巫术的组成部分,带有浓厚的迷信色彩,到了汉代,被用来与"美教化,移风俗"的文艺工具论配合。不接受这种理论,他们就认为是"不知乐"。后来嵇康作《声无哀乐论》,针对的正是这一点。西方的音乐理论史上,既有人认为音乐可以表现人的复杂情感和深刻思想,也有人认为音乐并不表现音乐自身以外的东西。音乐这种艺术类型,它所表达的内容不能是过于具体的。贝多芬的《第三交响曲(英雄)》,原本是要献给拿破仑的,但得知拿破仑恢复帝制,要登皇帝之位,贝多芬撕下写有题词的总谱封面,后来改为"为纪念一位伟大的英雄而作"。乐曲本身并没有变,两百多年一直为人们所喜爱,打动了无数听众。如果是文学作品或美术作品就不可能是这样。《乐记》把音乐与政治的关系讲得过于直接了。

　　提出"六义"是《毛诗序》的重要内容,它说:"故诗有六义焉,一曰风,二

---

　　①　参看高天编著:《音乐治疗学基础理论》第三章"音乐与情绪和健康",其中说,"音乐实际上不能表达这些具体的、指向性的社会性情感,人们从音乐作品中所能获得的只是关于轻松、欢快、哀伤、激动、恬静等等基本的情绪体验"。世界图书出版公司2007年,第40—63页。

曰赋,三曰比,四曰兴,五曰雅,六曰颂。"对于"六义",从古至今解释很多,众说纷纭。一般认为,风、雅、颂是《诗经》里作品的三个类别,《毛诗序》对它们各自的内容都作了说明:"是以一国之事系一人之本,谓之风;言天下之事、形四方之风,谓之雅。雅者,正也,言王政之所由废兴也。政有小大,故有小雅焉,有大雅焉。颂者,美盛德之形容,以其成功告于神明者也。是谓四始,诗之至也。"这只能视为后人的看法,不见得是当初编订《诗三百》之人的本意。至于"上以风化下,下以风刺上,主文而谲谏,言之者无罪,闻之者足以戒,故曰风""……变风变雅作矣,国史明乎得失之迹,伤人伦之废,哀刑政之苛,吟咏情性,以风其上,达于事变而怀其旧俗者也",不但讲了上以化下,而且讲了下以刺上,讲了老百姓可以用文艺表达反对苛政的要求,这是很值得肯定的。赋、比、兴是诗歌创作手法,《毛诗序》提到了,没有解释。刘勰、钟嵘把比、兴作为方法来论述,赋、比、兴作为中国古代文学理论范畴,具有丰富深刻的含义,这里就不去详细讨论了。

(二) 曹丕和曹植

刘勰《文心雕龙·序志》篇历数在他之前出现的关于文学的论述,他说,文论的"本源"在圣人的经典,而到了文学和文学理论开始具有独立意识,人们开始把文学当做专门的领域加以研究,那是在他稍前的魏晋,他举出六个代表人物,首先提到的是曹氏兄弟:"详观近代之论文者多矣,至于魏文述《典》,陈思序《书》……"刘勰讲得不错,曹丕、曹植的著述可以看做是中国自觉的、独立的文学理论的开端。汉代继续完成秦王朝没有来得及做好的文化统一的事业,综合多家而以儒学为主干。东汉末年,统一瓦解,南方和北方,汉族与各少数民族,本土文化与外来文化,世俗文化与宗教文化,并存、对抗又相互吸收。在很大的范围里,文学的传统伦理意识、政治意识被淡化。鲁迅说,"曹丕的一个时代可说是'文学的自觉时代',或如近代所说是为艺术而艺术(Art for Art's Sake)的一派"。[①]曹氏父子兄弟是文学新时代

---

① 鲁迅:《魏晋风度及文章与药及酒之关系》,《鲁迅全集》第三卷,人民文学出版社 1981 年,第 504 页。

的开路者。

曹丕著有《典论》,其中《论文》保存了下来,曹植有《与杨德祖书》,此外,曹丕还有《与吴质书》,曹植还有《与吴季重书》,都是论文学的重要文献。[①] 曹丕(187—226)和曹植(192—232)是曹操的儿子,曹氏父子三人都在中国文学史上占有重要位置。东汉末年,天下三分,文学家和文论家集中在魏国,蜀国和吴国在这方面可以称道的人才却少而又少。这是由于曹氏一家父子三人都是一流的大诗人,并且注意招揽人才,而吴国只重视实用之学,对于文学之士甚是鄙薄。唐代许嵩《建康实录》记载曹丕问吴国来使,"吴王颇知学乎?答曰,吴王浮江万艘,带甲百万,任贤使能,志在经略,脱有余暇,博览史籍而采奇异,不效书生寻章摘句而已"。《三国演义》第四十三回"诸葛亮舌战群儒",让诸葛亮说出类似的见解:"儒有君子小人之别,若夫小人之儒,惟务雕虫,专工翰墨,青春作赋,皓首穷经;笔下虽有千言,胸中实无一策,虽日赋万言,亦何取哉!"吴蜀两国对于文学很是轻慢。曹魏则不然,曹植《与杨德祖书》说,"今世作者……吾王于是设天网以该之,顿八纮以掩之,今尽集兹国矣"。曹氏兄弟与当时一批才华横溢的作家感情深厚,曹丕《与吴质书》说:"昔年疾疫,亲故多离其灾,徐(幹)、陈(琳)、应(玚)、刘(桢),一时俱逝,痛可言耶!昔日游处,行则连舆,止则接席,何曾须臾相失?每至觞酌流行,酒酣耳热,仰而赋诗,忽然不自知乐也。"正是在与当时最优秀的文人才士的密切交往中,在自己的文学创作实践中,曹丕和曹植形成并逐渐深化了自己的文学思想。轻视文学当然并不是蜀、吴最终灭亡的原因,但却是两国执政者短视的一种表现。

曹氏父子兄弟处在激烈动荡的年代,处在政治漩涡的中心,对于社会,对于人生,有着深切的体验。曹操《短歌行》开头几句"对酒当歌,人生几何!譬如朝露,去日苦多",打动过许许多多人,他感叹人生的短暂,思考如何建立发生恒久影响的功业。追求不朽本是历来志士的人生目标,《左传·襄公二十四年》记有叔孙豹的话:"太上有立德,其次有立功,其次有立言,虽久不废,此之谓不朽。"这就是所谓"三不朽"。司马迁在《与挚伯陵书》里引用这句话,司马迁用《史记》立言,做到了不朽。后来刘勰讲他为什么要投入巨大

---

① 本书引用曹丕、曹植此四种著述均据"四部丛刊"本《文选》;参看郭绍虞主编:《中国历代文论选》第一册,上海古籍出版社1979年,第158—169页。吴质字季重,杨修字德祖,都是当时的文学家。

精力写《文心雕龙》时说,人生世上,"形同草木之脆,名逾金石之坚,是以君子处世,树德建言,岂好辩哉?不得已也!"曹丕有《与王朗书》说:"生有七尺之形,死惟一棺之土,唯立德扬名,可以不朽,其次莫如篇籍。"《典论·论文》里也讲:"年寿有时而尽,荣乐止乎其身,二者必至之常期,未若文章之无穷。"他虽然贵为公子,却不满足于世俗的荣华富贵,还要在思想上有所创造,在文学理论上提出独立见解,这是很可佩服的。曹丕后来做了魏文帝,中国古代好几百个皇帝,能被普通人记住的有几个?曹丕主要是靠他的《典论》和开创七言诗体的《燕歌行》而为后人所看重。

曹植《与杨德祖书》说了一些对文学表示轻视的话:"辞赋小道,固未足以揄扬大义、彰示来世也。昔扬子云先朝执戟之臣耳,犹称壮夫不为也;吾虽德薄,位为蕃侯,犹庶几戮力上国,流惠下民,建永世之业,流金石之功,岂徒以翰墨为勋绩、辞赋为君子哉!"曹植说辞赋为小道,不是真心话,而是牢骚语。他富于才略,曹操曾有意立为太子,但后来立的是曹丕,陈寿《三国志》说,"植常自愤怨,抱利器而无所施"。杨修回信纠正他:"修家子云(指扬雄),老不晓事,强著一书,悔其少作……君侯忘圣贤之显迹,述鄙宗之过言,窃以为未之思也。"其实,曹植和杨修、曹丕一样,都是肯定文学的价值的,他曾在自己的文集《前录》序里说,"余少而好赋,其所尚也,雅好慷慨"。兄弟二人对于文学的作用和特性都有着深刻的了解,曹丕说,"盖文章,经国之伟业,不朽之盛事",前一句说的是文学对于社会的作用,后一句说的是文学对于个人的价值。要得天下、治天下,首先需要做的是军事的和经济的工作,但文学的力量也不可以忽视;对于个人,想要追求生命的意义,权位和财富只有短期效应,文学可以使作者被后世长久地怀念。

曹丕的突出创见,是以"气"论文,中国文论史上的气论从《典论·论文》和《与吴质书》发端,"气"成为最有民族特色的文论范畴之一。曹丕说:"文以气为主,气之清浊有体,不可力强而致……虽在父兄,不能以移子弟。"曹丕所说的气,与孟子不同,具有个性、气质、习染、志气、志趣等含义。他说文以气为主,就是高度重视作家的个性。作为政治家,曹操和曹丕注意观察、了解文人的个性。儒家的传统观念是把人的才华与人的德行视为一体,所谓有德者必有言,有言者不必有德。曹操把才与德、才与性分开来衡量,显示出一个雄才大略的政治家的眼光和气魄。

文以气为主,意思是说,文学创作因作家的气质不同而形成不同各自不可重复、不可模仿的风格,这是十分宝贵的。曹丕说,"气之清浊有体",体,在这里是区分的意思,就是说,气有清和浊的区别。曹丕对于作家风格、个性所作的区分,是粗略的。后来刘勰《文心雕龙·体性》专论风格问题。把文学风格分为八个类型,叫做"八体"。风格论是中国古代文论的一个很重要的方面。

《论文》不只是讲了作家的个人风格,还提出不同文学体裁的文体风格:"奏议宜雅,书论宜理,铭诔尚实,诗赋欲丽。"前三类是应用文,最后一类是文学,它对文学和非文学作了区分;诗赋是文学,所以要讲求华美。

曹氏兄弟以不同的身份谈论文学批评的主观条件。曹丕是以政治家的身份,自上视下,他说,"文人相轻,自古而然";"斯七子者,于学无所遗,于辞无所假,仰齐足而并驰,以此相服,亦良难矣。盖君子审己以度人,故能免于斯累"。其实,在他之前和之后,有才华而又有气度的大文人,对于同道多半是欣赏也是亲近的,自己才华有限、气量狭小的文人,彼此相轻,那只是一部分,还往往是成就不高的那一部分。曹植是以创作者的身份论文,他说:"盖有南威之容乃可以论于淑媛,有龙泉之利乃可以议于断割。"但曹植并不是盲目自大之辈,他说自己"常好人讥弹其文,有不善应时改定"。他把自己作品收集为《前录》,在自序中说:"余少而好赋,其所尚也,雅好慷慨,所著繁多,虽触类而作,然芜秽者众,故删定别撰为《前录》七十八篇。"对自己的旧作也是很挑剔的。要求文学批评家、理论家都拿出精彩的创作业绩,都有南威之容、龙泉之利,显然做不到,但批评家、理论家若能对作家更多同情了解,其议论就更能切合实际,易于彼此沟通。

(三)陆机的《文赋》

陆机(261—303)出生于东吴世家,《晋书》本传说他"少有异才,文章冠世","天才秀逸,辞藻宏丽"。他的文学创作在生前和身后都曾得到很高评价,据说当时有人读了他的文章就要"烧其笔砚",没有信心再写诗文了。葛洪《抱朴子》说:"机文犹玄圃之积玉,无非夜光焉;五河之吐流,泉源如一焉。其弘丽妍赡,英锐漂逸,亦一代之绝乎!"钟嵘《诗品》把陆机列为上品,而评语却是有褒亦有贬。他的文学前辈张华曾经对他说:"人之为文常恨才少,而子更患其多。"张华这句话既像是赞扬,又像是讽刺,很可能两者兼而有之。从当时到明清包括刘勰在内不少论者也都指出,陆机文字过于繁密,常有形式大于内容的毛病。陆机擅长骈俪,他的《辨亡论》是骈体名篇,刘勰虽然不很认同陆机的文风,但《文心雕龙·论说》篇说:"陆机《辨亡》,效《过秦》而不及,然亦其美矣。"对陆机的《演连珠》,《文心雕龙·杂文》篇赞扬说:"惟士衡运思,理新文敏,而裁章置句,广于旧篇。"陆机对当时多种文体的写作技巧用心钻研,运用自如,对文学形式的高度重视正是他能写出《文赋》的原因。臧荣绪《晋书》本传说:"机妙解情理,心识文体,故作《文赋》。"从《文赋》我们可以看出优秀作家的文学理论著述与单纯理论家之不同。本传又说"然好游权门",交接多个当权人物,有时受重用,有时被贬谪,最后受谗被杀,年仅四十二岁,临刑时叹息:"华亭鹤唳,岂可复闻乎!"他是吴郡华亭人,年轻时与弟弟陆云在华亭老家"闭门勤学,积有十年",到生命的最后时刻后悔不该卷进政治漩涡,可惜为时已晚。

《文赋》的题目标明它用赋体写成。赋这种文学体裁,是中国古代韵文的一种,在汉代和六朝十分繁荣兴盛,其中又可细分为若干种,《文赋》属于骈赋,它重对偶,重排比,大体上以四字句和六字句参差错杂,对作者的文字功力和知识广度要求很高。萧统《文选》收入《文赋》,与咏音乐的几篇排在一起。作为文学作品,《文赋》的艺术成就也是很高的。后来以诗歌论述文学的很多,如杜甫的《戏为六绝句》,元好问《论诗三十首》,都是简短精练,作为文学理论文献,《文赋》篇幅长,约近一千七百字,内容丰富,自成体系,《文赋》能广泛流传,与它内容的细而全,与它形式的华美而流畅,都是不可分的。

《文赋》前有小序,[①]说明自己研读前人作品,了解其成功和失误之所在,从亲身的创作实践,体会其中甘苦,这是《文赋》写作的基础。陆机在序里告诉人们,应该了解文学知识,学习写作技巧,但是,讲知识、技巧,讲出来的只是文学创作奥秘的一部分,只是"所能言"的那一部分,是比较浅表的部分。还有不能言的,那是更精髓的、更重要的,就只有靠各人在实践中去体会、去

---

① 本书引用《文赋》据胡刻本李善注《文选》,中华书局影印本,1977年;参考张少康《文赋集释》,上海古籍出版社1984年。

掌握。文学写作有可传授的一面,还有不可传授的一面。修辞和结构的技巧可以传授,灵感的触发和技巧的运用之妙,则是不可传授的。仅靠"诗歌作法""小说作法",不可能写出成功的作品。陆机以内行的身份说的这番话,到今天,也很有教益。

《文赋》正文可以分为八段。第一段讲创作的准备,说的是读书养志,瞻物动情。第二段讲酝酿和构思,重点是讲艺术想象。"收视反听",是指主体摆脱外界干扰,反求于自己的内心,这里接受了道家"虚静""坐忘"之说。陆机用如下句子形容文学创作中"意"与"言"相吸引、相磨合:"……倾群言之沥液,漱六艺之芳润,浮天渊以安流,濯下泉而潜浸。于是沈辞怫悦,若游鱼衔钩而出重渊之深;浮藻联翩,若翰鸟缨缴而坠曾云之峻。""沈辞"一句比况有意而无词以表达,"怫悦"是难出的意思。诗人炼字与钓鱼有点相像,鱼儿咬钩却老是钓不上来,最后终于等到一条,从深水里把它提拉出来的片刻是钓者最欢欣的时候。"浮藻"一句比况丰富的辞藻成群而来,词语宛如飞鸟一个个从眼前掠过,最妥帖精当的词语却要耐心寻找,诗人要根据自己脑中"意"的统帅作用去抉择精选,像精明而耐心的射手准确地猎获高空中的鹰隼。第三段讲结构安排:"或因枝以振叶,或沿波而讨源,或本隐以之显,或求易而得难,或虎变而兽扰,或龙见而鸟澜,或妥帖而易施,或岨峿而不安。"这些话是形容结构时思路的方向,结构就是处理作品里各个元素、各个部分之间的关系,搭配得好相得益彰,搭配不当则相互妨碍。赋体文论用的是文学性的语言,这几句形容结构得当或不得当所发生的正面和负面的效果。第四段讲文学创作之乐:"课虚无以责有,叩寂寞而求音,函绵邈于尺素,吐滂沛乎寸心。"文学家虚构出多姿多彩的艺术世界,在有限的篇幅里容纳无限丰富的内容。第五段讲风格和体裁,分出十种文体,与曹丕比较不但精细得多,而且紧扣文学,即使是应用文体谈的也是它们的文学性一面,其中"诗缘情而绮靡"一句最为后人重视。"缘情"与"言志"相区别,"绮靡"与"谨严"相区别,明显地表达了对儒家传统文学观念的疏离。后人或因此而对陆机严厉批评,或因此而对陆机大加褒奖,他的这个论断是时代变化的表现。明代胡应麟《诗薮》说:"诗缘情而绮靡——六朝之诗所自出也,汉以前无有也;赋体物而浏亮——六朝之赋所自有也,汉以前无有也。"这个时期人们对文学的特殊性开始注重起来了。第六段包括五个小段,讲各种具体的写作技巧。既从正面引导,也从反面指出常见的毛病。例如强调警句的作用:

"立片言而居要,乃一篇之警策,虽众辞之有条,必待兹而效绩。"又如说到作品的熔炼剪裁,指出:"或仰逼于先条,或俯侵于后章,或辞害而理比,或言顺而义妨。离之则双美,合之则两伤。"所有的技巧,都靠作者灵活掌握:"若夫丰约之裁,俯仰之形,因宜适变,曲有微情……譬犹舞者赴节以投袂,歌者应弦而遣声,是盖轮扁所不得言,故亦非华说之所能精。"第七段讲天才与灵感。灵感"来不可遏,去不可止"。来时,"思风发于胸臆,言泉流于唇齿";去时,"兀若枯木,豁若涸流"。灵感的发生和消逝有必然性也有偶然性,陆机侧重于偶然的一面,"或竭情而多悔,或率意而寡尤","故时抚空怀而自惋,吾未识夫开塞之所由"。最后一段讲文学作品的社会作用。

《文赋》中最精彩之处,一是讲作家创作的心理过程,一是强调文学的情感性和形式美。关于前者,比如陆机说的,"情瞳昽而弥鲜,物昭晰而互进"。文学创作思维中,最重要的是想象,想象是寻找、召唤艺术形象,其中有情感、心态的形象和景物、人物的形象。形象总是由模糊、暗淡到清晰、鲜明,使原来模糊的感觉映象、情绪情感逐渐鲜明,然后寻找恰当的词句表达,乃是作家的基本的功夫。这些,后来刘勰在《神思》篇接过去展开论述了。

(四)言意之辩

魏晋南北朝时期政权更迭频繁,多个政权并立,这也在思想上打破了汉朝的大一统局面。在学术上,学者们不再满足于只是阐释既有的经典,而要各自提出新异的见解,发生了多场引人瞩目的论争,大大推进了哲学和文学理论的发展。例如,才性合与才性离的论争,言尽意与言不尽意的论争,声无哀乐与声有哀乐的论争,诗歌应不应该讲究声律的论争,以及宗教学领域神灭与神不灭的论争,这里提到的论争其中很多或者本身就是文学理论范围之内的,或者与文学理论有密切关系,这些论争把文学理论从具体问题的讨论提到更高的抽象的层次,提升了中国古代文学理论的思辨性。

才性的同异、离合之争,说的是关于人的才能与德行的关系,以及认知能力与实践能力的关系,有的人强调它们的一致性,有的人强调它们的差别性:"尚书傅嘏论同,中书令李丰论异,侍郎钟会论合,屯骑校尉王广论离。"①这几家的论述文字已经散失,最早提出"才性离"并发生重大影响的可以认为是曹操,他发出"唯才是举"的明确口号,并且说,"夫有行(德行)之士未必能进取,进取之士未必能有行也"。他在《求贤令》里说,凡是真有军事或行政才干的人,道德上有污点,他也要重用。曹丕《与吴质书》说:"观古今文人,类不护细行,鲜能以名节自立。"文学家的才华与他达到的道德高度,常常并不完全契合。主张才能与德行"异"和"离"的,是要打破主流伦理准则对文人的制约;主张"同"和"合"的,则是维护社会的道德共识,期望强化文学的教育作用。至于对文学的理论认知和实际创作能力更不是一回事,陆机《文赋》序中说"非知之难,能之难也"。了解到、感受到、想象到当然很重要,最终起决定作用的,却是要能够表达出来。

言意之辨就是在这样的环境中发生的一场论争,对于言意关系战国诸子早有论述,而在六朝则有集中的讨论、直接的对峙。《文赋序》说"恒患意不称物、文不逮意",道出了文学家普遍的永恒的痛苦,即语言的痛苦。文学是语言的艺术,文学家唯一的工具是语言;而作家之"意",他对宇宙、人生的体悟,那精微处又是语言难以传达的。意与物、文与意总是难以完全相称。在陆机生活的晋代有言意之辨,"辨"就是辨析,辨析语言和意义的关系。汤用彤先生说,言意之辨"为玄学家所发现之新眼光新方法"②。那期间在这个问题上出现对立的见解,有主张言尽意的,有主张言不尽意的,又发生了言意之辩。"辩"就是辩论,这是一次延续时间长、影响很大的学术讨论。言意关系问题,是一个古老的问题,又是哲学乃至自然科学领域里的一个永恒的话题。海森伯在其名著《物理学和哲学》中说:"在希腊哲学中,语言中的概念问题自苏格拉底以来,就是一个主要的题目,苏格拉底的一生是连续不断地讨论语言中概念的内容和表达形式的局限性的一生。"③还有人说:"每当人类文化处于危机点时,就会产生对语言和意义问题的热情。"④

---

① 《世说新语·文学》"钟会撰《四本论》"条刘孝标注引《魏志》说,"四本者,言才性同,才性异,才性合,才性离也"。余嘉锡引南齐王僧虔《诫子书》,说才性离合、声无哀乐都是当时清谈的热门话题,参见余嘉锡《世说新语笺疏》,中华书局1983年,第195页。
② 汤用彤:《言意之辨》,见《汤用彤学术论文集》,中华书局1983年,第214页。
③ (德)海森伯:《物理学和哲学》,范岱年译,商务印书馆1984年,第110页。
④ 这是美国哲学家W.M.乌尔班说的,转引自李幼蒸:《理论符号学导论》,中国社会科学出版社1993年,第211页。

这话很有几分道理,文学、哲学和文化面临大的变革,语言和意义的关系问题就会突出,六朝正是这样的时期。

荀粲(209? —238?)与他的兄长荀俣(生卒年不详)分别主张言不尽意和言尽意。① 荀粲认为,经典中能够记录下来的,是圣人普通的、不那么重要的思想,是糠秕,最精彩的思想无法用语言表达,因而也就不能流传下来。荀俣引用《周易》的话"圣人立象以尽意,系辞焉以尽言"来反驳荀粲,但这个反驳显得无力。因为言不能尽意,才想到去立象(卦象);如果言能尽意,又何必那么麻烦再去立象呢?而且,象又能够尽意吗?

荀粲说:"盖理之微者,非物象之所举也。今称'立象以尽意',此非通于意外者也;'系辞焉以尽言',此非言乎系表者也——斯则象外之意,系表之言,固蕴而不出矣。"荀粲所强调的不能"尽"的,不是普通描述物象的"意",而是始终在"象外""言外"的那个"意",是哲学的玄远之思。所谓不可说,不是绝对不能谈及,而是指不能够确切圆满地表达,意和言不是恰好对称。日常语言的使用,如镜中显物,是对称的;哲学思维和文学艺术思维使用语言,有时候如流水中的物影,是恍惚不定、难以捉摸的。一般来说,实际存在的物事,如草木虫鱼、房舍器具,语言易于描述;内心活动,精深的道理,则是语言难以描述的。历来感受言不尽意之痛苦的,主要是哲学家和文学家。②

欧阳建(269? —300)作《言尽意论》③,他说:"名逐物而迁,言因理而变。此犹声发响应,形存影附,不得相与为二矣。苟其不二,则言无不尽矣,吾故以为尽矣。"语言有两方面的基本作用,就是作为人的思维工具和交际工具。欧阳建说,离开了语言人与人就不能相接,人就无法形成和确定其鉴识,无法畅宣心中的"志""理"。应该承认,他这样说是正确的。但是,他的论辩并未构成对荀粲的驳斥,两人的论述不在问题的同一个层面。欧阳建肯定的是语言的符号功能,肯定的是这种符号功能对于人的思维的必不可少。荀粲是为了给玄学打开通路,强调在语言的客观的、指称的、命题的意义的范围之内,语言不能很好地传达玄学家的思维成果。他们之间的分歧,其实不在语言究竟能否尽意,而在哲学思维的最高目标或最高境界是什么。

---

① 荀粲、荀俣的言论见《西晋文纪》载何劭《荀粲传》。下同。
② 参见钱锺书《管锥编》第2册,论哲学家及文人对语言之不信任,中华书局1979年,第406—408页。
③ 《言尽意论》,载《艺文类聚》十九。欧阳建的主张得到回应,《梁书·侯景传》:"景然之,乃抗表曰,臣闻书不尽言,言不尽意,然则意非言不宜,言非笔不尽。臣所以含愤蓄积不能默已者也。"

"言不尽意"是指,"意"在不停地向未知世界伸展,创造性的思维在不停地向未知世界伸展,作为人类的制度化的符号系统的语言难以即时地紧紧追踪。

梁代的僧人慧皎在《高僧传·义解论》中,从佛教教义的领悟和传述的角度,指出语言的局限性和人们所可持有的明智的应对之方,他说:"夫至理无言,玄致幽寂。幽寂故心行处断,无言故言语路绝。言语路绝,则有言伤其旨;心行处断,则作意失其真。所以净名杜口于方丈,释迦缄默于双树。将知理致渊寂,故圣为无言。但悠悠梦境,去理殊隔,蠢蠢之徒,非教孰启?是以圣人资灵妙以应物,体冥寂以通神,借微言以津道,托形传真。故曰:兵者不祥之器,不获已而用之;言者不真之物,不获已而陈之。"[①]"释迦缄默""净名杜口"是佛家常用的典故,释迦牟尼在双树成佛时,三个七日不开口说法;净名即是维摩居士,众多菩萨在他面前各说"不二法门",他始终默无一言。为什么呢?就是认为,在那种情况下,宗教教义的传授人,或者哲学的思想者,应该沉默无言,如果"有言",只会"言伤其旨",语言不但不能打开通向意义之路,反而会屏障两者之间的通路。所以,言不尽意论,就是要哲学去追踪那不可言说的领域。而在有些文学家、文论家看来,文学的最高境界,也是用语言传达语言所不可传达的东西,诗人最难做到的是用语词创造非语词的境界。[②]

刘勰的《文心雕龙·夸饰》从艺术表现的角度谈到作家面对的"言能尽意"的和"言不能尽意"的两种对象,也同时涉及文学创作的两种境界,他说:"夫形而上者谓之道,形而下者谓之器。神道难摹,精言不能追其极;形器易写,壮辞可得喻其真——才非短长,理自难易耳。""形器"是可说、易说的,"神道"是难说的,甚至是不可说的。用语言描画形器相对容易,因而在文学创作上属于较低层次;用语言追摹神道,是最为难能的,因而也最为可贵。从庄子到荀粲、慧皎、刘勰,都是主张、承认言不尽意的。但是,他们并不是否定语言的表意功能,相反,他们比常人更为重视语言的表意功能。在通常情况下,人们在口头或书面的言语活动中,注意发挥的是语言的置换、替代

[①] (梁)释慧皎:《高僧传·义解五·释昙斐》,汤用彤校注,中华书局1992年,第342—343页。别本作"托形象以传真"。

[②] 法国的莫里斯·贝姆尔有一篇文章的题目叫做"精神的形象再现和对不可表达之物的表达",其中说,"每首真正的诗歌,从它本身看,就是这个内部实在的一种造形表现。而这个内部实在,是由诗意所构成的……从本质上看,是不可表现的诗意的形象表现"。见《美学译文》(2),中国社会科学出版社1982年,第274—275页。

作用,即用声音或字形的符号,置换对应的客体。这种时候,语言能指的对应物——所指是确定的。较之于日常语言,科学语言要求能指与所指对应得更高、更精确,排斥歧义、模糊。而歧义性、多义性恰恰是文学语言的重要特征。在文学作品中,言辞的意义是多重的,作家不停留于表面,而是要力求暗示更丰富的言外之意。文学家期望语言对接受者产生的,主要不限于置换作用、替代作用,而是更看重激发、诱导、启迪作用。在诗歌里,能指往往没有确切的、唯一的对应物,而只是指示方向的符号,它的所指是一个开放域。① 这样的能指,不是固定的、僵硬的,而是充满弹性和活力,它能够打开读者的联想、想象的闸门,而且在每一次新的阅读中调动起新的联想和想象。明代唐元竑《杜诗攟》卷三说:"所谓言不尽意,尽,即非诗矣。"文学作品里的词语、句子,当然有一个基本的、稳定的意义,但是,读者领会的所指,与作者写作时想到的所指,未必完全一样,各个读者领会的所指,更会是千差万别。文学家的本领在于,以有限的能指,激发起、诱导出无限多的彼此接近而又各个不同的所指。

语言是意义的载体,音乐也是意义的载体。如果说,语言是思想的物质外壳,那么,也可以说,音乐是情感的外在标志——由于音乐自身的特点决定了,它所传达的主要不是抽象的思想,而是人们的情感。那么,如何细致精确地说明音乐作品和人们的情感的关系呢?与当时的"言意之辨"相呼应,嵇康提出了"声无哀乐"的论点。

嵇康是一位优秀的音乐家,他在《琴赋》里说:"余少好音声,长而玩之,以为物有盛衰,而此无变,滋味有厌,而此不倦。可以导养神气,宣和情志,处穷独而不闷者,莫近于音声也。"那么,这样一位内行为什么又提出"声无哀乐",写长文予以论辩呢?音乐作品表达情感内容的一大特点是,相比于文学作品,它具有很大的不确定性,给接受者有意或无意的"误读",给接受

---

① 威廉·詹姆斯说,"人类语言中有很大的部分只是思想内方向的符号",见其所著《心理学原理》(商务印书馆 1961 年)第 100 页。这个话更适合于文学语言。卡普拉在《近代物理学与东方神秘主义》中谈道:"我们语言中的不精确和含义不明确对于诗人来说是重要的,他们主要是利用语言的潜意识层次和联想。然而,科学的目的是作出明晰的定义和找到确定的联系。因此,它按照逻辑的法则,通过限制词汇的含义,并且使语言的结构标准化,来使语言进一步地抽象化。"见《近代物理学与东方神秘主义》,朱润生译,北京出版社 1999 年,第 19 页。现代科学家也越来越关注对于语言表意功能的思考,海森伯《物理学和哲学》中设有"现代物理学中的语言和实在"一章,其中说道:"在希腊哲学中,语言中的概念问题自苏格拉底以来,就是一个主要的题目,苏格拉底的一生是连续不断地讨论语言中概念的内容和表达形式的局限性的一生。"见《物理学和哲学》,范岱年译,商务印书馆 1984 年,第 110 页。

者欣赏中的再创造提供了大得多的空间。儒家认为"乐通于伦理",乐是为君主统治下的等级制度服务的。嵇康非汤武而薄周孔,在司马氏高压统治下,明确地反对"乐通于伦理"不免有所顾忌,嵇康就否定乐系于哀乐。《声无哀乐论》提出的重要问题,不在于音乐能否表达情感,而在于音乐的目的是否在表征社会政治心理,乐是否应该依附于礼,是否应该成为一种政治手段和工具。所以,这一论争的要点,其实并不在音乐符号系统与人的情感究竟有无对应关系,而在于人们与音乐相对应的心理究竟是什么心理。我们也可以说,《声无哀乐论》提出的,是音乐的性质、功能和最高境界的问题。在这一点上,它和"言意之辨"的命题异曲而同工。

(五)沈约与陆厥的论争

另一场论争围绕着沈约等人提出的声律论展开,声律论在当时是很新颖的理论,这场论争显示了六朝文论的创新性质。直到现代,人们对论争中双方的观点也还是有不同评价。这种分歧既关涉到对文学内涵之美与形式之美的不同立场,又关涉到对汉语文学特色认识的细致和深刻程度,而且,对这个问题的认识和处理,还影响到文学尤其是诗歌艺术审美品质的提升。

南齐武帝永明年间,沈约与诗人谢朓、王融气味相投,都努力探讨诗歌的声韵之美,并且尝试建立一套规则。《梁书·庾肩吾传》说:"齐永明中,文士王融、谢朓、沈约,文章始用四声,以为新变。"他们这一"新变",是中国文学史和文学理论批评史上的一个重大变化。沈约(441—513)是南朝政治家和文学家,历仕宋、齐、梁三朝,帮助萧衍结束南齐的统治,是梁朝立国的大功臣,著有《晋书》《宋书》和许多诗文。以沈约的高位盛名,他的说法当即引起重大反响,陆厥则致信加以批评,沈约迅即复书予以辩驳。稍后,钟嵘又在《诗品序》里对声律论的观点给予贬责。[①]

沈约的《宋书·谢灵运传论》是一篇史论,写法却跳出史论的惯例,它不

---

① 沈约:《宋书·谢灵运传论》,见《宋书》,中华书局1974年,第1778—1779页;陆厥:《与沈约书》及沈约《答陆厥书》,见《南齐书·陆厥传》,中华书局1972年,第897—900页;参看郭绍虞主编:《中国历代文论选》第一册,上海古籍出版社1979年,第215—232页。

是全面评论传主其人,而集中论述其文学创作,对于创作又独论其诗歌,并及古今诗歌作者多人,文章末尾提出声律论的见解,下面几句话以后被人们反复引用:"夫五色相宣,八音协畅,由乎玄黄律吕,各适物宜。欲使宫羽相变,低昂互节,若前有浮声,则后须切响。一简之内,音韵尽殊;两句之中,轻重悉异。""自骚人以来,多历年代,虽文体稍精,而此秘未睹。至于高言妙句,音韵天成,皆暗与理合,匪由思至。"这里提出,音韵协调是诗歌必须具备的品格。音韵协调主要有两点,一是要押韵,一是诗句要讲求声调的变化、对比、呼应。押韵,是诗句末尾的那一个字韵母相同或相近;声调变化,是前句和后句押韵的字声调不同,句中前后字的声调也要错综间隔。这些话现在说来很容易,小学生都能够了解。当时的人没有声母、韵母、声调的概念,诗人只是凭感觉使诗句念起来上口,听起来悦耳。沈约觉得光凭直觉不够,还要落实为一套明确的规则。怎样落实呢?他和同时代的学者发现,汉字有四声,其中,上、去、入三声为仄声,一首诗的句子平声字和仄声字交错,就产生美感。在此之前,东汉末年,已经有学者创造反切方法来注音,反切其实就是运用拼音的原理,前字取声母,后字取韵母。① 这个问题引起关注,是由于当时的文化风气,一是从东晋到南朝宋、齐、梁、陈,文人日渐自觉地注意到对言谈的声音的修饰;二是在佛教里,诵经成为某些僧人的专长。梁代僧人慧皎撰著的《高僧传》设有"诵经"一科,在其书的末尾有"论曰":"讽诵之利大矣……若乃凝寒靖夜,朗月长宵,独处闲房,吟讽经典,音吐遒亮,文字分明,足使幽灵忻踊,精神畅悦。所谓歌咏诵法言,以此为音乐者也。"② 这已经远远超出宗教的日常功课,成为高雅的令人愉悦的艺术活动。刘孝标《世说新语·文学》注引邓粲《晋纪》说,(裴遐)"以辩论为业,善叙名理,辞气清畅,泠然若琴瑟"。《宋书·张敷传》说,张敷"善持音仪,尽详缓之致"。《南齐书·刘绘传》说,"时张融、周颙并有言工。融音旨缓韵,颙辞致绮捷,绘之言吐,又顿挫有风气"。言谈中都讲究节奏、声调,诗歌写作就更要在音乐美上下大力气。诗歌之美不仅在它的内容,还在它的声调。声调不美的诗不能说具备了全美。

王力先生说,中国古典文论中谈到语言形式美,其中主要一点是声律。

---

① 《梁书》和《南史》沈约传记沈约作《四声谱》。梁代慧皎《高僧传·慧睿传》说谢灵运"通梵音",曾作《十四音训叙条例》,用"十四字贯一切音",这就是把拼音文字的梵文注音方法,化用到汉字注音上。
② 慧皎:《高僧传》,汤用彤校注,中华书局 1992 年,第 475 页。

"汉语是元音占优势的语言,而又有声调的区别,这样就使它特别富于音乐性。"[①]声调区别就是平仄变化,平声是长声,声调没有升降变化;仄声是短声,声调或升或降。平仄交错,也就是长短交错,平调和升降调、促调交错。《文心雕龙·声律》篇说:"异音相从谓之和,同声相应谓之韵。"同声相应,是在不同句子的同一位置上相同或相近元音的复现,造成声音的回环美;"异音相从"就是平仄递相运用,造成声音的变化之美。

陆厥在信中对沈约的第一个批评,是说声律论并非创见:"但观历代众贤,似不都闇此处,而云'此秘未睹',近于诬乎!"这里关系到的是学术史上新见解、新理论的首创权的归属问题,陆厥信中也承认:"故愚谓前英已早识宫徵,但未屈曲指的,若今论所申。"而沈约在答辩中说道:"自古辞人,岂不知宫羽之殊,商徵之别?虽知五音之异,而其中参差变动,所昧实多。"他们的前人对于诗歌需要讲究韵律、节奏,对于汉语的音调,并不是一无所知;但前人对于怎样根据汉字音韵、声调的特点,造成诗歌声音的形式美,并没有可以直接指导操作的系统的论述,却是无法否认的事实。原始的诗歌本来是与音乐结合在一起,那是自然的结合;作诗和吟诵诗歌的人,并非刻意营造声韵之美,并没有可以遵循的造成声韵之美的格律,也不懂得如何构成这样的格律。从凭感觉造成自然的诗歌音韵美到凭音韵学知识刻意营造人工的诗歌音韵美,这是诗歌创作和诗学理论的一个飞跃。

陆厥的第二个指责是,沈约对诗歌形式美给予了过分的重视,违背了传统的正道,他说:"意者亦质文时异,古今好殊,将急在情物,而缓于章句。情物,文之所急,美恶犹且相半;章句,意之所缓,故合少而谬多。义兼于斯,必非不知明矣。……何独宫商律吕,必责其如一邪?"他认为,诗人的要务,是反映客观事物和表达主体的情感,至于文辞之美,是次一等的事体,不必过多的注意。文辞美中的声音之美,更是末节。古代诗人为了表达"情物"而使诗句违背了协调变化的规律,不是出于不知,而是有意的选择。陆厥承认缓于章句会造成"合少谬多",却认为为了"义"而害"声",损害诗歌的声美,是必要的。沈约也深知历来风尚是急于情物而缓于章句,所以在回书中说:"盖曲折声韵之巧,无当于训义,非圣哲立言之所急也。"但他要追求的正

[①] 王力:《中国古典文论中谈到的语言形式美》,见《文艺报》1962年第2期。也可参见王力:《汉语诗律学·导言·平仄和对仗》,上海教育出版社2002年,第6—8页。

是新变，矫正古来之弊，把"圣哲"所忽略的形式美作为一个突出问题来研究，找出规律，制定规则。诗歌创作中独立于内容意蕴的形式之美、音韵之美是否应该追求、重视，沈约认为应该，陆厥认为不应该。显然，陆厥的看法是保守的、狭隘的。没有齐梁的声律论，就不会有中国古典诗歌高峰的唐代近体诗，也不会有宋代精于格律的词，甚至唐宋散文也会大大减少其声情之美。

钟嵘反对声律论的理由有二，一是古来诗乐相连，诗歌的音韵只要适合于相配的乐曲即可，诗与乐分离，诗歌寻求自身的声美不可取。《诗品序》说："古者诗颂皆被之金竹，故非调五音无以谐会……此重音韵之义也，与世之言宫商异矣。今既不备管弦，亦何取于声律耶？"沈约显然也是从音乐的声美受到启发，他所使用的术语——宫羽、低昂、轻重、清浊——全都是从音乐学术语借来。他认为，诗歌语言的声美与音乐的声美，具有共同性，又有相异性。"若以文章之音韵，同弦管之声曲，则美恶妍蚩，不得顿相乖反。"共同性是都要求前后"相变""殊异"，左右"互节"，也就是在变化中求得和谐。各个民族的诗歌，都经历了诗乐合一到诗乐分离的不同阶段。最初的诗歌是吟唱的诗歌，作者唱出来、吟诵出来给别人听。后来转变为阅读的诗歌，作者写出来给人看。给人看的诗，音乐性越来越弱。在诗三百和汉乐府之后，诗歌与音乐逐渐脱离直接联系，正是因为脱离了直接关系，"不被于管弦"，诗歌语言更需要寻求独立的声美，这独立的声美必须建立在对汉字音、韵、调的认识上。声律论回应了诗歌发展的这个需要。杜甫诗里说"晚节渐于诗律细"，"新诗改罢自长吟"，"长吟"就是从音韵美的角度推敲斟酌，这种推敲斟酌，依据的是对诗歌格律的理性认识。现代西方有的学者，提出"为听的语文学"（Ohrenphilologie）与"为看的语文学"（Augenphilologie）的区别，认为这对研究诗语有十分重要的意义。"因为在诗语里，音不仅是对内容的'本能的补充'，而且常常具有独立的，或者甚至是主导的艺术意义。"语音是深蕴艺术表现力的极重要的工具，"音的独特选词和独特配置把诗歌语言与散文语言相区别"。"艺术印象的源泉是音的质量方面，是元音、辅音的特殊选择与安排，亦即词语的选音问题。"[1]在中国古代，朱熹也早说过：

---

[1] （俄）维克托·日尔蒙斯基：《诗的旋律构造》，见《俄国形式主义文论选》，三联书店1989年，第307页，第226页。

"大凡读书,多在讽诵中见义理,况《诗》又全在讽诵之功,所谓'清庙之瑟,一唱而三叹',一人唱之,三人和之,方有意思。又如今诗曲,若只读过,也无意思;须是歌起来,方见好处。"①"为看"的诗歌有它的价值,但能够一唱而三叹,岂不是更好吗!

钟嵘反对声律说的第二条理由是,诗歌的声美应出于自然,不必刻意追求,而声律说"使文多拘忌,伤其真美"。沈约本来认为,汉字与拼音文字不同的独体字特点,给诗歌声美的创造造成很大困难,"宫商之声有五,文字之别累万。以累万之繁,配五声之约,高下低昂,非思力所举,又非止若斯而已也"。将文字之四声用于诗歌的格律,使得格律诗的写作技巧可以传授和学习,推进诗歌形式美的创造。创作者停留于直觉、直感是不够的,需要精心研究声韵的规则、规律。格律诗写作中"文多拘忌,伤其真美"确实是大量存在的,民间诗歌依照口语押韵,后来的文人依照韵书押韵,古今语音变化,依照韵书写出来的诗歌作品有不少形式美的魅力也很欠缺。不过,有通行的格律,在格律的限制中能够以巧思写出佳句,也是对诗人能力的一种肯定,如歌德的十四行诗《自然和艺术》所说:"自然和艺术,像是互相藏躲,/可是出乎意外,又遇在一起;/我觉得敌对业已消失,/二者好像同样吸引着我……在限制中才显示出能手,/只有规律能给我们自由。"杜甫的七律,"从心所欲地于格律之内腾掷跳跃",是在限制中显示能手的极好例证②。陆厥、钟嵘的意见在此后的一千多年的多数时间占据了上风,例如,唐代李德裕、封演,宋代秦观、叶适,他们说:"文旨既妙,岂以音韵为病哉?……则知声律之为弊也,甚矣!""自声病之兴,动有拘制,文章之体格坏矣。""于是敦朴根柢之学或以不合而罢去,靡曼剽夺之伎或以中程而见收。""自(沈)约以后,其声愈浮,其节愈急,百千年间,天下靡然穷巧极妙,而无当于义理之毫芒。"即使在 20 世纪五六十年代,论者也不愿意给沈约之论以较高评价。压制对于文学形式美的讲求,造成中国文论长期的偏颇,妨碍了艺术上的精致

---

① 《朱子语类·自论为学功夫》,中华书局 1986 年,第 2612 页。
② 参看叶嘉莹:《杜甫〈秋兴八首〉集说》代序,上海古籍出版社 1988 年,第 46—50 页;参看高友工、梅祖麟:《唐诗的魅力》,其中说:"杜甫驾驭音型的能力是非常杰出的,他能通过改变音型密度以加快或放慢语言的节奏。在有限的范围内,音型的密集或不同音型之间的强烈对比,会使诗的内部出现分化。造成这种效果的根源在于:语音相似的音节互相吸引,特别是一行诗中出现几个相同音节时,它们便会形成一个向心力场;同时,如果一行诗中重复了前面出现过的音型,前后相同的音型也会遥相呼应。"见氏著,上海古籍出版社1989 年,第 3 页。用现代语言学重新阐释齐梁声律论,可能引申出很多新意。

化。20世纪前期提倡白话文的同时,却忽略了对古典文学语言的丰富内涵以及古代文论精髓的吸收,因而限制了新诗艺术的成熟。① 因此,重新评价沈约等人的声律说,有着现实的意义。

(六) 刘勰的《文心雕龙》

刘勰的《文心雕龙》一书,其体系性之强和篇幅之大,在中国古代文学理论史上前所未有,后难为继,一直到清代,文学理论上再没有产生如此博大而严密的著作。鲁迅说,在历史上,文学理论作品"篇章既富,评骘遂生,东则有刘彦和之《文心》,西则有亚里士多德之《诗学》,解析神质,包举洪纤,开源发流,为世楷式"。② 在中国古代的某些时期,文人才士可能因一两句机智、别致的言谈而暴得大名,体大思精的著作反而长期受到冷落。《梁书》本传说,《文心雕龙》"既成,未为时流所称",刘勰装作卖书闯到沈约的车驾之前,期望得到沈约的推介。沈约果然很是赞赏,然而此书也并未因此被世人重视。这只是一个传说,但也反映出这部著作曾经的命运。在历史上,毕竟刘勰还是有一些知音,受刘勰影响最大的学者,有些是本身有建立理论体系宏愿的。例如唐代刘知几的《史通》,就是最具体系性的史学论著。清人孙梅《四六丛话》说:"《史通》一书所心摹手追者,《文心雕龙》也。观其纵横辩博,固足并雄;而丽藻遒文,犹或未逮。""彦和探幽索隐,穷形尽状,五十篇之内,百代之精华备矣。"③ 章学诚《文史通义·诗话》说,《文心雕龙》和钟嵘《诗品》一样,是论文学的"专门名家,勒为成书之初祖","《文心》体大而虑周","笼罩群言","此意非后世诗话家所能喻也"。金克木先生论中国和西方思想的不同风格时说:"西方哲学称为求知,东方思想重在亲证,中国思

---

① 参看郑敏:《世纪末的回顾:汉语语言变革与中国新诗创作》,《文学评论》1993年3期。这篇文章在分析新诗创作发展坎坷的原因时指出,现代新诗的倡导者"他们那种矫枉必须过正的思维方式和对语言理论缺乏认识",是中国新诗创作和理论成绩远不如人们期望的原因,"对西方语法的偏爱,杜绝白话文对古典文学语言的丰富内涵,其中所沉积的中华几千年文化的精髓的学习和吸收的机会,为此白话文创作迟迟得不到成熟是必然的事"。这里面包含了对声律论在当代的作用的看法。
② 鲁迅:《题记一篇》,《鲁迅全集》第8卷,人民文学出版社1981年,第332页。
③ 孙梅:《四六丛话·作家》,人民文学出版社,2010年。

想重在躬行实践,不重庞大严密的理论系统。"①放在这个大背景上,《文心雕龙》显得尤为可贵。我们今天研究《文心雕龙》,对于它的体系性的研究应该成为一个重点。

刘勰(466?—532?)字彦和,自幼家贫而好学,随从深通文史的佛学大师僧祐十多年,"博通经论";又与萧统来往密切,"昭明太子好文学,深爱接之"。僧祐是齐梁时期佛教领袖,萧统是文坛魁首。僧佑的平生大功绩之一是造立经藏,编定《出三藏记集》,刘勰协助其整理厘定,区别部类,加以序录。萧统编定中国第一部文学作品选集《文选》,《文选》划分体裁为三十八类,与《文心雕龙》的三十四类颇多相近,后人揣测刘勰曾参与《文选》的编辑工作。刘勰在中国传统的学术和外来的佛教学术两个方面,都达到至少是接近当时的最高水平,两种学术传统的交接是他取得异乎众人的独特成就的重要原因。《文心雕龙》的核心思想并不属于佛家,全书真正运用佛学术语也很少,但佛学及佛学原典所表现的古印度哲学的思维方式、论述方式给予刘勰重大启示,这是《文心雕龙》理论风格形成的重要原因,则是无可怀疑的。

刘勰写作《文心雕龙》,事先经过周密的构思,他在《序志》篇明确地表达了对体系性的追求。他不满于前人的文论"各照隅隙,鲜观衢路","密而不周","辩而无当","华而疏略","巧而碎乱","精而少功","浅而寡要","并未能振叶以寻根,观澜而索源"。②他当然不愿重复这种枝节的、散碎的研究方式和写作方式,而要开辟一条新路。由根至叶,由源而澜,揭示对象内部的基本矛盾、发生过程和变化规律,这就必然要求整体观、体系观。他首先把握住"文之枢纽",然后"原始以表末,释名以章义","割情析采,笼圈条贯"。这里,不仅有结构安排上的体系,更有思维逻辑的体系。那么,既然具备明确的思想体系,《文心雕龙》全书思想的出发点是什么呢?就是文学的道德伦理性质、政治教化功能和文学的审美性的统一,就在"文章之用,实经典枝条"和"古来文章以雕缛成体"的兼顾。他接受儒家的传统的文学观,又充分吸收魏晋以来对文学审美特性的新认识,形成了文与道并重的立场,用以对文学的各个方面作出深入论述。他的方法论原则是"擘肌分理,唯务折

---

① 金克木:《文化卮言》,上海文艺出版社1996年,第70页。
② 本书引《文心雕龙》据詹锳《文心雕龙义证》,上海古籍出版社1989年。

衷"。他说:"及其品列成文,有同乎旧谈者,非雷同也,势自不可异也;有异乎前论者,非苟异者,理自不可同也。同之与异,不屑古今,擘肌分理,唯务折衷。"他在《奏启》篇里说,"竞于诋诃,吹毛取瑕,次骨为戾,复似善骂"的批评"多失折衷",他在《章句》篇里批评用韵的疏密的极端做法时说,"曷若折之中和,庶保无咎"。《论说》篇讲到当时哲学上的有无之辨,双方各执一偏之见,"滞有者全系于形用,贵无者专守于寂寥,徒锐偏解,莫诣正理。动极神源,其般若之绝境乎?"刘勰遵循儒家的中庸之道,吸收佛家中观理论,反对走极端的片面思维方法。亚里士多德在《尼各马科伦理学》中说:"过和不及都属于恶,只有中庸才是善。"①说的是伦理,与思想方法也是相通的。刘勰既主张"原道心以敷章,研神理而设教",又肯定"铅黛所以饰容,而盼倩生于淑姿,文采所以饰言,而辩丽本于情性";从这种统一观出发构筑了《文心雕龙》的理论体系。刘勰的思想融合释、道、儒而自成一家,他的文学思想是他整个思想理论的组成部分,是那个总的思想体系的一个子体系。这一子体系得到充分的展开,把他之前的文学理论思想作了一个总结,对文学创作、批评、鉴赏,对文学的体式、风格、演化,都作了细致的分析,而在所有的分析中贯穿着上面所说的出发点的。《文心雕龙》为中国古代文论的理论体系建立了最早的明确的框架。一直到近代以前,在这一框架上逐步深化和细密化的理论体系,是中国占主导地位的文学理论体系。

刘勰本人把《文心雕龙》全书五十篇分为上下两大部分,《序志》篇说,"上篇以上,纲领明矣";"下篇以下,毛目显矣"。前二十五篇中,自《明诗》开始,是论文体,其中不少文体属应用文,有些文体早已成为陈迹,但在论述中程度不同地表达了作者的理论观念;后二十四篇讲创作、批评和鉴赏,作家的才能以及文学与时代的关系,这些,都是今天的文学理论要讨论的重要问题。

刘勰论创作,提出的核心概念是神思,神思即是创作过程中的艺术思维,其中心是艺术想象。艺术思维中创作主体的心理活动路线是:物色—情志—辞令,情志由"物色"使然,情志又必须在辞令中才得到表现。他说,"岁有其物,物有其容,情以物迁,辞以情发";"神居胸臆,而志气统其关键;物沿

---

① (古希腊)亚里士多德:《尼各马科伦理学》,见苗力田主编:《亚里士多德全集》第八卷,中国人民大学出版社1992年,第36页。

耳目,而辞令管其枢机"。文学作品的优劣,决定于情志的真伪、深浅和邪正。"昔诗人什篇,为情而造文;辞人赋颂,为文而造情。何以明其然?盖风雅之兴,志思蓄愤,而吟咏情性以讽其上,此为情而造文也。诸子之徒,心非郁陶,苟驰夸饰,鬻声钓世,此为文而造情也。"为情造文,才可能产生佳作;为文造情,只不过是雕虫小技,不会写出上品。"情以物迁"的"物",既指自然景物,也可以包括社会生活现象,而刘勰和汉代以来的论者,大都把注意力放在前一方面。从具体心理操作来说,刘勰的描述是:"思理为妙,神与物游","物以貌求,心以理应",这是前一阶段;到了第二阶段,"体物为妙,功在密附。故巧言切状,如印之印泥;不加雕削,而曲写毫芥。故能瞻言而见貌,即字而知时也"。总之,"写气图貌,既随物以宛转;属采附声,亦与心而徘徊",也还是"物""心""辞"三者之间的往复。至于文学鉴赏和文学批评中的心理活动,则是创作心理的逆过程,由"辞"而"心"而"物","缀文者情动而辞发,观文者披文以入情"。《文心雕龙》后半部抓住物、情、辞三个关节点,对文学的创作、批评和鉴赏,对创作主体和文本载体,对文学作品的内容和形式,作了清楚而细致的剖析。美国学者艾布拉姆斯1953年发表的《镜与灯》提出,每一件艺术品都有四要素:作品、艺术家、世界、欣赏者,他以此来审视西方文学批评。刘若愚1975年出版的《中国的文学理论》"为了提供一个概念结构去分析中国文学批评著作",将艾氏的图式借过来;他并且提到"有几位学者把艾布拉姆斯这张值得称道的图表应用来分析中国文学批评"。[①] 实际上,《文心雕龙》里已经相当明确并且多次强调地提出了文、心、物,也提到"披文"的读者,提到了这些要素之间"宛转""徘徊"的运动。《文心雕龙》的体系,是抓住了文学活动的基本方面的。

《附会》篇中说学习作文"必以情志为神明",用"情志"来指称文学作品的思想内容。在全书的大多数篇里都讲到情、讲到志,实际上,是把此前人们所说的"缘情"与"言志"融合起来。当作家还没有进入具体创作过程之时,他的主观的思想和心理素养,包括才、气、学、习四个方面,才、气是先天的,学、习是后天的。进入创作过程,情志体现为感兴、怀抱、立意、思理,它是作品的骨骼与灵魂,所以说"情者文之经","志实骨髓"。至于辞,就是文

[①] 参看(美)刘若愚:《中国的文学理论》,田守真、饶曙光译,四川人民出版社1987年,第14—21页。借用西方文学理论的视角和框架阐释中国古代文论,是一种常见的做法,对此不同学者有不同的评价。

辞,也就是文学语言。书中除了肯定"辞尚体要",也强调"词必巧丽",设专篇论练字,论声律、丽辞(对偶)。从汉语、汉字特性与汉语文学的语言技巧的关系着眼,书中对文学作品的语言的特性从音、形、义方面作出了全面的细致的分析。《练字》篇说:"心既托声于言,言亦寄形于字,讽颂则绩在宫商,临文则能归字形。"此篇中所论是文字排列给读者的视觉美感,反对"字体瑰怪",主张减少"半字同文"(一句一行中的字偏旁相同)、回避"同字相犯"(对偶句不要出现重复字)、错开"字形肥瘠"(笔画多的字与笔画少的字调配适当)。

《声律》篇说:"异音相从谓之和,同声相应谓之韵。"刘勰区别器乐的宫商与人声的律吕,区别文学作品的声调美同音乐艺术之美,区别"内听"与"外听"。外听是主体对外界乐声的感应,内听是作家创作中对文字声韵效果的衡量、推敲。篇中还提出把声调飞扬的字同声调沉抑的字交错。《丽辞》篇讲"高下相须,自然成对",分出言对(字词本身相对)、事对(用典故)、反对(反义词相对)、正对(近义词相对)。刘勰注意到声律,但不赞成拘泥于格律而损害情志的传达。这些,对于后世关于诗歌、散文语言的研究,都有很大引导推动作用。此外,《章句》篇论组织安排、部分与整体的关系,《镕裁》篇论提炼剪裁,从广义上说,也属于"文"的问题。

风格论是《文心雕龙》的精彩内容,在《体性》一篇有集中论述。篇中指出文学创作是"沿隐以至显,因内而符外","各师成心,其异如面",他所说的不再如曹丕、陆机那样只是讲文章体裁的风格要求,不再只是讲作品的语言风格,而是讲作家和作品的整体风格,讲环境、个性与风格的关系,讲风格怎样从作品的意蕴和辞采中表现出来。他还归结出八种风格类型,即:典雅,远奥,精约,显附,繁缛,壮丽,新奇,轻靡。刘勰对最后两种风格有较多保留,但他赞成风格的多样性,八种类型交互渗透,千变万化,构成丰富绚丽的文学世界。

《知音》篇论述文学批评的原则、方法以及做好文学批评须具备的主观条件。刘勰认为,文学现象纷纭复杂,而观者、鉴者"知多偏好,人莫圆该";他又说,"圆照之象,务先博观"。显然,他理想中的文学批评的基本属性是与"偏"相对立的"圆"。他列举的"慷慨者逆声而击节,蕴藉者见密而高蹈,浮慧者观绮而跃心,爱奇者闻诡而惊听。会己则嗟讽,异我则沮弃",作为一般的文学接受者难以避免,作为代表社会理性判断的文学批评却不应如此。

怎样达到"圆照"？刘勰提出了批评者观审作品的途径与方法："将阅文情，先标六观。一观位体，二观置辞，三观通变，四观奇正，五观事义，六观宫商。斯术既形，则优劣见矣。"这里涉及确定作品的体式，琢磨语言修辞，对前人的继承和创新，对轨范的遵守与改变，对例证或典故的运用，安排作品的声律。《宗经》篇所说的"六义"，也可以看做是刘勰所确认的衡量文学作品的标准："文能宗经，体有六义：一则情深而不诡，二则风清而不杂，三则事信而不诞，四则义贞而不回，五则体约而不芜，六则文丽而不淫。"六观更多地关注艺术形式，六义更多地关注情志内容，两相配合，就覆盖了文学作品的各个方面。

《文心雕龙》为历代文人所重，唐代以后传播到日本和朝鲜等国，19世纪被介绍到欧洲。唐之刘知几，在《史通·自叙》里历数各朝开拓性之著述，说到《文心雕龙》："词人属文，其体非一，譬甘辛殊味，丹素异彩；后来祖述，识味圆通，家有诋诃，人相掎摭，故刘勰《文心》生焉。"宋代的孙光宪、黄庭坚都给它正面评价。孙氏《白莲集序》说，"风雅之道，孔圣之删备矣；美刺之说，卜商之序（指毛诗序）明矣。降自屈宋，逮乎齐梁，穷诗源流，权衡辞义，曲尽商榷，则成格言，其唯刘氏之《文心》乎！后之品评，不复过此。"明人胡应麟称赞它"议论精凿"。宋代开始有人为其注释，可惜已经失传。现在可以读到的有较大参考价值的是，清代黄叔琳的《文心雕龙辑注》，今人范文澜的《文心雕龙注》、杨明照的《文心雕龙校注拾遗》和詹锳的《文心雕龙义证》；王元化《文心雕龙创作论》则更多的是进行理论阐发。

（七）钟嵘的《诗品》

《诗品》与《文心雕龙》是齐梁时代文学理论批评并立的两座里程碑式的成果。《诗品》的作者钟嵘（468？—518），字仲伟，他的生年可能与刘勰相近，而去世早于刘勰。《诗品》和《文心雕龙》的写作时间都已经无法确切考定，估计相差不远，就是说，这两部中国文学批评史上的重要著作大致是同时问世的。《梁书》本传有钟嵘"求誉于沈约"的说法，又和刘勰相同，据此，我们可以推论，他和刘勰在当时的文坛学界知名度和影响力都不算高，而两人都发奋要做一番事业,又都选择了文学理论这个方向。他们在动笔之前都分析了前人已有的成果,《文心雕龙·序志》举出曹丕、曹植、应场、陆机、挚虞和李充;钟嵘举出的是陆机、李充、王微、颜延之和挚虞,两人都对所举出的著作表示不尽满意。从这里不难得出结论:研究文学理论虽然是刘勰、钟嵘个人的选择,但客观上是时代的要求,是文学发展催促着文学理论的独立和自觉,催促着文学理论的深入和体系化,他们的两部著作如同一切作为时代标志的典籍一样,是应运而生,是继承在他们稍前人的工作而做出了跨越性的成就。

两部著作又似乎是有分工,《文心雕龙》重点在论,《诗品》重点在评,后者分别评论汉代以来五言诗作者共一百二十余人,是那个时代最全面的五言诗诗人论,也是我国古代最早而影响极大的作家论专著。它最初的名称是"诗评","评"和"品"意思相近。《隋书·经籍志》说:"《诗评》三卷,钟嵘撰,或曰《诗品》。"钟嵘在《诗品序》中说:"昔九品论人,《七略》裁士,校以宾实,诚多未值。"①表明他受到东汉之后品评人物风气的启发,而又对那些品评缺乏客观性甚为不满。班固《汉书》有《古今人表》,列古今人物为九等;唐代史学家刘知几称赞班固立意甚高,而实际人物排列则不适当。这也正是品评人物的难处所在:抽象地谈谈原则还好说,具体确定其地位高低上下就很不容易。《七略》是西汉刘向、刘歆父子所作的我国最早的图书总目,它把图书分为几大类,同时也对作者进行了分类排列。班固依据《七略》,加以调整变动,作《汉书·艺文志》,成为后人所称赞的"学问之眉目,著述之门户"。九品、《七略》、《古今人表》和《艺文志》,其要义是详尽地收集材料,然后从整体出发作出价值判断。本来,文学批评的根本,也就是作价值判断。在钟嵘的当时,五言诗是一种新兴文体,是上层社会聚会谈论的重要资料。谈论,必然作出判断。人们怎样判断呢?钟嵘看到的是:"随其嗜欲,商榷不同。淄渑并泛,朱紫相夺,喧议竞起,准的无依。"判断而没有标准,任随个人瞬时的感受,结果往往是混乱。俄国文学批评家别林斯基说:"判断应该听命于理性,而不是听命于个别的人,人必须代表全人类的理性,而不是代表自己个人去进行判断。'我喜欢,我不喜欢'等说法,只有当涉及菜肴、醇酒、骏马、猎犬之类东西的时候才可能有威信……当涉及历史、科学、艺术、道德等

---

① 本书引《诗品》,据曹旭《诗品集注》,上海古籍出版社1994年。

现象的时候,仅仅根据自己的感觉和意见任意妄为地、毫无根据地进行判断的所有一切的我,都会令人想起疯人院里的不幸病人。"①钟嵘同时的王公缙绅之士,多少是把五言诗当成与菜肴、醇酒、骏马、猎犬一样,表示一下喜欢或者不喜欢。② 针对此种情况,有识之士早有人想要加以澄清:"近彭城刘士章,俊赏之士,疾其淆乱,欲为当世诗品,口陈标榜,其文未遂,嵘感而作焉";"辄欲辨彰清浊,掎摭病利。"对五言诗进行系统的研究和客观的评价,不仅是钟嵘一人的想法,钟嵘是在认真研读的基础上,把这个设想付诸实践。

《诗品》有长篇序言,其基本内容,一是论述五言诗的起源和发展的历史,一是对诗歌创作的重大理论问题表明看法。他认为气动物,物感人,人的情感受到物的摇荡,于是产生了艺术、诗歌。他特别重视情,把情看作气、物和诗的中介。因为重视情,他反对多用典故:"至乎吟咏情性,亦何贵于用事?""'思君如流水'(徐幹《室思》诗中的句子)既是即目,'高台多悲风'(曹植《杂诗》诗中的句子)亦惟所见,'清晨登陇首'(张华诗句)羌无故实,'明月照积雪'(谢灵运《岁暮》诗中的句子)讵出经史?观古今胜语,多非补假,皆由直寻。"运用典故是中国古典诗歌的传统,有用得好的,但堆砌典故制造阅读障碍,则令人生厌。他又不赞成当时过分强调声律的风气,认为"故使文多拘忌,伤其真美。余谓文制本须讽读,不可蹇碍,但令清浊通流,口吻调利,斯为足矣"。这在当时是针对时弊,对后世也很有启示。只是对于文学形式美的探讨的积极意义,估计有些偏低。序中关于赋、比、兴的论述,比《毛诗序》大大前进一步,不仅指出三者各自要点,而且指出各自局限,强调"酌而用之",彼此配合。钟嵘论诗,不满足那种"质木无文""平典似《道德论》"的,主张"有滋味""文已尽而意有余"。

《诗品》目录标示的作家共122人,但实际评论的人数比列入标目的人数多。"上品"第一为"古诗",指的是流传下来作者不能确定的五言诗,其作者即有多人。一百多人只是五言诗作者很小的一部分,《诗品》入选的标准相当严格,能够得到钟嵘的评论很不容易。把作家明确地分成不同品级,是

---

① (俄)别林斯基:《关于批评的讲话》,《别林斯基选集》第三卷,上海译文出版社1980年,第573—574页。

② 梁元帝萧绎《金楼子》说:"今之俗也,搢绅稚齿,闾巷小生,苟取成章,贵在悦目。龙首豕足,随时之宜,牛头马脾,强相附会。"

很大胆的,必定引起争议。钟嵘把陶渊明置于中品,遭到许多人的批评,现在看来确实也很不适当。但诗人的作品有优劣之别、成就有大小之分,这也是客观存在,文学批评不能回避作出判断的职责。钟嵘仔细斟酌,他的排列整体上显示了一贯的原则,大体上经受住了时间的检验。他给"古诗"崇高的地位,对曹植极力推崇,对位高名显的沈约、江淹和谢朓则在肯定其贡献的同时又指出其不足,这些都是难能可贵的。

钟嵘重视创作上的传承关系,他看文学史不是只看孤立的"点",而是努力清理发展的线索,显示了史家的眼光,在《诗品》中努力梳理五言诗写作的源流。清代钱谦益《与遵王书》说:"古人论诗,研究体源,钟记室谓李陵出于《楚辞》、陈王出于《国风》、刘桢出于《古诗》、王粲出于李陵,莫不应若宫商,辨同苍素。"章学诚《文史通义》说,《诗品》"如云某人之诗其源出于某家之类,最为有本之学"。"论诗论文而知溯流别,则可以探源经籍,而进窥天地之纯、古人大体矣。此意非后世诗话所能喻也。"钟嵘超越了鉴赏式的印象批评,而是力图作宏观的历史研究。对于一个诗人,把他放进文学发展的流变之中,确定他的位置,看他接受的主要是哪一类型文学的影响。钟嵘心目中最主要的诗歌类型有三个,分别是《诗经》的国风和小雅,还有屈原为代表的楚辞。他认为,六朝的五言诗,受的主要就是这三种类型的影响。比如说曹植源出于《国风》,李陵源出于楚辞,阮籍源出于小雅;陆机又源出于曹植,王粲源出于李陵。这些具体的说法,当然都是可以重新审视,但这种研究方法,给后人很好的示范。

钟嵘在评论中把华美赡丽的词句与精审简赅的文字自然结合,而且善于从前人的论述中精选语句加以组合,为后世文学批评的语言表达,也树立了良好的轨范。如论潘岳:"其源出于仲宣(王粲)。《翰林》(李充《翰林论》)叹其翩翩奕奕,如翔禽之有羽毛,衣被之有绡縠,犹浅于陆机。谢混云:'潘诗烂若舒锦,无处不佳;陆文如披沙简金,往往见宝。'嵘谓:益寿(谢混小字益寿)轻华,故以潘胜;《翰林》笃论,故叹陆为深。余常言:陆才如海,潘才如江。"潘岳是有名的美男子,诗文也极妍丽;钟嵘引他人的评语,突出了潘的特点,又自己加以折中,非常生动并且较为平允。论陶潜:"文体省静,殆无长语;笃意真古,辞兴婉惬。每观其文,想其人德,世叹其质直。至如'欢言酌春酒','日暮天无云',风华清靡,岂直为田家语耶?古今隐逸诗人之宗也。"他虽然把陶潜放在中品,但对陶诗的真美,还是有体会的。说陶诗"质直"是当时普遍的浅陋的见解,朴素自然之美与"质直"绝然相异,是诗歌的极高品格。

(八)萧　　统

梁武帝萧衍青年时期和另外七个人一起活跃在南齐竟陵王萧子良门下,被称为"竟陵八友",这是南朝负有盛名的文学群体,其中包括沈约、谢朓、任昉、范云、王融等著名诗人。萧衍在经学、佛学上都有很高素养,书法、棋艺造诣也颇高,所以,他的儿子们在文学艺术上自幼受到良好的熏陶。萧衍的长子萧统(501—531)、三子萧纲(503—551)、七子萧绎(508—554)都是诗人,又都有文学理论著述,他们虽然不能与曹操父子相比,但皇室一家有这么多人喜爱文学并且在文坛占有一席地位,也是不可多得的。

萧统字德施,是兄弟中文学成就最高的,有文集二十卷。早被立为太子,但没有来得及即位而去世,谥昭明,所以后世称昭明太子。《梁书》本传说他一方面具有很强的行政能力,"明于庶事,纤毫必晓",另一方面多有雅兴,周围有许多文人朋友,"引纳才学之士,赏爱无倦,恒自讨论篇籍,或与学士商榷古今,闲则继以文章著述,率以为常。于时东宫有书几三万卷,名才并集,文学之盛,晋宋以来未之有也"。现在留传下来的一些他与文士的唱和诗,记叙了他们学术的和文学的活动。如萧统《钟山讲解诗》里有这样的句子:"精理既已详,玄言亦兼逞。"刘孝绰《奉和昭明太子钟山解讲诗》里有:"乔柯变夏叶,幽涧洁凉泉。停銮对宝座,辩论悦人天。"描述他们聆听讲解佛经佛法的情景和感受,很有情致。后来萧纲周围也聚集了庾信、徐陵等一批优秀的诗人。这一批人造就了南朝文学一时的繁荣,推进了文学理论的进展。

《文选》是萧统所编的一部诗文总集,收录先秦至梁代的一百三十位作者的七百多件作品。唐代李善为《文选》作注,上表给皇帝说,萧统"撰斯一集,名曰《文选》。后进英髦,咸资准的"。评定它收罗了最优秀的文学珍品,为学习者提供了文学规范。这一评价并不过分,《文选》不但被唐代士人奉为学习诗文的范本,杜甫就曾叮嘱儿子要"熟精《文选》理",而且是现存中国最早的、也是影响最大的一部古代文学总集。唐代开始有了专门以《文选》为研究对象的"文选学"，①在20世纪，文选学有长足发展，《文选》在古代文学和古代文论研究中成为重要对象。

《文选》序言就是一篇文学理论文章，透露了萧统的文学思想。② 序的第一段，概述文学在人类进化中的发生，"冬穴夏巢之时，茹毛饮血之世，世质民淳，斯文未作"，有了人类的文明才有文学。文学也必然在文明的前进中发展成长，这发展成长的必不可少的一面，就是形式的精致化。"若夫椎轮（无辐无辋的原始车轮）为大辂（天子之车）之始，大辂宁有椎轮之质？增冰为积水所成，积水曾微增冰之凛。何哉？盖踵其事而增华，变其本而加厉。物既有之，文亦宜然，随时变改，难可详悉。"到了南朝，文学就再不应该像殷商以前的文学那么质朴，那么简单了。萧统并非单求形式美，他在《答湘东王求文集及〈诗苑英华〉书》里说："夫文典则累野，丽亦伤浮；能丽而不浮，典而不野，文质彬彬，有君子之致，吾尝欲为之，但恨未逮耳。"综合来看，萧统和刘勰一样，顾及文学的内容和形式的各个方面。但在《文选》编录中未必能够完全贯彻，有时不免偏于文辞形式的一面。

接着，序文评述了几种主要的文学体式，即：赋、骚、诗（四言、五言）。这正是《文选》所选录的主体。《文选》中赋占了十九卷半，诗占了十一卷半，骚占了两卷。三者相加，在全书五十卷里比例超过百分之六十。因为这些是当时最典型的狭义的文学作品。余下的十八卷，除了"辞"有汉武帝《秋风辞》和陶渊明《归去来》之外，其他从体裁样式说，不属于严格的文学范围。为什么又都收录呢？因为入选的这些篇，"譬陶匏异器，并为入耳之娱；黼黻不同，俱为悦目之玩"。他不收王羲之的《兰亭集序》而收录作品意蕴远不如兰亭序的作品，近人陈衍《石遗室论文》说："昭明舍右军而采颜延年、王元长二作，则偏重骈俪之故。"这就表明，萧统注重的文学性有时候更多的是外在形式。萧统的这种做法，引起唐以后以至当代许许多多学者纷纷议论。

《文选》做的是选编工作，它表现出来的文学观念对于后来的文学创作和文学理论的影响，较之于同时代的许多理论文章要大很多。序言中"事出于沉思，义归乎翰藻"两句尤其引起诠释者高度注意，认为这概括了他的选

---

① 《新唐书·文艺传·李邕》："（李善）为《文选注》……居汴郑间讲授，诸生四远至，传其业，号'文选学'。"

② 本书引萧统、萧纲、萧绎论述，据郁源、张明高编选《魏晋南北朝文论选》，人民文学出版社1996年。

录标准。清代阮元说:"昭明所选,名之曰'文',盖必文而后选也。经也、子也、史也,皆不可专门之为文也。故昭明《文选序》后三段特明其不选之故,必'沈思''翰藻',始名为'文',始以入选也。"①沉思就是深思,翰藻就是文辞优美。章太炎《文学总略》曾说:"且'沉思'孰若庄周、荀卿,'翰藻'孰若《吕氏》《淮南》? 总集不摭九流之篇,格于科律。"把"沉思"作为区分文学与非文学的标准,不很行得通,萧统也并没有明确地这样说。他自有他的"科律",序里做了一些说明。朱自清、殷孟伦等对于萧统这两句话做了细致辨析,可以供我们参考。② 综合来看,萧统编《文选》还是有着比较明确的理论观念作指导,他的去取考虑的主要是文学性的有无强弱,当然,他理解的文学性也不可能等同于二十世纪以后的文学概念。他集中魏晋齐梁人们的思考成果,重点放在文学与经、史、子的区别而不是相同之处,注意到文辞的美质而不是只注意内容,这毕竟是一个贡献。

在序文的最后部分,似乎是预计到后世会有的责难,萧统说明他选录哪些、不选录哪些和这样做的依据。首先是没有选圣人的著述,萧统强调圣人之书的神圣性和整体性:"若夫姬公之籍,孔父之书,与日月俱悬,鬼神争奥,孝敬之准式,人伦之师友。岂可重以芟夷,加以剪截?"既然圣人之书不能有所去取,所以只好不选了。其次是没有选诸子著述,那就从作者的写作意图和着力之处解释:"老庄之作,管孟之流,盖以立意为宗,不以能文为本。今之所传,又以略诸。"其实子书里也有很精妙的文章,萧统说它们"以立意为宗",那对圣人著作也是适用的,不过在那里不那么明说罢了。老、庄、管、孟,完整的著作俱在,本来不必选录。再次,"若贤人之美辞,忠臣之抗直,谋夫之话,辨士之端,冰释泉涌,金相玉振……盖乃事美一时,语流千载,概见坟籍,旁出子史,若斯之流,又亦繁博;虽传之简牍而事异篇章,今之所集,亦所不取"。前人著述中保留的美辞,并不是独立的篇章,也不收录。"至于记事之史,系年之书,所以褒贬是非,纪别异同,方之篇翰,亦已不同。"史书记史实、寓褒贬,也不以文辞为重,但是最后这一类别中,即历史传记中的某一部分,却又在《文选》中出现。第四十九卷和第五十卷为"史论"和"史述赞",内有班固《汉书·公孙弘传赞》、干宝《晋纪·总论》、范晔《后汉书·宦者传

---

① 阮元:《揅经堂集》,中华书局,1993年,第608—609页。
② 朱自清:《〈文选序〉"事出于沉思义归乎翰藻"说》,见《朱自清古典文学论文集》,上海古籍出版社1981年,第39—52页;殷孟伦:《如何理解〈文选〉编选的标准》,《文史哲》1963年第1期。

论》、沈约《宋书·谢灵运传论》等,有班固《汉书·述高祖纪赞》、范晔《后汉书·光武纪赞》等。为什么不选《史记》的"太史公曰"而多选《汉书》呢?萧统说:"若其赞论之综辑辞采,序述之错比文华,事出于沉思,义归乎翰藻。故与夫篇什,杂而集之。"可见,沉思、翰藻,是针对这一部分选文说的,所选的赞,句式整齐,注意到对偶,他看重的是语言表达形式上的特点,讲究语言形式美,即便内容是实用性的,也仍然可以入选。总之,萧统根据他的文学观念,也是为了避免流失,把分散的前人那些有文采的作品收集保存,这是很大的一个功劳。

萧统是第一个替陶渊明编文集和作传的人,给予公正的评价:"其文章不群,辞采精拔,跌宕昭彰,独超群类,抑扬爽朗,莫与之京。""余爱嗜其文,不能释手,尚想其德,恨不同时。"他对陶渊明的人格由衷敬佩:"尝谓有能观渊明之文者,驰竞之情遣,鄙吝之意祛,贪夫可以廉,懦夫可以立。岂止仁义可蹈,抑乃爵禄可辞。"这些评价表明,萧统的眼光远远超出同时代的其他人。

萧纲与萧统有许多近似,"七岁有诗癖,长而不倦";"性既好文,时复短咏,虽是庸音,不能搁笔,有惭技痒,更同故态"。"引纳文学之士,赏接无倦。"史家说他"文则时以轻华为累","伤于轻艳,当时号为宫体",这符合事实。但文学史家说他表现宫廷"淫荡生活",未免过甚其词。即如人们举到的《咏内人昼眠》,也并无色情意味。他的《与湘东王书》说的"未闻吟咏情性,反拟《内则》(《内则》是《礼记》中的一篇)之篇,操笔写志,更摹《酒诰》(《酒诰》是《尚书》中的一篇)之作;迟迟春日(《诗经·小雅·出车》有"春日迟迟"之句),翻学《归藏》(《归藏》是上古易书),湛湛江水(《楚辞·招魂》有"湛湛江水兮上有枫"之句),遂同大传(《周易》有大传)。"这说明他对文学观念更新,文学必须独立于经史之外,很是明确坚定。他还有《诫当阳公大心书》,其中说道:"立身之道与文章异:立身先须谨重,文章且须放荡。"这个话可以有不同理解,但显然不是说文章内容表现放荡的心理。文章且须放荡,是指文学家的创作思维要求发扬主体性,打破既有的规矩、规范,敢于独创。

萧绎,早年封湘东王,后为梁元帝,萧统之弟。著有《金楼子》,提出分辨文与笔:"不便为诗","善为奏章",泛谓之笔。"吟咏风谣,流连哀思者,谓之文。""至于文者,惟须绮縠纷披,宫徵靡曼,唇吻遒会,情灵摇荡。"别的人往往以用韵、不用韵作为文笔之分,而萧绎则是提出文辞、声韵、情感等多重因素来衡量,他的这种认识更加深入、更为全面。

(九) 刘知几的叙事理论

唐代文学非常辉煌,创造了中国古典诗歌的高峰和散文的高峰,诗歌理论和散文理论顺理成章地成为文学批评史上唐代部分的重点。但是,唐代文学还有一项特别的创获,那就是文学叙事艺术的奇葩突放。宋人洪迈《容斋随笔》说:"唐人小说不可不熟,小小情事,凄婉欲绝,洵有神遇而不自知者,与诗律可称一代之奇。"[1]六朝以前的小说写作并没有文体自觉,明代胡应麟说,"至唐人乃作意好奇,假小说以寄笔端"。[2] 鲁迅《中国小说史略》也说:"小说亦如诗,至唐代而一变,虽尚不离于搜奇记逸,然叙述婉转,文辞华艳,与六朝之粗陈梗概者较,演进之迹甚明,而尤显者乃在是时则始有意为小说。"[3]"作意好奇""有意为小说",就是有了自觉的关于小说的文学文体观念。但是,对于唐代文学叙事的理论思想,通行的多数文学批评史注意有所不足。

唐代文学叙事观念有三个方面的表现,一是"古文运动"中对叙事散文的谈论,二是有关传奇小说的议论,三是从文学角度对历史叙事的总结。第三点好像与前两点没有联系,其实,中国的文学叙事最早起于史书,史书采纳的故老传闻属于民间文学叙事,一些史家又作了文学加工,至少从唐代开始史书成为民间说书的原始依据,大量被改造为讲史小说;历史叙事与文学叙事两者在叙事艺术上相互渗透,它与古文家或传奇小说的叙事还是有其内在的关系。赵彦卫《云麓漫钞》谈到传奇小说,"此等文备众体,可以见史才、诗笔、议论"[4]"文备众体"的紧要之点是史和诗的结合,叙事理论兼及几种文体,论历史叙事而影响及于文学叙事的代表是刘知几的《史通》。

刘知几(661—721)字子玄,曾任史官多年,因为对修史受到权贵的限制干涉难以容忍,"退而私撰《史通》,以见其志"。在《史通·自叙》中他说:"予幼奉庭

---

[1] 今本洪迈著述均不见此言,此言见于清人陈世熙《唐人说荟》"凡例"引"洪容斋"语,上海扫叶山房石印本 1992 年,第 1 页。
[2] (明)胡应麟:《少室山房丛》,卷三十六,上海书店 2001 年,第 371 页。
[3] 鲁迅:《中国小说史略》,上海古籍出版社 1998 年,第 44 页。
[4] (宋)赵彦卫:《云麓漫钞》,中华书局 1996 年,第 135 页。

训,早游文学。年在纨绮,便受《古文尚书》。每苦其辞艰琐,难为讽读。虽屡逢捶挞,而其业不成。尝闻家君为诸兄讲《春秋左氏传》,每废《书》而听。逮讲毕,即为诸兄说之。因窃叹曰:'若使书皆如此,吾不复怠矣。'""书皆如此"就是说,史书,推广开来,叙事之书,都应该采用《左传》的写法,那是什么样的写法呢?就是富于文学性的写法。《左传》是中国古代文学叙事最早的杰作,瑞典汉学家马悦然说,"我一直认为《左传》是世界文学中最精彩的著作之一"①。《史通》研究历史书写,推崇《左传》,很多地方完全可以看做是对文学叙事的研究。《杂说》篇对《左传》揄扬说,左氏之叙事也,"述行师则簿领盈视,唬聒沸腾;论备火则区分在目,修饰峻整;言胜捷则收获都尽,记奔败则披靡横前;申盟誓则慷慨有余,称谲诈则欺诬可见;谈恩惠则煦如春日,纪严切则凛若秋霜;叙兴邦则滋味无量,陈亡国则凄凉可悯。或腴辞润简牍,或美句入咏歌,跌宕而不群,纵横而自得。若斯才者,殆将工侔造化,思涉鬼神,著述罕闻,古今卓绝"。这些话今天读来,更像是对小说艺术的评述。《叙事》篇说:"夫国史之美者,以叙事为工,而叙事之工者,以简要为主。"刘知几论叙事之"简要",创造了一个术语叫"用晦",包含两个含义,一个是修辞上的,即是省字约文。他做了一件工作叫"点烦",把史书中他认为多余的文字"笔点其上。凡字经点者,尽宜去之"。当代作家和翻译家杨绛在《失败的经验》一文中说:"简掉可简的字,就是唐代刘知几《史通》外篇所谓'点烦'。芟芜去杂,可减掉大批'废字',把译文洗练得明快流畅。这是一道很细致、也很艰巨的工序。一方面得设法把一句话提炼得简洁而贴切;一方面得留神不删掉不可省的字。"②这个例子证明刘知几的叙事理论,对于叙事艺术实践,是有实际的功用的。"用晦"的另一个含义是叙事手法上的,即是细节选择。后者是文学叙事的一个重要话题。他举的细节描写的例子,如《左传》叙晋楚邲之战,晋军大败,溃退中争上渡船,已经上船的兵士砍断后来攀船者的手指,"舟中之指可掬",六个字写出场面的混乱惨烈。又如史书记董仲舒"乘马三年,不知牝牡",八个字写出一个学者专注于学问,对身边日常琐事视而不见。刘知几论述细节描写的作用:"使夫读者望表而知里,扪毛而辨骨,睹一事于句中,反三隅于字外。晦之时义,不亦大哉!""览之者初疑其易,而为之者方觉其难。"明清小说评点家注意到细节描写,所谓"颊上三毫",讲的就是细节如何使形象神采焕

---

① 赵广俊:《马悦然:"中国传统文化充满吸引我的活力"》,《光明日报》2013年7月22日。
② 杨绛:《失败的经验(试谈翻译)》,《中国翻译》1986年第5期。

然。到了近代的欧洲,小说家如福楼拜、托尔斯泰、高尔基等都谈到细节如何之重要,又如何之难于创造,这是叙事艺术中的一个重点。

《史通》还讨论了语言风格问题,刘知几并不要求史书全都具有很强的文学性,相反,他认为历史叙事不同于文学叙事,史之叙事"当辩而不华,质而不俚",而文学则需要"含异""有逸""含章""飞藻""绮扬绣合""雕章缛彩"。他主张辨明文史分工,反对的是"文非文、史非史",赞美的是《叙事》篇说的"文而不丽,质而非野,使人味其滋味,怀其德音,三复忘疲,百遍无斁"。尤为可贵的是,他对人物语言个性化做了很细致的论述,指出人物对话应口语化,不同于叙事者的书面语言。《杂说》篇说:"故知喉舌翰墨,其辞本异,而近世作者,撰彼口语,同诸笔文,斯皆以元瑜(阮瑀)、孔璋(陈琳)之才而处丘明、子长(司马迁)之任,文之于史,何相乱之甚乎!"史书作者和小说家要有几套笔墨,要模拟人物的"喉舌",不能像诗人那样只表现自己的语言风格。

《杂说》篇引《文心雕龙·才略》篇的话:"然自卿(司马相如)渊(王褒)已前,多役才而不课学;雄(扬雄)向(刘向)已后,颇引书以助文。"刘勰在那里说的是扬雄、刘向以后文章多用典故,刘知几接过来,改为谈叙事文中人物语言要符合其身份和文化素养。他嘲笑史书让认不了几个字的人谈话引经述典,例如王平、霍光无学,而史书记其言则必称典诰。古时有人提出刘知几在此对《汉书》《三国志》批评不合实际,此暂不论,从叙事理论上说,刘知几的意见是很精彩的。刘知几接着说,北周史书记宇文泰说话,都是"六经之言",只有《梁太清实录》,记梁元帝派王琛出使北周,宇文泰说:"瞎奴(梁元帝)使痴人(王琛)来,岂得怨我!""可谓真宇文之言,无愧于实录。"宇文泰是西魏实际的最高掌权者,鲜卑族出身的武将,他很藐视懦弱无能的梁元帝和派来的使节王琛。梁元帝眇一目,所以称其"瞎奴",王琛也的确是十分糊涂的庸臣,后来对方兵临城下他还报告太平无事,所以称之为"痴人"。刘知几这里所说的道理,明清小说理论家谓之"声口",要求小说里每个人物,至少是主要人物"人有其声口",往上追索,刘知几早已说得相当明确了。

《惑经》篇讲到史书对人物的记叙描写有一段话:"盖明镜之照物也,妍媸必露,不以毛嫱之面或有疵瑕,而寝其鉴也;虚空之传响也,清浊必闻,不以绵驹之歌时有误曲,而辍其应也。夫史官执简,宜类于斯。苟爱而知其丑,憎而知其善,善恶必书,斯为实录。"这也完全切合小说人物塑造的要求。

鲁迅在《中国小说的历史变迁》中说,《红楼梦》"其要点在敢于如实描写,并无讳饰,和从前的小说叙好人完全是好,坏人完全是坏的,大不相同,所以其中所叙的人物都是真的人物。总之自有《红楼梦》出来以后,传统的思想和写法都打破了。它那文章的旖旎和缠绵,倒是还在其次的事"。刘知几强烈反对写好人就一切皆好,写坏人就完全是坏。他甚至认为,尧舜也必有缺点,桀纣也必有长处。但是史书"美者因其美以美之,虽有其恶,不之毁也;恶者因其恶而恶之,虽有其美,不之誉也"。这就写不出真实的人物来。他的这番话"显斥古圣",十分大胆,但无论从历史的、现实生活的角度,还是从叙事艺术的角度说,都是至理名言。

(十)唐人传奇与小说叙事观念

如果说,刘知几的文学叙事思想是以理论形态出现,那么,唐代还有的文学叙事思想则是和创作紧密地勾连在一起,远没有刘知几那么系统、完整,但却也非常精彩,非常重要。叙事在唐代有多样的风貌呈现,一是民间说书,李商隐的诗句"或谑张飞胡,或笑邓艾吃",折射了文人家的孩子也是从说书来了解历史故事;元稹"光阴听话移"的诗句,记录文人也和普通百姓一样爱听说书,几位大文人听说书人讲关于名妓"一枝花"的故事,"自寅至巳,犹未毕词"。白居易的弟弟白行简根据艺人说书,写成传奇《李娃传》;文人的文学叙事以民间文学叙事为原料,两种叙事观念直接交流。二是文人写作的传奇小说,在上流社会及时、迅速流传,艺术上更成熟得多,其中反映了创作者、接受者、评论者的新的文学观念。三是文人的散文和诗歌中有一些采用小说笔法,加进了虚构想象,写作态度上有的类乎东方朔那样俳谐嬉笑。所有这些,本来主要还只是文人生活中的点缀、消遣,但也还是引起分歧以至论争,中国古代文学叙事观念在这类论争中艰难曲折地发展。

论争的当事者之一是韩愈(768—824)。在群星璀璨的唐代,在散文和诗歌两个领域,韩愈都是大家。他学识渊博,有独到的思想主张,提倡散文文体变革,以散行的"古文"取代骈文,"障百川而东之,挽狂澜于既倒",领导了一代文学潮流。他提出"惟陈言之务去",语言的创新不依赖穿凿怪癖,而是以"气"为根本,"气盛言宜"。"气"首先是作者人格力量、创作心态,又指文章气势。韩愈另一个有名的观点是:欢愉之辞难工,穷苦之言易好。他主张文以载道,《与孟尚书书》说,"使其道由愈而粗传,虽灭死万万无恨"。[①] 但与此同时,他又主张以文章自娱,以文为戏。他的《进学解》本是一篇"穷苦之言",却毫不作穷苦之态。自己才高被黜,却说"方今圣贤相逢,治具毕张……登崇畯良",把正面的道理讲得理直气壮,真足以使读者奉为立身之道,要表达核心的却是反面的意思。他本是提倡散行之文的,这一篇却句式整齐,对仗工巧,音韵协和。此篇师生对话,纯系虚拟,如清初林云铭所言:"把自家许多伎俩、许多抑郁,尽数借他人口中说出。"至于《毛颖传》,是一篇结构完整的寓言小说,虽为游戏之作却也含有讽世之意。这两篇以及类似之作,当时和后世攻之者、誉之者都不乏其人。他的以文为戏的主张和实践,引起张籍很大的不满,致书韩愈提出批评,韩愈也作出回应。发生在大约在唐德宗贞元十一年至十五年之间的这场小小论争,后世不少学者多有评议。

张籍对韩愈非常钦佩,寄予厚望,他在信里说,韩愈应该像孟子、扬雄一样,"为一书以兴存圣人之道",对抗佛、道在当时的巨大影响,"使时之人、后之人知其去绝异学之所为"。他特别不满的是,"比见执事多尚驳杂无实之说,使人陈之于前以为欢,此有以累于令德"。兴存圣人之道是以文为用,驳杂之说陈于前以为欢是以文为戏,张籍认为以文为戏会成为德行之瑕疵。"驳杂无实之说"指的是什么,张籍没有指明。五代王定保《唐摭言》说:"韩文公著《毛颖传》,好博塞之戏,张水部以书劝之。"后人考证,韩愈写《毛颖传》在张籍写此信之后,则王定保之言不足信。但是第一,韩愈确实写了若干不能算是兴存圣人之道的文章,写了"驳杂无实"的文章,他给张籍回信时毫不否认;第二,《毛颖传》当时确实遭人非议,柳宗元是韩愈的同情者,他在《答杨诲之书》中说:"足下所持韩生《毛颖传》来,仆甚奇其书,恐世人非之,今作数百言,知前圣不必罪俳也。""俳",也就是戏,以作文为戏。他有《读韩愈所著〈毛颖传〉后题》,主旨是说,在太羹玄酒之外,还需要奇异小虫、水草、楂梨橘柚;"韩子之为也,亦将弛焉而不为虐欤,息焉游焉而有所纵欤,尽六

[①] 本书引韩愈之语据马其昶《韩昌黎文集校注》,中华书局,1994 年;参看郭绍虞主编:《中国历代文论选》第二册,上海古籍出版社 1979 年。

艺之奇味以足其口欤?"息、游、弛、纵,是暂时抛开社会身份所规定的面具,抛开功利的追求,使自己完全的放松。这和韩愈回信的辩解很是一致,韩愈说:"吾子又讥吾与人人为无实驳杂之说,此吾所以为戏耳,比之酒色,不有间乎?"张籍不同意这一辩解,又批评道:"君子发言举足,不远于理,未尝闻以驳杂之说为戏也。"韩愈再答:"昔者夫子犹有所戏,《诗》不云乎:'善戏谑兮,不为虐兮。'《记》曰:'张而不弛,文武不能也。'恶害于道哉!"大约同时,官至宰相的文学家裴度写信给韩愈的门人李翱,责难韩愈:"不以文立制,而以文为戏,可矣乎,可矣乎!"这场争论涉及两个问题,一是可以不可以以文为戏,二是写小说是不是有失正派文人的身份,是否"累于令德"。

韩愈之前的柳冕在《谢杜相公论房杜二相书》里说:"文章之道,不根教化,则是一技耳。"[1]把文学的功能单一地归之为教化。其实,一般读者欣赏文学作品的直接目的多半是为了娱乐,这些本来都是有目共睹的普遍的文艺现象,问题是教化论者不肯承认这种文艺创作和欣赏的目的的正当性。以文为戏说给小说的作者和爱好小说的读者以理论上的支持,对传统的文学观的限制打开了一个缺口。魏晋以下,小说写作越来越成为文人的自我消遣方式,唐代有一些传奇小说和笔记小说产生于宴会之上、对酌之时,与娱乐紧密结合。宋人陈振孙《直斋书录解题》将唐代李商隐所撰《杂纂》归入小说家类,并评述说:"俚俗常谈鄙事,可资谈戏,以类相从。"[2]马端临在《文献通考》中引别人的话说,《杂纂》"用诸酒杯流行之际,可谓善谑"。唐传奇《任氏传》中,作者说此篇是起于"方舟沿流、昼宴夜话";《长恨歌传》作者陈鸿说是"暇日相携游仙游寺,话及此事"。[3] 可见,这些小说写作,都是离开载道宗经的正统,在闲谈游嬉中产生。传奇和志异小说作者中,有些人因个人的坎坷而感到人世的不平,他们将种种感慨隐于心中,另著新奇诡异之文字以涵养性情。后来,《四库全书总目提要》论及明代支立的《十处士传》时说,仿《毛颖传》之例将物品各为之姓名里贯,"盖冷官游戏,消遣日月之计"。[4]

---

[1] 周祖譔编选:《隋唐五代文论选》,人民文学出版社1990年,第164页。
[2] (宋)陈振孙:《直斋书录解题》,上海古籍出版社1987年,第321页。《直斋书录解题》是一本目录学著作,是研究中国古代文论有用的工具书。
[3] 《任氏传》和《长恨歌传》是唐传奇重要作品,见汪辟疆校录《唐人小说》,上海古籍出版社1978年。这本书对于了解唐代诗文小说,了解唐代文学思想,都有参考作用。
[4] 四库全书研究所整理:《钦定四库全书总目》,中华书局1997年,第1919页。"总目"是重要的工具书,乾隆时集中许多饱学之士为所收各书撰写提要。余嘉锡先生说:"余之略知学问门径,实受《提要》之赐。"

朱元璋的孙子朱有燉是明初颇擅才名的戏曲作家,他在《豹子和尚自还俗传奇引》中也用了韩愈为例谈到以文为戏,他说:"文章之在世,有关于风教者,有不关于风教者。其关于风教者,若《原道》《原鬼》《进学》《种树》《送穷》《乞巧》等文,皆合乎理性,精妙抑扬,无非开悟后学,使知性命之道,故有补于世也。其或有文章而无补于世、不关于风教者,若《毛颖》《革华》《天问》《河间》等篇,此乃鸿儒硕士问学有余,以文为戏,但欲骋于笔端之英华,发泄胸中之藻思耳。"①明代罗汝敬的《剪灯余话序》说:"且余闻之:昌黎韩公传《毛颖》《革华》,先正谓其珍果中之查梨,特以备品味尔。"②"先正"指的是柳宗元。以文为戏说在小说创作方面比之在诗文创作方面产生了更大的影响,这是因为,在鄙视和排斥小说的观念左右社会舆论的情况下,它能以较为温和的形式,替小说争一席地位。就文学发展的实际来说,小说的起源和繁荣,也确实同人们的休息、娱乐有更密切的关系。柳宗元为小说辩护,讲了两方面的理由:一是小说给人休息。他所论的传奇小说的作者和读者都是文人,所以只就文人情况来说。学者们研读经史,不免疲劳,为了精神有所放松、有所舒展,不妨写作和阅读小说。二是小说增强文学趣味的多样性。韩愈、柳宗元的以文为戏说,以后一直贯串着中国古代小说理论发展史,同发愤著书说、有益劝惩说并立,同为关于文学功用和性质的重要观点。

韩愈因"驳杂无实之文"受到责难,白居易则因《长恨歌》备受挞伐。白居易(772—846)的文学理论著述,世所关注的是《与元九书》;他的文学理论观点,世所称誉的是"文章合为时而著,歌诗合为事而作"③。他本人则不免自相抵牾,一方面说,亲朋合散之际"释恨佐欢""遣时日、消忧憃"的杂律诗,从文集里"略之可也";另一方面,对于"一篇《长恨》有风情",还是很为得意的。这首"人之所爱"的《长恨歌》,也招来激烈的批评。宋人魏泰《临汉隐居诗话》说,作者没有像杜甫的《北征》诗那样处理诛杨妃一事,而认为其原因应归之于白氏"不晓文章体裁"。魏泰这句话,直接关系到对于文学叙事的认识。陈寅恪先生说:"如魏、张(指张戒)之妄论,真可谓不晓文章体裁。"④

---

① (明)朱有燉:《豹子和尚自还俗引》,见傅惜华编:《水浒戏曲集》第一集,上海古籍出版社1985年,第115页。
② (明)瞿佑等著:《剪灯新话》,上海古籍出版社1981年,第119页。
③ 本书引白居易之语据朱金城:《白居易集笺校》,上海古籍出版社1988年;关于《长恨歌》的历代评论,参见陈友琴:《白居易资料汇编》,中华书局1962年。
④ 陈寅恪:《元白诗笺证稿》,上海古籍出版社1978年,第11页。

《长恨歌》是一首七言歌行,但它不是一首普通的诗,它既是诗,又是小说。关于它的不同认识,关键在于对文学叙事特性的了解和态度。

中国古人写诗。为的是言志与抒情,而且习惯于直接地表达志与情,不太重视叙事。即便在诗中夹有一些叙事因素,也往往只是提出诗人借之言志与抒情的片断的事实材料罢了。白居易写了叙事诗,而且不是韵语的时事纪录,也不是简单的故事诗,乃是前所未有的诗体小说,这就难怪有些人大惑不解,以为是越出常轨、是不懂文章体裁了。胡适《白话文学史》指出:"绅士阶级的文人受了长久的抒情诗的训练,终于跳不出传统的势力,故只能做有断制,有剪裁的叙事诗:虽然也叙述故事,而主旨在于议论或抒情,并不在于敷说故事的本身,注意之点不在于说故事,故终不能产生故事诗。"①而白居易写出了故事诗,不止是一首普通的故事诗,并且是极富魅力的诗体小说。他能作出这一贡献并非偶然,标志了文学观念的重大变化。《长恨歌》的出现同小说艺术在唐代获得空前发展关系极大。清代的祝德麟在一首诗中说:"白傅《长恨歌》,实开传奇门。"②把《长恨歌》放进传奇小说的系列里面,这是很有见地的。传奇小说作者写作的动因是要记述某一特异的或动人的故事,使其人其事不至与时消没,所以作品的重点自然就不在议论、抒情、而在具体的描叙。唐代一些文人,朋友间昼宴夜话,喜欢各征异说以为谈助,或者是唤来艺人说书以佐酒。在当时的风气中,为逗其文才,他们又喜欢将这些谈说的故事加工润色为情致缠绵的作品,于是造成传奇小说的兴盛。

张戒在《岁寒堂诗话》里谈到《长恨歌》的时候说:"道得人心中事,此固白乐天长处,然情意失之太详,景物失于太露,遂成浅近,略无余蕴。"③殊不知这正是诗体小说区别于抒情诗的一大特点。抒情诗中的景物描写,只是表达作者感情的手段,所以,其中一切景语皆是情语。而诗体小说,却要求对景物,对人物及其心理、感情,作客观如实的表现,要求这些客观事物得到立体的浮雕式的再现。在这个意义上,"详"和"露"可以是抒情诗的缺点,而又可以成为诗体小说的优点。洪迈《容斋随笔》说,《长恨歌》"使读之者情性

---

① 胡适:《白话文学史》,东方出版社1996年,第54—55页。
② 祝德麟:《读白诗偶有所触因韵成篇》,见(清)平步青:《霞外攟屑》,上海古籍出版社1982年,第572页。
③ 陈友琴编:《白居易资料汇编》,中华书局1962年,第71页。

摇荡,如身生其时,亲见其事"。没有将客观对象本来的样子真实地复现出来,没有达到艺术形象的生动的感性具体性,没有详切细腻的描写,就做不到这样。隋以前的民间叙事诗,多用叙述和对话。如《孔雀东南飞》,约有十分之六强的句子是人物之间的对话。这些叙事诗故事性强,情节推进的速度一般较快。《长恨歌》则大大增加了描写的成分,而且比以前那些叙事诗的描写更为委婉、细致。叙事诗原来在叙述上常有较大的跳跃性,而小说比较起来则要求更大的连贯性;一个场面、一个细节都要求给人以完整的印象。同时,和以前的叙事诗比较,唐代传奇又要求在故事叙述中突出人物形象,白居易正是这样来描写杨玉环的。写她的眼波和体态,写她的云鬓与花颜,头上戴的、身上穿的,也一一写到。她接见临邛道士,仅从起床到见面就用了上十句。用以前的叙事诗的习惯写法衡量,这种描写似乎太繁了。实际上白居易的诗体小说,同在他之前的民间叙事诗的这种分别,有文与野、细与粗的分别,这是文学发展进化的标志,是叙事观念带动叙事技巧进步的表现。

  《长恨歌》作为诗体小说在描写叙述的方式上也有重大创造。民间叙事诗大体上是由一个固定的叙述者来讲说故事,作品笔触所及基本上是在叙述人对所叙事件耳闻目见的可能范围之内。《长恨歌》是怎么做的呢?王夫之《薑斋诗话》说:"追元、白起,而后将身化为妖冶女子,备述衾绸中丑态。"[①]王夫之所说的"将身化为妖冶女子",说明他已看出《长恨歌》等作品一个重要艺术手法,即除了像一般叙事作品那样客观地摹绘对象的形貌神采之外,又从人物的观察角度来叙述和描写景物与人物。诗的中间"归来池苑皆依旧"以下十几句,是从唐明皇李隆基的眼光这一特殊角度摄写景物。"芙蓉如面柳如眉",是李隆基见到荷花即联想杨玉环之脸庞,见到柳叶即联想杨玉环之秀眉。陈鸿的传中的客观的叙写,《长恨歌》都变为李隆基眼中之景。《长恨歌》运用了多种叙述角度,并且把不同的叙述角度灵活地交错,特别是大胆而自如地运用了全知叙述角度,大大增强了形象的逼真感。祝德麟写道:"一笑百媚生,七字无穷春;侍儿扶出浴,形容更温存。""后妃妖冶态,臣下岂宜云?""谁曾亲见来,写此婵娟真?文章妙绝世,礼教恐未安,

---

  ① 陈友琴编:《白居易资料汇编》,中华书局1962年,第240页。

倘令触忌讳,谓是媟狎言,律以大不敬,夫何辞罪愆!"①谁曾亲见？这是出于小说家的合理想象,而用全知视角的叙述技巧写出来的。《长恨歌》作为诗体小说,有完整的情节、严密的结构,它不像抒情诗那样按照作者感情发展的线索来组织作品,不像新乐府那样"系于意而不系于文",它是按照人物性格与命运发展变化的线索来安排材料。《长恨歌》作为诗体小说的又一重要特点是,它大胆地虚构出后半"虚无缥缈"的情节。这些全新的写法,都只有在小说艺术取得重大突破,新的文学观念指导下,才可能出现。

（十一）司空图的《二十四诗品》

《二十四诗品》旧题司空图撰,近年有学者提出质疑,认为是明人伪托,但究竟系何人所作,学界尚未有定论。这并不妨碍我们认定,《二十四诗品》是中国文论史上一件别致的、富有本土特色的理论著述。司空图(837—908),是唐代的诗人和诗论家,字表圣,有文集、诗集流传至今。其文集中有《与李生论诗书》一篇,提出"辨于味,而后可以言诗也","近而不浮,远而不尽,然后可以言韵外之致耳"。他所谓"味",是在"酸咸之外"的"醇美",不拘一格的"全美"。最好的诗歌既有独特个性,又是丰富而不单一。如王维、韦应物的诗,"澄淡精致",同时也能显出遒劲的美。又提出"味外之旨",并在《与极浦书》中提出"象外之象,景外之景",引戴容州语云:"诗家之景,如蓝田日暖,良玉生烟,可望而不可置于眉睫之前也。"另有《与王驾评诗书》称:"……思与境偕,乃诗家之所尚者。"②以上言论,在唐代文论向宋代文论转变中起到承前启后的作用,为境界说的形成作了先导,开启了南宋严羽的"妙悟说"和清代王士禛的"神韵说"。《红楼梦》里林黛玉教香菱读王维诗集,问:"可领略了些滋味没有？"足见曹雪芹也是偏向这一派的诗论。

关于《二十四诗品》,《四库总目提要》说:"唐人诗格传于世者,王昌龄、杜甫、贾岛诸书,率皆依托。即皎然《杼山诗式》,亦在疑似之间。惟此一编,

---

① 见(清)平步青:《霞外攟屑》第八卷"唐人咏马嵬事皆大不敬"条,上海古籍出版社1982年,第572页。

② 本书引司空图论述,据祖保泉、陶礼天:《司空表圣诗文集笺校》,安徽大学出版社2002年。关于《二十四诗品》作者论争,参看姚大勇:《近年来〈二十四诗品〉真伪问题研究概述》,《文史知识》2001年第6期。

真出图手。"《二十四诗品》和司空图的前述论著的审美取向,颇有一致之处。二十四品中,作者对"含蓄""冲淡""飘逸"推崇最力,他所特别推许的是王维、韦应物等诗人,这种倾向影响于后世也最大,这和司空图本人的诗作的风格也是吻合的。

它所列的二十四品,是二十四种诗歌风格形态,即:雄浑、冲淡、纤秾、沈著、高古、典雅、洗炼、劲健、绮丽、自然、含蓄、豪放、精神、缜密、疏野、清奇、委曲、实境、悲慨、形容、超诣、飘逸、旷达、流动。这里囊括了各种各样彼此相异的风格,既有雄浑、豪放一类的,也有纤秾、绮丽一类的,又有冲淡、疏野一类的,不拘一格、兼收并蓄。赏诗、读诗,应学会辨别诗歌的风格,这是中国古代的传统看法,《二十四诗品》引导读者体认基本的诗歌风格类型。

《二十四诗品》的特色,更在它的表述形式。钱锺书《谈艺录》说,"唐人序诔之文,品目词翰,每铺陈拟象,大类司空表圣作《诗品》然……司空表圣《诗品》理不胜词;藻采洵应接不暇,意旨多梗塞难通,只宜视为佳诗,不求甚解而吟赏之";又引道光时李元复之语,称李氏"以《诗品》作诗观,而谓用诗体谈艺便欠亲切也"。①《二十四诗品》有启悟作用和赏鉴价值,也有思维的深度与精密上的局限。不过,以"佳诗"论诗的风格,就有了存在的价值。德国评论家史雷格尔谈到歌德评论莎士比亚的文章时说:"当一个诗人以诗人的身份直观地描写一部诗作时,产生出来的如果不是诗,还能是什么呢?"②司空图用优美的诗句,描述不同风格给予欣赏者的感受,因此得到许多读者的欢迎。

司空图《诗品》共二十四则,故被称为"廿四诗品"。它每则十二句,每句四字,双数句句尾押韵。实际上每则为一首诗,用比喻和象征的手法,描摹某种风格、意境。清人对此书研究评论颇多,杨廷芝《诗品浅解自序》引述他人之言说:"表圣指事类形,罕譬而喻,寄兴无端,涉笔成趣。"孙联奎《诗品臆说自序》说:"昔钟嵘创作《诗品》,志在沿流溯源;若司空《诗品》,意主摹神取象。"许印芳《二十四诗品跋》说,此书"分题系辞,字字新创,比物取象,目击道存"。无名氏《司空表圣二十四诗品注释叙》说:"其中各品词语,俱各按其品极意形容,清词丽句,络绎不绝,实为描摹尽致,推阐无穷;是不啻

---

① 钱锺书:《谈艺录》,中华书局1984年,第369—372页。
② (德)弗·史雷格尔:《论莎士比亚》,杨业治译,见《古典文艺理论译丛》第9册,人民文学出版社1964年,第96页。

以各二字为题,而以其语为诗也。不脱不粘,超玄入化。昔人谓王摩诘诗中有画,予于此品亦云。"①这些评论都肯定《诗品》虽属诗论,却又是如画的诗篇。

司空图《诗品》二十四则的基本写作模式是,每则介绍一种风格类型,描摹那种风格的风神、气韵,也不排除适量的评价和说明。如《洗炼》一则是:"如矿出金,如铅出银。超心炼冶,绝爱缁磷。空潭泻春,古镜照神。体素储洁,乘月返真。载瞻星气,载歌幽人。流水今日,明月前身。"它的大意是:有如从粗矿中炼出纯金,有如术士把铅烧炼成白银;沉浸在那浑朴、粗陋的原料中,专心致志地提炼;像清澈见底的空潭,像纤毫不染的明镜;以纯真之"素"为本,葆有天然之洁,在皎洁的月光下返璞归真;仰望星斗,独自浩歌;涓涓的流水是我的今日,朗朗的月华是我的前身。此处所写的是作者对于"洗炼"这种风格的印象、感受,而且是间接地写,用若干景物、境象作比喻和象征,让读者去体会、玩味。徐以坤《戏为绝句》说:"谁识庐山面目真,雌黄商榷苦陈陈。司空拈出无多语,百态牢笼万古新。"②此种作法由来已久,例如东晋孙绰形容潘岳之文"烂若披锦",陆机文"若披沙简金";又如南朝宋代汤惠休论谢灵运诗"如芙蓉出水",颜延之诗"如错彩镂金"。此种作法被历代人们广泛应用,韩愈《醉赠张秘书》:"君诗多态度,蔼蔼春空云。东野动惊俗,天葩吐奇氛。张籍学古淡,轩鹤避鸡群。"司空图《诗品》是更全面更细致地描述多种风格,总结和大大发展了他的前人的工作。

在这里还要交代一下司空图之前杜甫的《戏为六绝句》,杜甫最擅长的是律诗,这里却采用绝句,并在题目中标明"戏"它开创了以绝句论诗的先河。仇兆鳌《杜诗详注》说:"此为后生讥诮前贤而作,语多跌宕讽刺,故云'戏'也。"③当时有人"轻薄为文",随意贬损前代作家,杜甫十分不满这种态度,对他们的观点加以批评,指出他们不自量力之可笑。不用论而用诗来论文,是"戏";对无知者加以讽刺,也是"戏"。这六首诗是杜甫居于成都草堂时所作,时年五十岁,已处艺术成熟时期。六首诗前三首论作家,后三首论诗艺。前三首虽说是论作家,但其落脚点则是批评妄意鄙薄古人的轻浮作

---

① 郭绍虞:《诗品集解 续诗品注》,人民文学出版社1963年,第61页,第72页,第73页,第74页。
② 郭绍虞:《诗品集解》,人民文学出版社1963年,第79页。
③ 本书引杜甫据清代仇兆鳌:《杜诗详注》,中华书局1979年;参见郭绍虞主编:《中国历代文论选》第二册,人民文学出版社1978年。

风。"今人嗤点流传赋,不觉前贤畏后生";"尔曹身与名俱灭,不废江河万古流";"龙文虎脊皆君驭,历块过都见尔曹(经过田野和都市的长途驰驱,显出骏马与驽马的高下)"。这里的"后生""尔曹",正是杜甫要批评的,是被他认为亵渎了诗艺的尊严和神圣的人。艺术的观点可以各人有异,对作家作品的评价可以各有见解,但对艺术持轻慢儇佻的态度则是不能容忍的。杜甫对前人也不是一味赞颂,他说:"纵使卢王(卢照邻、王勃)操翰墨,劣于汉魏近风骚。"认为初唐四杰之诗不及汉魏的扬雄、曹植等人,不像那些人继承了国风、楚辞的传统;但即令如此,他们在文学史上的地位也不容抹杀,而是远远胜过那些信口雌黄者。从前三首还可以看出,杜甫提倡的是"凌云健笔",是"近风骚",这是他仰慕的艺术轨范。至于四杰的"当时体",则是次一等,但也有其出现的历史必然,有其存在价值。后三首进一步申述这个意思:"或看翡翠兰苕上,未掣鲸鱼碧海中";"窃攀屈宋宜方驾,恐与齐梁作后尘"。杜甫有自己的明确而稳定的艺术信念、艺术理想、艺术追求,他坚持认为艺术的主流和基调应该是昂扬奋发,是大气磅礴,有如鲸鱼遨游于无边无际的碧海;同时,艺术又应该是兼容并蓄、多姿多彩,那些如翠鸟嬉戏于花丛的作品,虽不能胜任时代的丰碑,仍可供人们欣赏。"不薄今人爱古人,清词丽句必为邻。""别裁伪体亲风雅,转益多师是汝师。"凡是美的他都喜爱,他都欣赏;凡是人们智慧的结晶,他都虚心去学习、吸收。他这种远见卓识和宽阔胸怀,充分体现了大家风范。

  杜甫的这六首绝句,不但见解卓绝,而且有气势、有文采,一千多年来被人们乐于咏唱。"尔曹身与名俱灭,不废江河万古流""不薄今人爱古人""转益多师是汝师",这些句子,超出诗艺的范围,超出文学的范围,给人们治学和立身以多方面的启示。杜甫之后,以绝句论诗的层出不穷,宋代的戴复古,金代的王若虚、元好问,明代的李濂,清代的王士禛、张问陶、袁枚,是千百论者中的代表,这类绝句中有许多佳作。宋代陆游的《读杜诗》就是一首论诗绝句:"千载诗亡不复删,少陵谈笑即追还。常憎晚辈言诗史,《清庙》《生民》伯仲间。"把杜诗与《诗经》并提,认为杜甫恢复了被中断的诗歌的伟大传统。杜甫创立了绝句论诗的体例,后人(不止一人)用绝句来咏颂他,这是他有权得到的回报。

  杜甫、司空图之后,以诗论诗的,元好问《论诗三十首》值得一提,在他稍前的南宋戴复古的《论诗十绝》和金代王若虚的《论诗诗》绝句八首,在气势之宏大、涵盖之广博与观点之鲜明深刻上，都不及元好问之作。元好问（1190—1257），字裕之，号遗山，七岁能诗，号为神童，其诗文在金代颇有地位，有《遗山先生文集》。金亡后不仕，选收金代诗人作品编为《中州集》，以诗而存史，为每位诗人作有小传，其间也表露出一些文学见解。

《论诗三十首》[①]，第一首和最末一首谈自己这一组诗的写作，其余二十八首所论对象自汉魏直至南宋，前后一千余年。第一首说："汉谣魏什久纷纭，正体无人与细论。谁是诗中疏凿手，暂教泾渭各清浑。"第三十首说："撼树蚍蜉自觉狂，书生技痒爱论量。老来留得诗千首，却被何人较短长？"他要"细论"、要"论量"的，是众说纷纭的大问题，这个大问题就是：什么是诗歌创作的主流和正体。元好问有《赠答杨焕然》诗说："诗亡又已久，雅道不复陈。人人握和璧，燕石谁当分。"与《论诗三十首》同样，是说要区分"石"和"玉"。他对一千多年间诗歌的评述，不是寻章摘句的考据或赏玩，而是要从历史中确认诗歌的正道。他所肯定的正体，是《诗经》的传统，是汉魏五言的传统，是陈子昂、杜甫、苏轼的传统。他所不满的，有儿女情多的"温（庭筠）李（商隐）新声"，有"斗靡夸多"的陆机作品，有"鬼画符"的卢仝的作品，有宋代以来"窘步相仍"的唱酬诗，他还讥嘲"闭门觅句"的陈师道是"可怜无补费精神"。总之，元好问论诗，有赞扬，有惋惜，有贬抑，确实是努力辨别清浊，体现了明确的审美取向。

元好问所赞扬的，首先是慷慨豪健的风格。第二首写道："曹刘坐啸虎生风，四海无人角两雄。可惜并州刘越石，不教横槊建安中。"在这里，元好问表明了自己的诗学理想。他把曹植、刘桢看作领袖群伦的诗坛英雄。这种看法虽然前人早已提出，而钟嵘说刘桢"气过其文，雕润恨少"，曹丕则更早指出"公干有逸气，但未遒耳"；元好问仍然把刘桢与曹植并列，给予崇高评价。他叹惜刘琨不得与曹刘同时，实际上也是叹惜后代所有豪健一派的作者，可能还叹惜他本人，不得与曹刘同时；叹惜"志深笔长，梗慨多气"的风格未能始终贯穿于诗史，希望同时代诗人重振雄风。建安时代已经一去不复返，横槊赋诗的气概则是后世诗人应该永远追求的。作者对于诗歌中"虎气"的无限向往之情，充溢于字里行间。在后面的几首里，他欣慰于晋代"壮

[①] 本书引元好问据刘泽：《元好问论诗三十首集说》，山西人民出版社1992年。也可参郭绍虞：《元好问论诗三十首小笺》，人民文学出版社1978年。

怀犹见缺壶歌"；盛赞在南朝诗风柔靡之时，北方少数民族民歌却接续了建安传统："慷慨歌谣绝不传，穹庐一曲本天然。中州万古英雄气，也到阴山敕勒川。"论及初唐诗歌，他热情颂扬倡导"风骨、兴寄"和"音情顿挫"的陈子昂："沈（佺期）宋（之问）横驰翰墨场，风流初不废齐梁。论功若准平吴例，合着黄金铸子昂。"把陈子昂对于重振诗风的贡献，比之于恢复越国的范蠡，认为应该用黄金给他塑纪念像。

除豪健之外，元好问诗学理想的另一方面是天然。第四首说："一语天然万古新，豪华落尽见真淳，南窗白日羲皇上，未害渊明是晋人。"第二十九首说："池塘春草谢家春，万古千秋五字新。传语闭门陈正字，可怜无补费精神。"举出陶渊明和谢灵运，从人格、心胸和炼句、构思的两个不同层次上谈天然风格。元好问《继愚轩和党承旨雪诗四首》之四说："颇怪今时人，雕镌穷岁年。君看陶集中，饮酒与归田。此翁岂作诗？真写胸中天。天然对雕饰，真赝殊相悬。"这是为人的天然，最高境界的天然。宋人叶梦得《石林诗话》说，"池塘生春草，园柳变鸣禽"，"此语之工，在无所用意，猝然与景相遇，借以成章，不假绳削"。① 这是写作上的天然，虽属次一等，也还应该肯定。不仅诗歌内容应该天然，形式也要自然。他批评陆机"斗靡夸多费览观"，认为"心声只要传心了"。第十七首说："切响浮声发巧深，研摩虽苦果何心？浪翁水乐无宫徵，自是云山韶濩音。"浮声切响、宫商角徵，指作诗讲究平仄格律，元好问本人律诗写得很好，他只是反对用格律束缚诗思。浪翁即唐代诗人元结，元好问在这里发挥元结的意见，元结在有名的《箧中集》中说："近世作者，更相沿袭，拘限声病，喜尚形似。"② 他曾著《水乐说》，称自己最爱听山中的水乐，淙淙然十分悦耳。第十一首说："眼处心生句自神，暗中摸索总非真。画图临出秦川景，亲到长安有几人！"认为创作不能靠临摹，要靠亲身体验。这些都是他对当时的文坛有所感而发的。

---

① （宋）叶少蕴：《石林诗话》，见清代何文焕辑：《历代诗话》上册，中华书局1981年，第426页。
② 见周祖譔编选：《隋唐五代文论选》，人民文学出版社1990年，第125页。

(十二) 苏　　轼

苏轼(1037—1101)是宋代最杰出的文学家,诗、词、散文都为一代之冠。宋诗首称苏黄,宋词首称苏辛,在唐宋八大家中人们最赞赏的散文美之曰"韩潮苏海";他在书法上地位尊荣,连《水浒传》里的小人物黄文炳也知道,"方今天下盛行苏、黄、米、蔡四家字体",不过误把蔡襄说成是蔡京;绘画也有很高造诣,有画作传世。他对文学、绘画、书法以及音乐等多门艺术都持有卓异见解。在《书鄢陵王主簿所画折枝》中写道:"论画以形似,见与儿童邻。赋诗必此诗,定非知诗人。诗画本一律,天工与清新。"其论艺之语多被人们经常引用,如《书摩诘蓝田烟雨图》中有"味摩诘之诗,诗中有画;观摩诘之画,画中有诗"。《韩幹马》中有"少陵翰墨无形画,韩幹丹青不语诗"。《文与可画筼筜谷偃竹记》中有"故画竹必先得成竹于胸中,执笔熟视,乃见其所欲画者,急起从之,振笔直遂,以追其所见,如兔起鹘落,少纵则逝矣"。还有《琴诗》:"若言琴上有琴声,放在匣中何不鸣？若言声在指头上,何不于君指上听？"[①]所以,在古代美学史、文艺理论史上,他也是不可忽略的一位大家。而最为可贵的,是他宦海沉浮,经受巨大波折,在整个人生道路、艺术道路上持续的追求和达到的境界,他历经探索、反思和积累,把沉厚的人生体验与灵妙的艺术心得自然地融合,在艺术创作中寄寓对人生的体悟,也在艺术创作中安顿自己的心灵,达到超逸、澄澈而又深沉、浑厚的境界。

苏轼早期本来走的是科举时代读书人普遍的道路,《宋史》本传说他少年在家乡"已有颉颃当世贤哲之意",弱冠与父亲苏洵、弟弟苏辙同至京师,"一日而声名赫然动于四方",宋仁宗读了他们兄弟的制策之后说,"朕今日为子孙得两宰相矣"。然而,苏轼并没有做过宰相,反而是不遇于时、坎坷困顿。《宋史·苏轼传论》说:"轼不得相,又岂非幸欤！或谓:轼稍自韬戢(韬晦不露锋芒),虽不获柄用,亦当免祸。虽然,假令轼以是而易其所为,尚得

[①] 本书引苏轼据孔凡礼点校:《苏轼文集》,中华书局 1986 年;孔凡礼点校:《苏轼诗集》,中华书局 1982 年。也可参看王水照:《苏轼选集》,上海古籍出版社 1984 年。前人有关苏轼评述,参见四川大学中文系唐宋文学研究室:《苏轼资料汇编》,中华书局 1994 年。

为轼哉!"苏辙几次说到,苏轼是在黄州发生思想的飞跃,"杜门深居,其文一变,如川之方至"。当然,此前已经有不短的酝酿期,在他因对王安石新法持不同意见,外派到杭州、密州、徐州、湖州时,就有了新的思考。不肯趋附权势是知识分子的良好品格,苏轼黄州以后的飞跃,再一次证明"诗穷而后工"的道理,而苏轼的精神遗产远不止于此。他不只是在写作中抒写愤懑,他还在写作中得到高一层的心理满足和心灵提升。他重新认识世界的变与不变、当下与永恒、人生的得与失。《前赤壁赋》中有名句:"且夫天地之间,物各有主。苟非吾之所有,虽一毫而莫取。惟江上之清风,与山间之明月,耳得之而为声,目遇之而成色,取之无禁,用之不竭,是造物者之无尽藏也,而吾与子之所共适。"这正是他新的哲学和美学思想的宣示。"非吾之所有",意为不是本己之我、圆满人性之我所愿意和能够拥有的,需要"违己"、需要"以心为形役"才去占有的。对此一毫而莫取,抛弃了这类欲望。对于"一世之雄",放到无限的时间之流中藐然视之。人对自然的"取"和"用"不是实口腹而是悦耳目,不是为实用,而是得到心灵的自由自在。自然对于人,主要的不是物质生活的资源,而是精神的伴侣,美感的源头。只要主体敞开心怀,以审美静观的态度对待世界,清风明月永不吝惜地给予会心人以抚慰。从这种认识出发,《送参寥师》说:"退之论草书,万事未尝屏。忧愁不平气,一寓笔所骋。颇怪浮屠人,视身如丘井。颓然寄淡泊,谁与发豪猛?细思乃不然,真巧非幻影。欲令诗语妙,无厌空且静。静故了群动,空故纳万境。阅世走人间,观身卧云岭。咸酸杂众好,中有至味永。"把诗境与禅境联系起来,这一点对后人影响很大。

再后,苏轼到了天涯海角,负担渡海,葺茅竹而居之,"日啖薯芋而华屋玉食之念不存于胸中"。在儋州每天读一首陶渊明诗,这已经远不止是文学的爱好,而是在沉思中发现真我,在艺术中找到生存方式。苏轼从陶渊明汲取的主要不是诗艺,而是文学思想,更是人生哲学。苏辙在为苏轼所写的《追和陶渊明诗引》中复述苏轼的话:"吾于渊明岂独好其诗也哉,如其为人,实有感焉。"陶渊明辞官归园田居,苏轼说那是由于陶渊明认识到自己性刚才拙,与物多忤,自量为己,必贻俗患。苏轼反省说:"吾真有此病而不早自知,平生出仕,以犯世患,此所以深愧渊明,欲以晚节师范其万一也。"陶渊明主动归隐,苏轼被动遭贬,苏轼多年思考,变被动为主动,同样得到陶渊明"出樊笼而返自然"的快乐。

现代人所谓的"诗意地栖居",是人摆脱异化的劳动而在自由地栖息中找回自己。陶渊明的诗,苏轼的诗,体现的就是这样的境界。"栖息"和"劳作"不是相互对立和相互排斥的,自由劳动正是人性自然展示和人性发展的途径,文学艺术创作最有条件成为自由劳动。苏轼《南行前集叙》说:"夫昔之为文者,非能为之为工,乃不能不为之为工也。山川之有云,草木之有华实,充满勃郁而见于外,夫虽欲无有,其可得耶!自少闻家君之论文,以为古之圣人有所不能自已而作者,故轼与弟辙为文至多,而未尝敢有作文之意。"发自内心需要而不是被迫的,出于心灵的自然显现而不是为了求名牟利,如同植物开花结果一样的文学创作,是自由的精神劳动。在自由的创作中,作者想象的能力,驾驭语言的能力,状物叙事的能力,充分发挥出来,由此获得最大的快感。苏轼反复地说到自己这方面的实际体验。《答谢民师书》说:"求物之妙,如系风捕影,能使是物了然于心者,盖千万人而不一遇也,而况能使了然于口与手者乎!是之谓辞达,辞至于能达,则文不可胜用矣。"《论文》说:"吾文如万斛泉源,不择地皆可出,在平地滔滔汩汩,虽一日千里无难,及其与石山曲折,随物赋形而不可知也,所可知者,常行于所当行,常止于不可止,如是而已矣。其他,虽吾亦不能知也。"宋代何薳《春渚纪闻》卷六记苏轼之语道:"某平生无快意事,惟作文章,意之所到,则笔力曲折无不尽意。自谓世间乐事,无逾此者。"这种快感就是通过创造活动和创造物,使主体的本质力量得以确证。

苏轼心服于陶渊明的自然的风格:"吾于诗人无所甚好,独好渊明之诗。渊明作诗不多,然其诗质而实绮,癯而实腴,自曹、刘、鲍、谢、李、杜诸人,皆莫及也。"《与侄书》说:"凡文字,少小时须令气象峥嵘,彩色绚烂,渐老渐熟,乃造平淡。其实不是平淡,绚烂之极也。"他和陶渊明一样,不只是文字风格的自然,是经过人生的历练和艺术的磨炼之后,达到的炉火纯青的境界。

(十三)《沧浪诗话》

诗话是中国古代文学理论著作特有的一种体式,它起始于宋代,元、明、清继续蓬勃发展,并且扩展到其他文体领域,陆续出现了词话、赋话、文话、曲话,是文学理论的重要组成部分。第一本在书名中标示"诗话"的文学批评著述是欧阳修的《六一诗话》,至今完整或部分留存的以及可以考知片段的宋人诗话,有一百多种。其中,严羽的《沧浪诗话》是受到长期关注、广被称引的一部诗话。它之所以引起人们持续兴趣,原因有三个,一是绝大多数诗话是零章碎札聚合而成,其中虽然不乏吉光片羽,但往往缺乏确定的思想主张贯穿,缺乏有意识的清晰的结构,《沧浪诗话》则是显示出体系性的著作。全书分五个部分,第一部分"诗辨"是理论纲领,其后"诗体""诗法""诗评",分别论诗的体类、诗歌写作中具体方法技巧、对前代作家作品的评议,最后"考证"部分是对传世作品的真伪等的辩证,这些内容涉及了诗歌理论的主要方面。二是严羽摆脱了主流的教化论思想的控制,他关心的是诗的艺术性、诗歌创作思维的特性,这既使他受到固守正统思想的文人的攻击,也使他受到深谙诗歌自身规律文人的应和。三是严羽以禅喻诗,把作诗、欣赏诗和参禅比较,举出许多相似之点,这就造成新鲜感,足以激起不同的联想,也引起议论和批评。

严羽字仪卿,生卒年已不可确知,大约生活在南宋宁宗、理宗时期,即公元12世纪末期至13世纪中期。严羽在"诗辨"里提出,"诗有别材,非关书也;诗有别趣,非关理也"。"诗者,吟咏情性也",最上等的境界是不涉理路,不落言筌;羚羊挂角,无迹可求;如空中之音,相中之色,水中之月,镜中之象,言有尽而意无穷。① 写诗和治学是不一样的,诗写得好不好与学问做得好不好没有直接的、必然的联系。他说,孟浩然学力不如韩愈远甚,而其诗独出韩愈之上,这是很有说服力的例子。有的人以学问为诗,在诗作中堆砌典故,只会令读者生厌。今天我们认识到,文学创作和学术研究属于两种思维方式,后者运用概念、推理,前者运用形象、想象。所以,文学成就的高低,与作者学识的深浅广窄不是正相关。清代乾隆年间凌扬藻《蠡勺编》说:"亦有不读书而能诗者,北齐斛律金不解押名,而《敕勒歌》乃唯一时乐府之冠。"史书记载,斛律金不识文字,他原来名字是"敦",笔画太多,签署文件写不好,改名为"金"。这样一个武人,却唱出《敕勒歌》。这样的例子还有不少,《南史》记载,梁朝大将曹景宗打了胜仗归来,梁武帝萧衍召群臣设宴,让沈约等人分韵赋诗,没有给曹景宗分韵,景宗很不高兴,提出要求。沈约和

---

① 本书引严羽据郭绍虞:《沧浪诗话校释》,人民文学出版社1961年。

萧衍以及在场的文臣,擅长写诗,武帝便对景宗说:"卿技能甚多,人才英拔,何必止在一诗?"景宗坚持要求,其时只剩下"竟""病"二字作韵。景宗即刻作成:"去时儿女悲,归来笳鼓竞。借问行路人,何如霍去病?"所有人都惊佩不已。但是,这并不是说文学家不需要学习,不是说文学家的学识对他的创作没有好处。严羽紧接着说,"非多读书、多穷理,则不能极其至"。诗人要学习文学经典,也要学习各个方面的知识。

在"诗法"中严羽说:"语忌直,意忌浅,脉忌露,味忌短,音韵忌散缓、亦忌促迫。"这和他在"诗辨"里申述的重艺术性的取向完全一致。他欣赏的是"一唱三叹之音",认为"诗之极致"是入神。《诗辨》说:"诗之法有五:曰体制,曰格力,曰气象,曰兴趣,曰音节。"兴趣是核心,单说兴趣不易把握,音节属外在形式方面,音乐性是诗歌语言的特点,也可以说是诗歌艺术入门的初阶;体制、格力和气象则与诗人的艺术个性有关,形成体制、格力、气象和辨识体制、格力、气象,是创作或鉴赏达到成熟的标志。严羽非常重视诗歌的体制,特立"辨体"部分细加讨论。他认为,"体"可以"以时而论",即按时代划分,可以"以人而论",即按作家划分。但他的"体"的概念太泛,涉及体裁、样式、风格、技巧,所论也就驳杂。

严羽对于自己的鉴赏力充分自信,在答复吴景仙的信里说:"自谓有一日之长,于古今体制,若辨苍素,甚者望而知之。来书又谓,忽被人捉住发问,何以答之?仆正欲人发问而不可得者。不遇盘根,安别利器?吾叔试以数十篇诗,隐其姓名,举以相试,为能辨得体制否?"从《诗话》里看,对于陶(渊明)谢(灵运)之别、李(白)杜(甫)之别的论述,关于南朝诗人"尚词而病于理"、宋朝诗人"尚理而病于意兴"、"唐人尚意兴而理在其中,汉魏之诗,词理意兴,无迹可求"的议论,都足以见出他的眼光。这种能力是从多年的品赏实践中磨炼升华而成,可以检验考核而并非玄虚飘缈不可捉摸。他提出隐去作者姓名的办法测试文学鉴赏力的设想,很有意味。20世纪20年代英国剑桥大学文学教授瑞恰兹,在教学中实施了一个实验,提供多篇文学作品,隐去作者姓名,也不给出背景材料,让学生阅读并要求他们作出评价。瑞恰兹引起众多理论家热烈议论的办法,严羽七百年前就想到了。

佛学,尤其是禅宗佛学,唐代以后渗入中国文学和文学理论,王维、白居易、苏轼、黄庭坚,许多大文学家都喜说佛谈禅。到了严羽那个时候,已经是

"禅道烂熟之后期"[①]。在这种风气下,《沧浪诗话》以禅喻诗,严羽说:"妙喜自谓参禅精子,仆亦自谓参诗精子。""论诗如论禅","大抵禅道唯在妙悟,诗道亦在妙悟"。妙喜即宗杲,是临济宗在南宋的主要传人。严羽的出发点、立足点在诗而不在禅,他说:"吾叔谓,说禅非诗人儒者之言。本意但欲说得诗透彻,初无意于为文,其合文人儒者之言与否,不问也。"合不合禅、佛的原意,大约他也并不很在乎。

他把诗歌创作心理与佛徒之禅悟相比拟。禅与诗之所以能够相联系,乃由于艺术思维与宗教思维有相似点,中国古代抒情诗的创作,它的触发兴感,它的炼字炼句,与禅宗的妙悟,与禅宗的话头、机锋,确有很多类似。它们都特别强调主体的能动创造,特别重视感性、重视直觉,重视非理性的言语道断、不可思议的潜意识心理。严羽的以禅喻诗,要旨是把诗歌创作的艺术思维,与治学论理的逻辑思维鲜明地区别,在这一点上,《沧浪诗话》纠正江西诗派的偏谬,有不少可取之处。

禅宗的兴起,就是要把佛学从经师们的讲坛上解放出来。不识字的惠能战胜满腹经典的神秀,证明了禅悟与学问无关。严羽提出诗思的特质在"兴趣",《诗话》流露的对于语言文字表义能力的怀疑,也和禅宗一致,禅宗的一个主要口号是"不立文字"。严羽所肯定的诗歌的最高境界,是超语词的境界;他强调诗歌意蕴的模糊性、不确定性和对于欣赏者的开放性,以此来解释优秀诗歌审美魅力的持久性、恒久性。

与"兴趣"说密切相关,严羽极力鼓吹"妙悟"。严羽所说的"悟",并不是对宇宙、自然、人生的直接的悟,而是对汉魏以前的古代优秀诗歌作品的悟,是"学"中之"悟"。至于汉魏以前的诗,"不假悟也"。这种说法本身包含着矛盾。其实,国风、《楚辞》的作者不从前人的作品寻求灵感,而从鸟兽虫鱼,从人生的顺逆、国势的盛衰悟得,这才是真正的悟。严羽把悟的对象限定为汉魏以前的诗,认为这样才说得上入门"正"、立志"高",他的意见带有很大的片面性。但他指出对前人的作品,不是要"学",而是要"悟",则又是强调艺术才能的特殊性,强调艺术修养途径的特殊性,自有他的一部分道理。不过,在具体论述中,严羽曾说道:"唐人好诗,多是征戍、迁谪、行旅、离别之作,往往能感动激发人意。""谢所以不及陶者,康乐之诗精工,渊明之诗质而

[①] (日)忽滑谷快天:《中国禅学思想史》,朱谦之译,上海古籍出版社1994,第587页。

自然耳。"他所向往的也还是"此中有真意"那样对本体的直接的"透彻之悟"。严羽以禅喻诗,在一些地方是比附,这就容易引起佛家和诗家两个方向上的挑剔、指责,他所主张的妙悟、兴趣,他对诗歌史的某些观点,赞成和批评的意见都有不少,但争论还是能够加深人们的认识。

(十四) 童心说与性灵说

明代万历以后,学术上和文学上张扬个性都蔚为风气,这和魏晋文人的任情适性在表现形式上颇为相似,而性质实大不相同,它的背景乃是在新的经济发展阶段上兴起的新思潮。王阳明的心学流行,提倡致良知,回归内心而以良知为辨别是非善恶的标准。良知所非,虽出于孔子之言不敢以为是;良知所是,虽出于庸常之言不敢以为非。于是,反传统、反权威有了哲学思想的依据。同时,部分文人开始直接接触到欧洲思想,李贽、袁宏道、汤显祖都曾与意大利传教士利玛窦见面交流,利玛窦《中国札记》里提到李贽,李贽诗文也有对利玛窦的记叙。汤显祖有《端州逢西域两生破佛立义》诗,提到"碧眼愁胡译字通"。在文学理论上,李贽(1527—1602)的"童心说"、徐渭(1521—1593)的"真我论"、汤显祖(1550—1616)的"至情说"和袁宏道(1568—1610)的"性灵说",便是新环境、新思潮中的突出产物。这些人与泰州学派即所谓"王学左派"思想契合,他们的主张都有强烈而鲜明的叛逆性、异端性。李贽说:"今世俗子与一切假道学,共以异端目我。我谓不如遂为异端,免彼等以虚名加我,何如?"汤显祖的《合奇序》说:"世间惟拘儒老生不可与言文——耳未多闻,目未多见,而出其鄙委牵拘之识,相天下文章,宁复有文章乎?"袁宏道早年学为狂禅,据袁中道说:"每于稠人之中,如颠如狂,如愚如痴"。关于徐渭的狂怪,甚至在民间流传成许多故事。他在《叶子肃诗序》里尖锐地嘲讽一味模仿古人的作者说,徒窃于人之所尝言,"虽极工逼肖,不免于鸟之为人言"。[①] 他们都是要在俗流、主流之外自标一

[①] 本书引说据李贽《焚书 续焚书》,中华书局 1957 年,《藏书 续藏书》,中华书局 1959 年,《初潭集》,中华书局 1974 年;引徐渭据《徐渭集》,中华书局 1983 年;引汤显祖据《汤显祖集》,中华书局上海编辑所 1962 年;引袁宏道据钱伯城《袁宏道集笺校》,上海古籍出版社 1981 年。

帜。关于文学的内容,他们要求尊重人的自然本性,人的正常欲望,关注下层百姓的审美需求;关于文学的形式,他们看重小说和戏剧,正面评价民间通俗文学。这是此前的文学理论所没有的崭新的气象。

李贽所说的童心、真我、至情和性灵,指的是没有受到正统教育扭曲的自然纯真的本性。他说:"夫童心者,绝假纯真,最初一念之本心也。""童子者,人之初也;童心者,心之初也。夫心之初,曷可失也!"然而,随着年龄的增长,童心还是失去了。童心是怎样失去的呢?是由于闻见从耳目入,道理从闻见入,这些来自社会、来自传统的灌输习染,蔽障了童心。"夫既以闻见道理为心矣,则所言者皆闻见道理之言,非童心自出之言也。言虽工,于我何与?岂非以假人言假言而事假事、文假文乎?""六经、《语》《孟》,乃道学之口实,假人之渊薮也,断断乎其不可以语于童心之言,明矣。"儒家经典的强制灌输,乃是护持纯真童心的大敌。道理闻见损害童心,读书识理的结果是造出假人假文。他强调"护此童心",只有保持童心,才能够写出真挚优秀的文学作品,"天下之至文,未有不出于童心焉者也"。他在《杂说》中指出:"《拜月》《西厢》,化工也;《琵琶》,画工也。夫所谓画工者,以其能夺天地之化工,而其孰知天地之无工乎!""且夫世之真能文者,比其初,皆非有意于为文也。其胸中有如许无状可怪之事,其喉间有如许欲吐而不敢吐之物,其口头又时时有许多欲语而莫可所以告语之处,积既久,势不能遏。一旦见景生情,触目兴叹,夺他人之酒杯,浇自己之垒块,诉心中之不平,干数奇于千载。"童心和理学家的"道理"对立,"苟童心常存,则道理不行,闻见不立,无时不文,无人不文,无一样创制体格文字而非文者。诗何必古《选》,文何必先秦;降而为六朝,变而为近体,又变而为传奇,变而为院本、为杂剧、为《西厢曲》、为《水浒传》、为今之举子业,大贤言圣人之道皆古今至文,不可得而时世先后论也。故吾因是而有感于童心者之自文也,更说什么六经,说什么《语》《孟》乎!"李贽坦然肯定人们在公开场合都要鄙薄的"势利之心""好货""好色",他在《藏书·德业儒臣后论》中说:"夫私者人之心也,人必有私而后其心乃见,而无私则无心矣……然则为无私之说者,皆画饼之谈、观场之见,但令隔壁好听,不管脚跟虚实,无益于事,只乱聪耳,不足采也。"在《明灯古道录》中,他提倡"察迩言",所谓"迩言","唯是街谈巷议,俚言野语,至鄙至俗,极浅极近,上人所不道,君子所不乐闻者"。迩言既可以指形式,即是白话,更可以指所表达的思想情感,即是老百姓的所思所念。就是文学的形式美,也出自童心。《读律肤说》以情感论声律:"盖声色之来,发于情性、由乎自然,是可以牵合矫强而致之乎? 故自然发于情性,,则自然止乎礼义,非情性之外复有礼义可止也。唯矫强乃失之,故以自然为美耳,又非情性之外复有所谓自然而然也。"徐渭也有类似的论述,《叶子肃诗序》说,古代有许多好诗,没有诗人,因为人们只是抒发真情而并不刻意作诗。后世诗人多得不可胜数,而诗实亡,因为没有真情而只是抄袭古人的辞藻。

李贽的上述观点在汤显祖那里,得到充分发挥。汤显祖论戏曲、小说及诗文,特重一个"情"字。在《耳伯麻姑游诗序》里,他说,"世总为情,情生诗歌";在《复甘义麓》中说,他的戏曲创作是"因情成梦,因梦成戏"。他的代表作《牡丹亭》中有"白日消磨肠断句,世间只有情难诉"的警句。《牡丹亭·题词》说:"天下女子有情宁有如杜丽娘者乎? ……如丽娘者,乃可谓之有情人耳。情不知所起,一往而深,生者可以死,死可以生。生而不可与死,死而不可复生者,皆非情之至也。""情生诗歌"的提法古已有之,并不新鲜,汤显祖和他同时及之后的一派人所说的情,却不是一般的情,而是与理学针锋相对之情,是指男女之情,是指与礼教冲突的男女爱悦之真情。陈继儒《〈批点牡丹亭〉题词》记录了武英殿大学士张位与汤显祖之间各显锋芒的对话,张位批评汤显祖不该耗费精力在戏曲创作上:"以君之辩才,握麈而登皋比,何渠出濂、洛、关、闽下? 而逗漏于碧箫红牙队间,将无为青青子衿所笑?"汤显祖答:"某与吾师终日共讲学,而人不解也。师讲性,某讲情。"[1]《牡丹亭·惊梦》,写少女杜丽娘在园中春色前,多年被压抑的青春心理迸发腾涌,怨诉"锦屏人忒看的这韶光贱!"伤感于"年已及笄,不得早成佳配,诚为虚度青春"。这无疑是性心理的觉醒,而作家把这种心理、情感写得很美、很动人。后来,《红楼梦》中有"《牡丹亭》艳曲警芳心",林黛玉听《惊梦》听得心动神摇、心痛神痴。曹雪芹在小说的开篇申明,此书"其中大旨谈情",谈的是"男女之真情"。中间写宝玉搜罗"古今小说并那飞燕、合德、武则天、杨贵妃的外传",都是言情作品。他对黛玉说,"真真这是好书,你要看了,连饭也不想吃呢!""三言""两拍"多为言情之作,主要不是写知书识礼的小姐之情,而是里巷街衢普通女子之情,那就更加直率、大胆。《古今小说》中《蒋兴哥重会珍珠衫》,对偷情女子不是谴责而是同情,甚至被欺骗的丈夫蒋兴哥也说:

---

[1] 见蔡毅编著:《中国古典喈嘘序跋汇编》,齐鲁书社1989年,第1226页。

"当初夫妻何等恩爱,只为我贪着蝇头微利,撇他少年守寡,弄出这种丑来,如今悔之何及!"《红楼梦》第七十四回写司棋与表哥的私情被人发现,她的外婆王善保家的只恨没地缝儿钻进去,而她本人"并无畏惧惭愧之意"。以上创作中和理论上的重情、重男女之情,与欧洲14至16世纪文学可相媲美。我们在薄伽丘的《十日谈》、莎士比亚的剧本和十四行诗、拉伯雷的小说中,看到大量类似情况。在创作中,这种思想的表现有粗鄙与纯真之分。但除了牟利的海淫之作,在对抗禁欲主义的思想文化专制上,各种写情作品都起过冲破桎梏的作用,而李贽、汤显祖等人思想的先导之功,是不可埋没的。

袁宏道的性灵说,主要是从诗文创作概括出来,也是用之于诗文创作,因而历来在文人中影响更直接和广泛。江盈科为袁宏道《锦帆集》作序引袁氏之语说,"以出自性灵为真诗"。他所强调的性灵,多指个性的自然流露,如其《识张幼于箴铭后》所言:"性之所安,殆不可强,率性而行,是谓真人";其《答刘光州》信云:"不肖才不能文,而心有所蓄,间一发之于文,如雨后之蛙,狂呼暴噪。闻者或谓之阁阁,或谓之鼓吹,然而蛙无是也。"这与历来诗论家强调的温柔敦厚、含蓄蕴藉迥异其趣。他也尚质、尚俗,但不像白居易是为了使读者易懂,而是为了在文坛上与众不同。在《与冯琢庵师》里说,"宁今宁俗,不肯拾人一字"。他追求的俗,是本性、本能之流露,所以,在《叙小修诗》中才说,"佳处自不必言,即疵处亦多本色独造语。然予则极喜其疵处,而所谓佳者,尚不能不以粉饰蹈袭为恨"。喜疵不喜佳,似乎不合常理、不近人情,而这正证明他把个性的表露放在一切之上。《叙陈正甫〈会心集〉》说,童子之时,无往非趣;山林之人,不求趣而趣近之;乃至求酒肉、声伎无所忌惮,也是一趣,"迨夫年渐长,官渐高,品渐大,有身如梏,有心如棘,毛孔骨节俱为闻见知识所缚,入理愈深,然其去趣愈远矣。"他所求的趣,是带有浓厚市民气的审美趣味。这是只有明代以后才有的新的情趣。

清代袁枚也主性灵,其《随园诗话》卷三曾引王阳明所说"人之诗文,先取真意",譬如童子垂髫而自有佳致,若装作老人之态,则令人生厌;他觉得许多诗写得好,"妙在皆孩子语"。程晋芳写信劝他删去集内缘情之作,不要像白居易、杜牧以此类诗而为后人所讥。他回信说:"足下之意,以为我辈成名,必如濂、洛、关、闽而后可耳。然鄙意以为,得千百伪濂、洛、关、闽,不如得一真白傅、樊川。""使仆集中无缘情之作,尚思借编一二以自污,幸而半生小过,情在于斯,何忍过时抹杀!吾谁欺,自欺乎?"信中更有惊人之语:

"且夫诗者,由情生者也;有必不可解之情,而后有必不可朽之诗。情所最先,莫如男女。"敢于把离经叛道的看法表述得如此直截了当,表述时如此理直气壮、无所顾忌,这也证明着时代风气的变化。

(十五)明清小说戏曲评点

评点是中国古代文学批评后起而颇为特殊的一种形式,对于它的价值,历来学者们的看法很不一致。胡适和鲁迅对最著名的评点家金圣叹都有相当严厉的批评,胡适说,金圣叹的《水浒》评点,不但有八股选家气,还有理学先生气,"这种机械的文评正是八股选家的流毒,读了不但没有益处,并且养成一种八股式的文学观念,是很有害的"。[①] 鲁迅在《谈金圣叹》一文中说:"经他一批,原作的诚实之处往往化为笑谈,布局行文也都被硬拖到八股的作法上。"[②] 剧作家丁西林则对金圣叹评点很有好感,他说,年轻的时候爱看《水浒传》《西厢记》,"并且爱看金圣叹在这些小说上的批语,他对于文学艺术的见解颇有独到之处",他的批语"增加我对于文学艺术的领会和欣赏能力,我从这类批语获益不少"。[③] 钱锺书讲到小说家在叙事时选择富于包孕的时刻,正面大段称引金圣叹的论述,并说:"我所见中国古代文评,似乎金圣叹的评点里最着重这种叙事法。"[④] 评点本来有为科举考试服务的目的,许多评点"八股气"确实很浓。但有许多评点并不是给应考的士子看的,而是给小说戏曲作品的读者看的,书商把它们与作品印在一起,销路很好,受到大众欢迎,因为评点对艺术特色的剖析,有很多精彩之笔,增加了阅读的快感,开阔了读者的思路,提升了读者的鉴赏能力。丁西林在上世纪60年代初,建议由剧作家、剧评家对话剧名著给以"金圣叹式的批语和解释",用以作为指导初学写作者的一种方式。他自己带头这样做了,发表了对两部外国著名戏剧作品的评点。可见,评点这种形式,还是有生命力的,值得我们花些时间去了解它。何况,明清评点并不只是谈艺术,还有不少对于作品内

---

① 胡适:《水浒传考证》,《胡适文集》第2卷,北京大学出版社1998年,第375页。
② 鲁迅:《谈金圣叹》,《鲁迅全集》第4卷,人民文学出版社1981年,第527页。
③ 丁西林:《译批〈十二镑钱的神情〉后记》,《剧本》1962年第8期。
④ 钱锺书:《读〈拉奥孔〉》,《七缀集》,上海古籍出版社1985年,第51页。

容的评论,包括借题发挥的关于社会、关于人生的议论,读起来是很有滋味的。

　　评点起源大约在宋代,兴盛则是在书籍刊刻技术发达、售书行业活跃、科举考试应试需求增强之后的明清。评点包括两项内容:评论和圈点。分开说,"评"不是一般的评论,而是分散穿插在所评作品原文中间的评论,其中又分眉批、侧批、双行夹批、总批(章回小说的回前、回末总批)等。"点"是在所评作品原文旁边加上圆圈、三角、撇、捺等标志,这些标志有时还使用不同的颜色,表示肯定或否定的不同评价,提示读者注意某一段落、某个句子、某个词语。平步青《霞外攟屑》卷七"文章圈点"条引别人的话说:"古人之批阅,皆能与其书并传。宋之谢叠山、楼迂斋,近时之唐荆川、茅鹿门,皆以著书之精神而为批阅,其批阅亦即其著书之一种也。"宋代吕祖谦有《古文关键》,谢枋得有《文章轨范》,楼钥有《崇古文诀》,明代唐顺之、茅坤评点过唐宋八大家的古文,归有光对《史记》的圈点传播更广,小说评点有余象斗的《水浒志传评林》等。平步青也引述了反对圈点的意见,说是"著书家一大戒","后之人不亦可以已乎"。章学诚《文史通义·文理》说:"至于纂类摘比之书,标识评点之册,本为文之末务,不可揭以告人,只可用以自志,父不得而与子,师不能以传弟,盖恐以古人无穷之书,而拘于一时有限之身手也。"这是针对古文评点的流弊而发的,是很切合事理的意见。圈点,除了作文教学中还可以应用,其他就只能是"自志"——自己读书做个标记。至于评点的评,散置于原文各处,在多数情况下,适宜于着重微观分析、着重写作技巧的剖析,特别是对用字造句技巧的评赏。下面要谈的托名李贽的评点和金圣叹的评点则常有大段长篇评语,涉及作品思想和艺术的诸多方面,有的时候,一大段评语,其实就是一篇文学评论文章。

　　本书前面说到过,中国古代很长时期以抒情文学为正宗,小说和戏剧理论薄弱。这种情况在明清两代有了显著变化,除了作品序跋之外,小说理论、戏剧理论重要的表现形态就是评点,评点适应创作和欣赏的需要而发展起来。民间有说书艺术发展的需要,文人有研究叙事、戏曲作品的需要。南宋以后,随着说书艺术的兴旺,为了吸引听众,必须不断提高说书的叙事技巧。民间艺人积累了有用的经验,可惜留下的记载不完全。吴自牧《梦粱录》卷二〇"小说讲经史"条,提到"谈经""讲史书"等,说那些行当"最畏小说人,盖小说者,能讲一朝一代故事,顷刻间捏合"。由这条材料可以知道,"小说人"已经自觉地不断提高叙事技巧,"捏合"便是其中的一项。明代文人,在自己的欣赏实践中,直感到叙事艺术的特殊魅力。胡应麟《少室山房笔丛·庄岳委谈》说:"今世人耽嗜《水浒传》,至缙绅文士亦间有好之者。第此书中间用意非仓卒可窥,世但知其形容曲尽而已。至其排比一百八人,分量重轻纤毫不爽,而中间抑扬映带、回护咏叹之工,真有超出语言之外者。"他在这里说的,涉及小说的人物配置,描写人物时分寸的把握,各种人物在小说中地位的安排,情节进展节奏的起伏变化之协调等等,都是叙事理论的重要问题。他看出,这需要与写传统诗文或时文很不一样的创作才能,擅长此种的未必擅长彼种。胡应麟承认,小说叙事也是一种"偏长",其超出语言之外的妙处,非一般人所领略,可见出他的审美感受的细腻。评点所讨论的正是胡应麟说的种种问题,它们吸收并保存了人们对小说和戏剧创作新的认识、新的经验。在文学理论上较有价值的,如明代托名李卓吾的《水浒传》评点、清代金圣叹对《水浒》和《西厢记》的评点。此外,张竹坡评点《金瓶梅》,毛宗岗评点《三国演义》,脂砚斋等评点《红楼梦》,但明伦等评点《聊斋志异》等等,都值得一读。

李贽本人确实评点过小说、戏曲,这有他自己和他的朋友的记述为证。《续焚书·与焦弱侯》说:"古今至人遗书抄写、批点得甚多……《水浒传》批点得甚快活人,《西厢》《琵琶》涂抹改窜得更妙。"现存的号称李贽评点的《水浒传》有两种明刊本,即容与堂本《李卓吾评忠义水浒传》和袁无涯本《李卓吾评忠义水浒全传》。明朝人对这两个刻本中的评语是否果真为李贽所作,已有不同说法。根据今天所能获得的材料,推断起来,第一,容本和袁本不会是出于同一个人之手,袁本比较接近李贽在《忠义水浒传序》等处所阐明的思想,很可能是在李贽评点稿本的基础上补充、修订而成。第二,容本评语有关社会问题的评论较浅俗,而在艺术问题上的意见则有较高理论价值。整个说来,这两个评点本都可算是用评点方式评论小说的早期而且影响很大的著作,具有开创性,无论其为何人所作,都值得我们重视和研究。

袁本的卷首有"发凡",说明其立意和体例,其中说道:"书尚评点,以能通作者之意、开览者之心也。得则如着毛点睛,毕露神采;失则如批颊涂面,污辱本来,非可苟而已也。今于一部之旨趣、一回之警策、一句一字之精神,无不拈出,使人知此为稗家史笔,有关于世道,有益于文章,与向来坊刻迥乎不同。如按曲谱而中节,针铜人而中穴,笔头有舌有眼,使人可见可闻,斯评点之最贵者耳。"①它要求评点揭示出作者的本意,启发读者的思维,使读者和作者的审美心理能够沟通、交流;要求评点关注作品的各个方面,从主题到词句都要顾及。这就大大突破了宋代以来的古文评点停留于语言分析和结构上起承转合关系提示的局限。

容本和袁本的评点都用了不少笔墨论述作品内容与社会生活实际的关系,如容本第九十七回总评说:"李和尚曰,《水浒传》文字不好处,只在说梦、说怪、说阵处,其妙处都在人情物理上,人亦知之否?"这虽然是平常道理,许多匠气深重的作者却不懂得。直到曹雪芹写《红楼梦》,还不得不批评流行小说的"大不近情理"。容本第一回总评又说:"《水浒传》事节都假的,说来却似逼真,所以为妙。常见近来文集有真事说做假者,真钝汉也,何堪与施耐庵、罗贯中作奴!"艺术的真实是从生活真实中提炼出来的,照搬生活中的实事,倒很可能走向艺术的虚假。

作为小说评论,评点者高度重视人物性格的塑造,这在16世纪,实属难能可贵。容本第三回总评说:"李和尚曰,描画鲁智深千古若活,真是传神写照妙手。且《水浒传》文字妙绝千古,全在同而不同处有辨。如鲁智深、李逵、武松、阮小七、石秀、呼延灼、刘唐等众人,都是急性的,渠形容刻画来各有派头、各有光景、各有家数、各有身分,一毫不差,半些不混,读去自有分辨,不必见其姓名,一睹事实,就知某人某人也。""同而不同"是说人物性格有其群体共同性的一面,又有个体独特性的一面。如何处理同和不同的关系,是人物塑造中最为关键之处。袁本第十六回眉批说:"军汉是个军汉的话,都管是个都管的话,句句有声情,妙甚。"读者从对话、行为、动作,不看姓名,就知道主体是谁,足以证明作品把人物写活了。

袁本对小说技巧有细致解剖,包括结构技巧、叙述技巧等。第八回眉批说:"须绝险处住,使人一毫不知下韵,方急杀人。若说到下回雷鸣一声,便泄漏春光,惊不深、喜不剧矣。"②小说情节的进展要把握节奏,善于设置悬念,经过许多曲折解开结扣时,使读者得到惊喜。袁本批语多处谈到叙述角度变化的技巧,如第六回眉批说:"从知客口里铺排出丛林中许多职事出

---

① 本书引容与堂本《李卓吾评忠义水浒传》,和袁无涯本《李卓吾评忠义水浒全传》据马蹄疾编:《水浒资料汇编》,中华书局1980年。

② 这里指的是董超、薛霸要杀害林冲,小说事先不交代鲁智深在暗暗紧随保护,在最危急关头让鲁智深大喝一声出场,所以读者先有深惊,后才剧喜。

来，与闲论旁述者不同，语语皆活，此文家三昧也。"第四回眉批说："从打铁人眼里写出剃须发的鲁达真形来，是何等想笔。"指出主观叙述角与客观叙述角交替使用的好处，由此可见评点者是懂得小说创作甘苦的内行。

上面已经提到，在评点上名气最大和取得成就最高的是金圣叹（1608—1661），他接过容本、袁本代表的明代评点的课题，又大大前进了一步，代表作是《水浒》评点和《西厢记》评点。金圣叹是性格和遭遇非常奇特的一个人，他本姓张，考试时的文章被考官认为怪诞不经，革掉秀才，第二年顶金姓之名应童子试，从此改名换姓，改而作趋时之文，获得乡试第一。有记载说，他把科举生员的身份当做游戏，补上了放弃，放弃了又参加考试补上。顺治十八年，苏州市民、秀才等抗议吴县知县侵吞公粮和酷刑逼供，正值皇帝去世，抗议行为被说成是"震惊先帝之灵"，金圣叹参与其中终被斩首。他有《绝命词》："鼠肝虫臂久萧疏，只惜胸前几本书。虽喜唐诗略分解，《庄》《骚》马杜待何如。"他把《庄子》《离骚》《史记》《杜诗》《水浒》《西厢记》称为"六才子书"，从三十岁开始计划一一评点。但完成的只有《水浒》和《西厢记》评点，其余只留下未定之稿。

与众不同的是，金圣叹对于所评点的作品，先要做一番改动，评点中还特地赞扬这些改动的地方。他把《水浒传》大加压缩，自称是得到古本。但是，人们还不能不承认，经他改动，总的看来，作品艺术性提高了。在他以后，《水浒传》和《西厢记》最流行的就是经过他改动的版本。金圣叹评点的"评"，有许多是有很长篇幅的，无异于一篇论文，其理论性也很强，往往不限于一句一段，甚至不限于所评的这一部作品。他的评点，问世不久就获得好评。剧作家和戏剧理论家李渔《闲情偶寄》说："读金圣叹所评《西厢记》，能令千古才人心死。"清初思想家廖燕说："予读先生所评诸书，领异标新，迥出意表，觉作者千百年来，至此始开生面。""画龙点睛，金针随度，使天下后学悉悟作文用笔墨法者，先生力也。"梁章钜《归田琐记》说："今人鲜不阅《三国演义》《西厢记》《水浒传》，即无不知有金圣叹其人者。"金圣叹的评点与小说、戏剧创作及理论的普及和发展紧密联系。

金圣叹自述："如读《西厢记》，实是用《庄子》《史记》手眼读得；便读《庄子》《史记》，亦只用读《西厢记》手眼读得。"[①]他把小说、戏曲与《庄》《骚》《史

---

① 本书引金圣叹据陆林辑校：《金圣叹全集》，凤凰出版社2008年。

记》平等看待,这等眼光,胡适也觉得十分了得!金圣叹看出王实甫、施耐庵和庄子、屈原、司马迁在创作心理、创作意图上的共同点,看出文学叙事与历史叙事的相通之处,看出小说、戏剧在修辞、章句乃至结构技巧上与散文、诗歌的相通之处。

在《水浒传》第十八回总批中,金圣叹说:"此回前半幅借阮氏口痛骂官吏,后半幅借林冲口痛骂秀才,其言愤激,殊伤雅道。然怨毒著书,史迁不免,于稗官又奚责焉。"李贽早就说过,《水浒传》是"发愤之所作"。金圣叹很多次指出《水浒传》愤世、骂世,他把石秀骂梁中书"你这败坏国家、害百姓的贼"改成"你这与奴才做奴才的奴才",然后自己加上批语:"诚乃耐庵托笔骂世,为快绝、哭绝之文也。"这里面显然寄寓了评点者本人的强烈感情。他说,《水浒传》一部大书是要写一百零八个好汉,但在没有写到一百零八人之前,先写高俅,是要表明"乱自上作",不是梁山好汉而是高俅是国家祸乱的根源,这就把对小说结构的分析与对小说社会历史内涵的分析自然地结合在一起。金圣叹认为,长篇小说结构必须有整体感、统一性,全篇、全书要有严密的组织。小说文本的结构整体感,来自作家构思的整体感。金圣叹在《水浒传》第十三回总评中说:"有有全书在胸而始下笔著书者,有无全书在胸而姑涉笔成书者。""夫欲有全书在胸而后下笔著书,此其以一部七十回一百有八人轮回撤叠于眉间心上,夫岂一朝一夕而已!"在"读法"中说:"《水浒传》不是轻易下笔,只看宋江出名,直在第十七回,便知他胸中已算过百十来遍。"他要求读者注意小说的结构艺术,通过小说的结构了解作品的主旨。他说:"今人不会看书,往往将书容易混账过去,于是古人书中所有得意处,不得意处……无数方法,无数筋节,悉付之于茫然不知,而仅仅粗记前后事迹、是否成败,以助其酒前茶后、雄谈快笑之旗鼓……吾特悲读者之精神不生,将作者之意思尽没。"他是想把作品的社会涵义和艺术创新都能够揭示出来。

金圣叹通过《水浒传》和《史记》的对比,论述文学叙事与历史叙事的不同,论述艺术虚构的优越性,他说:"某尝道《水浒》胜似《史记》,人都不肯信,殊不知某却不是乱说。其实《史记》是以文运事,《水浒》是因文生事。以文运事,是先有事生成如此如此,却要算计出一篇文字来,虽是史公高才,也毕竟是吃苦事。因文生事即不然,只是顺着笔性去,削高补低都由我。"所谓顺着笔性,就是按照文学叙事的需要,不受素材、原型的束缚。

金圣叹关于人物性格的论述是他的评点的精彩部分,他把是否塑造有鲜明个性的人物形象作为对小说评价的第一条标准。"别一部书,看过一遍即休,独有《水浒传》,只是看不厌,无非为他把一百八个人性格都写出来。"把"性格"作为一个专用术语,频繁地使用,在中国文学理论史上,是由金圣叹开端。光是这一点,就是一个大功绩。在小说创作的幼稚期,人物描写多为类型化。小说艺术的进步,突出体现在人物塑造由类型化发展到个性化。金圣叹说,《水浒传》的高明在于,"方写史进英雄,接手便写鲁达英雄;方写过史进粗糙,接手便写鲁达粗糙;方写过史进剀直,接手便写鲁达恺直。作者盖特地走此险路,以显自家笔力。读者亦当处处看他所以定是两个人,定不是一个人处,毋负良史苦心也"。他还说,《水浒》里潘金莲"偷汉"与潘巧云"偷汉"也是两样;写杨志与史进、鲁达、林冲也各不相同。"《水浒传》只是写人粗鲁处,便有许多写法。如鲁达粗鲁是性急,史进粗鲁是少年任气,李逵粗鲁是蛮,武松粗鲁是豪杰不受羁勒,阮小七粗鲁是悲愤无说处,焦挺粗鲁是气质不好。"人物性格之所以不同,由于活人的性格都是综合的,不会是那么单一的。譬如李逵,是最正直的人,可是有一次为了想给宋江一个见面礼,也要赖账。金圣叹在第三十七回批语中写道:"写李逵粗直不难,莫难于写粗直人处处使乖说谎也。"越是写李逵赖账使乖,越让读者觉得他是个至诚耿直的人。

　　金圣叹抓住叙事作家、戏剧作家不同于抒情作家在创作思维上最大的特点,提出他们为什么能够创造各种各样人物这样一个问题。他问,施耐庵为什么不但写出许多英雄豪杰,还能够把淫妇、偷儿也写得活灵活现?他的解释是,作家"亲动心"之时,把自己设想为各种人物,"设身处地而后成文",他把这叫做因缘生法。"夫深达因缘之人,则岂唯非淫妇也,非偷儿也,亦复非奸雄也,非豪杰也。何也?写豪杰、奸雄之时,其文亦随因缘而起,则是耐庵固无与也。"这是他以前的文学理论没有接触到的新颖的见解。

　　金圣叹评点另一个可贵见解是关于小说的叙述角度问题,他比容本袁本的批语更加细致深入,与近代西方小说理论相通,而时间要早很多;这是我国古代叙事理论中很值得重视和珍惜的一部分。金圣叹从实践中对此有亲切的体会,他自己改写《水浒传》,自己评点,多处强调叙述角度变换的艺术效果。如小说写武松醉打孔亮后,走出店门,捉脚不住,一只黄狗看着他叫,这一处是金圣叹改过的,评点道:"上句从作者笔端写出,此句从武松眼中写出。从笔端写出者,写狗也;从眼中看出者,写醉也。"又如杨志丢失生辰纲后,醒来看那十四个同伴,十四人眼睁睁看着他,评点说:"本是杨志看十四个人也,却反看出十四个人看杨志来,两'看'字,写得睁睁可笑。"类似的评点在金圣叹笔下很多,后来脂砚斋评《红楼梦》中也有一些。如宝黛第一次见面,作者从黛玉眼中写宝玉,从宝玉眼中写黛玉,评者对此十分赞赏。叙述角度问题,直到20世纪初,才在欧洲小说理论中明确提出。亨利·詹姆斯被当作西方现代小说理论的奠基人,他的突出贡献之一就是关于叙述角度的理论。珀西·卢伯克发挥詹姆斯的意见,他在1921年出版的著作《小说技巧》中说:"小说技巧中整个错综复杂的方法问题,我认为都要受角度问题——叙述者所站位置对故事的关系问题——调节。"①这主要是从对西方现实主义小说创作经验的总结中得出的结论。金圣叹认为,《史记》已经有不少叙述角度的变换。但是,那是无意间为之,而且也较简单。即在说书人口头表达的阶段,小说的叙述角度仍比较单调,在文人整理和创作小说之后,这方面的积累才丰厚起来;到金圣叹手里,就从理论上作出了比较精细的概括。

戏剧评点不如小说评点那样繁荣,明末冯梦龙的《墨憨斋传奇定本》里有不少评点。金圣叹评《西厢》,是戏剧评点中水平最高的。李渔对金圣叹评《西厢记》有很中肯的评价,他说:"自有《西厢》以迄于今,四百余载,推《西厢》为填词第一者不知有几千万人,而能历指其所以第一之故者,独出一金圣叹。"同时,他又指出:"圣叹所评,乃文人把玩之《西厢》,非优人搬弄之《西厢》也。"②确实,金圣叹评的是剧本,是戏剧文学,不是舞台演出。它往往是从细小地方引申出长篇大论的道理。比如张生向和尚法聪借厢房,一句唱词:"不做周方,埋怨杀你个法聪和尚。"金圣叹说,这突兀的一句话,"便将张生一夜无眠,尽根极底,生描活现……是唯《左传》往往有之"。这类地方,指点读者阅读时要依据文本发挥想象。

才子佳人小说、戏曲,常常写的是一见钟情,没有写出人物情感滋生发展的过程。《西厢记》写莺莺春心萌动,金圣叹认为,《西厢记》"用无数层折,

---

① (英)珀西·卢伯克:《小说技巧》,《小说美学经典三种》,方土人、罗婉华译,上海文艺出版社1990年,第180页;参见该书中译本前言,"在他(詹姆斯)所写的小说评论中也以强调'角度'问题作为话题的中心"。

② 李渔:《闲情偶寄》,《中国古典戏剧理论集成》第七册,中国戏剧出版社1959年,第70页。

无数跌顿","真是将三寸肚肠,直曲折到鬼神犹曲折不到之处"。所谓无数层折,作品里是很含蓄的,经评点挑明,读者有了新的发现。

金圣叹的继承者有一大批,毛宗岗是金圣叹的模仿者之一,他和父亲毛纶先对《三国演义》作了一些修改,冒称"古本",然后加以评点;金圣叹假借施耐庵之名为《水浒》写序,毛宗岗则假借金圣叹之名为《三国演义》写序;《三国演义》评点也和金评《水浒》一样包括"读法"、回前和回末总评和夹批等。虽说是模仿,毛宗岗还是提出了好的见解,取得了相当的成功。他的改本成为此后的通行本,因为确实改得好。最前面的《临江仙》词(滚滚长江东逝水)就是他从明代杨慎所作的《廿一史弹词·说秦汉》中挪过来的,"话说天下大势,分久必合,合久必分"也是他加的,一下子就把读者吸引了。

毛宗岗指出,《三国演义》有"三绝",即诸葛亮、曹操、关羽。这确实是小说中最重要的、塑造得最成功的、影响也最大的人物形象。这三个人物在中国几千年历史中很有代表性,各自成为某一类人的典型。"读法"中说,多样的人物,"分见于各朝之千百年者,奔合辐凑于三国之一时";这是说小说中的形象很有概括力。所以,读《三国演义》,有助于人们认识中国历史。

然而,毛宗岗最感兴趣的也还是技巧分析。他说,"《三国》一书,乃文章之最妙者",他是把小说当做文章来欣赏和评论。"读法"列举《三国演义》的"妙处"有:追本穷源,巧收幻结,以宾衬主,同树异枝(同枝异叶、同叶异花、同花异果),星移斗转、雨覆风翻,横云断岭、横桥锁溪,将雪见霰、将雨闻雷,浪后波纹、雨后霡霂(小雨),寒冰破热、凉风扫尘,笙箫夹鼓、琴瑟间钟,隔年下种、先时伏着,添丝补锦、移针匀绣,近山浓抹、远树轻描,奇峰对插、锦屏对峙,等等。不难看出,他所讨论的,基本上是小说的结构技巧。小说是叙事艺术,结构技巧是叙事技巧的重要因素,古代小说重故事性,结构技巧尤其显得重要。如"寒冰破热"与"琴瑟间钟",分析的即是小说的节奏问题,主张动中有静、热中见冷、缓急交替,"于极喧闹中令人躁思顿清、烦襟尽涤","于干戈队里时见红裙,以豪士传与美人传合为一书"。又如"隔年下种",分析的是小说情节的组织、明线与暗线的配合。他说:"每见近世稗官家一到扭捏不来之时,便平空生出一人,无端造出一事,觉后文与前文隔断,更不相涉。试令读《三国》之文,能不汗颜!"除了在"读法"中一般地讲结构的原则,在正文评点中还结合实例发挥。如第八回回评,论及第七回写袁绍与公孙瓒、孙坚与刘表之战,而这一回是董卓大闹凤仪亭,"前卷方叙龙争虎斗,此卷忽写燕语莺声,温柔旖旎,真如铙吹之后,忽听玉箫,疾雷之余,忽见好月,令读者应接不暇"。① 这些,对读者的欣赏和作者的构思,都有提示、参考作用。茅盾分析姚雪垠《李自成》第二卷《商洛壮歌》的时候说:"节奏变化,时而金戈铁马,雷震霆击,时而凤管鹍弦,光风霁月;紧张杀伐之际,又常插入抒情短曲,虽着墨甚少而摇曳多姿。"分析《百合花》的时候说:"作者善于用前后呼应的手法布置作品的细节描写,其效果是通篇一气贯串,首尾灵活。"②这里就有对古代评点的继承,有类似于琴瑟间钟、隔年下种的结构观念。毛宗岗提出前后文相反而复相引的关系,第四十八回回评说:"不相反则下文之事不奇,不相引则下文之事不现。所见事之幻、文之变者,出人意外,未尝不在人意中。"这几乎是古典叙事学的基本原理了。毛宗岗对人物描写技巧也有不少论述,但未见超出金圣叹之处。

毛宗岗还注意到《三国演义》作为历史小说的特殊要求。第九十四回回评说:"《三国》一书,所以纪人事,非以纪鬼神……不似《西游》《水浒》等书,原非正史,可以任意结构也。"毛宗岗在序中说:"或曰,凡自周秦而上,汉唐而下,依史以演义者,无不与《三国》相仿。何独奇乎《三国》?曰:三国者,乃古今争天下之一大奇局;而演《三国》者,又古今为小说之一大奇手也。异代之争天下,其事较平,其手又较庸,故迥不得与《三国》并也。"在"读法"中又说:"假令今日作稗官,欲平空拟一三国之事,势必劈头便叙三人,三人便各据一国。有能如是之绕乎其前、出乎其后、多方以盘旋乎其左右者哉?古事所传,天然有此等波澜,天然有此等层折,以成绝世妙文,然则读《三国》一书,诚胜读稗官万万耳。"历史小说,其情节的主线须与史实大体相符,例如《三国演义》中各大战役的参加者、胜负结局,都是不能随意杜撰的。因为只能在史实的基础上再加适当虚构,历史小说在选材时就要特别用心挑选,并不是任何一段历史都便于作小说材料。《三国演义》的作者既善于选材,又善于加工,所以能获得极大成功。

---

① 本书引毛宗岗据朱一玄、刘毓忱编:《三国演义资料汇编》,百花文艺出版社 1983 年。
② 分别见于《关于长篇小说〈李自成〉的通信》和《谈最近的短篇小说》,《茅盾论创作》,上海文艺出版社 1980 年,第 403 页,第 347 页。

（十六）新形式的文学专论

中国古代的"论",原有专门的特别的含义,《文心雕龙·论说》称:"圣哲彝训曰经,述经叙理曰论"。范文澜在注中提出,经论并称是受佛教影响,并引《隋书·经籍志》中"赞明佛理者,名之为论"等语来证实这一说法。从今天看来,刘勰列举的传、注即对经典的训诂笺释不能算是论,而他列举的议、说等形式多用于"陈政""辨史";至于用来"铨文"的,如他所言,是"与叙引共纪",即多为序文引言一类。作为抽象思维成果的严密的长篇文学论文,是在近代受到西方影响之后才出现的,是与文学批评内容变革同时的文学批评形式的变革。这类论文,在辛亥革命之前,数量还不是很多,深刻性也不足,但它们的开创新风的历史作用是必须肯定的。我们这里以梁启超《论小说与群治之关系》和王国维的《红楼梦评论》为例,做些介绍评述。

梁启超这篇文章1902年发表于他本人在日本横滨主持出版的《新小说》的创刊号上,那正是梁氏流亡海外,热衷于政治宣传的时期。他对不同对象,有不同的宣传形式——办报纸,是向知识分子和官员做宣传;写小说、译小说,则是向老百姓做宣传。所以,他的这篇论文,是从政治角度谈小说,谈小说的宣传作用的文章。小说因其语言通俗,因其人物形象和故事情节的生动性,对普通百姓具有强烈的吸引力量,梁启超对此加以强调,他说:"人类之普通性,何以嗜他书不如其嗜小说?答者必曰:以其浅而易解故,以其乐而多趣故。"① 明代后期"三言""二拍"序言的作者,早就反复说明通俗小说在教化上的作用,比如《醒世恒言·序》说:"六经国史而外,凡著述皆小说也,而尚理或病于艰深,修辞或伤于绘藻,则不足以触里耳而振恒心。此《醒世恒言》四十种所以继《明言》《通言》而刻也。"他们所要求于小说的题旨是封建伦常,梁启超所要求的则是改良主义的新思想。为了提倡通俗小说,他写了一系列文章,《小说与群治之关系》是其中最系统的一篇,文末说,"故今日欲改良群治,必自小说界革命始"。"小说界革命"成为一个极具鼓

---

① 本书引梁启超据《梁启超文集》,燕山出版社2009年;参看《中国近代文论选》,人民文学出版社1962年。

动力的口号,为后来现代小说的兴起做了铺垫、准备。

梁启超的文章,是以文学理论面貌出现的政治宣传文章,其政治性压倒理论的逻辑性。为了鼓吹小说界革命,为了提倡新小说,梁启超猛烈攻击中国历来的小说,甚至说它们是"吾中国群治腐败之总根源"。这种攻其一点、不及其余原是梁启超文风的特点之一,他本人在受到严复的批评后给严氏的回信中,承认自己的若干言论是"指事责效,前后矛盾";他的目的是"振动已冻之脑官",求一时的宣传效果。对他的这类多少是有意为之的片面性,要从当时的历史背景上来观察和评价。为了给新的文学、新的小说鸣锣开道,故作偏激、惊世骇俗,也是一种权宜之计。他的《译印政治小说序》说:"中土小说,虽列之于九流,然自《虞初》以来,佳制盖鲜……综其大较,不过海盗、海淫两端。""在昔欧洲各国变革之始,其魁儒硕学、仁人志士,往往以其身之所经历,及胸中所怀,政治之议论,一寄之于小说……今特采外国名儒所撰述,而有关切于今日中国时局者,次第译之,附于报末,爱国之士,或庶览焉。"梁启超毫不讳言,他之所以提倡小说,是借以鼓吹欧洲资产阶级启蒙主义的政治学说。他曾提到孟德斯鸠和卢梭的《波斯人信札》《新爱洛绮斯》之类作品,说:"西国教科书之盛,而出以游戏小说者尤夥;故日本之变法,赖俚歌与小说之力,盖以悦童子,以导愚氓,未有善于是者也。"总之,梁启超提倡小说,有着鲜明的时代色彩,是他对欧洲、日本资产阶级革命的宣传手段的一种借鉴。文章的开头说:"欲新一国之民,不可不先新一国之小说。故欲新道德,必新小说;欲新宗教,必新小说;欲新政治,必新小说;欲新风俗,必新小说;欲新学艺,必新小说;乃至欲新人心,欲新人格,必新小说。"这里所说的"欲"的种种,正是梁启超的政治主张和文化主张。

梁启超提出,小说对于欣赏者有"四种力",即是熏、浸、刺、提。这是从心理学角度研究分析文学对读者发生作用的特点及机制。科学的心理学当时刚刚在德国诞生,中国人还极少了解,梁启超于是在文章中借用许多佛学术语阐发,文学理论著述的这种写法也是前人所没有的。"熏"是熏染,使读者思想情感一天天变化,"今日变一二焉,明日变一二焉,刹那刹那,相断相续,久之而此小说之境界,遂入其灵台而据之……而小说则巍巍焉据此威德以操纵众生者也"。"浸"说的是小说发生作用的延续性,使读者"入而与之俱化",读过《红楼梦》有余悲,读过《水浒传》有余怒。熏、浸是在读者不知不觉中发生,"刺"是读者自觉意识到的突发的强力,是文学作品的警醒作用。熏、浸、刺是所有文学作品同有的作用,"提"是小说特有的,是让读者化身而为人物,"前三者之力,自外而灌之使入,提之力,自内而脱之使出","当其读此书时,此身已非我有,截然去此界以入于彼界","文字移人,至此而极"。梁启超把文学当做启蒙的工具,同时也造成了理论著述全新的形态。

王国维的《红楼梦评论》于1904年在他主编的《教育世界》杂志连载,这是王氏第一篇文学批评著作,是我国历史上第一篇运用西方文学、美学和哲学理论研究《红楼梦》、研究中国小说、研究中国文学作品的著作。它没有梁启超文章那样强烈鲜明的政治色彩,它的最主要的价值,是开辟了观察、研究中国文学的新视角,开创了文学评论的新写法,把与传统截然不同的思路和方法引入中国文学批评之中。不论对这篇文章本身的观点持怎样的态度,都不能否认它预示了新的文学理论和新的文学批评的时代的到来。

此文分为五章,即:人生及美术之概观,《红楼梦》之精神,《红楼梦》之美学上之价值,《红楼梦》之伦理学上之价值,余论。第一章阐述作者的人生观和文艺观。设立这一章,表明王国维不是就作品谈作品,而是把文学批评当作证明和宣扬他的人生哲学的一种方式、手段;这也使文学批评摆脱了直感印象的描述,而具有浓厚的理论色彩,使文学批评文章成为结构完整、逻辑细密的著作,使文学批评具有科学著作的性质。

这篇文章的开拓性、创造性同它的弱点紧密相连,它不是从审美角度切入,而主要是从哲学角度切入,把文学批评当做哲学观念的演绎。王氏写作此文之时,据他自己在《静庵文集自序》中所述,正是"与叔本华之书为伴侣之时代也",文章的立论"全在叔氏之立脚地"。第一章基本上是叔本华人生哲学的说解,其中说,生活的本质是"欲",欲是难以满足的。不能满足,就是痛苦;倘若完全满足,没有了欲望,就生厌倦。"故人生者,如钟表之摆,实往复于痛苦与倦厌之间者也。"在充满痛苦的人生中,"有兹一物焉,使吾人超然于利害之外,而忘物与我之关系"。这样的物,"非美术何足以当之乎"?"于是天才者出,以其所观于自然人生中者复现之于美术中,而使中智以下之人,亦因其物之与己无关系,而超然于利害之外。""故美术之为物,欲者不观,观者不欲;而艺术之美所以优于自然之美者,全存于使人易忘物我之关系也。"他把美分为优美和壮美,两者都是超脱于功利和欲望之上的。至于眩惑,则是复归于生活之欲,是与美不相容的。他把《西厢记·酬简》和《牡丹亭·惊梦》归为眩惑的作品,当然不合适;但从理论上把色情淫秽之作排除在艺术之外,则是一种深刻的思考。用上述的标准,考察中国的艺术,"于是得一绝大著作曰《红楼梦》"。

第二章阐释《红楼梦》之精神,"《红楼梦》一书,实示此生活此苦痛之由于自造,又示其解脱之道,不可不由自己求之者也"。解脱有两种,一种是超自然的、宗教的;一种是自然的、常人的、文学的。前者是观他人之苦痛,后者是觉自己之苦痛。《红楼梦》属于后一种,体现此解脱之道的就是贾宝玉。文学艺术的职能,就是描写人生的痛苦和解脱之道,使欣赏者得暂时的平和。把艺术视为一种解脱方式,是出于第一章论述的观念,而把艺术的解脱与宗教的解脱明确区别,也是一种深刻的思考。文章并且将《红楼梦》与歌德的《浮士德》比较,后者表现的是天才的苦痛,前者表现的是人人所有的苦痛。《红楼梦》这样的"宇宙之大著述"流传两百年,却连作者的情况也不清楚,"可知此书之精神,大背于吾国人之性质"。由此也就可见《红楼梦》在中国思想发展上的独创性。

第三章提出,中国人的精神及反映中国人精神的文学是乐天的,"吾国之文学中,其具厌世解脱之精神者,仅有《桃花扇》与《红楼梦》耳……《桃花扇》,政治的也,国民的也,历史的也;《红楼梦》,哲学的也,宇宙的也,文学的也。此《红楼梦》之所以大背于吾国人之精神,而其价值亦即存乎彼"。把《红楼梦》的美学价值归之为悲剧性,而且它既不是恶人造成的悲剧,也不是命运造成的悲剧,"彼示人生最大之不幸,非例外之事,而人生之所固有故也"。《红楼梦》从日常的、随处可遇的生活中揭示悲剧性,正是它的深刻之处。

第四章对叔本华的学说提出一点质疑,基本未涉及文学、审美。余论批评以考证的眼光读《红楼梦》,指出文学家艺术家"能就个人之事实,而发现人类全体之性质"。这在今天是极普通的见解,在当时,却是很有针对性的。指出《红楼梦》的悲剧精神,指出小说、戏剧不同于传记,是以个人写出群体、写出人类,是这篇论文的最精彩之处。这篇论文标志了中国古代文学理论的终结和现代中国文学理论的开端。

三、古罗马至19世纪欧洲文学理论

导　语

　　上面谈论过了中国古代文学理论,现在我们要把目光转向国外。首先要问:了解和学习外国文学理论是不是有必要呢？上世纪60年代钱锺书先生回忆,30年代初,他的前辈、著名文学家陈衍了解到他留学英国学的是文学,"就慨叹说,'文学又何必向外国去学呢！咱们中国文学不就很好么！'"钱先生援引一些材料补充说,"好多老辈文人有这种看法"。① 这在今天不再会是一个严重问题了。以前,交通和传播技术落后,统治者闭关锁国,人们的眼界受到很大限制。19世纪中后期,国门逐渐被打开,梁启超18岁进京赶考,路过上海,读到徐继畬编纂的《瀛环志略》,从那部书中第一次看到世界地图,才知道地球上有五大洲,世界上有许许多多国家。后来他之所以能够开启中国文学理论现代化之途,关键的一点,是他努力跟踪当时国外学术的进展,勇于吸收。我们生活在21世纪,学习文学理论而不去了解外国文学理论,那是不可想象的。

　　世界上国家、民族那么多,其中很多国家的历史,包括他们的文学和文学理论的历史,都很悠久。比如,印度在公元元年前后有一部《舞论》,大约7世纪时有一部《诗镜》。《舞论》核心的概念是"味",它说,"没有任何词的意义能脱离味而进行"。② 它告诉我们,印度古代戏剧中的味有八种,文艺作品的味产生于几种"情"的结合,正如食物的味产生于不同佐料与蔬菜的结合。《诗镜》自称是"综合了前人的论著,考察了实际的运用",主旨在论"诗的特征"。它说的"诗"是广义的,包括了小说等。这部著作也讲到"味":"在语言中以及在内容方面都有味存在。由于这味,智者迷醉,好像蜜蜂由

---

① 钱锺书:《林纾的翻译》,《七缀集》,上海古籍出版社1985年,第102页,第115页。
② (印度)婆罗多牟尼:《舞论》,金克木译,见《古典文艺理论译丛》第十册,人民文学出版社1965年。

花蜜而醉。"①印度传统文学艺术理论里的"韵""味""情",我们中国人读来很感亲切。日本的川端康成是诺贝尔文学奖的获得者,他去世四十多年了,他的作品在全世界依然拥有大量读者。川端的小说透视日本人的性格,描绘日本的山水,如果我们对于日本文学艺术理论中的"物哀""侘寂"有所知晓,就更能领会他的《雪国》《古都》《千鹤》《伊豆舞女》里"感伤的"爱情、"绝美的"死亡。侘寂,是在简洁、宁静中渗进质朴的美。物哀,是一种对自然的审美共感力,由感物而生的审美性的哀怨、忧愁、悲伤。这种理论对于我们欣赏日本的文学经典《源氏物语》,乃至对于我们欣赏中国一些杰出诗文,例如王维、孟浩然的诗,柳永、李清照的词,欣赏中国古代山水画,也很有帮助。

全世界的文化和文学理论原本是十分丰富多样的,而西方学者中有一种西方中心论的倾向,轻视甚至漠视其文化之外的别的文化、别的文学和文学理论。英国历史学家汤因比看出并且批评西方中心论,他把全世界主要的文化列出二十多种,他说,西方学者所持的"文明统一的理论是一个错误的概念"。"所以会发生这种错误,是由于在近代历史时期,我们自己的西方文明用它的经济制度之网笼罩了全世界"。②16世纪以来,葡萄牙、西班牙、荷兰、英国、美国先后取得霸权地位。伴随着军事、经济的力量,把他们的文化推向全世界。客观事实是,几百年来,西方文化成为世界上影响力最大的文化。初学者要一下子了解世界上所有国家、民族的文学理论很难做到,我们在认清西方中心论的偏颇,认清今后学习、了解更多国家、民族文学理论必要性的前提之下,先着重了解西方文学理论的概貌,是一个合理的选择。

所谓"西方",并不能等同于地理位置的西半球,而是一个有些模糊的概念。我们所采用的是朱光潜《西方美学史》和蒋孔阳、朱立元主编《西方美学通史》的说法,西方指的是"发源于古希腊的欧洲文化及哥伦布发现新大陆以后西欧文化在北美的传播、延续和发展"③。从时间之维衡量,它并不是人类最早的文化,罗素《西方哲学史》绪论之后的正文一开头说道:"在全部的历史里,最使人感到惊异或难于解说的莫过于希腊文明的突然兴起了。构成文明的大部分东西已经在埃及和美索不达米亚存在了好几千年,又从那里传播到了四邻的国家。但是其中却缺少着某些因素,直等到希腊人才把

---

① (印度)檀丁:《诗镜》,金克木译,见《古典文艺理论译丛》第十册,人民文学出版社1965年。
② (英)汤因比:《历史研究》(上),曹未风等译,上海人民出版社1964年,第45页。
③ 蒋孔阳、朱立元主编:《西方美学通史》,上海文艺出版社1999年,第3页。

它们提供出来。"①古希腊文化及其延续和发展,体现出很多优长之处,就其本身而言,无疑是人类所创造的具有很高价值的精神财富之一,在文学理论上也是这样,它是值得我们认真研究和了解、学习的。

中国古代引进、借鉴外国文化,主要是来自印度的,那是主动地学习,从汉代、六朝到唐代,把源出于印度的佛学逐渐本土化,使之成为中国文化的一个重要的组成成分。前面提到过,明代汤显祖、李贽、袁宏道等文人与意大利传教士利玛窦交往,从而接触到欧洲文化,曾任首辅的东林党人叶向高也见过利玛窦,他在诗中写道:"拘儒徒管窥,达观一视。我亦与之游,泠然得深旨。"透露了明代一部分文人对外来文化的开放态度。有这样机会和有这种兴趣的毕竟是很少数的文人,那个时候中国文人还没有直接阅读欧洲的文学理论著作。中国人大量接触、了解欧洲文化,了解欧洲文学理论,是在鸦片战争之后,特别是甲午战争之后到20世纪前期,在国势衰弱、颓危的境遇中为了寻求救亡图存的出路而发愤为之。到了上世纪五六十年代,中国大陆有计划地组织翻译西方古今文学理论著作,少数大学文学系开设西方文论课程,侧重点是在古代学术经典。80年代至今,除了继续经典论著的译介和研究,更是以很强的兴趣追踪西方文学理论的最新进展。我们纠正了对西方文学抵制排斥的保守心理,也纠正了对它们盲目跟风的做法,逐渐在形成理性地分析,结合中国传统、联系本土实际,有选择地汲取的科学态度。

蒋孔阳、朱立元主编的《西方美学通史》"导论"说,"西方美学的历史发展基本上是跟着西方哲学的历史发展走的";所以,他们按照西方哲学史的分段来处理西方美学史的分段,分为本体论、认识论和语言学三大阶段。②这样做是有学术史的事实为依据的,不只是在古希腊,就是后来,欧洲也有许多大哲学家同时是大美学家,他们的著述在文学理论史上也占有重要位置。许多哲学家为文学理论提供了哲学的根基,由于和哲学的紧密联系,西方的美学和文学理论思辨性、逻辑性、体系性很强。不过,文学理论史虽然

---

① (英)罗素:《西方哲学史》,何兆武、李约瑟译,商务印书馆1986年,第24页。
② 蒋孔阳、朱立元主编:《西方美学通史》第一卷,上海文艺出版社1999年,第8页。有人认为提出以本体论、认识论、语言论划分哲学史的是美国哲学家理查德·罗蒂(1931—2007),他曾说"关心事物的古代和中世纪哲学,关心观念的十七世纪到十九世纪的哲学,以及关心语词的现代开明的哲学",见所著《哲学和自然之镜》,李幼蒸译,三联书店1987年,第230页。也有人认为是英国哲学家达梅特(1925—)提出的,参见徐友渔《"哥白尼式"的革命》,上海三联书店1994年,第2—4页。

和美学史关系密切,却又有重要的区别。美学的历史发展离不开文学艺术的历史发展,而文学理论更大程度上适应于文学创作和文学接受的发展变化。所以,我们学习西方文学理论史,一方面需要留意它的哲学根基,另一方面又更需要关切它与文学实际的血肉联系。关于文学理论批评史和文学史、和文学实践的关系这个问题,不同的学者有不尽相同的看法。美国文学理论家、文学批评史家韦勒克在他的多卷本《近代文学批评史》的导论中认为,理论和实践的关系是很间接的,批评史是思想史的一个分支,与实际的文学关系不大。批评史讨论的是某种文学理论批评是否言之成理,对其他批评有何影响,至于它所分析的具体作品,在他的批评史里"将撇开不予考虑,因为真要对批评与诗作这二者之间互相影响做一番研究的话,就会破坏我们的论题的完整性、连贯性和对其本身独立发展的论述,就会使批评史融化为文学史了"[①]。对韦勒克的话需要分析,在批评史里以大篇幅讨论涉及的文学创作固然不很适宜,但单单强调理论批评的独立性而忽略它所产生的文学环境也未必适宜。作为学习者,在学习文学理论史的时候,联系它的每个阶段的文学背景是有必要的。丹麦文学史家勃兰兑斯在《十九世纪文学主流》"引言"中说,每一部文学作品,都是"从无边无际的一张网上剪下来的一小块","要了解作者的思想特点,必须对影响他发展的知识界和他周围的气氛有所了解"。[②] 对于文学批评史来说,同时代的文学状况当然是批评论著的"周围气氛"的十分重要的部分。如果没有古希腊的史诗和悲剧、喜剧,就不会有亚里士多德的《诗学》。所以,若是对古希腊的史诗和戏剧毫无了解,对《诗学》的理解必定受到限制。欧洲有不少大作家,同时又是重要的文学理论家,例如德国的歌德和席勒,英国的华兹华斯,法国的巴尔扎克,俄国的托尔斯泰;又有许多重要的文学理论著作是以对具体作品评论的形式表达文学观念,所以,如果脱离作家作品,孤立地就理论著作讨论理论,往往容易偏离著者的本意,不能得出正确的判断。我们下面介绍的,有的人在历史上主要的身份就是文学理论家,有的则是哲学家,还有的是诗人和小说家,他们的理论著述各有特色。我们选择的一般是引领思潮,对当时,对后世,发生深刻影响的。

---

① (美)韦勒克:《近代文学批评史》第一册,杨启深、杨自伍译,上海译文出版社1987年,第9页。
② (丹麦)勃兰兑斯:《十九世纪文学主流》第一分册,人民文学出版社1980年,第2页。

（一）贺　拉　斯

亚历山大大帝东征，把希腊文化传布到西亚和北非等广大地区；而随着罗马帝国兴起，罗马文化日渐扩大影响力，它继承希腊文化的丰富遗产，增添自己卓越的成果，成为新的中心和西方历史上的一个重要阶段。贺拉斯（前65—前8）是罗马帝国奥古斯都大帝所礼敬的一位文学理论家，他的传世名作是《诗艺》，这是写给罗马贵族皮索父子的诗体书信。罗马文化与希腊文化的区别在于，从沉思转向实用，不热心于本体论的探讨，而专注于可操作的技巧。《诗艺》是为了指导文学创作而写作的，贺拉斯在书中说，本来他"可以写一首谁都不能比拟的好诗，但是也犯不上。因此，我不如起个磨刀石的作用，能使钢刀锋利，虽然它自己切不动什么。我自己不写什么东西，但是我愿意指示（别人）：诗人的职责和功能何在，从何处可以汲取丰富的材料，从何处吸收养料，诗人是怎样形成的，什么适合于他，什么不适合于他，正途会引导他到什么去处，歧途又会引导他到什么去处"。① 把文学理论批评比作磨刀石，十分生动恰切。杨周翰先生在《诗艺》译注中说：这本书里一些片言只语，成为后代文学理论和修辞学里的格言成语。"磨刀石"之喻，就是人们乐于借用的。《诗艺》给予文学家许多有益的指点，至于开头那一句"写一首谁都不能比拟的好诗"，是顺笔讽刺当时借诗泄愤而自以为了不起的平庸诗人。贺拉斯并非没有写诗，也不是没有写出好诗，他是一名心气很高的诗人，在罗马帝国，在欧洲文学史上，居于重要地位。他的诗歌跨越时代和国界，发生了深刻、广泛的影响。他的一首《纪念碑》的前面两节是："我造了一座纪念碑，它比青铜／更坚牢，比王家的金字塔更巍巍，／无论是风雨的侵蚀，北风的肆虐，／或者是光阴的不尽流逝，岁月的／不尽滚滚轮回都不能把它摧毁。／我不完全死去，我的许多部分／将会逃脱死亡的浩劫而继续存在，／人们的称誉会使我永远充满生机。"② 这首诗传诵至今，并且历来很

---

① （古罗马）贺拉斯：《诗艺》，杨周翰译，见《诗学　诗艺》，人民文学出版社1962年，第107页。以下本书引《诗艺》均据此译本。
② 用王焕生译文，见《外国诗歌经典100篇》，人民文学出版社2003年。

多大诗人有模仿之作,例如俄罗斯的普希金,就有一首同题作品:"我为自己建立了一座非人工的纪念碑,/在人们走向那儿的路径上,青草不再生长。"贺拉斯用诗歌创作和诗歌理论来为自己建造纪念碑,这和曹丕写诗和写《典论》,和刘勰著《文心雕龙》,动机是一样的,他们也都达到了目的,做到了永世流芳。

贺拉斯在《诗艺》中指出,古希腊文学是艺术的典范,他说,"诗神把天才,把完美的表达能力赐给了希腊人"。他叮嘱罗马诗人:"你们应当日日夜夜地把玩希腊的范例。"他在《诗艺》中评述了荷马史诗和埃斯库罗斯的戏剧。古罗马文学理论家的推崇,有助于确立希腊文学和文学理论在西方的作为经典的地位,虽然他们对希腊人的解释不见得都是准确的。但是,贺拉斯并不赞成盲目地拜倒在古人脚下,他说:"如果只赞美死神赏识的古代作家,我不难驳倒这种厚古薄今的废话。""假如希腊人像我们那样非今重古,他们对今日的作者又有什么用处?我们又怎能各从所好读他们的书?"[①]这种通达的理性的态度,是很可取的。

《诗艺》明确提出"寓教于乐"的观点,它说:"诗人的愿望应该是给人益处和乐趣,他写的东西应该给人以快感,同时对生活有帮助。""寓教于乐,既劝谕读者,又使他喜爱,才能符合众望。"兼顾到"教"和"乐"两个方面,"乐"是为了"教",若不能使读者"乐",也就难以实现"教"的目的,这一说法被后代广泛认同。贺拉斯还强调作家必须自己具有真情实感,才有可能打动读者,"一首诗仅仅具有美是不够的,还必须有魅力,必须能按作者愿望左右读者的心灵。你自己先要笑,才能引起别人脸上的笑,同样,你自己要哭,才能在别人的脸上引起哭的反应。你要我哭,首先你自己得感觉悲痛"。这里有中国古人所说的"修辞立其诚"的意思,倘若作家缺少充沛真挚的感情,只凭形式上的精致,就无法楔入读者的深心。

贺拉斯和古希腊人一样,格外重视戏剧,他说:"情节可以在舞台上演出,也可以通过叙述。通过听觉打动人的心灵比较缓慢,不如呈现在观众眼前,比较可靠,让观众自己看看。"他们都期望剧院像学校一样,在国民教育中发挥作用。这和中国古代一味重视诗教,忽视甚至排斥小说、戏剧很不

[①] (古罗马)贺拉斯:《诗话》,缪灵珠译,见《缪灵珠美学译文集》第一卷,中国人民大学出版社1998年,第65—66页。

相同。

《诗艺》一个突出的内容,是提出了"合式"的概念。"所谓'合式',就是要求在艺术上做到协调一致、妥帖得体,恰到好处,叫人感到合情合理,无懈可击。"为了做到"合式",首先,作家要处理好部分与整体的关系,不论做什么,总要从全局出发,做到统一、一致。贺拉斯告诫作家,不要埋头追求细节的纤微逼肖,而要时时刻刻考虑作品总体效果。统一,这是对文学、戏剧、美术、音乐都适用的要求。贺拉斯说,诗人描写的时候,有时在作品里加上"深红色的布片",也即是绚烂的辞藻,"和左右相比太显得五色缤纷了",摆在这里不得其所。① 这个道理,中国古代不少文论家做过细致的论述,《文心雕龙·镕裁》篇说,"草创鸿笔,先标三准",以达到"首尾圆合,条贯统序","若术不素定,而委心逐辞,异端丛至,骈赘必多"。"骈赘"也就是贺拉斯说的"深红色的布片"。《文赋》说,"苟铨衡之所裁,固应绳其必当",提防"仰逼先条,俯侵后章,辞害理比,言顺义妨",都是讲的统一,与贺拉斯不谋而合。

其次,为了做到"合式",贺拉斯要求作品前后一致。这里就显露出古典主义的拘谨和刻板的一面,《诗艺》说:"'画家和诗人一向都有大胆创造的权利。'不错,我知道,我们诗人要求有这种权利,但是不能因此就允许把野性的和驯服的结合起来,把蟒蛇和飞鸟、羔羊和猛虎,交配在一起。""所创造的东西要自相一致。"写阿喀琉斯"必须把他写得急躁、暴戾、无情、尖刻";写美狄亚"要写得凶狠、剽悍","假如你敢于创造新的人物,那么必须注意从头到尾要一致,不可自相矛盾"。贺拉斯认为,实现人物性格的"合式",主要有两种方法:定型化和类型化,这也就是古典主义的原则。定型化是前后不发生变化;类型化是每个人物的语言、行为符合其年龄和身份,老年和青年不一样,贵妇和奶娘不一样,货郎和农夫不一样。这样就很容易遏制人物性格的丰富性,容易造成雷同,缺乏新鲜感。后来17、18世纪的新古典主义便是沿着这一条路走下去的。法国新古典主义的代表高乃依在1640年创作了严格遵循所谓"三一律"的悲剧《贺拉斯》,大卫根据这个题材创作了《贺拉斯兄弟之誓》的绘画,意大利作曲家萨列里创作了《贺拉斯兄弟》,奇马罗萨创作了《贺拉斯与居里亚斯诸兄弟》两部歌剧。由此可见贺拉斯建立的规范在

---

① 这里几句另一种翻译为:"为了斑斓夺目级上大红补丁几片"。这也是被后人频繁引用的著名的譬喻。

欧洲文学艺术中历经一千多年余韵不绝。马克思说,"路易十四时期的法国剧作家从理论上构思的那种三一律,是建立在对希腊戏剧(及其解释者亚里士多德)的曲解上的。但是,另一方面,同样毫无疑问,他们正是依照他们自己艺术的需要来理解希腊人的"。① 高乃依等曲解了贺拉斯,贺拉斯曲解了古希腊人,曲解表达的是他们各自的观念。

贺拉斯有一句名言:"要写作成功,判断力是开端和源泉。""判断力"或者译为"智慧",或者译为"正确地思考"。这句话为许多后人所遵奉,其所指正是朝着"合式"的目标。

《诗艺》中有许多箴言式的句子,有许多蕴含着作者人生体验和艺术体验的语句,很耐咀嚼,比如:"有人问:写一首好诗,是靠天才呢,还是靠艺术?我的看法是:苦学而没有丰富的天才,有天才而没有训练,都归无用;两者应该相互为用,相互结合。""每当岁晚,林中的树叶发生变化,最老的树叶落到地上,文字也如此,老一辈的消逝了,新生的字就像青年一样,将会开花、茂盛。""我劝告已经懂得写什么的作家到生活中到风俗习惯中寻找模型,从那里汲取活生生的语言吧。"还有,中等的律师若果并不雄辩或博学,也还有些用处,"唯独诗人若只能达到平庸,无论天、人或柱石都不能容忍。""柱石"指的是书商,罗马人将新诗贴在书店外面的柱石上。诗和所有的文学要求独创,缺乏独创性的文学没有什么价值。

贺拉斯之后罗马还有文学理论家郎加纳斯(又译朗吉弩斯),他的传世之作是《论崇高》。这部著作在古罗马并未受到重视,直到一千多年之后的1674年,布瓦洛的法文译本出版,此书成为"新古典主义者的圣经",英国新古典主义文论家德莱顿誉之为"亚里士多德以后最伟大的希腊批评家"。关于此书的作者,有几种说法,有的认为他是希腊人而不是罗马人,但在世时间比贺拉斯晚。它的内容是讨论崇高这种风格,作者对他当时的文学、文化很不满意,在第四十四章说:那时许多演说家,有锐气、有政治才能、富于辞令之美,然而"高深宏大的天才几乎绝迹"。在论及产生此种现象的原因时,他引述某位哲学家的话说,"民主是天才的好保姆,卓越的文才是只能和它同盛衰";而他们的同时代人从童年起就接受奴才的教育,"自从我们心灵还是柔弱的时候,我们就在受它的风俗习惯的拘束,因而从未体会到辩才的最

---

① 马克思:《致拉萨尔》,《马克思恩格斯全集》第30卷,人民出版社1975年,第608页。

美好最丰富的源泉——我是指自由。因此,我们发展出来,只成为阿谀奉迎的专家"。"专制政治可以确定为灵魂的笼子,公众的监牢。"①作者又就此议论道,人才的败坏不应只归咎于外在环境,腐蚀人的还有"蹂躏我们、霸占我们的情欲";人一崇拜内心速朽的东西,就丧失了对名誉的爱惜。作者显然向往希腊的学术气氛。此书指出崇高的来源有五个——庄严伟大的思想,强烈而激动的情感,运用藻饰的技术,高雅的措辞,结构的堂皇卓越。而"最重要的是第一种,一种高尚的心胸"。他说,"把整个生活浪费在琐屑的、狭窄的思想和习惯中的人是绝不能产生什么值得人类永久尊敬的作品的。思想深沉的人,言语就会闳通;卓越的语言,自然属于卓越的心灵"。"崇高就是伟大心灵的回声"。最后这句话是一篇之警策。

(二)奥古斯丁

基督教是犹太人在巴勒斯坦创立的,传入欧洲之后,长时期成为西欧许多国家独一无二的宗教,16、17 世纪宗教改革,新教兴起,与文学和文学理论上的变革相互促进,推动了欧洲资本主义的发展;至今仍是西方分布最广、信众最多的宗教,深深地渗透在社会生活的各个方面和各种意识形态,自然也对文学和文学理论起着至关重要的作用。要了解欧洲的思想、学术、文化,要了解欧洲两千年的文学和文学理论,不能不涉及它们和基督教的关系。

奥古斯丁(354—430)是基督教的思想家,有许多种著作,其中最有名的是《忏悔录》,这是一部宗教徒的自传,也是欧洲文学名著,同时直接或间接地表述了一些文学理论观点。他早年放纵情欲,曾与一女子同居十余年,育有私生子,且信奉摩尼教。后来钻研学术并转向基督教。《忏悔录》第八卷第十二章回顾了他 32 岁,也就是 386 年夏末的一天,在米兰的一个花园里发生的"奇迹"。他描写道:在我的心灵深处,巨大的风暴起来了,带着倾盆的泪雨,突然,我听见从邻近一所屋子里传来一个小孩子的声音——我分不

---

① 本书引《论崇高》据钱学熙译本,见《文艺理论译丛》1958 年第 2 期,人民文学出版社。

清是男孩子或女孩子的声音——反复唱:"拿着,读吧!拿着,读吧!"这一定是神的命令,叫我翻开书来,翻到哪一章就读哪一章。我把使徒的书信集抓到手中,翻开来,默默读着最先看到的一章:"不可耽于酒食,不可溺于淫荡,不可趋于竞争嫉妒,应被服主耶稣基督,勿使纵恣于肉体的嗜欲。"我读完这一节,顿觉有一道恬静的光射到心中,溃散了阴霾笼罩的疑阵。我合上书本,满面春风地把一切经过告诉身边的朋友。①这很像佛教说的顿悟,也像明代心学创立人王阳明的"龙场大悟"。虽然这里带有非常浓厚的神秘主义气味,但我们还是有理由相信奥古斯丁不是编造,他描述的是自己长久思想纠结斗争之后发生的心理幻象,这是一种宗教心理现象,与文学创作中的顿悟是相通的,这一描述为后世欧洲许多文人所熟悉。

《忏悔录》书名中的"忏悔"二字,本义是"认罪"。基督教里有原罪之说,认为人自出生之一刻起就有罪性,其由来是人类的祖先亚当和夏娃偷吃禁果所造的罪孽,代代相传。因为原罪而滋生了贪婪、嫉妒、傲慢、仇恨等罪性。《忏悔录》开篇就说自己"遍体带着罪恶的证据",第一卷第七章甚至说新生的婴儿也天然地带有罪性:"婴儿的纯洁不过是肢体的稚弱,而不是本心的无辜。我见过也体验到孩子的妒忌:还不会说话,就面若死灰,眼光狠狠盯着一同吃奶的孩子。谁不知道这种情况?母亲和乳母自称能用什么方法来加以补救,不让一个极端需要生命粮食的弟兄靠近丰满的乳源,这是无罪的吗?"有罪孽怎么办呢?人要得到救赎,只有靠耶稣基督。第一卷第五章说:"我的灵魂的居处是狭隘的,不相称你降来,请你加以扩充。它已经毁败,请你加以修葺。它真是不堪入目:我承认,我知道。但谁能把它清除呢?除了向你外,我向谁呼号呢?"西方的大量文学作品,都从不同角度反映原罪的观念。原罪,向上帝请求救赎,这样的信念与文学艺术是很难相容的,就像中国宋代新儒家认定"文以害道"一样,奥古斯丁早就认定文学艺术不宜于人对肉欲的控制,不利于人对上帝的皈依。奥古斯丁在相信基督以前,爱好世俗文艺,对古希腊罗马文学有很深的研究,曾担任文学、修辞学教师。在"米兰花园奇迹"之后,他痛悔被世俗文艺引入歧途,《忏悔录》第一卷第十三章说,如果我再问:忘掉阅读,忘掉书写,比起忘掉这种虚构的故事

---

① (古罗马)圣·奥古斯丁:《忏悔录》,周士良译,商务印书馆1963年,第158页。本书引奥古斯丁《忏悔录》均据这一版本。

诗,哪一样更妨害生活?那末谁都知道凡是一个不完全丧失理智的人将怎样答复。我童年时爱这种荒诞不经的文字过于有用的知识,真是罪过。可是当时"一一作二、二二作四",在我看来是一种讨厌的歌诀,而对于木马腹中藏着战士啊,大火烧特洛伊城啊,"克利攸塞的阴魂出现"啊,却感到津津有味!他后悔以前不该喜爱荷马史诗,这种与艺术相敌对的思想占据社会的主导地位,是造成欧洲漫长的中世纪文学艺术衰萎的缘由之一。

古希腊神话里的神,充满人情味,奥古斯丁对此非常反感,他激烈批评荷马把神写得和人一样具有七情六欲,和人一样做错事坏事,他说,"荷马虚构这些故事,把凡人的种种移在神身上,我宁愿把神的种种移在我们身上"。"荷马编造这些故事,把神写成无恶不作的人,使罪恶不成为罪恶,使人犯罪作恶,不以为仿效坏人,而自以为取法于天上神灵。"不仅仅是荷马史诗,在奥古斯丁看来,所有的文学,悲剧和喜剧,都是荒诞不经,阅读这些作品是有害的,因此不能让儿童诵习。甚至是对于音乐,也要加以种种限制。他担心的是审美快感会削弱人的理智,他说:"我被充满着我的悲惨生活的写照和燃烧我欲火的炉灶一般的戏剧所攫取了。人们愿意看自己不愿遭遇的悲惨故事而伤心,这究竟为了什么?一个人愿意从看戏引起悲痛,而这悲痛就作为他的乐趣。这岂非一种可怜的变态?一个人越不能摆脱这些情感,越容易被它感动。……戏剧并不鼓励观众帮助别人,不过引逗观众的伤心,观众越感到伤心,编剧者越能受到赞赏。如果看了历史上的或竟是捕风捉影的悲剧而毫不动情,那就败兴出场,批评指摘,假如能感到回肠荡气,便看得津津有味,自觉高兴。于此可见,人们欢喜的是眼泪和悲伤。但谁都要快乐,谁也不愿受苦,却愿意同情别人的痛苦;同情必然带来悲苦的情味。"亚里士多德早已对悲剧的作用、对悲剧引起的快感有过解释,指出了悲剧的净化功能,奥古斯丁的指责只是表现了他站在神学立场的偏见。

奥古斯丁反对文学表现爱情,表现爱情带来的快乐和爱情遭遇阻碍的悲伤,他说:"我现在并非消除了同情心,但当时我看到剧中一对恋人无耻地作乐,虽则不过是排演虚构的故事,我却和他们同感愉快;看到他们恋爱失败,我亦觉得凄惶欲绝,这种或悲或喜的情味为我都是一种乐趣。而现在我哀怜那些沉湎于欢场欲海的人,过于哀怜因丧失罪恶的快乐或不幸的幸福而惘然自失的人。"他认为人世的生活是虚幻的,表现真实生活的艺术也是虚幻的,宗教信仰才是真实的。"我如饥如渴想望的也不是那些精神体,而是真理,是你本身、'永无变异、永无晦蚀'的你。供我大嚼的肴馔不过是华丽的幻象,这些虚幻通过耳目而蒙蔽思想,爱这些虚幻还不知爱肉眼确实看到的太阳。"把上帝、神说成是"永无变异、永无晦蚀",把实际的生活说成是虚幻,这就是头脚颠倒的神学观点。从反面看,《忏悔录》里连篇累牍的类似说法,倒是表明反映生活的文学艺术得到千万普通人的喜爱,而压制人性的宗教的说教只是使人厌烦。

引起美学史家注意的是奥古斯丁给美下了一个定义:"我的思想巡视了物质的形相,给美与适宜下了这样的定义:美是事物本身使人喜爱,而适宜是此一事物对另一事物的和谐,我从物质世界中举出例子来证明我的区分。"他接过希腊诸位前贤的论述,强调美是和谐,因为和谐与基督教的理念没有冲突。有各种各样的和谐,不同层次的和谐,奥古斯丁把生活中的美视为低级,认为最高的美属于上帝。他说起自己的早年,"我所爱的只是低级的美,我走向深渊……我观察到一种是事物本身和谐的美,另一种是配合其他事物的适宜,犹如物体的部分适合于整体,或如鞋子的适合于双足。这些见解在我思想中,在我心坎酝酿着,我便写了《论美与适宜》一书"。"我写这本书的时候,大概是二十六七岁,当时满脑子是物质的幻象。这些幻象在我心灵耳边噪聒着。但甜蜜的真理啊,在我探究美与适宜时,我也侧着我心灵之耳聆听你内在的乐曲,我愿'肃立着静听你'"。所以,奥古斯丁追求的和谐,是神学的和谐。《忏悔录》第十卷第三十四章说:"我的眼睛喜欢看美丽的形象、鲜艳的色彩。希望我的灵魂不要为这种种所俘虏,而完全为天主所占有;这一切美好是天主所创造的,我的至宝是天主,不是它们。""人们对衣、履、器物以及图像等类,用各种技巧修饰得百般工妙,只求悦目,却远远越出了朴素而实用的范围,更违反了虔肃的意义;他们劳神外物,钻研自己的制作,心灵中却抛弃了自身的创造者,摧毁了创造者在自己身上的工程。""艺术家得心应手制成的尤物,无非来自那个超越我们灵魂、为我们的灵魂所日夜想望的至美。"现实的美与神灵的美的关系,抽象地看,是感性的美与绝对的美的关系,这个理论问题是值得探讨的。

《忏悔录》有涉及言意关系的一些言论,如第十一卷谈基督教的"道":"你惟有用言语创造,别无其他方式;但你用言语创造的东西,既不是全部同时造成,也不是永远存在。""主,我的天主,请问原因在哪里?我捉摸到一些,但只意会而不能言传"。第十一卷又说:"那末,时间究竟是什么?没有人问我,我倒清楚,有人问我,我想说明,便茫然不解了。"这和《庄子》里说的"知者不言,言者不知,故圣人行不言之教"可以对比起来看。奥古斯丁还说,对于"你是从什么地方来的","你觉得自己是不是移动的",都不知道,但是,对于"你知道你自己在思维吗?"他明确肯定回答:"我知道。"罗素认为,奥古斯丁是康德的时间论的先驱,也是笛卡尔"我思故我在"的先驱。罗素说:"因此,作为一个哲学家,奥古斯丁理应占据较高的地位。"[①]奥古斯丁那些并非直接讨论文学的言论,与文学有着内在的关系,在文学理论史上也应给予重视。

奥古斯丁去世之后约八百年,又一位重要的神学家托马斯·阿奎那(? 1226—1274)出生,他青少年时期受到长期系统的教育,获得博士学位,其后担任教授和教会职务,但丁在神曲中将他安排在第四层天堂,与其他重要的宗教思想家并列。阿奎那的最重要著作是《神学大全》,他认为美有三个要素:完整,和谐和鲜明;美与善既紧密联系又有区别。他说:"人被赋予感觉,不仅如其他动物可借以获取生活所需,而且也可以有助于生活本身。其他动物对于感觉对象,除了有关食物或性欲之外,便无所谓爱好,唯有人能够欣赏事物本身所具的美。""多样性为美所必具,正如使徒保罗所说,'在大户人家,不但有金器银器,也有木器瓦器。'"[②]这都是一些很好的见解。《神学大全》是一部未完成的作品,关于中断写作的原因,阿奎纳说:"我写不下去了……与我所见和受到的启示相比,我过去所写的一切犹如草芥。"这应该看做神学思维对哲学思维的限制。罗素说,阿奎那"不配和古代或近代的第一流哲学家相同提并论"[③],根源或正在于此。

(三)布 瓦 洛

布瓦洛(1636—1711)是 17 到 18 世纪法国文学批评家,关于他在文学批评史上的地位,他对法国文学、欧洲文学的影响,以传记批评名世的另一

[①] (英)罗素:《西方哲学史》,何兆武、李约瑟译,商务印书馆 1986 年,第 436 页。
[②] (意大利)托马斯·阿奎那:《神学大全》,见伍蠡甫主编《西方文论选》上卷,上海文艺出版社 1963 年,第 150—151 页。又,台湾中华道明会多明我出版社与碧岳学社联合出版有《神学大全》全译本,2008 年。
[③] (英)罗素:《西方哲学史》,何兆武、李约瑟译,商务印书馆 1986 年,第 562 页。

位法国文学批评家圣伯夫(1804—1869)在《布瓦洛评传》里说:"如果当时没有布瓦洛,如果当时没有路易十四世能识得布瓦洛使之总管文坛,我们试想想,情况会是怎样呢? 就是最伟大的天才能产生出现在成为他们最结实的光荣遗产的那些作品吗?"拉辛、莫里哀、拉封丹"这些美妙的天才每一个都会多犯些他们固有的毛病";有布瓦洛在那里,"就逼着他们写出他们的最佳、最庄严的作品"。在去世百年、文坛风尚发生了巨大变化之后,能够得到一位地位也很显赫的同行如此的赞誉,同时代没有第二个人。布瓦洛在法国曾经"一言而为天下法",从社会条件来说,那是因为国王路易十四对他的赏识。路易十四使法国成为当时欧洲最强大的国家,他非常重视科学和文艺,期望在法国实现古希腊和古罗马之后又一个欧洲乃至世界的文化高峰,布瓦洛就是为路易十四这一雄心而建构出他的文学理论的体系。从思想条件来说,被认为是"现代哲学之父"的笛卡尔为布瓦洛提供了哲学理论的基础。研究美学史和文学批评史的学者尊布瓦洛为"新古典主义的立法者",他们说,"一大批文艺批评家都强调符合规则的方法的意义,然而,制定法规的却只有布瓦洛。也许,正是布瓦洛,在其他所有批评家之前,把诗歌同化于笛卡尔哲学关于明晰性和鲜明性的观念中"[1]。笛卡尔关于美的一些具体论述,也是新古典主义文论家乐于接受的,比如他说的"这种美不在某一特殊部分闪烁,而在所有部分总起来看,彼此之间有一种恰到好处的协调和适中,没有一部分突出到压倒其他部分,以至失去其余部分的比例,损害全体结构的完美"[2]。"恰到好处的协调和适中",正是新古典主义的信条。布瓦洛所立的"法",集中体现在他苦心写作了五年在1674年发表的薄薄的一本《诗的艺术》书中,俄罗斯诗人普希金说:"布瓦洛为古典主义诗歌写作了一部'可兰经'。"

所谓新古典主义是相对于古罗马以贺拉斯等为代表的古典主义而言,这些继承者崇尚古希腊、古罗马的文学,赋予古代的作品和古代的理论以他们的阐释,进而制定出一套艺术规范、规则,其中最为人熟知的是戏剧创作的"三一律"。他们要求文学作品语言华丽、典雅,排斥他们认为的"村俗"的风格。

---

[1] (美)吉尔伯特、(德)库恩:《美学史》上卷,夏乾丰译,上海译文出版社,1989年,第282页。
[2] (法)笛卡尔:《给友人论巴尔扎克书简的信》,见北京大学哲学系美学教研室编:《西方美学家论美和美感》,商务印书馆1980年,第80页。

新古典主义的美学原则以"理性"为出发点和标准,其源出于笛卡尔。朗松在《法国文学史》里说:布瓦洛的"《诗的艺术》的出发点,就是(笛卡尔)《论方法》的出发点:理性。"笛卡尔是理性主义哲学的奠基人和主要代表,他认为理性高于并独立于感知,他说,"那种正确地作判断和辨别真假的能力,实际上也就是我们称之为良知或理性的那种东西,是人人天然地均等的";"单有良好的心智是不够的,主要在于正确地运用它"。"我觉得我有很大的幸运,从青年时代以来,就发现了某些途径,引导我作了一些思考,获得一些公理,我从这些思考和公理形成了一种方法,凭借这种方法,我觉得自己有了依靠,可以逐步增进我的知识,并且一点一点把它提高到我的平庸的才智和短促的生命所能容许达到的最高点。"①他论证的这种"方法",哺育了许许多多学者,布瓦洛也是受益者之一。相应地,《诗的艺术》明确斩截地提出:"因此,首须爱义理:愿你的一切文章永远只凭着义理获得价值和光芒。"②朱光潜先生在《西方美学史》里把"义理"译为"理性"。布瓦洛还把"理性"落实到谋篇造句上,落实到诗的格律、诗的音韵上,他说:"在理性的控制下韵不难低头听命,韵不能束缚理性,理性得韵而丰盈。""不管写什么题目,是庄严还是谐谑,都要情理和音韵永远地配合,二者似乎是仇敌,却并非不能相容;音韵不过是奴隶,其职责只是服从。"朱光潜把"情理"翻译为"良知",并说"良知"是笛卡尔在《方法论》里的概念,指的是人生来就有的辨别是非好坏的能力。笛卡尔的"理性",是可以用数学方法来进行的哲学思考。布瓦洛的"理性"则是真,是自然,是规则和秩序。③ 他要求的"真",不是个别的具体的真实事件、真实事物、真人真事,而是常理常情,是符合常规、具有普遍性的事物。他说:"切莫演出一件事使观众难以置信:有时候真实的事演出来可能并不逼真。我绝对不能欣赏一个悖理的神奇,感动人的绝不是人所不信的东西。""大部分人迷惑于一种乖僻的情致,总是想远离常理去寻找他的文思。"为了达到艺术上的真,要把握分寸,"一切要合乎常情……你稍微走

---

① (法)笛卡尔:《方法论》,见北京大学哲学系外国哲学史教研室编译:《西方哲学原著选读》上卷,商务印书馆1981年,第362页。
② (法)布瓦洛:《诗的艺术》,任典译,人民文学出版社1959年,第2—3页。以下本书引《诗的艺术》均据此一版本。
③ 朗松在《笛卡尔哲学对法国文学的影响》中说,(布瓦洛)"他的理想并非笛卡尔那明确清楚的'概念',并非他那明白清楚的纯粹之物。布瓦洛将美归之于真,而他所说的真就是自然,就是事物真正的形态"。见(美)昂利·拜尔编:《方法、批评及文学史》,徐继曾译,中国社会科学出版社1992年,第262页。

差一步就堕落不能自救,义理之向前进行常只有一条正路"。抓住了并表现出普遍性,就能把现实中丑恶可憎的事物化为美的令人喜爱的形象:"绝对没有一条蛇或一个狰狞怪物,经艺术模拟出来而不能令人悦目:一支精细的画笔引人入胜的妙技,能将最惨的对象变成有趣的东西。"这样塑造出来的艺术形象超越了原型的个别性,具有巨大的概括力,"对着(喜剧里)忠实的肖像,守财奴笑守财奴,却不知道所笑的正是他依样葫芦;常常诗人精妙地画出个糊涂大王,大王却不识尊容,反问谁这般狂妄。因此,你们,作家啊,若想以喜剧成名,你们唯一钻研的就应该是自然";"我们永远也不能和自然寸步相离"。"谁能善于观察人,并且能鉴识精审,对种种人情衷曲洞彻幽深",把风流浪子、守财奴,"成功地搬上剧场,使他们言、动、周旋,给我们妙呈色相"。在这里布瓦洛实际上涉及了经由艺术提炼达到典型化的思想。

从理性出发,布瓦洛以"规则性"作为对文学艺术的普遍要求,主张文学创作中一切秩序化、规则化。"必须里面的一切都能够布置得宜,必须开端和结尾都能和中间相配;必须用精湛的技巧求得段落的匀称,把不同的各部门构成统一和完整。"但是,古典主义那种高度的规则化,对于文学艺术并不适合。他强调语法,强调音韵:"你尤其要注意的是那语言的法程,你的文笔再大胆也莫犯它的神圣。"语法不是始终一成不变,音韵和谐可以使所表现的理性显得丰盈,作家应该尽最大努力是两者统一;但是说格律对理性毫无拘碍,那却也未必。不论在什么时代,用什么语言,文学写作要讲求格律,免不了在某些时候不得不为了形式之美,对内容的表现多少有所损害。

布瓦洛推崇古希腊的文学经典,他说:"荷马之所以令人倾倒完全是从大自然学来的,他的书是众妙之门,并且取之不尽,不论他拾到什么,他都能点石成金,一经到他手里,腐朽也变为神奇。"只是,布瓦洛和他的追随者没有荷马的气概,往往被一些规则、规范捆住手脚。《诗的艺术》说,悲剧是"高雅"的体裁,要用崇高、悲壮的诗体来表现宫廷生活;喜剧是"卑俗"的体裁,需用日常的语言来表现下层社会生活。他区分各种体裁是有必要的,却总是把话说得绝对了一些,比如说"喜剧性在本质上与哀叹不能相容,它的诗里绝不能写悲剧性的苦痛"。事实上,许多优秀的喜剧里正是蕴含了悲剧性的因素,优秀的悲剧里也可以有喜剧的因素。布瓦洛和贺拉斯一样主张人物性格应定型化和类型化,"你打算创造一个新人物形象?那么,你那人物要处处符合他自己,从开始到终场表现得始终如一"。他们强调艺术形式的规范化,戏剧作品要遵守严格的"三一律":"我们要求艺术地布置剧情的发展;要用一地、一天内完成的一个故事,从开头直到结尾维持着舞台充实。""三一律"的过分强调,成为束缚剧作家的教条。不过,布瓦洛关于"三一律"的论述很简要,在他稍前,高乃依(1606—1684)早已有专门论文《论三一律,即行动、时间、地点的一致》,他说,诗人"为了按照法则使人喜欢,他需要遵守时间的单一和地点的单一",这"有绝对必要和绝不可少的必要"。[①] 高乃依在这个问题上有前后自相矛盾的说法,这个问题当时有激烈争论,高乃依受到来自不同方向的批评。

古典主义追求精致,可能导致气度狭小。《诗的艺术》里说:"我宁爱一条小溪在那细软的沙上,徐徐地蜿蜒流过那开花的草场,而不爱泛滥的洪流像骤雨一般翻滚,在泥泞的地面上夹着砂石而奔腾。"又说:"不便演给人看的宜用叙述来说清,当然,眼睛看到了真相会格外分明;然而,却有些事物,那讲分寸的艺术只应该供之于耳而不能陈之于目。"古典主义者这种审美选择,适应的是宫廷的趣味,很难造就第一流的伟大作品。

《诗的艺术》里还是有很多在当时有现实针对性,也给予后世有益启示的意见,比如:"我最恨无病呻吟,那种人真是荒诞,他说他情如火热,缪斯却水冷冰寒;他装出多病多愁,嘴疯狂心里平静,为着要吟成诗句便自称无限痴情。""谁不知适可而止就永远不会写作。""累赘的无用细节你应该一概不要"。他提醒作家认识自己的特点,扬长避短:大自然"会把各样才华分给每人一份","但往往一个诗人由于自矜和自命,错认了自家才调,失掉了自知之明"。"我羡慕那种诗人,具有灵活的歌喉,由沉重转入柔和,由诙谐转入严肃!"布瓦洛对文学批评中无原则吹捧的做法十分反感,《诗的艺术》第一章末尾写道:"最后,说句讽刺话来结束我这一章,一个傻子总找到更傻的人来捧场。"

布瓦洛重视语言之美。文学的第一要素就是语言,不肯在语言上下苦功成不了好作家,他说:"总是语言不通顺,尽管你才由天授,不论你写些什么总归是涂抹之流。"他的这部《诗的艺术》作为文学理论著作也是采用诗体,优美典雅,遵循严格的格律。

[①] (法)高乃依:《论悲剧》,见马奇主编:《西方美学史资料选编》上卷,上海人民出版社1987年,第395页。

(四)莱　　辛

莱辛(1729—1781)是德国启蒙运动最重要的文学理论家。所谓启蒙,用康德的话说就是:"启蒙就是人类摆脱自己加于自己的不成熟。不成熟就是不经别人的引导就无法运用自己的理智。"[①]在文学艺术上,启蒙思想家批判的对象是古典主义。莱辛的代表著作《拉奥孔》和《汉堡剧评》都是与新古典主义的论争之作,分别批评了温克尔曼和高特舍特,而这两部论著的意义远远超越论争当时的具体环境。

高特舍特(1700—1766)和温克尔曼(1717—1768)与法国新古典主义理论家一样,认为艺术家应该把古希腊的作品奉为范本。前者翻译法国新古典主义的剧本,取名为"按照希腊人和罗马人的规则建立的德国戏剧舞台";后者当时在德国内外产生很大影响的论著,标题就很鲜明地显示出其立场:"关于在绘画和雕刻中摹仿希腊作品的一些意见。"温克尔曼在这篇文章里说:"使我们变得伟大甚至不可企及的唯一途径乃是模仿古代。有人在论及荷马时说,只有学会理解他的人,才能真正移心动情,这些话也适用于古人特别是希腊人的艺术作品。对于这些作品,只有如同对待自己的挚友一样,才能发现,《拉奥孔》和荷马一样不可企及。"这里说的"艺术作品"就是造型艺术,荷马史诗是文学上的范本,《拉奥孔》则是美术上的范本。《拉奥孔》是大约创作于公元前几十年的雕塑,表现神话传说中特洛亚王子拉奥孔的故事,因为他劝说特洛亚人不要把希腊人留下的木马搬进城里,妨碍了神的旨意的实现,被神派蛇把他和他的两个儿子缠绞至死。在古罗马诗人维吉尔的史诗《埃涅阿斯纪》中,有对这件事的详细叙写。温克尔曼以《拉奥孔》为例,探讨希腊雕塑何以成为楷模的原因。他的论述把雕塑与史诗比较,讨论文学和造型艺术的各自的特点,即诗和画的区别。他说:"希腊杰作有一种普遍和主要的特点,这便是高贵的单纯和静穆的伟大。……希腊艺术家所塑造的形象,在一切剧烈情感中都表现出一种伟大和平衡的心灵。

[①] (德)康德:《答复这个问题:"什么是启蒙运动"》,见《历史理性批判文集》,何兆武译,商务印书馆1990年,第22页。

这种心灵就显现在拉奥孔的面部,虽然他处于极端的痛苦之中。"①他认为古希腊的雕塑表现的是理想的永恒的美,这也是后世艺术家应该追求的。温克尔曼推崇雕塑,而对维吉尔的史诗有所不满,莱辛不同意这种褒贬倾向。

  在介绍、评述莱辛的两部论著之前,我们先应说明,高特舍特和温克尔曼遭到莱辛的批判,但他们对于德国文学和文学理论都还是有贡献的,高特舍特发起了德国戏剧改革,温克尔曼更是一位有强烈个性和巨大影响力的理论家。尤其值得赞赏的是温克尔曼作为理论家对于艺术感受的高度重视。他在论述希腊艺术的时候说,"在研究艺术的时候,学问最不重要"。这话虽然未免有点片面,却表示了对那些从概念原则出发的学究式做法的厌烦。他说:"因为这些著作是由那些仅仅凭着书本去认识艺术品而不是在直接观察实物的基础上来进行研究的人编纂的。"他的《论在艺术中感受优美的能力》说:"对于那些依靠感觉的东西,不能给予充分明确的说明,因为并非用文字的解释可以教会所有的人。……这里的口号应该是:亲自去看。""亲自去看",这是文学艺术批评工作的一句箴言。韦勒克说,温克尔曼"所体验到的希腊雕像是感官的,甚至是性感的","他对雕像的描绘到了心醉神迷和表现主义的程度"。② 在这一点上,莱辛也和他有相似之处。莱辛在《汉堡剧评》的"预告"里说:"问题的症结在于,要让观众去看和听,去检验和裁决。"在《拉奥孔》的"前言"里说,这部著作是他的"偶然感想,而不是从一般性的原则出发,通过系统的发展而写成的",因为他反感"从几条假定的定义出发,顺着最井井有条的次第,随心所欲地推演出结论",他自认他的推论没有那样严密,但"我的例证却较多地来自原来的作品"③,和温克尔曼一样也是强调对文学艺术文本的直接感受。他又在《汉堡剧评》第九十五篇里说:"我没有义务把我提出的全部难题加以澄清。我的思想可能没有多少联系,甚至可能是互相矛盾的:只供读者在这些思想里,发现自己进行思考的材料。我只想在这里散播一些'知识的酵母'。"④他还说过,如果上帝一

---

  ① (德)温克尔曼:《论希腊人艺术》,邵大箴译,广西师范大学出版社2001年,第2页,第17页。以下本书引温克尔曼均据此版本。
  ② (美)韦勒克:《近代文学批评史》第一卷,杨岂深、杨自伍译,上海译文出版社1987年,第200页。
  ③ (德)莱辛:《拉奥孔》,朱光潜译,见《朱光潜全集》第17卷,安徽教育出版社1990年,第7—8页。以下本书引文均据此版本。
  ④ (德)莱辛:《汉堡剧评》,张黎译,上海译文出版社1981年,第2页,第480页。以下本书引文均据此版本。

只手握着真理的结论,另一只手握着获得结论的方法,让我选取其中一种,我会毫不犹豫地选择方法。这话说得多好!授人以酒不如授人以酵母,授人以结论不如授人以方法。我们读莱辛的著作,读所有的文学理论经典,都要努力获取酵母,获取方法,而不是只记几条结论。

《拉奥孔》有很长的副题,首先是"论画与诗的界限"。诗和画两者的关系、它们的异同,是许多国家在各个时代的文艺理论都关注过的问题。莱辛在《拉奥孔》的开头引用古希腊诗人西摩尼德斯的名言:画是无声的诗,诗是有声的画。中国宋代的苏轼《韩幹马》诗中也有"少陵翰墨无形画,韩干丹青不语诗"之句,苏轼题王维画又说,"味摩诘之诗,诗中有画;观摩诘之画,画中有诗"。这些说的都是诗与画的相同和关联。莱辛认为,仅只这样讲是不够的,甚至是不对的,还应该指出,诗与画效果类似,但是所模仿的对象和模仿所用的方式,则是有区别的。他的文章就做在两者的区别上。莱辛说的诗与画和苏轼说的并非完全相同,苏轼所说,中国古代谈到诗画关系时所说,主要是表现山水田园题材的抒情诗和山水画。莱辛说的诗,指文学,而且偏重在叙事性的文学,他说的画,也是带有叙事性描绘人物的造型艺术。因此,莱辛的论述最终指向文艺家对待表现社会生活的态度。

莱辛指出,诗和画的区别首先在于,画即造型艺术的符号是"在空间中并列的",诗即文学的符号是"在时间中先后承续的"。画表现的是"可以一眼就看遍"的,诗表现的是持续的动作的过程。荷马写一条船,不对船作具体描绘,而把起锚、航行、靠岸的连续过程描绘出极详细的图画。近代诗人想和画家竞争,在所竞争的领域必然被画家打败。他的结论是,文学家应该"只描绘持续的动作而不描绘其他事物"。造型艺术一件作品只提供一个静止的画面,文学则可以描写连续的过程。至于文学家是否不能对一个画面作出细致入微的描绘,莱辛对自己有些绝对的说法做了修正,表示他不是要从诗里排除掉物体美的图画。他指出,"诗人就美的效果来写美","凡是不能按照组成部分去描绘的对象,荷马就使我们从效果上去感觉它"。他举例说,荷马不是正面去写海伦的美,仅仅提到她的胳膊白、头发美,他怎样"使我们对海伦的美获得一种远远超过艺术所能引起的认识"呢?荷马写特洛伊国元老院里尊贵的老人们看见海伦走进会场时的议论,这些冷心肠的老人承认,为了这个女子而进行战争,流许多血和泪,是值得的。"有什么比这段叙述还能引起更生动的美的意象呢?"从效果去写,是许多文学作品成功的共同经验。《西厢记》要表现崔莺莺的美,不是由作家直接描写她的身体各个部位,而是写当时法会道场上众和尚,大师、班首,老的少的,丑的俏的,全都为莺莺没颠没倒。正如金圣叹所评,"巧借大师、班首、行者、沙弥皆颠倒于莺莺,以极衬千金惊艳"。这与荷马写海伦是一个道理。

造型艺术又怎样避短扬长呢?莱辛说,造型艺术只能局限于某一顷刻,画家只能从某一角度再现这一顷刻,但他们的作品不是让人一看了事,还要让人反复玩索,那该怎么办呢?"绘画在它的同时并列的构图里,只能运用动作的某一顷刻,所以就要选择最富于孕育性的那一顷刻,使得前前后后都可以从这一顷刻中得到最清楚的理解。"精心找到的这一顷刻,让接受者越是看下去,越是能想象出更多的东西。这一顷刻不能是过程的顶点,而是顶点之前的某一时刻,"使观众不是看到而是想象到顶点",使观众想象到很多很远,比表现顶点那一刻所能显示出来的多得多。正是在这个地方,莱辛展现了与温克尔曼的分歧,提出了他的充满朝气的积极的原则。他同意绘画要模仿物体美,表现美,但不同意只是静穆和单纯。绘画应该尽量挑选美的物体,但是这条绘画的原则不应该生硬地搬到诗艺里面去。他要求文艺家表现社会生活的动态,"如果绘画一定要和诗艺做姊妹,她就不应该作一个妒忌的姊妹,妹妹自己不能用的一切装饰,她不能禁止姐姐也一概不用"。莱辛认为,文学比造型艺术更能反映生活的丰富性和复杂性,人性的丰富性和复杂性。他说:"对于艺术家来说,神和精灵都是些人格化的抽象品,必须经常保持这样的特点,才能使人认得出他们。对于诗人来说,神和精灵却是些实在的发出行动的东西,在具有他们的一般性格之外,还各有一些其他特性和情感,可以按照具体情况而显得比一般性格还更突出。"他说:"荷马的英雄们却总是忠实于一般人性的。在行动上他们是超凡的人,在情感上他们是真正的人。"荷马和索福克勒斯作品里的英雄,都是"有人气的英雄",他们有人性的许多弱点,也会痛哭哀号,"在服从自然的要求时显得软弱,在服从原则和职责的要求时显得倔强。这种人是智慧所能造就的最高产品,也是艺术所能摹仿的最高对象"。莱辛说的是古希腊文艺中的人物,也是他对德国现实社会的期望,他期望德国人具有这样的品质。所以,歌德说:"我们要设想自己是青年,才能想象莱辛的《拉奥孔》一书给予我们的影响是怎样,因为这本著作把我们从贫乏的直观的世界摄引到思想的开阔的原野了。"①

莱辛写作《拉奥孔》之后,被邀请担任汉堡民族剧院的艺术顾问,为此,他创办一份报纸,对剧院演出的剧本和演员的表演发表评论,这就是《汉堡剧评》产生的由来。莱辛写到第 50 篇时回顾说,这份小报,没有女演员的轶事,不是谈笑风生诙谐活泼的剧本故事介绍,某些读者"翘首盼望的所有这类乖巧的小摆设都没有,他们所看到的是关于早已众所周知的剧本的冗长的、严肃的、干巴巴的批评"。虽然没有预设的体系,虽然它所讨论的剧本大多数早已被人遗忘,《汉堡剧评》却具有鲜明的时代气息和深刻的理论内涵。直到 18 世纪中叶,德国的戏剧依然是简陋粗浅,高特舍特的改革是向法国学习,莱辛则极力反对,他在《关于当代文学的通讯》中说,"要是高特舍特先生从来没有干预过戏剧该多好",因为,"英国人的口味比法国人的口味更适合我们德国人的要求"。法国的戏剧是以高乃依和拉辛为代表的古典主义,描写的是上层阶级的生活,迎合的是宫廷贵族的趣味。英国的戏剧是以莎士比亚为代表的现实主义,反映历史和现实的广阔内容,适合于普通民众的趣味。莱辛说,莎士比亚比高乃依要伟大得多,"宏伟的、恐惧的和忧郁的东西比温雅的、矫揉的、谈情说爱的东西能更好地影响我们";"过分的单纯比过分的复杂更能使我们感到疲乏"。他大声呼吁,向德国人介绍莎士比亚比介绍高乃依和拉辛有益得多,莎士比亚会唤醒完全不同的人物。② 他是要用现实主义的戏剧唤醒德意志民族。他明确地说:"王公和英雄人物的名字可以为戏剧带来华丽和威严,却不能令人感动。我们周围人的不幸自然会深深侵入我们的灵魂;倘若我们对国王们产生同情,那是因为我们把他们当做人,并非当做国王之故。"文学批评史家认为,莱辛这些话,代表了新兴的市民阶级登上历史舞台也登上戏剧舞台的要求。

莱辛认为,戏剧创作中最重要的不是事件,而是人物性格。"我们把事件看做某种偶然的,许多人物可能共有的东西。性格则相反,被看做某种本质的和特有的东西。前者我们让作家任意处理,只要它们不与性格相矛盾;后者则相反,只许他清清楚楚地表现出来,但不能改变;最微小的改变都会

---

① (德)歌德:《歌德自传》,刘思慕译,人民文学出版社 1983 年,第 323 页。
② (德)莱辛:《关于当代文学的通讯》第十七封信,见伍蠡甫、胡经之主编:《西方文艺理论论著选编》上卷,北京大学出版社 1985 年,第 289—290 页。

使我们感到抵消了个性,压抑了其他人物,成为冒名顶替的虚假人物。"戏剧(以及小说)创作中一切要素都要围绕人物性格这个中心,戏剧家小说家要处理好性格和环境的关系,令人信服地表现出什么样的环境里形成怎样的性格,具有各种性格的人物又怎样影响和改变环境。莱辛反复强调了这一点,这是现实主义文学理论,包括戏剧理论和小说理论的一个至为重要的原则,是现实主义超越古典主义的关键之点。莱辛说:"是什么首先使我们认为一段历史是可信的呢?难道不是它的内在可能性吗?……我们不应该在剧院里学习这个人或者那个人做了些什么,而是应该学习具有某种性格的人,在某种特定的环境中做了些什么。悲剧的目的远比历史的目的更具有哲理性;如果把悲剧仅仅搞成知名人士的颂辞,或者滥用悲剧来培养民族的骄傲,便是贬低它的真正尊严。""究竟是事实、时间和地点的环境,还是使事实付诸实现的人物性格,促使作家宁愿选择这件事而不是选择另一事件呢?""对于作家来说,只有性格是神圣的,加强性格,鲜明地表现性格,是作家在表现人物特征的过程中最当着力用笔之处。"莎士比亚正是这样做的,以后巴尔扎克更加自觉地遵循这一原则而达到现实主义的高峰,巴尔扎克说,现实主义作家创造人物形象"使作者模拟的真实性格的真实性更加突出的表现出来,更提高了这些性格的普遍性"[①]。莱辛是很早对性格问题作出清晰细致论述的理论家。

古典主义者用各种繁琐的规则约束作家,在莱辛看来,文艺创作中许多规则是有必要的,但规则要服从艺术的规律,"有的人听任规则摆布;有的人确实重视规则……最严格的规则也无法补偿性格上最小的缺点"。

高特舍特用法国戏剧的精致纠正此前德国戏剧普遍存在的粗俗,但又陷入矫揉造作。有鉴于此,莱辛说:"没有什么比朴素的自然更正派和大方。粗鄙和混乱是跟它格格不入的,如同造作和浮夸跟崇高格格不入一样。"《汉堡剧评》还用很多篇幅讨论悲剧理论,对亚里士多德的悲剧理论作出阐释,对悲剧造成的恐惧、怜悯,悲剧的净化作用,给予自己的解说。

莱辛谈到如何处理个人的艺术趣味与理论创造的关系:"真正的艺术批评家,不从自己的鉴赏趣味中引出规律,而是按照事物的自然本性来形成自

[①] (法)巴尔扎克:《〈古物陈列室〉、〈冈巴拉〉初版序言》,见《巴尔扎克论文艺》,袁树仁译,人民文学出版社2003年,第368页。

己的趣味。"这对文学批评家和理论家是一个很实际的重要的问题,以后,别林斯基对此作出了更详细的论述。

(五) 康德与黑格尔

德国古典哲学在世界哲学史和世界思想文化史上占有很高地位,而那一大群站在人类思想峰峦上的哲学家,几乎人人都对文学艺术十分关注,很多人写有专门的美学著作,其中有的成为后世经典——康德有《判断力批判》,谢林有《艺术哲学》,黑格尔有多卷本《美学》。韦勒克说:18世纪末,最伟大的哲学家们参加了这场围绕着美学思想的探讨——康德、谢林、黑格尔以及叔本华,"各人都提出一套美学体系,至少是在其世界体系中都给予艺术以突出地位"。而诗人和文学史家接着就把哲学家们的思想加以推广、运用和修正。①

哲学家擅长的是抽象思维,高高地超脱于普通的日常生活之上,文学艺术却是富于感性的,哲学家的美学和文学理论,与文学艺术的文本、与作家的创作实践以及读者的欣赏实践关系如何,它们有些什么长处和弱点?这是美学史和文学理论史家议论过的话题。美学和文学艺术理论,并不是德国古典哲学家行有余力时的业余爱好,而是他们各自的哲学体系的不可缺少的组成部分。比如,康德(1724—1804)的研究有三大目标,前两个分别是研究自然秩序和道德秩序,第三个就是研究两者的协调。《纯粹理性批判》实现第一个目标,《实践理性批判》实现第二个目标,《判断力批判》这部美学经典是"使哲学的两部分成为整体的结合手段"。② 黑格尔在《美学》里说,意志的抽象的普遍性,是和自然、感性的冲动、情欲以及凡是人们统称为情绪和情感的东西直接对立的,"哲学只有在懂得怎样根本地克服这种矛盾之后,它才能理解哲学本身的概念,因此也才能理解自然与艺术的概念。所以这个观点不但标志着一般哲学的再醒觉,也标志着艺术科学的再醒觉,正是

---

① (美)韦勒克:《近代文学批评史》第一卷,杨岂深、杨自伍译,上海译文出版社1987年,第299页。
② (德)康德:《判断力批判》上卷,宗白华译,商务印书馆1964年,第14页。以下本书引此书均据此版本。

由于这种再醒觉,美学才真正开始成为一门科学,而艺术也才能得到更高的估价"。① 这两位哲学家都是从哲学的角度,从对自然、对社会、对人的根本秩序和规律的认识的角度来看待文学艺术,这就与大多数文学理论家有显著的区别。

哲学家对文学艺术实践的态度,可以用康德为例做一说明。有材料证明,康德对荷马史诗,对弥尔顿的诗歌、莎士比亚的戏剧,是喜爱也比较熟悉的。鲍桑葵说,《判断力批判》表明,康德"喜欢依靠自己和别人新观察到的有关自然和人类的事实,而不喜欢依靠那些讨论书本和艺术的第二性理论"。② 不过,《判断力批判》直接提到文学艺术文本很少。至于康德本人,他几乎一辈子都是在那个叫做哥尼斯堡的小城里度过,直接观赏第一流的建筑、美术、音乐以及戏剧作品的机会受到很大限制。即使仅仅就同时代的人来说,康德给予文学家艺术家的,比他从这些人那里吸收的要多得多。歌德和席勒都认真细读康德的著作,但找不到足够确切的证据表明康德读过歌德和席勒的文学作品。歌德说,"当你阅读完康德的一页著作时,你就会有一种仿佛进入了明亮的房间的感觉","我一生中最愉快的时刻都应归功于它(《判断力批判》)"。③ 如果说,席勒和歌德这两位在文学理论上也有卓越贡献的大作家都以崇敬的心情吸收康德的理论,文学理论史就更没有理由忽视它。

康德在《判断力批判》第一章"审美判断力的分析"的最后部分说,他的论述"一切都归属于鉴赏的概念"。鉴赏,是我们理解《判断力批判》的关键。这个词原来有口味、滋味等含义,在较浅层次上它的含义指人的味觉,康德在《实用人类学》中说:"口味这个词,如前面已讲过的,其本来意义是指某种感官(舌、腭、咽喉)的特点,它是由某些溶解于食物或饮料中的物质以特殊的方式刺激起来的。"在较深层次上这个词的含义就是审美的趣味,"但还有一种口味的规则是必须先天地建立起来的","我们看来可以把这种口味称为玄想的口味(鉴赏),从而与作为感官的口味相区别(那是味觉的反射,这

---

① (德)黑格尔:《美学》第一卷"全书序论",朱光潜译,《朱光潜全集》第13卷,安徽教育出版社1990年,第62页,第66页。以下本书引此书均据此版本。
② (英)鲍桑葵:《美学史》,张今译,商务印书馆1985年,第333页。
③ (苏联)古留加:《康德传》,贾泽林等译,商务印书馆1981年,第206页。

却是反思)"。① 相应地,在《判断力批判》里,他区分"快适"和"美"。关于快适,他说:"每个人只须知道他的判断只是依据着他个人感觉……在这方面争辩,把别人和我不同的判断认为是不正确,说它是背反逻辑而加以斥责,这真是蠢事。""许多事物可能使他觉得可爱和快适,这是没有别人管的事;但是如果他把某一事物称作美,这时他就假定别人也同样感到愉快:他不仅仅是为他自己这样判断着,他也是为每个人这样判断着"。生理的口味可以是个人的,谈到口味无争辩。审美的趣味则应该是在人和人之间具有共通性。"在一切我们称某一事物为美的判断里,我们不容许任何人有异议",因为那原理"被设想为主观而普遍的"。审美判断力,审美趣味,既有个人的主观性,又有群体的共通性,是两者辩证的统一。共通性从何而来呢? 康德认为是先天的,"不是植根于主体的任何偏爱",而是"根据他所设想的人人共有的东西"。关于共通性存在的论证,康德是用逻辑推理来进行,以后的理论家则从环境(地理环境和社会环境)、从社会实践(主体在社会经济和政治结构中所处的地位)给以更为科学的说明。

审美判断力的对象不是直接的感觉,"而是由对它的喜悦之情所创造出来的形式,因为只有这种形式才能够为愉快的感情要求一种普遍性的规则,而从那按照主体感官能力的差异可能是千差万别的感官感觉中,则不能期待这样一种普遍性规则。因此我们可以这样来解释鉴赏力:'鉴赏力是感性判断力作出普遍适用的选择的那种能力。'所以鉴赏力就是在想象力中对外部对象作出社会性评价的能力"。康德认为审美鉴赏只是与形式相关,而完全不涉及内容。他提出有两种美,即自由美和依存美(又译附庸美),前者如壁纸上的花饰,无标题音乐,"没有假定任何一目的的概念作为前提";后者如一个人、一匹马、一座建筑,"以一个目的的概念为前提"。康德的这些说法,与我们实际的审美活动中的感受、经验并不符合,在一般人的经验中,美和善是紧密联系的,打动观赏者的既是文学艺术作品的内容,也是它的形式。康德说,可以在判断里把"内在目的抽象掉",这是他的思辨哲学的方式,这种抽象在美学理论研究中是很有意义的。另外,我们也要承认,独立的形式美确实存在,诗歌的音韵美,书法之美,就可以离开内容而存在。既然认定审美鉴赏力是先天的,康德进一步提出,它是超越功利的,"一个关于

---

① (德)康德:《实用人类学》,邓晓芒译,上海人民出版社 2005 年,第 148—149 页。

美的判断,只要夹杂着极少的利害感在里面,就会有偏爱而不是纯粹是欣赏判断了。人必须完全不对这事物的存在有偏爱,而是在这方面纯然淡漠,以便在欣赏中,能够做个评判者"。说审美鉴赏、文学艺术鉴赏完全超越功利,很多人不会接受。但是,至少审美活动要超越狭隘的低层次的(例如生理性的)层次的功利。比如说,美食,讲究色、香、味、形、器,而一个饿极了的人,却无法领略而只求满足果腹之需。康德在《实用人类学》里谈到,个人在审美中对自认为高于自己的人的模仿,他认为摹仿就已经不再属于审美:"人的一种自然倾向是,在自己的行为举止中与某个更重要的人物做比较,并且模仿他的方式。"这种模仿的法则就叫做时髦。"一旦模仿的游戏固定下来,那么这种模仿便成为了习惯,因而也就不再被看做鉴赏。"在审美中追逐时髦,受外在力量支配,违背了超功利的原则。

《判断力批判》在"纯粹审美判断演绎"题下对什么是艺术做了细致讨论,说明艺术不同于自然,不同于科学,不同于手工艺。他说,人们只能把通过自由而产生的成品唤作艺术。蜜蜂的蜂窝不是艺术,它是蜜蜂本能的成品。艺术和手工艺的区别在于,前者是自由的,后者属于雇佣劳动,只是为工资而被迫去做。马克思在《剩余价值理论》中谈到"自由的精神生产",这里,马克思用的是康德的表述。马克思举例说,弥尔顿创作《失乐园》,出于春蚕吐丝一样的必要,是他天性的能动表现,他是非生产劳动者;在书商指示下编书的作家或被剧院老板雇用的歌女则是生产劳动者,他们只是为了让资本家赚钱而进行和完成自己的创作。春蚕吐丝的比喻来自歌德的剧本《托尔夸托·塔索》;席勒《审美教育书简》(席勒把连载这部书稿的杂志寄送给了康德)也有类似的论述,而歌德和席勒这些论述的源头都在康德那里。[①]

此外,康德谈到了想象力、天才、崇高等许多文学理论中重要的概念,他说,"想象力是自由的却又是本身具有规律的"。精致的艺术品,因为太熟悉了也失去吸引人的魅力,"那能使想象力自在地和有目的地活动的东西,它对我们是时时新颖的,人们不会疲于欣赏它"。壁炉的火焰,小溪的潺流,因为保持它们自由的活动,给想象力带来了魅力。

康德作为纯粹的学者有许多轶事、佳话流传于后世。他终生未婚,交游

[①] 马克思:《剩余价值理论》,《马克思恩格斯全集》第26卷第一册,人民出版社1974年,第432页;也可参见柏拉威尔:《马克思和世界文学》,三联书店1980年,第423—424页,第213—214页。

不广,很少旅行,视野却绝不狭小。他时时仰望星空,提出了太阳系起源于星云的假说。他的生活似乎有些刻板,他严格守时,以至邻人可以按他出门的时间校对钟表,同时,他提出自由意志的理论,认为人要按照自己的自由意志思想和行动。他是从深刻的抽象思维中获得乐趣和昭示其创造才华的范例。《实践理性批判·结论》中的一段话,几百年来给无数人以启示和指引:"有两样东西,人们越是经常持久地对之凝神思索,它就越是使内心充满常新而日增的惊奇和敬畏:我头上的星空和我心中的道德律。"前者把我连接到恢弘无涯的世界之上的世界,后者呈现出不可见的自我。对于无垠的宇宙和丰富的内心,需要赞叹,需要敬畏,还需要探索。阅读康德,正是一种探索宇宙、提升心灵的有益途径。

黑格尔(1770—1831)在哲学上和美学上都是集大成者,他在大学里开设了许多课程,又写了很多书,有些著作是以讲稿为基础写出,《美学》则是学生根据听他讲课的笔记整理而成。黑格尔是一个热衷构建体系的理论家,他的美学也有一个清晰的体系。这个体系贯穿着辩证法,对于所涉及的各个问题都在矛盾双方的对立和统一中展开,而且以三段论——正题、反题、合题——的方式展开。他在全书绪论中首先提出,美学研究把经验作为研究的出发点和把理念作为研究的出发点都是不够的,"要至少是初步地说明美的哲学概念的真正性质是什么,我们就必须把美的哲学概念,看成上述两个对立面的统一,即形而上学的普遍性和现实事物的特殊定性的统一"。他给美作了一个界说:"美就是理念的感性显现","在艺术创造里,心灵的方面和感性的方面必须统一起来。"① 他把美学的研究对象确定为艺术,他的美学就是艺术哲学,他认为艺术美高于自然美;艺术是看得见的形象与看不见的心灵的统一,"艺术也可以说是要把每一个形象的看得见的外表上的每一点都化成眼睛或灵魂的住所,使它把心灵显现出来"。② 我们理解了黑格尔哲学的辩证法,才能更好地理解他的《美学》中的各个概念和论断。读他的《美学》,也是思维方法的一种学习和训练。

《美学》第一卷的一个非常重要的概念是情致,"情致是艺术的真正中心和适当领域"。外在事物、自然环境是次要的,信念和见解也不能成为艺术

---

① (德)黑格尔:《美学》第一卷,朱光潜译,《朱光潜全集》第 13 卷,安徽教育出版社 1990 年,第 27 页,第 137—138 页。

② (德)黑格尔:《美学》第一卷,朱光潜译,《朱光潜全集》第 13 卷,安徽教育出版社 1990 年,第 190 页。

表现的情致,两者的恰当结合、融合才能够有情致。"正是这个概念与个别事物的统一才是美的本质和通过艺术所进行的美的创造的本质。在艺术中这种统一的实现,固然不仅靠外在的事物,而且也靠观念的因素。"在抒情诗里,"内心生活在一切环境和情境中从一切方向表现出来",就是情致。情致说主要是讲文学作品中人物性格的独特性与丰满性的关系、性格与环境的关系,这当然主要是就叙事作品、戏剧作品来谈的。黑格尔认为,"性格就是理想艺术表现的真正中心"。人物性格必须具有丰富性,"例如在荷马的作品里,每一个英雄都是许多性格特征的充满生气的总和"。"同时这种丰满性必须显得凝聚于一个主体",不能乱杂肤浅,"更迫切的要求,就是性格有特殊性和个性"。每一个人物应该写出他明确的独特的个性,"必须是一个得到定性的形象,而在这种具有定性的形象里必须具有一种一贯忠实于他自己的情致所显现的力量和坚定性"。"人的特点就在于他不仅担负多方面的矛盾,而且还忍受多方面的矛盾,在这种矛盾里仍然保持自己的本色,忠实于自己。"每一个个别的人物总是在"普遍的世界情况"的场所或背景里存在,一方面,环境"成为一种机缘,使个别人物显出他们是怎样的人物,现为有定性的形象";另一方面,"人把他的环境人化了,他显出那环境可以使他得到满足,对它不能保持任何独立自在的力量"。小说要深刻地反映时代,必须处理好人物与环境的关系,环境创造人物,人物改变环境,马克思、恩格斯在他们社会存在和社会意识辩证关系的理论基础上,继承和改造了黑格尔的观点。恩格斯在致敏娜·考茨基的信中写道:"对于这两种环境里的人物,我认为您都用您平素的鲜明的个性描写手法给刻画出来了;每个人都是典型,但同时又是一定的单个人,正如老黑格尔所说的,是一个'这个',而且应当是如此。"[①]在致哈克纳斯信中恩格斯提出"真实地再现典型环境中的典型人物"的要求,这些都是马恩现实主义论的重要内容。此外,黑格尔提出文学艺术研究中历史的和美学的观点,这个提法被恩格斯采用。正如德国古典哲学是马克思主义主要来源之一,黑格尔美学是马克思主义美学的重要的资源。

黑格尔还论述了想象。朱光潜在译注中说明,黑格尔所说的想象,就是

---

① (德)恩格斯:《致敏娜·考茨基(1885年11月26日)》,《马克思恩格斯选集》第4卷,人民出版社1972年,第453页。

形象思维。黑格尔说,艺术家"最杰出的艺术本领就是想象"。想象不同于幻想,它是创造性的。"艺术家创作所依靠的是生活的富裕,而不是抽象的普泛观念的富裕。在艺术里不像在哲学里,创造的材料不是思想而是现实的外在形象。"黑格尔作为一个哲学家,在《美学》里一再讲到,"哲学对于艺术家是不必要的","如果艺术家按照哲学方式去思考,就知识的形式来说,他就是干预到一种正与艺术相对立的事情";宣传宗教,说教劝世,宣扬道德,政治宣传,都不是艺术。他的意思是,在艺术里,外在形象和主体的内在心理应该相互融合,把两者融合起来的是情感,"只有情感才能使这种图形与内在自我处于主体的统一"。这个思想后来被别林斯基大大发挥。

黑格尔用很大的篇幅讨论艺术的发展史,艺术类型和种类的划分。其中关于史诗的论述值得关注,他主要讲的是狭义的史诗,这种史诗是"第一次以诗的形式表现一个民族朴素的意识",民族从混沌状态觉醒,民族信仰和个人信仰还没有分裂,"显示出民族精神的全貌"。许多民族的史诗放到一起,"就会成为一种民族精神标本的展览馆"。他提到中国人没有史诗,至于何以如此,他没有摆出可信的论证。

黑格尔是一位严谨的学者,同时,他毕生都对文学艺术抱有浓厚的兴趣。他与诗人荷尔德林是至交挚友,他与歌德有书信往来和直接交往,是门德尔松音乐晚会上的常客,他的美术修养也很不错。《美学》以及其他著作里对文学艺术文本的分析,很多是出自他的直接感受。虽然他的体系结构时有浓厚的学究气,关于艺术类型和种类发展史这一部分,尤其显得是让历史事实服从他的三段论的演绎逻辑,是黑格尔的特点和弱点之一,但整体看来,他的美学还是以他对文学艺术的丰富知识为前提。

(六)歌德和席勒

歌德(1749—1832)和席勒(1759—1805)是两位跨越18和19世纪的伟大作家,他们经历了欧洲社会的剧烈变化以及哲学和文学的变革,都有关于文学理论的论述。歌德有《歌德谈话录》以及《莎士比亚命名日》等单篇文章①,席勒写作了《论素朴的诗和感伤的诗》《审美教育书简》等理论专著。②

歌德和席勒是亲密朋友,但他们的创作倾向和理论观念有明显的差异,理论著述的风格更有很大不同。歌德的论述是作家的理论论述,借助于他的作品的感召力,为当时和后世的众多人士所重视。作家的文学理论自有其特别的风貌,与前面所谈的康德、黑格尔等哲学家的文学理论判然相异。韦勒克直陈研究歌德这样的作家的文学理论的若干障碍,其中之一是,"他的文艺论说很少见于条理分明的阐述文字"。③ 歌德的文学理论,喜欢并且善于用生动形象的文字,带上强烈的感情色彩,有时不很注意严格的逻辑性;反映他的文学思想的重要文本《歌德谈话录》,是爱克曼记录的,不是每一句话都能精确表达他本人的思考,我们阅读和领会的时候,要将作家的观念的表述与他自己的创作联系起来,不能太拘泥于那些理论表述的语句本身。

歌德说:"古典诗和浪漫诗的概念现已传遍全世界,引起许多争执和分歧。这个概念起源于席勒和我两人。我主张诗应采取从客观世界出发的原则,认为只有这种创作方法才可取。但是席勒却用完全主观的方法去写作,认为只有他那种创作方法才是正确的。为了针对我来为他自己辩护,席勒写了一篇论文,题为《论素朴的诗和感伤的诗》。"歌德批评"席勒对哲学的倾向损害了他的诗,因为这种倾向使他把理念看得高于一切自然,甚至消灭了自然"。后来马克思说席勒成为"时代精神的单纯号筒",和歌德的看法一致。席勒自有席勒的价值,我们下面将要谈到;歌德的观点和他的文学创作,更照顾到文学的特性。他一再声明他的创作是"即兴"的,意思是来自生活的激发,"世界是那样广阔丰富,生活是那样丰富多彩,你不会缺乏作诗的动因。但是写出来的必须全是应景即兴的诗,也就是说,现实生活必须既提供诗的机缘,又提供诗的材料。一个特殊具体的情境通过诗人的处理,就变

---

① 《歌德谈话录》,朱光潜译,人民文学出版社1978年;《莎士比亚命名日》,杨业治译,《古典文艺理论译丛》第三册,人民文学出版社1962年;歌德:《论文学与艺术》,范大灿等译,上海人民出版社2005年。

② 席勒:《审美教育书简》,冯至、范大灿译,北京出版社1985年,同时也可参看《美育书简》,徐恒醇译,中国文联出版社公司,1984年;《秀美与尊严——席勒艺术和美学文集》,张玉能译,文化艺术出版社1996年,同时也可参看《论素朴的诗与感伤的诗》,曹葆华译,《古典文艺理论译丛》第二册,人民文学出版社1961年;更集中地阅读,可以看《席勒文集》理论卷,张玉书选编,人民文学出版社2005年。

③ (美)韦勒克:《近代文学批评史》第一卷,杨岂深、杨自伍译,上海译文出版社1987年,第265页。

成带有普遍性和诗意的东西。我的全部诗都是应景即兴的诗,来自现实生活,从现实生活中获得坚实的基础。我一向瞧不起空中楼阁的诗"。"不要说现实生活没有诗意。诗人的本领,正在于他有足够的智慧,能从惯见的平凡事物中见出引人入胜的一个侧面。必须由现实生活提供作诗的动机,这就是要表现的要点,也就是诗的真正核心;但是据此来熔铸成一个优美的、生气灌注的整体,这却是诗人的事了。"从实际生活出发,作家不要在作品中直接地申述自己的观点,而是让观点从艺术形象中自然地流露出来,这是现实主义文学的主张,也是所有富于永恒魅力的文学作品的共同性质。"作为诗人,我的方式并不是企图要体现某种抽象的东西……我要做的事不过是用艺术方式把这些观照和印象融会贯通起来,加以润色,然后用生动的描绘把他们提供给听众或观众。"有人问他,《浮士德》《塔索》体现了什么观念?他都是回答:"我似乎不知道什么是观念。"他的创作思维中,只是活跃着艺术形象。

歌德第一个提出"世界文学"的概念:"我们德国人如果不跳开周围环境的小圈子朝外面看一看,我们就会陷入学究气的昏头昏脑。所以我喜欢环视四周的外国民族情况,我也劝每个人都这么办。民族文学在现代算不了很大一回事,世界文学的时代已快来临了。"他很多次讲到"世界文学",指出:"这并不是说,各个民族应该思想一致,而是说,各个民族应当相互了解,彼此理解,即使不能相互喜爱也至少能彼此相容忍。""我们所说的世界文学是指,充满朝气并努力奋进的文学家们彼此间十分了解,并且由于爱好和集体感而觉得自己的活动应具有社会性质。"各自隔绝的时代正在结束,人们不再把自己封闭起来,而是感到前所未有的自由的精神交往的需要。歌德强调要看的别的民族的值得学习的和应当避免的方面。让我们感到亲切的是,他是在1827年一月同爱克曼谈论中国文学从而引出世界文学的话题,他说:"中国人在思想、行为和情感方面几乎和我们一样,使我们很快就感到他们是我们的同类人,只是在他们那里一切都比我们这里更明朗、更纯洁,也更合乎道德。"只是那个时候,对于绝大多数中国文学家来说,还不可能具有世界文学的概念。

世界文学这个概念,有多重理论含义。《共产党宣言》说:"由许多民族的文学和地方的文学形成了一种世界的文学。"①马克思和恩格斯是指资本主义发展创造了世界市场,经济政治变化了,文学也必然要走出国界。作为比较文学的开山之作,②基亚的《比较文学》一书最开头写道:"歌德说,'所有的文学都需要不时地向外国文学学习。'……比较文学就是在这种情况下问世的。"③这是把歌德看做比较文学研究方法的开路人。

歌德的《浮士德》让读者领悟的最高的智慧是:"要每天每日去开拓生活和自由,然后才能作自由与生活的享受。"这也是歌德对世人的教诲。歌德花了很多精力研究自然科学,研究颜色学、声学、矿物学、生物学、天文学、气象学,他不赞成把自然界只看成为人服务和由人利用的。他说,人们从牛取奶,从蜂取蜜,从羊取毛,就以为一切都是为他而创设的;从这种狭隘的观点出发,很难把自然现象解释得通。歌德的这种自然观,在技术高度发达的今天,有很强的现实意义。

席勒曾经有一段时间潜心哲学思辨,追随康德的思想,建立他的美学和文学理论。也许是受到歌德的影响,他后来的论著风格有较大变化,不再那么艰涩难懂,较多地联系文学艺术的实际,他还是沿着康德的思路,而又有所超越。黑格尔说,席勒的功劳是克服了康德所了解的思想的主观性和抽象性,在艺术里实现了统一与和解。席勒的出发点和目标是完整的人性,他认为,近代社会使人性分裂,在古希腊,在儿童那里,在大自然,在美的文学艺术中,可以找到恢复完整人性的途径。

他从人和自然的关系区分诗的天才的两种表现方式:素朴的和感伤的。"在古代诗人那里,打动我们的是自然,是感性的真实,是活生生的现实;在近代诗人那里,打动我们的是观念。"对素朴的诗,我们"从对象活生生地存在于我们的想象中获得快乐"。④但现代文明造成人与自然统一的分解,感性与理性的分离。"如果在素朴天才的创作中有时候缺乏智力,那么在感伤诗

---

① (德)马克思、恩格斯:《共产党宣言》,《马克思恩格斯文集》第二卷,人民出版社2009年。《文集》编者注:"'文学'一词德文是'Literatur',这里泛指科学、艺术、哲学、政治等方面的著作。"许多文学理论研究者认为这段话适用于文学艺术,参见陆梅林编:《马克思恩格斯论文学与艺术》(一),人民文学出版社1982年,第98页。这段中"世界的文学"原来曾翻译为"世界文学",两种译法显然是有差别的。
② 基亚称歌德是"'世界文学'这个词的发明者"。
③ (法)基亚:《比较文学》,颜保译,北京大学出版社1983年,第1页。
④ (德)席勒:《论素朴的诗与感伤的诗》,曹葆华译,《古典文艺理论译丛》第二册,人民文学出版社1961年,第3页,第5页。本文字中以下席勒引语均出自该书。

人的作品中往往就找不到客体。"他说:"在自然的素朴状态中,由于人以自己的一切能力作为一个和谐的统一体发生作用,他的全部天性因而表现在外在生活中,所以诗人的作用就必然是尽可能完美地模仿现实;在文明的状态中,由于人的天性的和谐活动仅仅是一个观念,所以诗人的作用就必然是把现实提高到理想,或者换句话说,就是表现或显示理想。"两者的划分不是截然分开,在一个文学家艺术家身上,甚至是在一部作品里,它们也可能结合,例如的歌德《少年维特之烦恼》。席勒第一个使用"现实主义"这一术语,"素朴的诗与感伤的诗"划分不同艺术类型,对黑格尔和后来许多理论家影响很大。但是"素朴的诗"与"感伤的诗",不能等同于现实主义和浪漫主义。

席勒提出两个原则:诗既是娱乐休息的工具,又是提高道德的工具。他对"休息"有独特而精彩的阐发,指出有两种不同的休息,一种是消极的无所事事的休息,一种是积极的精神自由活动的休息。前者是指从强制状态转到自然状态,精神安静,不受理性束缚;后一种"休息的理想则在于,经过能力单方面发展之后,我们个人作为自然的整体得到恢复"。"以各种方式表现我们的人性的无限可能性以及以同样的自由处理我们的力量的能力。""美是精神和感觉谐和的结果;它是同时诉诸人的一切能力的,只有当人充分地和自由地运用他的一切能力,才能够正当地感受和评价美。"席勒区分感官的快感和自由的快感。感官的印象只有在"为艺术计划所安排、所增强或者有所节制,而计划又通过观念为我们所认识的时候,才能成为艺术"。这就回到他的出发点,审美活动纠正、治疗人性的割裂,恢复人性的完整。

席勒是一位杰出的戏剧家,他的戏剧理论既有实践品格又有理论品格,他对悲剧作为美学范畴的论述深刻而独到。悲剧表现人的痛苦,为什么人们观看悲剧作品能够产生快感呢?痛苦是违反目的的,悲剧通过感性的痛苦表现的道德的崇高是具有目的性的,"最高度的道德快感总有痛苦伴随着"。"一切同情心皆以受苦的想象为前提,同情的程度,也以受苦的想象的活泼性、真实性、完整性和持久性为转移。"在古今关于悲剧快感的许多解释中,席勒的论述是最有说服力的解释之一。

（七）华兹华斯和柯勒律治

华兹华斯（1770—1850）和柯勒律治（1772—1834）是英国浪漫主义运动的先导。他们经过长时间切磋讨论，决心要在文学上与欧洲各国 18 世纪的精神决裂。1798 年出版了两人的诗歌集——《抒情歌谣集》，华兹华斯 1800 年在歌谣集的第二版上写了一篇序言，他说："不写几句话来介绍，就突然把这些与现在一般人所赞许的诗根本不同的东西要公众接受，那未免有一点儿不礼貌了。"[1]许多学者把这篇序言看作是浪漫主义运动的宣言，艾布拉姆斯说，这篇序言"提出了有关诗歌本质和标准的一套命题，这套命题被华兹华斯的同代人广泛采用"，因此，它可以"看作英国批评理论中的模仿说为表现说所取代的标志"，"标志着英国文学理论上的一个转折点"。[2] 序言的基本思想是两人反复讨论过的，甚至歌谣集里面各自的代表作也有对方参与的成分，但是，柯勒律治也还是说到，序言的"许多部分，我并不同意，我反对它们"。华兹华斯在第三版对序言做了补充，而他的每次论述中都有前后矛盾之处。尽管如此，他们的"标奇立异"的诗歌理论、文学理论，在当时和之后，一直保持着很强的吸引力，乃至引起"宗教的热情"，今天读来还是很有兴味。

华兹华斯有一句话在序言里说了两次，又被同时和后来的人高频率地引用："一切好诗都是强烈情感的自然流露。"但是，单独这一句话并不能准确反映他的思想，他并不是说任何情感都适合诗歌表达，也不是说诗歌只要表达情感就足够了。我们了解华兹华斯的诗歌理论，必须知道他说的"情感"离不开"沉思"，他说的"沉思"离不开"自然"，这其间不能缺少任何一个环节。后来，在《抒情歌谣集》1815 年版序言里，华兹华斯提出写诗需要的能力是五种：观察和描绘的能力，感受性，沉思，想象和幻想，虚构。最后，需要判断，"就是决定应该以什么方式、在什么地方、并且在什么程度上把上述

---

[1] （英）华兹华斯：《〈抒情歌谣集〉序言》，曹葆华译，《古典文艺理论译丛》第 1 册，人民文学出版社 1961 年，第 2 页。
[2] （美）艾布拉姆斯：《镜与灯》，郦稚牛等译，北京大学出版社 1989 年，第 158 页，第 25 页，第 160 页。

几种能力都加以运用,以至较小的能力不被较大的能力所牺牲,而较大的能力不轻视较小的能力,不攫取比它应分得到的更多的东西,而对它本身有害"。① 华兹华斯的论述并不是片面的,只是由于此前欧洲文学理论历来没有足够重视文学表达情感的功能,华兹华斯大声疾呼地要求表达强烈的情感,才引起那么大的争议,引起高度的注意。

华兹华斯和柯勒律治认为,工业化以后,人的自然的情感被压制、被排斥,人的感性和理性被割裂,他们要恢复自然淳朴的情感在诗歌中的地位,为此就要用沉思来保证情感的纯真,避开都市的嘈杂,避开对物欲无止境的追求,在大自然里才能有纯净的沉思。

华兹华斯说,"凡有价值的诗,不论题材如何不同,都是由于作者具有非常的感受性,而且又深思了很久。因为我们的思想改变着和指导着我们的情感的不断流注,我们的思想事实上是我们以往一切情感的代表;我们思考这些代表的相互关系,我们就发现什么是人们真正重要的东西"。"流溢"是华兹华斯笔下多次出现的词语,他要求诗人"情感流溢",而"它本源于宁静中的情感追忆;这种情感一直被观照到由于某种反应而宁静渐渐消失时,一种与先前被观照对象的情感同源的情感又渐渐产生,而它本身实际上存在于心中"。② 在他看来,这样的情感,总是出现在诗人澄心凝思面对大自然的时候。正像他在《丁登寺赋》中写的:"在一片野外幽静的背景中,/使人产生更加幽远的思绪;并使这/景色与苍穹的静穆融为一体。""在我蛰居喧闹的都市,感到/孤寂无聊时,正是这些美景呵/常常给我带来愉悦的心境,/它流荡在血液里,跳跃在心头;/并流入我被净化的脑海中,/使我回复恬静的心绪:——重新/感受到已淡忘的往日的快乐;这快乐/也许能产生不可忽视的影响,/在无形中培育善良者最美好的品德。"工业化、城市化使人与自然隔绝,砍伐了森林、驱赶杀害了动物,也污染了人的心灵。城市生活"使人渴望非常的事件","把人们分辨的能力弄得迟钝起来"。只有在充满生命力的自然中心灵才能康复。如同勃兰兑斯所说,华兹华斯表现的是,人在自我忘却和近乎无意识状态下,作为宇宙伟大和声中的一个音符,与自然融为一体。

---

① (英)华兹华斯:《〈抒情歌谣集〉一八一五年版序言》,曹葆华译,《古典文艺理论译丛》第1册,人民文学出版社1961年,第28页。

② (英)华兹华斯:《〈抒情歌谣集〉一八一五年版序言》,曹葆华译,《古典文艺理论译丛》第1册,人民文学出版社1961年,第4页,第16页。

几十年前，我们的欧洲文学史教材把华兹华斯、柯勒律治作为反动浪漫主义加以批判，说他们"讴歌宗法制的农村，美化封建的中世纪"。其实，今天回头去看，他们所主张的人对自然界的态度，有许多合理的成分。

柯勒律治同样强调沉思的重要性。他一方面说，"保持儿时的感情，把它带进壮年才力中去"，把儿童的惊喜感、新奇感与天天惯见的事物结合起来，"这个就是天才的本质和特权"；"天才把见惯的事物表达出来，在人们心目中唤起同样的清新的感觉"；另一方面又说，"一个人，如果同时不是一个深沉的哲学家，他绝不会是个伟大的诗人"。[①] 沉思使个人的情感成为人类的情感，因而能引起广泛的共鸣。沉思使情感审美化，因而具有恒久的魅力。

他们极力反对18世纪古典主义文学语言的矫揉造作，主张诗歌的语言"采用人们常用的语言"。"在这本集子里，也很少看见通常所称为的诗的词汇；我费了很多力气避免这种词汇，正如普通作者费很多力气去制造这种词汇……我想使我的语言接近人们的语言"。"最好的诗中最有趣味的部分的语言也完全是那写得很好的散文的语言"。这并不是说诗歌的语言不需要精心提炼，他们认为诗人该做的一是选择词语和句子，二是讲究韵律。出于真正的兴趣和情感从人们真正使用的语言中选择，会"完全免掉日常生活的庸俗和鄙陋"；"与实际生活的语言十分相似而在韵律上又差别很大"。他们在写作中精益求精，反复修改，而不赞成"直抒胸臆，落笔成章"，不赞成"本能似的迸发出来"。"我常常发现初次的表达是讨厌的，第二次用的词句和思想往往是最佳的"。对于自己崇敬的弥尔顿，华兹华斯说，弥尔顿谈到的"不假思索的诗句源源而来"这句话未可尽信。[②] 我们可以体会到，语言繁文缛藻、奇谲怪异，并不是很难；清新平易而又隽永浑厚，使人味之不厌，那才是很难很难的。

柯勒律治格外重视想象能力对于诗歌创作的重要性，他说："最理想的白璧无瑕的诗人，能够驱使人的整个心灵活动起来，令他的一切能力各照其相对价值和品格处于彼此从属的关系中。诗人播散一种统一的情调与精神，以那综合之魔力来混合一切，并且（仿佛）逐个逐个融合起来，这种魔力我专给予一个名称，叫做'想象'。""它表现在相反或不和谐的性质之平衡或

[①] （英）柯勒律治：《文学传记》，见伍蠡甫主编《西方文论选》下卷，人民文学出版社1964年，第32—35页。
[②] 转引自韦勒克：《近代文学批评史》第二卷，杨自伍译，上海译文出版社1988年，第171页。

调和之中",使得观念与意象,新鲜感受与陈腐事物,冷静的头脑与强烈的感情,自然与人工,平衡、调和,"想象把一切化成一个优美而明晰的整体"。"我要从心灵里创造出感觉来,而不是从感觉里创造出心灵"。他把想象分为第一性和第二性,第一性想象是"一切人类知觉所具有的活力和首要功能,它是无限的'我在'所具有的永恒创造活动在有限的心灵中的重现"。无限的我在即是先验的模式,人的知觉按照一定的模式来综合感觉材料,不同的模式由不同的文化造成,想象是主观的模式对客观材料的加工。第二性想象"是第一性想象的回声",这就是诗人的想象,它经过熔化分散,"为的是要创新创造"。柯勒律治热情地向英国介绍德国古典哲学家的美学思想,他的许多论点来自谢林,这对英国文学理论的深刻化是产生了好处的。

英国另一位浪漫主义诗人雪莱(1792—1822),他和拜伦的作品更为中国读者所熟悉,也得到更高的评价。雪莱有不少理论著作,其中最有名的是《诗之辩护》,这虽是一篇未完成的论文,是一篇与他的知交皮科克的论战之作,其中不免有偏颇之处,但也不乏真知灼见。[①] 他说,人类的心理两大活动是推理和想象,诗就是"想象的表现",诗人是想象和表现不可毁灭的规则的人,所以,诗人是立法者,是导师。他用华美的词句对诗做了激情的颂扬。广义的诗包括舞蹈、唱歌等,所以,雪莱说,"自有人类以来就有诗的存在";狭义的诗是语言艺术,"特别是具有韵律的语言的种种安排"。雪莱对有韵律的语言和无韵律的语言作了区分,他说,声音和思想有关系,"因此,诗人的语言总是含有某种划一而和谐的声音之重现,没有这重现,就不成其为诗","所以,译诗是徒劳无功的"。根据这一标准,他认为,柏拉图本质上是一位诗人,虽然他的作品没有任何有规则的格律,但是意象壮丽,语言富有旋律;培根也是一位诗人,他的语言甜美而富有节奏。同时,他认为莎士比亚、但丁和弥尔顿"是能力最为高超的哲学家"。他的这类说法,多少有点混乱,不严谨,但他作为一位诗人,高度重视韵律,并认为好的诗人具有哲学家的气质,这些还是有可取之处的。

---

① (英)雪莱:《诗之辩护》,缪朗山译,《缪灵珠美学译文集》第三卷,中国人民大学出版社1998年。

(八) 雨果、巴尔扎克和左拉

18世纪20年代之后,法国文学迎来了新的辉煌。勃兰兑斯说,18世纪初期,法国年轻一代的精英热衷于政治以及军事冒险,到了20年代中后期,"一股巨大的长期遭受禁锢的思想洪流,突然奔放开来,倾泻而出",转向文学领域①。文学理论也和文学创作一样表现出蓬勃朝气,先后脱颖而出的许许多多大作家,很多人在文学理论上都有重大建树,如夏多布里昂(1768—1848)、司汤达(1783—1842)、福楼拜(1821—1880)、波德莱尔(1821—1867);斯塔尔夫人(1766 - 1817)和圣伯夫(1804—1869)是以理论批评名世的,但他们也都有文学创作发表;而其中最值得我们注重的则是巴尔扎克(1799—1850)、雨果(1802—1885)和左拉(1840—1902)。

雨果比巴尔扎克小三岁,成名却早于巴尔扎克。他开始是在激烈的论争中获得巨大的名声,1827年发表《〈克伦威尔〉序言》,1830年上演《欧那尼》,都成为轰动的事件,前者被认为是"新文学的纲领",新文学即是与古典主义对立的浪漫主义文学;后者在剧场内外造成的对峙以强烈的戏剧性效应为历来文学史家津津乐道。《克伦威尔》不适合舞台演出,作为戏剧的《欧那尼》也谈不上完美,但它们在反对古典主义时的自信和锋芒,淋漓尽致地表现了当时法国青年精神的精髓。②司汤达比雨果更早对法兰西学院维护的古典主义发起攻击,只是没有雨果那样当下发生的强烈效果,他在《拉辛与莎士比亚》里说,浪漫主义是为人民提供文学作品的艺术,古典主义是为祖宗提供的文学。他说的浪漫主义,其实就是通常说的现实主义——他说莎士比亚是浪漫主义者,因为他表现了16世纪末英国的流血灾难,"描绘了人的心灵的激荡和热情的最精细的变化"。"一切伟大作家都是他们时代的浪漫主义者。在他们死后一个世纪,不去睁开眼睛看,不去模仿自然,而只知抄袭他们的人,就是古典主义者。"③古典主义教条的衰亡,打开文学创作的新路。

---

① (丹麦)勃兰兑斯:《十九世纪文学主流》第五分册,李宗杰译,人民文学出版社1962年,第1页。
② (法)本书引雨果论述,见雨果:《雨果论文学》,柳鸣九译,上海译文出版社1980年。
③ (法)司汤达:《拉辛与莎士比亚》,王道乾译,上海译文出版社1979年,第47页,第97页。

《〈克伦威尔〉序言》是雨果最重要的理论著述,它猛烈攻击陈旧僵化的文学观念对文艺创新的压制,宣扬进化的文艺史观,谴责两个世纪以来"平庸、嫉妒和成见对天才所作的无理取闹",宣称"我们要粉碎各种理论、诗学和体系。我们要剥下粉饰艺术的门面的旧石膏"。他说,"支配世界的并不永远是同一性质的文明","死盯着一个师傅老抓住一个范本,又有什么好处呢?"在社会发展、文学发展的进程中,"一种新的宗教,一个新的社会已在眼前;在这双重的基础上,我们应该看到一种新的诗学也在成长了起来"。雨果反对的是崇古非今,他并不否认文学的继承性,并不轻视文学的优秀传统,相反,他后来在《莎士比亚论》中指出,文学和科学的不同就在于它的永恒性,"一个科学家可以使另一个科学家被人遗忘,而一个诗人则不可能使另一位诗人使人遗忘"。在艺术中,今天的杰作明天仍是杰作,"后来的人尊敬先行者。他们一个跟随一个,绝不互相排挤。美并不驱逐美"。事实上,他比那些古典主义者更加尊重古典,是在深刻理解基础上的尊重,继承了古典作家的创造精神。

新的诗学的中心原则是自然,"没有别的规则,只有翱翔于整个艺术之上的普遍的自然法则,只有从每部作品特定的主题中产生出来的特殊法则"。文学创作应该是作家自然秉性的展露和结晶:"世上各种各样的天才也是由同一种自然哺育而丰富起来的。真正的诗人像一株餐风饮露的大树,他产生作品就像树之结果。"

序言体现出从再现说向表现说的转折,更准确地说是主张再现与表现的结合:"我们记得好像已经有人说过这样的话:戏剧是一面反映自然的镜子。不过,如果这面镜子是一面普通的镜子,一块刻板的平面镜,那么它只能映照出事物暗淡、平板、忠实、但却毫无光彩的形象。大家知道,经过这样简单的映照,事物的色彩就失去了。戏剧应该是一面集聚物像的镜子,非但不减弱原来的颜色和光彩,而且把它们集中起来、凝聚起来,把微光变成光彩,把光彩变成光明。"镜子的比喻是自古希腊以来广泛流行深入人心的,雨果对这个古老的比喻作出新的阐释。艾布拉姆斯说,关于文艺的比喻,从镜到泉、到灯,是认识论上产生的变化的组成部分,聚光镜的比喻表明浪漫主义者对于心灵在感知过程中作用的重视。

雨果最有特色的观点是主张把丑怪作为文学艺术的表现对象,这是针对着古典主义不允许丑进入文学艺术世界的偏见。雨果说,"真实产生于两种典型,即崇高优美与滑稽丑怪的非常自然的结合……真正的诗、完整的诗都是处于对立面的和谐统一之中"。"丑就在美的旁边,畸形靠近着优美,丑怪藏在崇高的背后"。"滑稽丑怪作为崇高优美的配角与对照,要算是大自然给予艺术的最丰富的源泉"。他提出了丑和美的对比,两者相互融合和转化,外表的丑与心灵的美的彼此衬托。后来,他在小说中出色地实践了他的这一主张,《巴黎圣母院》里既有美貌的爱斯美拉达,也有敲钟人卡西莫多,卡西莫多本人又是美与丑的奇妙结合,这个人物比爱思美拉达更加打动千千万万读者。

巴尔扎克对于雨果的戏剧创作很不以为然,他看了《欧那尼》首场演出,在当时一片赞扬声中,著文嘲笑它的细节处理的前后矛盾和违背真实,说剧中国王躲进衣橱偷听,竟然听不见房间里的对话;随着剧情进展,这个在衣橱里什么也听不见的人,透过陵墓的高墙或大理石,却一字不漏地听到了密谋者低声说话。"关于查理五世的耳朵,看来必须指望哪一天科学院向我们提出一篇极为精彩的论文了。"剧中"人物性格是虚假的;人物的行为是违背常识的"。① 是否注重细节真实,是现实主义与浪漫主义的原则分歧之一,巴尔扎克对于自己的小说,也提出同样的要求:"小说如果在细节上不真实,那它就没有任何价值。"细节描写不是目的而只是手段,众多细节描写要汇成巨幅画面,记者费力克斯·达文在巴尔扎克授意下写的一篇序言里说,"在他之前,从来没有哪一位小说家像他这样深入细致地研究细节和小事。他以高度的洞察力对这些细节和小事加以阐释和选择,以老镶嵌细工的那种艺术才能和令人赞叹的耐心将它们组合起来,构成充满和谐、独特和新意的一个整体"。② 这给后来无数作家做出了良好的示范。

以真实地反映社会生活为己任,是巴尔扎克文学思想的核心。勃兰兑斯说,巴尔扎克把他自己的时代和前一时代,"视为他的艺术财产,视为他取之不尽的宝库"。在《幻灭》中,经由伏脱冷之口说:"历史有两部:一部是官方的,骗人的历史,做教科书用的,给王太子念的;另外一部是秘密的历史,可以看出国家大事的真正原因,是一部可耻的历史。"显然,巴尔扎克要写的是后一种历史。《〈人间喜剧〉前言》里有一段名言:"法国社会将成为历史

---

① (法)本书引巴尔扎克论述,见巴尔扎克:《巴尔扎克论文艺》,袁树仁等译,人民文学出版社2003年。
② 达文:《〈十九世纪风俗研究〉导言》,若虹译,《古典文艺理论译丛》第3册,人民文学出版社1962年,第158页。

家,我只应该充当它的秘书。编制恶习愚昧的清单,搜集激情的主要表现,刻画性格,选取社会上的重要事件,就若干同质性格的主要特征博采约取,从中糅合出一些典型;做到了这些,笔者或许就能够写出许多历史学家所忽略了的那种历史,也就是风俗史。"巴尔扎克重视小事、细节,更重视提炼、概括,思考社会、历史的规律。他在《〈欧也妮·葛朗台〉初版序言》里说,描写外省生活,"探究表面看上去十分空洞但是仔细研究又觉得在平淡无奇的表皮下十分丰满的性格",写出表面上日子过得平静、内心却受着汹涌激情冲击的人,需要更大得多的功力。"每个省份都有自己的葛朗台",可是能以这看似平淡无奇的材料塑造典型的,只有巴尔扎克。

巴尔扎克还说:"艺术家的精神永远是远视的,世人看得很重的琐事,他视而不见。然而他与未来对话。"他给英国作家司各特很高的评价,说"瓦尔特·司各特将小说提高到历史哲学的水平"。可是他的追求比司各特更高得多,他还要研究产生社会效果的原因,把握人物和事件的内在意义,"构想出一套体系","将他的全部作品联系起来,构成一部包罗万象的历史,其中每一章都是一篇小说,每篇小说都标志着一个时代"。像《人间喜剧》这样以极其广阔的视野,全面、深入反映一个时代,不但是空前的,在巴尔扎克之后也无人企及,而他是有意识、有整体规划地去做的,更有对于自己创作的理论说明。

巴尔扎克是一位小说家,他多次谈到人物塑造中作家思维的特性,在本人直接经验的基础上,凭着超人的想象力,能够写出与作家生活圈子相去很远,与作家性格趋向相异、相对立的人物的鲜活形象。《〈驴皮记〉序言》说:"作家应该熟悉各种现象,各种天性。他不得不在身上藏着一面无以名之的集中一切事物的镜子,整个宇宙就按照他的想象反映在镜中。""要让公众明白,一个作者可以构想杀人罪行,而自己并不是杀人犯,确实困难!""写出最凄惨的悲剧的悲剧作家,难道通常不是一些性格温柔,具有恬静、古朴的生活习惯的人吗?""文学艺术以借助于思想重现人的本性为目标,在所有的艺术中最为复杂。"他指出,文学由两个截然不同的部分组成:观察和想象。更有一种超人的视力,在一切可能出现的情况中看透真相。"他的心灵直觉般地向他揭示了世界。"从未到过撒哈拉,也能描绘沙漠。"人与其思想之间这种极富特色的割裂或统一,例子之多,不胜枚举。"巴尔扎克的这些论述,是我们研究作家创作心理的十分宝贵的材料。

左拉被看做是自然主义的代表,的确,他自己鼓吹的正是自然主义。但是,历来对自然主义有一种简单的望文生义的理解,以为自然主义就是记录生活的琐细表象,这是很不准确的。左拉把巴尔扎克、司汤达和福楼拜看做是自然主义的先驱。他说,福楼拜将小说改变成和谐的、客观的、依仗自身的美而生存的艺术品;让作家消失在情节后面,保持客观。左拉是在现实主义和19世纪自然科学双重影响之下提出他的文学观点的。他曾气愤地说,"强加于我们自然主义作家的一个可鄙的责备,就是说,我们想单纯地做摄影师";他声明,"我们承认艺术家必须具有个人的气质和自己的表现","当我们在我们的小说中运用实验方法时,我们必须修改自然,而又不背离自然"。他毫不隐讳地说,他所做的只是一件借鉴工作,把克洛德·贝尔纳在《实验医学研究导论》中建立的实验方法"作为我坚实的基础","在大多数情况下,我只须把'医生'两字换成'小说家',就可以把我的想法说清楚,并让它带有科学真理的严密性"。[①]"自然主义是回到自然和人;它是直接的观察、精确地剖解、对存在事物的接受和描写。作家和科学家的任务一直是相同的。"《实验医学研究导论》现在已经被商务印书馆纳入"汉译世界学术名著丛书",其学术史价值无可怀疑。左拉"把实验方法用于小说和戏剧","以科学来控制文学的思想",虽有简单机械之弊,但也有合理的和新颖的创见。他主张文学作品里的描写,像实验医学的记录那样精密。比如,福楼拜对包法利夫人服毒后感觉的描写,左拉就极为推崇。但这还只是"实验方法"的第一个层次。更进一层,是要精密地写出社会环境对人的思想、性格的决定作用。"例如《贝姨》,只是小说家在观众眼前所作出的一份实验报告而已"。"把他(于洛)放在某些环境中,从而展示他那感情的复杂机器如何在工作"。再高一层,是通过诸多人物的荣枯浮沉,揭示社会关系及其变化。左拉说,巴尔扎克借助三千个人物写出法国社会的风俗史,其广阔和生动只有莎士比亚有过,没有人比他对人性挖掘的更深。有人批评巴尔扎克语言不够精细,左拉辩护说,如果他有闲暇写得完美,我们就失去《人间喜剧》这冲刷生活的洪流。是的,巴尔扎克是以宏伟的体系垂名文学史,不宜用精雕细凿的风格去苛求他。

---

① 左拉的论著,见朱雯等编选:《文学中的自然主义》,上海文艺出版社1992年;也可参见伍蠡甫主编:《西方文论选》下册"左拉"部分,人民文学出版社1964年。

(九) 圣伯夫和丹纳

19世纪中期到后期,欧洲文学理论批评迎来了"黄金时代",文学批评显露出独立于文学创作的价值,出现了一大批名声、影响毫不逊于大作家并且起着领导文学界和整个思想界潮流作用的大批评家,例如俄国的别林斯基(1811—1848)、车尔尼雪夫斯基(1828—1889)和杜勃罗留波夫(1836—1861),意大利的桑克梯斯(1817—1887),英国的阿诺德(1822—1888),丹麦的勃兰兑斯(1842年—1927),等等。许多国家出现了权威的文学批评杂志,引导作家的创作方向和社会的文学趣味,如俄国的《现代人》和《祖国纪事》,法国的《两世界评论》,意大利的《新选集》,等等。法、英、德等国的大学,此一时期在文学上发出响亮的声音,确立了文学研究在现代学术架构中不可或缺的位置。在法国,跻身这些大批评家行列的,有圣伯夫和丹纳。勃兰兑斯说:"现代文艺批评——就这个词的严格意义而言——在圣伯夫以前是并不存在的。像巴尔扎克完全改造了小说一样,他完全改造了文艺批评。"[1]韦勒克说,"全部文学史上任何其他几乎单凭批评而见称于世的批评家的名气都在二人(圣伯夫和丹纳)之下";"圣伯夫为重建法国批评的盟主地位而做的努力超过任何其他批评家。他成了独步文坛的批评家,非但在法国而且在欧美世界都是一代大家"。[2]韦勒克这个说法很多人不会完全同意,但是,现代文学理论批评的建设在19世纪的法国取得很显著的成就并在整个欧洲占据举足轻重的地位,则是无可否认的事实。

从圣伯夫到丹纳以至朗松(1857—1934),他们所做的工作可以概括为:从自然科学借鉴实证方法,从社会科学借鉴历史主义,开始了严格的现代学术意义上的文学批评和文学史的撰著。圣伯夫在《丹纳的〈英国文学史〉》中很明确地说到:"我们这些主张在文学中应用自然科学方法的人,按照各自的局限,来应用这个方法;我们这些同一门科学的工作者和服务者,都在争取使这门科学尽可能的准确,因此就让我们继续拒绝那些模糊概念、空泛言

---

[1] (丹麦)勃兰兑斯:《十九世纪文学主流》第五分册,李宗杰译,人民文学出版社1982年,第349页。
[2] (美)韦勒克:《近代文学批评史》第三卷,杨自伍译,上海译文出版社1991年,第1页,第40页。

词的诱惑,观察、学习和检验那些以不同理由而著称的作品所具有的各种情况,以及天才所表现的无限变化的形式;就让我们迫使它们为我们透露真理,告诉我们怎么样以及为什么,它们会属于这一式样,而不属于另一式样"。① 圣伯夫的研究工作的一大特色是,把文学批评分析的重点和目标放在作家而不是作品上面,甚至把分析作品只是当做分析作家必需的手段。他首倡传记批评,以"肖像"的形式评论作家。作为批评家,他声称:"我不过是为伟大人物画肖像的人,一个肖像画家,一个描绘性格的人。"他撰写过很多人物的生平记述,其中有些人并不是文学家,他用随意闲谈的口吻写作评论,这些"肖像"对当时和其后文学批评的体式、风貌颇多影响。他所要求的"精确"和了解"各种情况",主要是指了解围绕作家的一切,他收集与所评论的作家的一切文字材料,还对接触过作家的人努力做各种访谈。"对我而言,文学和文学创作与人的整体是密不可分的。我可以品味一部作品,但是缺少对这位作家的知识,我很难做出判断。我想说的是,什么树结什么果。因此文学研究很自然地会走向对精神的研究。""尽可能地描画出真实的肖像,让肉赘瘢疤留在脸上,显示面相或性情特征的地方纤屑毕现,从而令人觉得赤裸的血肉之躯就裹在礼服和宽松气派的大氅里。""要在作家身上发现人品、性格与天资之间的联系,就得把这个人当作有血有肉的生命来仔细探究。"他不但记述人物的生平,还叙写他们的家庭,他们的交游,所处地方的自然景色。他还认为,类似生活境遇下的作家,形成一种"精神氏族",具有延续性。研究选定的一个人,可以得出关于一群人的认知。"只需一个有鲜明特征的人,只需一个有天才或才能的人,我们就可研究很多人,我们在他身上学到很多东西。这是我的已经过时的方法,在我看来,只有在这种条件下,文学科学才能贡献一切。"文学作品之果生长在作家生活的树上,有什么样的生活遭遇就有什么样的性格类型,有什么样的性格类型就有什么样

---

① 伍蠡甫译,见伍蠡甫主编:《西方文论选》下卷,人民文学出版社 1964 年,第 205—206 页。圣·伯夫,又译圣·伯甫、圣·佩韦、圣·勃夫,其著作十分丰富,但译成中文的甚少。他在法国文学批评史上占有重要地位,勃兰兑斯说他是"划时代的批评家,是开创一个体系、奠定一门新艺术的人物之一……现代文艺批评在圣伯夫之前是不存在的",见《十九世纪文学主流》第五分册,人民文学出版社 1982 年,第 349 页。有兴趣的读者可以参看《什么是古典作家》,陆达成译,《文艺理论译丛》,1958 第 4 期;伍蠡甫主编:《西方文论选》节译《泰纳(丹纳)的〈英国文学史〉》;也可参看韦勒克:《近代文学批评史》第 40—84 页,杨自伍译,上海译文出版社 1991 年,勃兰兑斯:《十九世纪文学主流》,李宗杰译,人民文学出版社 1982 年,第 349—370 页;还可参见钱翰:《法国文学史的建立——从圣伯夫到朗松》,《法国研究》2013 年第 3 期,肖厚德:《圣勃夫与泰纳》,《法国研究》1990 年第 7 期,刘晖:《从圣伯夫出发》,《外国文学评论》2008 年第 1 期。

风格的作品——这样的说法应该是很多人都可以接受的；但是，圣伯夫在世时曾如日中天，后来他的传记批评却屡屡遭到质疑和指摘。有人说，圣伯夫研究的是浪漫主义作家，这些作家对自己的私生活不加遮掩，斯塔尔夫人、夏多布里昂、雨果、乔治·桑、缪塞和圣伯夫本人的风流韵事，都成为公众话题；而此前此后的作家，要发掘其个人生活的真实面貌，非常困难。小说家普鲁斯特对圣伯夫作了系统的批驳，他接受了桑克梯斯的观点："在一切艺术品里，作者意图中的世界和作品实现出来的世界，或者说作者的愿望和作者的实践，是有区分的。""只有这个实现出来的世界是有活气和生命的，在它的光辉里，诗人所珍爱的意图的世界像烟雾一样消散。"①普鲁斯特进一步提出："圣伯夫似乎根本不了解文学灵感与文学写作中的特殊方面，也不了解其他一些人工作与作家所从事的不同工作根本区别在哪里。""有深度的内在自我只有在排除他人和熟知他人的自我在这样的情况下才能发现"。"一本书是另一个'自我'的产物，而不是我们表现在日常习惯、社会、我们种种恶癖中的那个'自我'的产物，对此，圣伯夫的方法是不予承认，拒不接受的。"②圣伯夫的批评实践确实存在很多瑕疵，比如，他对夏多布里昂的评论，前后就很不一致。他说，在夏多布里昂生前，无法直率谈论。他还曾比喻自己是"被迫在狮子口中歌唱的蝉"。但是，他的主张不应全盘否定，他与批评者争论的是文学理论上的一个很重要的问题：研究文学作品需不需要、可不可以联系作者的意图、作者的生活，怎样看待作家关于其创作的自述。文学起作用的首先的和主要的是作品，而要透彻了解作品，就需要尽可能对作家的经历、意图有所了解。以作家的意图为理解作品的准绳或完全撇开作家去面对封闭的自足的文本，各执一端，都是片面的。关于这个问题的争论，后来在20世纪进一步展开并且深化了。

丹纳在追求文学艺术研究的实证性上比圣伯夫更为自觉，他说："我们的美学是现代的，和旧美学不同的地方是从历史出发而不从主义出发，不提出一套法则叫人接受，只是证明一些规律。""美学本身便是一种实用植物

---

① （意）桑克梯斯：《论但丁》，钱锺书译，见伍蠡甫主编：《西方文论选》下卷，人民文学出版社1964年，第464—465页。
② （法）普鲁斯特：《驳圣伯夫》，王道乾译，百花洲文艺出版社1992年，第68—69页，第65页。

学,不过对象不是植物,而是人的作品。"①他在《〈英国文学史〉序言》里说,文学批评家,文学史家,要从每一个细节,字词的选择,句子的长度,诗的音节,"追踪着感情和概念之不断的发展和不断变化的连续……研究这段文字所含的心理学",这还不够,随之,还要找到原因。从哪里去寻找原因呢?他说:"是三个不同的根源——'种族'、'环境'和'时代'"。"我们在考察那作为内部主源、外部压力和后天动量的'种族'、'环境'和'时代'时,我们不仅彻底研究了实际原因的全部,也彻底研究了可能的动因的全部。"在《艺术哲学》中,丹纳对古希腊雕塑、中世纪建筑、文艺复兴时期意大利及荷兰绘画、法国古典主义戏剧等做了细致的饶有趣味的分析,用艺术史的事实来论证他的观点。为什么"雕塑成为希腊的中心艺术",为什么希腊雕塑不表现面部的变化、骚动的情绪,而是表现纯粹的形体、以"肉体的庄严""放出静穆的光辉"?丹纳说,我们"看到一切社会基础,制度,风俗,观念,都在培养雕塑的时候,就发现了这一门艺术的原因"。城邦的制度,城邦的利益,要求把公民培养成体格强壮的斗士,因此,与许多民族以裸体为羞相反,希腊人把肉体的完美看做神明的特性。艺术家有许多机会看到健美的肉体。关于自然环境、气候这一要素,丹纳说,荷兰是一个潮湿的三角洲,这里的自然界使人对色彩特别敏感,养成了一批长于着色的画家。画家面对雾气弥漫中细腻的景色,他所发现的是明暗、浓淡之间的和谐,韵味无穷、沁人心脾的和谐。丹纳三要素或三动因的说法,发生很广泛的影响,也引起诸多批评。地理环境的影响,在远古更为明显和巨大,那时的人类,分群聚居,栖居在群山怀抱之中的,耕织在长江大河两侧的,面临汪洋大海的,处在四季如春的温暖地带的,处在严寒或酷热地带的,不同族群有不同的生活方式,也就形成了不同的性格。唐代李筌的《太白阴经》说:"勇怯有性,强弱有地。……海岱之人壮,崆峒之人武,燕赵之人锐,凉陇之人勇,韩魏之人厚。地势所生,人气所受,勇怯然也。"②生产力提高,人类流动性大,这种影响就退居次要地位。上世纪初,学者用丹纳的理论试图解释中国古代汉族没有史诗、叙事文学发展迟滞,说中华文化的起源地黄河流域气候不像希腊的爱琴海边,不是温暖

---

① (法)丹纳:《艺术哲学》,傅雷译,人民文学出版社1963年,第10—11页。关于丹纳,可参见《〈英国文学史〉序言》,杨烈译,见伍蠡甫主编《西方文论选》下卷;也可参见韦勒克:《近代文学批评史》第四卷,杨自伍译,上海译文出版社1997年,第32—68页。

② (唐)李筌《太白阴经》(汉英对照本),刘先廷校释,北京军事科学出版社2007年,第18页。

湿润而是寒冷干燥,不利于农作物生长,先民胼手胝足劳作尚难得温饱,所以,没有精力和闲暇从事长篇创作。这显然经不起推敲。但就是在现代,地理环境也仍然会对文学艺术发生一定的作用。日本画家东山魁夷说过,他原来对中国水墨画不理解,到中国旅行几次,在桂林和黄山,看到中国风景,"我不时感到如果不用水墨画似乎就无法描绘出其景致的真髓来,我体会到,唯有舍弃色彩才能够达到把蕴涵着深邃画境的东西与中国的风景相照应吧"。① 就是在一国之内,文学艺术的地域特色也依然存在。像丹纳那样精细地辨识描述艺术和文学与产生地自然环境的关系,还是文学批评值得去做的工作。

虽然朗松20世纪还有许多著述,不过由于他的代表作《法国文学史》发表于1894年,因此人们常把他归在"实证主义"名下,是沿着圣伯夫、丹纳一条线索发展下来的——当然了,他和那两位已经有了重要的差别。《法国文学史》"成了法国文学史的标准指南"(韦勒克语),也成为现代文学史写作的一个范例;其后的《法国近代文学目录学教程》,汇集了两万多条史料,用的是实证史学的研究方法。他在《文学史方法》一文中提出:"文学史是文化史的一部分……我们的最高任务就是要引导读者,通过蒙田的一页作品,高乃依的一部戏剧,伏尔泰的一首十四行诗,认识人类、欧洲或法国文明史上的某些时刻。""任何文学作品都是一个社会现象。这是个人行为,但这是个人的社会行为。"即使抒情诗也不例外,只有在设想有人倾听时抒情诗人才会歌唱,根据真实或想象的听众而制作他的诗,因此,"诗人的'自我'就是一群人的'自我'。"②与此同时,他强调文学史和历史的区别:"我们的工作是去理解那些已经死去的作品,而且,我们应该以与处理档案材料不同的方法去处理,应该学会在心中激起共鸣,来体会这些作品形式的效力。""同样是面对圣西门,历史学家在引用他的一段证词时,努力把其中属于圣西门的东西删去,而我们恰恰要把其中不属于圣西门的东西删去。"文学史家注重的是感觉、趣味、激情、美这些个人的东西而不是历史学所关心的一般事实。他举出文学史研究的几个困难,第一是如何处置研究者个人的印象,既不能排斥,又不能完全依从;第二是如何确定研究对象的独创性,而又不割断他

---

① (日)东山魁夷:《中国纪行》,叶渭渠译,花山文艺出版社2001年,第99页。
② (美)昂利·拜尔编:《方法、批评及文学史——朗松文论选》,徐继曾译,中国社会科学出版社1992年,第3—4页,第41—46页。本书引朗松均据此书。

和文学史及周围环境的关系,最有独创性的作家身上也装载着前几代的沉积和同时代多种运动的总汇;第三是发现作家的独特性,也发现他所体现的时代性、群体性、人性。其中最大的困难是,文学的特性要求研究者敏锐精细的感受力,"任何东西都无法代替'品尝'",又不能以主观感受代替客观判断,研究者的印象,要与作家的意图以及尽可能多的读者的感受比较,让自己的心弦的颤动与作品"在有文化的人类当中引起的万千心弦的颤动融合在一起"。

朗松从圣伯夫和丹纳那里吸收了重要的思想,他说:"圣伯夫的功绩是毋庸置疑的,但我们要说,他那种方法在当时是一项进步,今天要是再用的话,那就是倒退了。"这是对待前人的理性的正确的态度。

(十)别林斯基、车尔尼雪夫斯基和杜勃罗留波夫

我们现在要谈的三位,是严格意义上的文学批评家。他们也有出色的理论建树,但他们在文学理论批评史上第一个身份是文学批评家,在几十年的时间里,俄国最重要的作家经由他们的发现、分析、推荐,而进入公众视野并最后载入史册,他们撰述得最多的是严格意义上的文学批评。什么是严格意义上的文学批评呢?别林斯基把文学批评叫做"一种不断运动的美学","批评的目的是把理论应用到实际上去",文学批评与文学理论的不同在于,它"不断地进展,向前进,为科学收集新的素材,新的资料"。[①] 严格的文学批评的两大特点是:直接性和及时性,它直接地、及时地对文学创作作出反应,它及时地使文学创作与社会的文学接受沟通。这个意义上的文学批评的诞生,必定在有合适的载体之后,那载体就是文学批评杂志或报纸的文学副刊,它们把文学创作、文学批评和文学的传播接受连接起来。

别林斯基对陀思妥耶夫斯基的《穷人》的评论,是文学批评与创作良性互动关系的很好的范例。1845年24岁的陀思妥耶夫斯基写出了他的处女作《穷人》。诗人兼《彼得堡文集》主编涅克拉索夫拿到手稿,非常兴奋,请别

---

① (俄)别林斯基:《别林斯基选集》第一卷,满涛译,上海译文出版社1979年,第324—325页。

林斯基立即阅读。别林斯基一口气读完手稿,说:"只有天才才能在二十多岁写出这样的作品,他身上最令人惊异的是那卓越的描写技巧,寥寥几笔就把一个人物栩栩如生地呈现在读者面前,他对贫穷和苦难抱有一种极其深厚并且充满热忱的同情。这是俄国社会小说的第一次尝试。"涅克拉索夫把作者引见给别林斯基,这使年轻的作者忐忑不安,"那位严厉可怕、令人敬畏的批评家会怎样评价?我能够同揭示出文学与艺术的诸多奥秘的评论家交谈吗?"别林斯基当面给作者分析了小说的细节、人物,并且指出:"您触及了事物的本质,这就是艺术的奥秘。艺术家在为真理服务,您是一位有天赋的艺术家,只要始终不渝地忠实于真理,您就会成为伟大的作家!"30年以后,陀思妥耶夫斯基回忆:"那是我一生中最美好的时刻,在服苦役期间,我一想起那个时刻就精神振奋。""这一时刻发生了决定我终生命运的大转变,一种崭新的东西开始出现。"[①]别林斯基帮助陀思妥耶夫斯基确定创作的方向,陀思妥耶夫斯基用文学创作实践滋养别林斯基的理论思维。

另一个范例是车尔尼雪夫斯基对托尔斯泰的评论。1856年,托尔斯泰出版《童年与少年》和《战争小说集》。当年8月,车尔尼雪夫斯基就此发表评论,说文学界赞誉这些作品"是内心活动的细致分析",这合于事实,但是,并没有揭示托尔斯泰的"独特色彩",心理描写在普希金、莱蒙托夫和屠格涅夫那里也能找到,托尔斯泰独有的是一种感情、一种思想怎样从别的感情和思想中发展出来,"是心理过程本身,心理过程的形式,心理过程的规律,用明确的术语来表达,这就是心灵的辩证法"。此外,还有一点,就是"通过道德感情的纯洁使他的作品添上一种完全独特价值的力量"。[②]这一年,托尔斯泰才28岁,他的最重要的代表作的三部长篇是在13年、22年和42年之后才问世。正如车尔尼雪夫斯基文中所说,托尔斯泰的才华正在迅速发展,每一部新作都显示出新的特征。可是,批评家对作家的创作个性、作品风格作出的准确概括,也大体适用于后面的所有作品。多年以后,普列汉诺夫对此做了热情的赞颂,说"这是一个极其精辟的评论",并强调指出:"当托尔斯泰对车尔尼雪夫斯基及其同道们采取完全否定的态度,并且完全不理解

[①] 参见(苏联)格罗斯曼:《陀思妥耶夫斯基传》第三章"别林斯基热·最美好的时刻",王健夫译,外国文学出版社1987年。

[②] (俄)车尔尼雪夫斯基:《车尔尼雪夫斯基论文学》下卷(一),辛未艾译,上海译文出版社1982年,第258—276页。

他们的时候,车尔尼雪夫斯基本人却不仅能够评价托尔斯泰的才能,而且还能够敏锐地看出他的最卓越的特征。这真正是一个巨大的文学功绩。"①这表明,优秀的文学批评家能够具有何等惊人的概括力和预见性。

杜勃罗留波夫对奥斯特罗夫斯基《暴风雨》、关于冈察洛夫的《奥勃洛摩夫》的分析,同样也是及时的、细致深刻的、新颖独到的。冈察洛夫说,他的作品发表之后,他期待有人能把作品的各个形象结合成整体,看出这个整体究竟说的是什么。但是没有这样的人。"这一点别林斯基能够做到,而且也会这样做,但是他已经不在人世了。"②可是,读了杜勃罗留波夫的《什么是奥勃洛摩夫性格》,他请朋友也读这篇文章,他十分满意地说:"关于奥勃洛摩夫性格,也就是他究竟是什么的问题,已经没有什么再要说的了。"

别林斯基等人撰写的评论文章,经过岁月的检验愈益显示其恒久的价值。这不仅是靠才气,更不是偶然,而是因为他们对文学、对社会有深入的思考,有自己系统的哲学观念、社会观念和艺术观念,他们同时是评论家和理论家,这是文学批评家和书评作者的区别。杜勃罗留波夫在贫病和操劳中 25 岁即早逝,别林斯基和车尔尼雪夫斯基在文学理论上留下更为丰厚的成果。首先,别林斯基有一套系统的文学批评理论,论述了文学批评的原则、方法、标准和技巧。他要求批评家对作品既有敏锐细腻的感受,也能做出深刻分析。他说:"进行批评——这就是意味着要在局部现象中探询和揭露现象所据以显现的普遍的理性法则,并断定局部现象与其理想典范之间的生动的、有机的相互关系的程度。"他主张历史的批评和美学的批评的结合:"每一部艺术作品一定要在对时代、对历史的现代性的关系中,在艺术家对现实的关系中,得到考察;对他的生活、性格以及其他等等的考察也常常可以用来解释他的作品。另一方面,也不可能忽略掉艺术的美学需要本身……不涉及美学的历史的批评,以及反之,不涉及历史的美学的批评,都将是片面的,因而也是错误的。"美学批评和历史批评及其相互关系,是从黑格尔到恩格斯都阐述过的,是文学批评理论中最基本的问题,别林斯基的相关论述大大丰富了人们对这一问题的认识。

别林斯基在《艺术的概念》一文开头说:"艺术是对于真理的直感的观

---

① (俄)普列汉诺夫:《尼·加·车尔尼雪夫斯基》,汝信译,上海译文出版社 1981 年,第 250—252 页。
② (俄)冈察洛夫:《迟做总比不做好》,曹葆华译,《古典文艺理论译丛》第一册,人民文学出版社 1961 年。

察,或者说是用形象来思维。在这一艺术定义的阐述中包含着全部艺术理论:艺术的本质,它的分类,以及每一类的条件和本质。"形象思维论解释文学家艺术家创造性思维不同于科学家、不同于人们实用思维的特性,它不能简单地理解为用图画、形象说明观念。别林斯基对此进行了反复的探究和阐释,他认为,文艺创作出于作家的自然禀赋,是无目的而又有目的、不自觉而又自觉。其中很微妙的是"创作对作者的独立","艺术家感觉在自身里面有一种被他所感受的概念,可是不能够明显地看到它,由于要使它对己对人变得可被触知而感到十分痛苦,这便是创作的第一步动作"。"他关切而痛苦地把它保持在自己感情的幽谧的殿堂里,像母亲在子宫里怀着胎儿一样;这概念渐次显现在他的眼前,化为生动的形象,变成典型"。这里说的主要适用于现实主义作家,主要适用于小说创作,但也并不仅限于此。席勒描述诗人的创作心理状态说:"作诗灵感……乃是情怀怦然有动,无端莫状,而郁怒喷勃,遂觅取题材,以资陶写。故吾欲赋诗,谋篇命意,常未具灼知定见,音节声调已先荡漾于心魂间。"[①]在作家的思维中,理智和感情、内容和形式、自觉性和无意识性复杂地交错。别林斯基确认文学创作受理性控制,又充分估计到它的多变性、微妙性。

车尔尼雪夫斯基写过多篇美学著作,他的学位论文《艺术对现实的审美关系》是对黑格尔美学的批判,提出"美是生活"的定义。他说:"任何事物,凡是我们在那里面看得见依照我们的理解应当如此的生活,那就是美的;任何东西,凡是显示出生活或使我们想起生活的,那就是美的。"他肯定了美的客观性,也强调了人的观念、理想对于美的作用。美的主观性和客观性是美学中的难题,至今研究者还在继续探讨,车尔尼雪夫斯基的论文留下了自身无法完全自圆其说的矛盾,宣称生活高于艺术显然很是片面,但他为当时文学反映现实拓开道路,发生了很强的社会效果,对中国左翼理论家的美学产生了巨大影响。

1855 年发表的《果戈理时期俄国文学概观》是一部鸿篇巨制,以广阔视角扫描 19 世纪 20 年代以来俄罗斯文学创作和批评,维护和推进了别林斯基的见解,批驳了与之对立的观点,指出:"果戈理倾向到现在为止,还是我们文学中唯一强大而坚实的倾向。"对众多文本的细致剖析,充沛的气势和

[①] 转引自钱锺书《谈艺录》,中华书局 1984 年,第 607 页。

强烈的论辩性,为后来俄苏以及中国一部分文学史家和批评家所乐于借鉴。作者声明:"所谓批评,并非单单评判民众生活的某一部分现象——艺术、文学或者科学,而是一般地评判生活现象,这种评判是根据人类所达到的见解,根据这些在和理性要求相对比之下的现象所激起的感情而发的。"话里包含了把文学批评的社会性、政治性置于比审美性更突出地位的意思。对此,我们要联系不同的时代背景来看待。车尔尼雪夫斯基不是书斋里的学者,他是一个革命者。作为革命者,他没有忽视文学的审美特性,他的文学理论批评是他献身的革命事业的手段。也因此,在不同的社会氛围中,他的论著或引起强烈共鸣,或受到冷遇,也就不足为怪。

(十一) 普希金、屠格涅夫和托尔斯泰

苏联文艺理论家卢那察尔斯基说过:"作为艺术家的批评家,批评的艺术家——真是一种值得赞赏的现象……伟大的作家一旦亲自掌握了批评,一定会成为这样的人。普希金完完全全是这一类人物,他在这方面给我们上了难忘的一课。"①普希金(1799—1837)关于文学理论批评的论述很少长篇巨制,更不能说建立了一个体系,但他是俄国现代文学的开路人,作家的理论批评的影响力,与他在文学史上的地位有很大关系。卢那察尔斯基又说,"任何国家的文学的第一批天才总是占据着最大的制高地",在普希金时代,许多事物"还没有定出称谓";正是普希金推动了俄国文学观念和文学潮流的大变化,他创办《现代人》杂志,给别林斯基等人以施展身手的舞台,所以,他在俄国文学理论批评史上不容忽视,别林斯基早期的论文《文学的幻想》就是以普希金所确立的原则为起点的。

普希金宣告从法国移借过来的古典主义的终结,他用浪漫主义的口号反对古典主义。别林斯基说,"古典主义和浪漫主义——这便是在我们的文学普希金时期里轰传着的两个词儿","浪漫主义是普希金时期喊出的第一个字眼"。②普希金说的浪漫主义也就是非古典主义和反古典主义:"究竟哪

---

① 卢那察尔斯基:《论俄罗斯古典作家》,蒋路译,人民文学出版社1953年,第24页。
② 《别林斯基选集》第一卷,满涛译,上海译文出版社1979年,第72页,第106页。

些类型的诗应列为浪漫主义诗歌呢？就是那些古人所不知和旧的形式已经变化，或已为其他形式所取代的作品。"浪漫主义"已成为古代缪斯的对手了"。① 他对高乃依、拉辛多有非议，而极力推崇莎士比亚，自称"按照我们的鼻祖莎士比亚的体系撰写悲剧"，"我自愿放弃了艺术体系向我提供、为经验所证实、为习惯所确认的许多好处，力求用对人物和时代的忠实描绘，用历史性格和事件的发展来弥补这个明显的缺点"，把古典主义的三一律作为牺牲品贡献在莎士比亚的祭坛之前。"莎士比亚创造的人物不是莫里哀笔下的只有某种热情或恶行的典型，而是具有多种热情、多种恶行的活生生的人物，环境把他们形形色色的、多方面的性格展现在观众面前。"这正是现实主义与古典主义的一个原则区别。普希金说的浪漫主义，也就是后来俄罗斯理论家所说的现实主义。

普希金重视建立本国的独立的文学批评，他曾感叹："文学我们是有的，但批评却还没有。"他指出："批评是揭示文艺作品的美和缺点的科学。""哪里没有对艺术的爱，哪里就没有批评。"他的这些观点，为别林斯基等人接受并大大地发挥、发展了。

由普希金开始的作家在文学理论上的自信在俄罗斯延续着，屠格涅夫（1818—1883）说："在我们时代，没有一个艺术家身上不是同时栖息着一个批评家。"② 他的文论著述中，一是对欧洲文学经典的独特的阐述，一是对他自己创作的反思，这两类都能引发人们深沉的思考。前者如《哈姆雷特与堂·吉诃德》，对两个众所熟知的文学典型作出他个人的解说："我的某些观点的特殊会使你惊异不已；但这正是这两部伟大诗篇特别卓越的地方，这两部诗篇的作者给它们灌注了永恒的生命，所以对它们的看法，也像一般地对人生的看法一样，可能无限地多种多样，甚而互相矛盾——但同时又同样地正确。"越是杰出的文学作品，越是提供了多种理解和想象的空间，对一件高审美品位的作品，存在着多解而不是只容许某个唯一的说明。好的诗歌是这样，好的小说、剧本也是这样。屠格涅夫认为："这两个典型体现着人

---

① 《普希金论文学》，张铁夫、黄弗同据苏联梅依拉赫主编《俄罗斯作家论文学劳动》部分内容译出，漓江出版社1983年，第107—108页。本书引普希金据此书，参见《普希金论莎士比亚》，方元译，《文艺理论译丛》1958年第三期，人民文学出版社。

② （俄）屠格涅夫：《文论·回忆录》，张捷译，河北教育出版社1994年，第12页。本书引屠格涅夫据此书。

类天性中的两个根本对立的特性,就是人类天性赖以旋转的轴的两极。"他抓住人物性格最突出的特点,认为是反映着人性的某一方面、某一类型,由此他确认,堂·吉诃德是一位效忠思想的人,虽然他所效忠的常常是可笑的,但他毫无利己之念,从不退缩,体现了崇高的自我牺牲精神,因此,他闪耀着思想的光辉。哈姆雷特表现的,是反躬自省分析剖视的精神。实际生活中完全的哈姆雷特和堂·吉诃德是没有的,他们是作家安置在两条不同道路上的标杆。屠格涅夫这些说法虽然不那么完满,论证不那么严密,但却触及文学典型在流传中的规律,今天还能引起人们的兴趣。

关于后者,即对创作的自述,在《六部长篇小说总序》里说:"我用尽力气和本领,务求诚挚而冷静地把莎士比亚称为'给时代和社会看一看自己的形象和印记'的东西和俄国文明阶层人士的迅速变化的面貌描绘出来,并体现在适当的典型中。""人类生活的永存不朽,以艺术和历史看来,是我们全部创作活动的基础。""对一个文学家来说,准确而有力地表现真实和实际生活是作家最大的幸福,即使这真是同他个人的喜爱并不符合。"总之,他是自觉地追求反映自己的时代,反映变革中的、冲突中的社会生活。小说反映生活,必须塑造出生动的人物,人物有自己的性格逻辑,其言语、行为甚至可能违背作家本人的意志,"只有当诗人所创造的人物,使读者觉得是活生生的,独立的,而他们的创造者本人却从读者的眼前消失时,艺术才取得最高的胜利"。主张人物可以"独立"于作家,让读者注视文本,注视作品里的形象,而作家却"消失",这两点是俄罗斯现实主义作家共同的主张。托尔斯泰说他没有想到安娜会自杀,这不是他的"安排",而是人物"自动"走向如此的结局;契诃夫对青年作者告诫:"您自管喜爱您的人物,可就是千万不要说出声来!"①

屠格涅夫还肯定艺术必须提炼,作品要有理想照耀,"任何艺术都是把生活上升到理想,站在普通的日常生活基础上的人,一般低于这个水平。这是需要攀登的顶峰"。

托尔斯泰(1828—1910)的《艺术论》前后写作了十多年,于1892年发表。一位创作成果极为丰硕的小说家,文坛泰斗,写出如此长篇理论著作,这在世界上不多见。历来人们印象最深的,是作者给予艺术的定义:"在自己心里唤起曾经体验过的感情,在唤起这种感情之后,用动作、线条、色彩、音像和语言

---

① (俄)契诃夫:《契诃夫论文学》,汝龙译,人民文学出版社1958年,第416页。

所表达的形象来传达出这种感情,使别人也体验到这同样的感情,这就是艺术活动。艺术是这样一项人类活动:一个人用某种外在的标志有意识地把自己体验过的感情传达给别人,而别人为这些感情所感染,也体验到这种感情。"[1]这个定义受到不同的评价。英国作家萧伯纳1898年在专门的书评中说:"这是千真万确的真理,任何一个谙于艺术的人一下子就可以从这里听出一位真正的艺术家的声音。"[2]普列汉诺夫1899年说,这个定义不对,不能说"艺术只是表现人们的感情。不,艺术既表现人们的感情,也表现人们的思想"[3]。托尔斯泰的定义肯定是不完备、不精确的,但是,他同样主张艺术传达思想,他的小说中常常包含长长的议论,他还说过:"艺术是人类生活中把人们的理性意识转化为感情的一种工具。"他对艺术传达感情提出三个要求——表达的感情要有独特性,"只有传达出人们没有体验过的新的感情的艺术作品才是真正的艺术作品",感情的传达要清晰,传达的必须是艺术家真挚的感情。就连《艺术论》这部理论著作,也有颇强的感情色彩,例如,他断言优秀的艺术作品必定能为缺乏文化素养的农民所领会和喜欢。也如萧伯纳所说,《艺术论》的价值不在于这类具体论断,而在于作者对下层民众的感情。

《艺术论》里有很多地方叙述的是作者毕生艺术实践中积累的深刻体验,这类地方往往压缩在一两句格言式的话里,需要我们细心咀嚼。比如,书中讲到俄国画家勃留洛夫的故事。勃留洛夫给他的学生修改作品,只动了几笔,就把一幅"拙劣的、毫无生气的"画变活了。学生惊异地赞叹:"看!只动了一点点,就整个改观了。"勃留洛夫回答道:"艺术就开始于这一点点开始的地方。"托尔斯泰在他的日记里和著作里也一再引证过勃留洛夫的这句话,认为这是"关于艺术的一句意义深长的箴言","这句话正好说出了艺术的特征"。托尔斯泰用酣畅淋漓的文字对此作了发挥,他说,在艺术创作中,"无限小的因素"决定着作品质量的高低、决定着创作的成败。在绘画中,稍微明亮一点或者稍微暗淡一点,稍微高一点或者稍微低一点,偏右一点或者偏左一点;在戏剧表演中,道白或唱腔音调稍微减弱一点或者稍微加

---

[1] (俄)列夫·托尔斯泰:《艺术论》,《托尔斯泰文集》第14卷,陈燊等译,人民文学出版社1991年,第174页。

[2] (英)萧伯纳:《托尔斯泰的〈什么是艺术?〉》,臧仲伦译,《欧美作家论列夫·托尔斯泰》,中国社会科学出版社1983年,第161页。

[3] (俄)普列汉诺夫:《没有地址的信》,曹葆华译,《普列汉诺夫美学论文集》,人民出版社1983年,第307页。

强一点,稍微提早一点或者稍微延迟一点;在文学中,稍微说得不够一点或者稍微过分一点……只要是比应该做的多了一点点或者少了一点点,就可能丧失掉全部的感染力。托尔斯泰说:"要用外表的方式教人找到这无限小的因素,那是绝对不可能的;这些因素只有当一个人沉醉于感情中才能找到。无论怎样的教导都不可能使舞蹈者正好合乎音乐的节拍,使歌唱者或小提琴演奏者正好抓住音的无限小的中心,使作画的人从所有可能画出的线条中选中唯一正确的一条,使诗人找到关于那几个唯一正确的字词的唯一正确的安排方式。所有这些只有感情才找得到。"他说要靠创作者的感情去抓住那无限小的因素,这是一种审美的感情,是审美的心理能力。这种能够找到使天才与庸才相区别的无限小的因素的心理能力,跟对形式美的感悟和表现能力相关。对于这一点,大多数文学理论论著、课堂里的文学理论教学都忽略了。

托尔斯泰还有很多单篇论文,在《〈莫泊桑文集〉序言》里说,一部真正的艺术作品有三个条件:一是作者对待事物正确的,即合乎道德的态度;二是形式美;三是真诚,即对作者所描写的事物的爱。托尔斯泰对道德热忱和对形式美都十分重视,而无所偏废。

(十二)尼　　采

尼采(1844—1900)的生平遭遇和性格非常奇特,25岁就当上了古典文献学教授,次年自愿服兵役护理伤员,而他又对战争毫无热情,在战役空隙构思他的处女作;30岁后罹患重病,四十多岁出现精神分裂症状,最后死于精神崩溃。他的思想和著作包含一些自相矛盾的成分,他身后受到彼此思想政治立场严重对立的人群的激赏和发挥,也受到立场对立的人的严厉抨击;他反复申说的惊世骇俗的判断——"上帝死了"或"上帝已死",被给予各种阐释,其中表达了"一切价值重估"的宣告,他的未完成的思想遗嘱性的著作就命名为"重估一切价值"。① 他的著作用的是格言体,语言流利生动,多用比喻、寓言,这也是造成多重理解的一个原因。他说过,"我自负,这部《查拉图斯特拉如是说》使德国语言达到完善的境地了",是在马丁·路德和歌德之后迈出的第三步,而更胜于二者。② 林同济在上世纪40年代说,读尼采书的第一秘诀是先把它当做艺术看,就同欣赏达·芬奇的画或贝多芬的交响曲那样。韦勒克也说,应该运用想象力去读尼采。林同济还自称有三部书百读不厌——庄子的《南华经》、柏拉图的《理想国》和尼采的《查拉图斯特拉如是说》;③ 近二三十年中国学者对尼采与老庄作比较研究的不乏其人,④ 他们将尼采与轴心时代的古人相提并论。尼采的风格确实和轴心期的爱智者有某些相似之处,比如,他和古人一样珍爱闲暇,他说,"现代的人多以休息为耻,即使是长时间的静坐思考也几乎会引起良心的呵责。……工作已经愈来愈压倒良知"。尼采身上有许多谜,颇有魅力的谜,我们学习西方文学理论若不读19世纪与20世纪交界点上尼采的书,未免是一个遗憾。

尼采和文学理论关系最密切的著作《悲剧的诞生》,⑤ 是他青年时代的第一部著作。他认为从亚里士多德到黑格尔对悲剧的论述,都没有说到问题的核心,"自亚里士多德以来,从没有人提出一种关于悲剧效果的解释"。尼采不是以文学理论家的身份意识来论述悲剧,他是从对于人生意义的探求出发来思考悲剧问题。他说,希腊人认识到生存的恐怖凄惨,因此需要使诸神的梦境借艺术的中间世界而诞生,创造这些神。"最早的希腊悲剧是以酒神受苦为它的唯一主题的,普罗米修斯,俄狄浦斯都是酒神的假面具。"酒神精神、日神精神,是尼采文学理论的中心概念。悲剧是酒神的,也是日神的。希腊的日神是阿波罗,酒神是狄奥尼索斯。什么是日神精神呢?尼采说:

---

① 关于尼采生平,参看其自传:《看哪这人!》,见《权力意志——重估一切价值的尝试》,张念东、凌素心译,商务印书馆1994年,第3—107页。关于"上帝死了",参看《快乐的科学》,余鸿荣译,中国和平出版社1986年,第125页,第138—140页,第235页;并可看海德格尔:《尼采的话"上帝死了"》,《海德格尔选集》,孙周兴译,上海三联书店1996年,第763—819页。

② 参看冯至:《〈萨拉图斯特拉〉的文体》,郜元宝编《尼采在中国》,上海三联书店2001年,第293—296页。

③ 林同济:《我看尼采》,郜元宝编《尼采在中国》,上海三联书店2001年,第374页。

④ 如张世英:《尼采与老庄》,《学术月刊》1989年第1期;陈鼓应:《尼采哲学与庄子哲学的比较研究》,见其《悲剧哲学家尼采》,三联书店1987年;裘锡圭:《老子与尼采》,《文史哲》2011年第3期。

⑤ (德)尼采:《悲剧的诞生》,缪朗山译,中国人民大学出版社1998年,《缪灵珠译文集》第四卷第3—103页。也可看杨烈、伍蠡甫译文,伍蠡甫主编:《西方文论选》下卷第356—364页,人民文学出版社1964年;周国平译《悲剧的诞生》,三联书店,1986年。

"我们用日神的名字统称美的外观的无数幻觉,它们在每一瞬间使人生一般来说值得一过,推动人去经历这每一瞬间。"它照耀人生,给人喜悦,使人依恋现世。日神的状态是梦境。什么是酒神精神呢?尼采说:"肯定生命,哪怕是在它最异样最艰难的问题上;生命意志在其最高类型的牺牲中,为自身的不可穷竭而欢欣鼓舞——我称这为酒神精神。"酒神精神是本能的生命意志的表达,是对生命永恒的渴求;酒神的本质是"个体化原理奔溃之时从人的最内在基础即天性中升起的充满幸福的狂喜"。酒神的状态是醉境。日神精神与酒神精神并不只是对立,两者共同对人生、对艺术发生作用。尼采说,有人认为艺术起源于一个单独的原则,"我却不然,我始终目不转睛地凝视着那两位希腊艺术神灵,阿波罗与狄奥尼索斯,我看出他们是其内在本质和最高目的皆不相同的两个艺术境界之生动活泼的代表"。"悲剧中的梦境因素和醉境因素的微妙关系,其实可以用梦神和酒神的兄弟关系来象征:酒神讲的是梦神的话,但是梦神也终于讲出酒神的话,于是悲剧和一般艺术的最高目的便达到了。""艺术的连续发展是与日神和酒神的二元性分不开的……其中包含永远的斗争,只是间或有些暂时的和解。"人在梦境中获得美丽的幻觉,在醉境中自由地释放欲望,两者相互牵制又相互补充。酒神汲取日神的营养,对抗对生命的否定态度,艺术是从受难中获得狂喜的一种形式。"每个人在创造梦的世界方面都是全能的艺术家","在我们的梦中,我们因为对形象的直接领会而感到喜悦"。日神"统治着内在的幻想世界的美丽光辉"。酒神的本质是"使主观消失在完全的忘却之中","在酒神精神的陶醉之下,不仅人与人之间重新团结了,而且被疏远了的、敌对的或被征服了的大自然,也再度同她的浪子、也就是人庆祝和解"。艺术的功能是将生活中的痛苦转化为审美对象加以观照。"只有作为一种审美现象,人生与世界才显得合情合理。"每一个艺术家都是模仿者,"或者是表达梦境的一位日神的艺术家,或者是表达狂热的一位酒神的艺术家,或者最后——例如在希腊悲剧中——同时是表达梦境的和狂热的艺术家"。尼采对艺术的作用、价值前后有不同的看法,但在多数情况下他承认艺术给人安慰和欢欣。日神以美丽的幻象遮盖酒神代表的痛苦;悲剧是从正视死亡和痛苦而获得快感。酒神和日神作为艺术的力量是从自然界本身产生出来的,无需人间艺术家居中的媒介,不依赖于任何个人的知识水平或艺术修养;毁灭个人而用神秘的统一感来解脱他。

对于尼采这个特殊的人,人们印象里留下的往往是他的癫狂和偏执的一面,殊不知他也有与之相对的另外一面。看到这两个方面,才是完整的真实的尼采。他在大学里学的是古典文献学,在这方面的才能和成绩被导师赏识,也许是这种严格的学术训练的作用,正如韦勒克所指出的,虽然在理论上他总是易走极端,但他的文学史观却颇为平和,"头脑里的文学史整个图式中,他始终声称和暗指的是古典主义标准而不是任何狄奥尼索斯的恣肆奔放","尼采可以说首先是历史哲学家"。① 他本人的文笔就汲取了散文大师们的精华。他把史学划分为丰碑型、考古型和批判型。他对歌德、莎士比亚、伏尔泰、卢梭、蒙田、爱默生都有所研究与师法,他是西欧很早发现陀思妥耶夫斯基的一位论者,并称这是"我一生中最为幸运的大事之一,甚至超过了发现司汤达",他抓住了陀氏最突出的特点,称其是"使我有所获益的唯一的心理学家",细致入微地描绘和剖析犯罪心理。

尼采贬斥苏格拉底,贬斥理性而张扬感性的个人,他要求个人创造力的最充分的发扬。所以,最早将尼采学说介绍到中国的王国维说,尼采是"欲破坏现代之文明而倡一最崭新,最活泼,最合自然之新文化,以振荡世界,以摇撼学界者"。② 当尼采被普遍认定为革命的反对者的时候,冯至著文说,"尼采是一个人类的关心者。他的著作几乎没有不牵涉到人的问题,所以对于人的将来他也寄予无限的想象与希望"。③ 对于尼采的思想,我们宜采取客观的态度,吸收其合理的积极的内容。

(十三) 王 尔 德

唯美主义是19世纪后期西欧兴起的一股文艺思潮,其思想渊源可以追溯到康德的审美超功利的理论,倡导者主要是法国和英国的一些作家和理论家,王尔德(1854—1900)是其中著名的代表。韦勒克对王尔德评价很低,

---

① 韦勒克说,作为批评史家,"我们关心的只是尼采的文学观,尤其是悲剧观,以及文学史观"。中国学者论及他的悲剧观的颇多,专门论及文学史观的则未见。参看(美)韦勒克:《近代文学批评史》第四卷,杨自伍译,上海译文出版社1997年,第403—414页。
② 王国维:《尼采氏之教育观》,《王国维文集》第三卷,中国文史出版社1997年,第361页。
③ 冯至:《尼采对于将来的推测》,《冯至全集》第八卷,河北教育出版社1999年,第250页。

认为他的思想"断断谈不上新颖",只能算是"前辈思想的宣传家"。① 姑不论韦勒克的说法是否客观准确,即使韦氏本人也认为在英国作为王尔德前驱的斯温伯恩和佩特"早已黯然失色",成为明日黄花,从当时和如今的影响来说,王尔德毕竟要大得多。王尔德的童话和戏剧是英国文学的珍品,他本人行事迥异凡俗,他因同性恋被控而又拒绝有利的证人到庭,宁愿遭受牢狱之灾,名誉毁损,最后病死于异国;到了20世纪末,风尚变化,王尔德的雕像在伦敦矗立。百余年来,国外研究王尔德的论著极其繁多,评论者中包括几十位一流的大作家和理论家,有人还认为王尔德是诺斯罗普·弗莱和罗兰·巴特的理论先导。选择从王尔德出发来介绍唯美主义,还是适合的,当然,对唯美主义的全面了解需要联系到其他的理论家。

王尔德文学思想的核心是"为艺术而艺术",这也是唯美主义思潮的标志性口号。关于这个口号的来源,有人做过考索。1804年法国文学家本杰明·贡斯当提到,"为艺术而艺术,不抱目的"。1818年法国哲学家库辛在《美学和宗教问题》中提出,"应该为宗教而宗教,为道德而道德,为艺术而艺术"。1832年,法国诗人戈蒂耶在其诗集《阿贝杜斯》的序言中提出"艺术至上"的思想。美国的爱伦·坡1850年在《诗歌原理》中提出,"为诗而诗"是诗歌创作的最高宗旨。② 唯美主义到了英国具有了更大的声势,以拉斐尔前派画家们为开端。王尔德则做了系统深入的发挥,他的《〈道林·格雷的肖像〉自序》《英国的文艺复兴》《作为艺术家的批评家》《谎言的衰朽》等文章鲜明地表述了"为艺术而艺术"的美学观点。③

1882年,在纽约的一次演讲,即《英国的文艺复兴》中,王尔德对美国人说:"为艺术而热爱艺术,你就有了所需要的一切。"唯美主义带来了英国的文艺复兴,"我们英国的文艺复兴,就其对纯粹美的热情崇拜、对形式的无瑕追求,就其专注的感觉特性来说,当然与任何粗野的政治情感不同"。为艺术而艺术,就是从艺术中排除道德和政治。他认为,艺术表现任何道德因素,常常是想象力不完满的特征,标志着和谐的错乱。关于艺术的非道德的

---

① (美)韦勒克:《近代文学批评史》第4卷,杨自伍译,上海译文出版社1997年版,第347—487页。
② 参见赵澧、徐京安主编:《唯美主义》一书序言及书中所载英、美、法、苏、日各国百科全书"唯美主义"词条,中国人民大学出版社1988年。
③ 参看《王尔德全集·评论随笔卷》及《全集》其他各卷,杨冬霞、杨烈等译,中国文学出版社,2000年,也可参看赵澧、徐京安主编《唯美主义》一书中王尔德论文译文。

性质,王尔德说过多次,在《关于〈道连·葛雷的画像〉的两封信》中,他推荐济慈对莎士比亚的评论:"他构思邪恶所得的愉快跟他构思善良所得的一样多"。王尔德还把济慈的话扩而广之:"每一个艺术家都是在这样的情形下工作的"。善与恶对于作家,就像画家调色板上的颜料,无所谓轻重主次,他知道凭借它们能够产生某种艺术效果。

那么,艺术为社会生活服务和为艺术而艺术,哪一种观点是正确的呢?答案似乎是不言而喻。但是,坚持唯物史观的马克思主义者普列汉诺夫认为,这样提出问题就不恰当。他认为,理论应该研究的问题是:"在使艺术家和对艺术创作有浓厚兴趣的人们产生和加强为艺术而艺术的倾向的那些社会条件中,最重要的条件究竟是哪些?"他在分析了戈蒂耶等人的唯美主义主张之后说:"艺术家和对艺术创作有浓厚兴趣的人们的为艺术而艺术的倾向,是在他们与周围社会环境之间的无法解决的不协调的基础上产生的。"[①]王尔德与他所处身的英国资本主义社会正是严重地不相协调,他称自己所处的时代为"愚钝的物质时代"。他说:"如果没有美好的国民生活,就不会有伟大的雕刻,没有崇高的国民生活,就不会有伟大的戏剧,然而伟大的国民生活被英国的商业精神扼杀了。"理想主义和美处在被蒸汽机和证券交易所的操作机碾碎的危险之中。"在这动荡和纷乱的时代,在这纷争和绝望的可怕时刻,只有美的无忧的殿堂,可以使人忘却,使人欢乐。"据此,可以说,王尔德的唯美主义,首先是针对着资本主义带来的金钱对情感和欲望的压制、摧残。

王尔德想要借助古希腊文化和非西方文化来救赎现代西方文化,救赎西方的文学艺术。他说,"我们现代骚动不宁的理性精神,是难以充分容纳艺术的审美因素的","这就是东方艺术正在影响我们欧洲的原因"。一切聪明的事物都是从东方来的,比如中国和日本的丝绸长袍、克什米尔披肩和波斯地毯。王尔德对庄子表现出强烈的兴趣,表示了尊崇向往。他读了《庄子》英译本后写了一篇不短的文章,其中指出:"庄子一生都在宣传'无为'的教导,指出所有有用之物的无用。""真正的智慧既不可能被学到也不可能被传授。智慧是一种状态,只有与自然和谐生活的人才能得到。""至人所做

---

① (俄)普列汉诺夫:《艺术与社会生活》,《普列汉诺夫美学文集》,曹葆华译,人民出版社1983年,第813—833页。

的,不过是静观宇宙。"他认为,庄子的这些教导会威胁英国商业上的霸权,庄子如果复活看到英国的文明,会感到惊奇和悲伤。

看来,王尔德也赞同世界文学的思想。他说,一切崇高的作品不单是民族的,也是全人类的。他在美国对新大陆的人们说,政治独立不意味着文化孤立。艺术通过在各民族之间创造一种共同的理性气氛,使人们兄弟般和睦。文化最低的地方,民族仇恨最深。

从为艺术而艺术的总原则,很容易引申出对艺术形式的极度强调,王尔德说,"我们必须始终记住艺术要说的只有一句话,艺术也只有一条最高的法则——即形式的或者和谐的法则"。艺术革命不仅是思想和观念的革命,也是技巧和创作的革命。更进一步,他推论材料对艺术发展的巨大作用,希腊雕塑的辉煌离不开彭特利库山和帕洛斯岛大理石矿的发现;埃及雕刻与希腊雕刻风格完全不同,因为沙漠中有的是坚硬的斑岩;新颜料的引进之于威尼斯画派、新乐器的发明之于现代音乐,也是同样的。"艺术的素材得到精心加工,并被发现,它有它自己不可言传的永久特质,这些特质完全符合诗的意识,为达到其美学效果,一点也不需要高超的理性想象,不需要对生活的深刻批判,甚至也不需要激昂的人类感情"。对于诗人,只有一个时间,即艺术的时刻;只有一条法则,就是形式的法则;只有一块土地,就是美的土地。"不要在油画中寻找主题,而只要求它有绘画的魅力、色彩的美妙和构图的完满。"一幅油画比起一块精美的威尼斯碎玻璃片或大马士革墙上的一块花砖,并没有更多的精神信息和含义。艺术从不依靠主题本身的诗意,只是一种形式和技巧的选择。诗歌的快感,绝不是来自主题,而是来自对韵文的独创性运用。装饰艺术在英国有极重要的地位,孩子们的灵魂不知不觉地被引向与知识和聪明相和谐的境界。艺术形式确实有它的独立作用,但被王尔德过分地夸张了。

鼓吹表现形式美,而走向反对文学艺术揭示社会的脏污、痛苦和丑恶,在《谎言的衰朽》里说:"古代历史学家给予我们以事实形式出现的悦人的虚构;现代小说家则给予我们虚构外表下的阴暗的事实。""在文学中,我们要求的是珍奇、魅力、美和想象力。我们不要被关于底层社会各种活动的描写所折磨和引起恶心之感。"对下层民众命运的漠视,是王尔德思想性格中很糟糕的一面。

王尔德对文学批评有一些论述,《作为艺术家的批评家》中说,"批评家就是用一种不同于一件艺术作品本身的形式,向我们展示那件艺术作品",所以,演员是戏剧的批评家,歌手或者乐师是音乐的批评家。他强调的是文学批评的主观性。他赞扬批评家审美的敏感性:批评家首先要有一种气质——敏锐地感受美以及美所给予我们的种种印象的气质,"最高层次的批评是在艺术作品中揭示艺术家所不曾道出的东西"。

王尔德言论的突出特点是好走极端,他说:不偏不倚的观点总是毫无价值,两面看问题的人其实什么也没有看到。这就使他常出现于自相抵牾之中。他的理论是一个作家的理论,缺乏理论的严谨和逻辑的一贯性。

四、20世纪欧美文学理论

导　语

20世纪是人类历史上很特别的一个世纪,单就科学和文艺的发展而言,它也是一个空前活跃的世纪。在自然科学、社会科学、人文学科、文学和艺术几个领域,进入20世纪之时,人们长久以来信奉的基本规范都遭遇到尖锐的挑战,引发了飞跃式的巨变。美国科学史家科恩在他的名著《科学中的革命》里说,虽然前几个世纪科学中也发生过革命,但是,"二十世纪则是另一种意义上的革命时代",革命发生得频繁而且影响更加深远,革命发生在所有各个领域,"很难找到一块有人活动的地方能逃避革命所带来的巨大变化"。19世纪知识发展的主流是进化而不是革命,20世纪则为惊人的激变所震撼。[①] 1905年,爱因斯坦创建狭义相对论;同一年,弗洛伊德发表《性学三论》;毕加索1907年创作《亚威农的少女》,英国科学史家亚瑟·米勒用很多实证材料说明,毕加索创立的立体主义与爱因斯坦相对论有关系[②];勋伯格1899年创作的《升华之夜》在1903年首演获得巨大成功,他的无调性

---

① (美)科恩:《科学中的革命》,鲁旭东等译,商务印书馆1998年,第464—465页。
② (英)亚瑟·米勒:《爱因斯坦·毕加索:空间、时间和动人心魄之美》,上海科技教育出版社,2006年,第255—259页,第280—284页。

音乐受到反对者的猛烈攻击也受到拥护者的狂热欢呼,开启了现代主义音乐之路;乔伊斯1904年开始写作自传性的《青年艺术家的画像》,后来的《尤利西斯》所写的故事发生在1904年6月16日这一天,他独出心裁自造的"夸克"(Quark)一词,被物理学家用来命名一种基本粒子。20世纪初以颠覆者姿态出现的创新家,本身很快也成了经典人物,不得不接受新一代不停地发起的再颠覆。在这样的大背景下,20世纪的文学理论犹如万花筒,五色斑斓,面目在不停地变换之中。

20世纪文学理论批评的第一个也是最突出的一个特点,是它一方面对文学创作表示独立意向,一些学派的理论家有意撤开作家、撤开读者来讨论文学,面对的只是自足的文本;与此同时,另一方面,文学理论批评对社会科学多个学科乃至对自然科学的若干学科则敞开胸怀,毫不犹豫地借鉴甚至是搬用。列宁在1914年讲过的一句话,20世纪80年代初在中国学者的文章中引用率很高,那句话是说,20世纪出现了"从自然科学奔向社会科学的强大潮流"[①]。引用这句话,表示学者们那时已经强烈意识到,各个学科的交切和交融乃是大势所趋。在西方,许多外学科的专家们闯进文学理论批评领域,直接参与文学理论批评活动。他们把文学理论批评作为检测自己本行的新理论、新观点、新方法的一个中试场所,作为向社会广泛传输自己的理论新说的一种重要渠道。例如,心理学原先是附属于哲学之下的,现代心理学则是在物理学、生物学、医学的基础上建立和发展。史家把冯特1879年在莱比锡建立世界上第一个心理学实验室,作为现代心理学的开端。这具有超越心理学范围之外的象征意义,它标明了自然科学和社会科学和人文学科相互渗透的新的潮流;而心理学的几个主要学派的理论——无意识和集体无意识,意识流、格式塔等等——都在文艺理论中各自拓开一片新天地;弗洛伊德、荣格等心理学家,成为20世纪文学理论史上的重要塔标。索绪尔建立的现代语言学,它的观念以及它的术语——能指、所指、历时、共时——被移植到文学理论之中。文化学、历史学、政治学的新进展,也成为文学理论新学派的后盾。很多新的文学批评学派的身后,分别站着一位外学科的教师、导演或者护身人,他或者是哲学家,或者是心理学家,或者是语言学家,或者是人类学家,或者是社会学家,有时还是自然科学家,是横向学

[①] (苏联)列宁:《又一次消灭社会主义》,《列宁全集》第20卷,人民出版社1958年,第189页。

科如系统论、信息论、控制论的专家。那些学科的这种那种新的学说、新的观念,被当做某个文学批评学派立论的根基、理论的框架、思想的源泉。它们不但在观念、内容方面,而且在形式、风格方面,使得现代文学理论批评具有浓厚的非传统、反传统的色彩。文学理论批评著作有时变得像是心理医生的病案、社会学家的调查统计报告,甚至,如韦勒克所说,文学批评家"已不能称之为批评家,而成了一个为某种晦涩艰奥的哲学发布神谕的人"。各个学科本来具有专门的确切含义的术语涌进文学批评领域,许多批评学派还"生造出一整套个人的概念和术语"。[①] 热衷于向外学科寻求创新动力和借鉴思维技巧,给文学理论带来很强的新颖感和更多的阐释力,也使得文学批评向操作主义倾斜。有的文学理论批评家像数学家一样,努力去做定量分析,努力建立模型,以服从于解析的规则。

20世纪文学理论批评第二个特点是,它在很多时候是以一次次浪潮的形式出现,一个新学派、一种新观念往往如巨浪扑面而来,奔腾呼啸,压倒其他声音,而不久,它被更新的浪潮代替,风光不再,少人问津。于是,很常见的词语就是"转向""转型",不断地有人宣称"转向""转型"——现实主义向现代主义转型,启蒙文化向消费文化转型,认识论诗学向语言论诗学转向,语言论诗学向文化研究转向,外部研究向内部研究转向,文字文本研究向视觉文化研究、图像文本研究转向,还有从线性时间思维到专注于空间、场所的空间转向……之所以发生这么多转型、转向,从积极方面说,是对急速变化的社会做出及时反应,不让文学和文学理论批评与社会大众的文化生活实际隔绝;从另一方面说,也是被实用功利所左右,想要借此求得社会的关注。事实上,世界这样广阔,全世界的文学艺术和文艺理论这样丰富,任何一个阶段都不是定在某一个"型"、某一个"向"上面。即使是在物理学里,无论相对论和量子力学取得了怎样巨大的成就,牛顿力学依然有其应用价值。文学理论上的新变,更不可能让各种传统的理论就此消亡,许多文学理论虽然不"时兴"了,也依然有其价值,我们可以从中汲取到有益的东西。所以,种种"转向""转型",只在很有限的意义上是合理的,并不意味着文学理论批评可以就此把背对着原先的诸种体系,不必再理会它们,更不意味着它们就

---

① (美)雷纳·韦勒克:《哲学与第二次世界大战以后的美国文学批评》,见《批评的诸种概念》,四川文艺出版社1987年,第307页。

此失去效用了。

由这种一浪逐一浪的行进模式引发出来，导致所谓"片面的深刻"的学风，好走极端，以一点一面掩盖、抑制、否定其他方面，成为20世纪文学理论批评的第三个特点。形式主义文论把关于内容，关于作品的社会历史性质完全排除在研究视野之外；文本批评把关于作家的研究排除在研究视野之外；精神分析的文论把各种作品全部归结为性心理的表现，就是这种有意识的片面思维的例子。物极必反，后来又重新向原先决绝地否定排斥的那一面回归。纵观整个20世纪的文学理论，呈现循环往复、盘旋蜿蜒的路线。20世纪欧美文学理论的许多学派各自做出了独有的贡献，我们从学科百年发展的总图景中，更能够看出其可贵的创新点，也才能清楚地看出其谬误与偏颇之处。深刻当然是理论追求的目标，片面则是应该努力避免的。片面并不必然带来深刻，片面性不是应该推崇的。当然，也不能因为某个理论家、某个学派存在片面性就对之完全否定。

（一）詹姆斯兄弟和伍尔夫

威廉·詹姆斯（1842—1910）和亨利·詹姆斯（1843—1916）是一对亲兄弟，哥哥是开宗立派的哲学家、心理学家、教育学家，弟弟是小说新潮流的开创者。他们年轻时在美国和欧洲的多所大学交替求学，接触多个学科，师从不同风格的学者。亨利后来加入英国国籍。威廉在哈佛大学获得的是医学博士学位，讲授的是解剖学和生理学，担任的是哲学教授，后来转为心理学教授。威廉有广泛阅读欧洲和美国文学名著，有很高的文学修养，理论著述清晰流畅，娓娓而谈，被人称为文体家。他认为精神生活有不能以生物学概念加以解释的地方，其"超越性价值"只能通过某些现象来心领神会。他对文学理论的影响是他的"思想流"的理论，1884年在《论内省心理学的一些脱误》一文中首次提出，然后在1890年出版的《心理学原理》第一册第九章再详细论述。他以与前人不同的看法来解释人的思想的特性：思想是连续的，思想是变化的。"意识，在它自己看，并不像切成碎片的。……意识并不是衔接的东西，它是流的。形容意识的最自然的比喻是'河'或是'流'。

此后我们说到意识的时候,让我们把它叫做思想流(the stream of thought)或是意识流,或是主观生活之流。"意识流存在,为什么却被大多数人忽视呢?威廉·詹姆斯说,这是因为受到语言的障碍,人们"冷酷地取消了无名字的心理状态"。"在语言里,我们把每个思想简单地照它所指的东西起名字,好像每个思想只知道它自身的东西,此外什么都不觉得。其实,每个思想不特明白地知道它名字所由来的东西,并且也模糊地知道也许一千个其他的东西。"人类语言中有很大的部分只是"思想内方向的符号"。心上的确定意象,个个都在四周流动的自由水流里浸渍着,濡染着,它的来处的余觉、去处的初感、心理的泛音,都与这个自由的水流连带着,"这个意象的意义和价值整个都在这环绕护卫它的圆光或淡影里头——或许应该说,那光影与这意象融合为一而变成它的精髓;固然,这意象还是如前此一样是同一东西的意象,但这光影却把它弄成从新看待从新了解的那个东西的意象了"。①

詹姆斯认为,越是有效率的思想家,越是丧失掉视觉想象能力,越依靠语言。意识流是不用或无法用语言表达的思想,创新的文学家却执意要设法表达这语言难以表达的心理。思想流或意识流是很有独创性的理论,威廉·詹姆斯却特别在脚注中郑重声明:"荣誉归应得荣誉者!"他的想法来自威理斯的1846年的论文《论偶然的联想》,而这篇论文以及威理斯这个人早已被人忘记了。这个细节显示出詹姆斯的诚实、谦逊和严谨,为研究者树立了一种风范。

威理斯曾说:"最模糊的知觉也参加到整个现状中,而且改变这整个状态,不过也许这改变只到无限小的程度。"②詹姆斯指出,历来心理学家所不肯承认的,正是这种自由的意识流。詹姆斯说:"我切望读者注意的,就是要把这些模糊状态回复到它在我们心理生活内应占的位置。"思想流有两大部分,"让我们把思想流的静止的地方叫做'实体部分',它的飞翔的地方叫做'过渡部分'"。"一切学派容易犯的大错,一定是没有看到思想流的过渡部分而把它的实体部分过分重视了。"③这就打开了心理学研究的一片新的天地,也影响到文学家努力去表现这一新的天地。

在这之后,小说家们逐渐重视起这种模糊的心理状态,乃至于把意识流

---

① (美)詹姆斯:《心理学原理》,唐钺译,商务印书馆1963年,第87页,第89页,第103页。
② (美)威理斯:《论偶然的联想》,见詹姆斯:《心理学原理》,唐钺译,商务印书馆1963年,第89页脚注。
③ (美)威廉·詹姆斯:《心理学原理》,唐钺译,商务印书馆1963年,第91—92页。

作为主要的表现对象,亨利·詹姆斯是一位先行者,他开创了心理分析小说的先河。他的作品,表现人的迷宫般的内心世界,表现人物"最幽微,最朦胧"的思想和感觉。他在《小说的艺术》中说:"真实有无数的形式,说一个人必须根据他的经验来写,但"经验是从无止境的,它也从来不是完整无缺的;它是一种漫无边际的感受,是悬浮在意识之室里的用最纤细的丝线织成的一种巨大无朋的蜘蛛网,捕捉着每一颗随风飘落到它的怀中来的微粒。它就是头脑的氛围;当头脑富于想象力的时候——如果碰巧那是一个有天才的人的头脑的话,就更是如此——它捕捉住生活的最模糊的迹象,它把空气的脉搏转化为启示。"[①]

意识流不仅是小说的描述对象,也不仅是一种小说技巧,它还是一种文学观念。文学不仅要有事件、场景的真实,还要有心理的真实;不仅要有理性心理活动的真实,还要有感性心理活动的真实。亨利·詹姆斯主张:"最大限度降低作家的叙述声音,同时将作为完整有序的'有机体'的小说直接呈现在读者面前,使得阅读的过程如同观看戏剧一样,具有直接的戏剧效果。""通过某个或多或少是公正超然的、某个未深深卷入的但明智而完全有兴趣的见证人或报道者,某个对此书作出评论和阐述的人所提供的感觉和机会,来处理我的主题,来'观察我的故事'。"[②]

詹姆斯被研究叙事学发展史的学者称为"现代小说理论的奠基人","我们这个世纪的叙事理论是从亨利·詹姆斯起步"。[③] 19世纪及其以前的小说,大多数采用第一人称或者全知视角。詹姆斯说莫泊桑"总是躲在帘幕后面窥视,告诉我们他所窥探到的事物"。指的就是全知视角,这种视角貌似客观,其实也是主观的,如果作家"自认为他能使自己保持作为他的著作的局外人,他就想得过分了"。至于第一人称,往往讲述者就是作家的化身。[④] 詹姆斯讲到自己的作品《鸽翼》和《使节》的构思和写作时,提到了多种叙述

[①] (美)亨利·詹姆斯:《小说的艺术》,朱乃长译,见《小说的艺术——亨利·詹姆斯文论选》,朱雯、乔佖、朱乃长等译,上海译文出版社2001年,第13—14页。此书收录作者论著十多种,包括小说论、小说家论和小说自序三部分。

[②] (美)亨利·詹姆斯:《〈金碗〉序言》,朱柏良译,见《小说的艺术——亨利·詹姆斯文论选》,朱雯、乔佖、朱乃长等译,上海译文出版社2001年,第340页。

[③] 申丹等:《英美小说叙事理论研究》第五章"现代小说理论奠基人:亨利·詹姆斯",北京大学出版社2005年,第101—124页,其中引述了多个国外学者对詹姆斯的评价。

[④] (美)亨利·詹姆斯:《居伊·德·莫泊桑》,乔佖译,见《小说的艺术——亨利·詹姆斯文论选》,朱雯、乔佖、朱乃长等译,上海译文出版社2001年,第236页。

角度的变换,用几个人人物的眼光构建不同的"视角区域",人物之间的意识交相映射。① 他的这个主张被许多作家采用。詹姆斯的理论的继承者珀西·卢伯克把视角问题作为小说艺术的首要问题,在《小说技巧》一书中展开论述。② 詹姆斯说,他的这部小说,不是满足于让作品的主人公同时兼任小说的叙述者,用第一人称赋予它"特权",在长篇作品中,第一人称的形式是注定要松弛的。他在小说中运用双重和多重视角,推动了现代小说理论的发展繁荣。

亨利·詹姆斯的小说创作和理论与后来乔伊斯的意识流小说有性质的区别,前者主要是再现为语言所阻碍的心理,后者主要是表现受到道德观念压抑的心理。伍尔芙说,读詹姆斯的小说,"有一种脱离了所有过去小说中的世界的奇特感觉";而普鲁斯特走得比詹姆斯更远,他的"心灵带着诗人的同情和科学家的超然姿态,向它有能力感觉到的一切事情敞开着大门"。普鲁斯特在小说中回味、体验遥远的过去和当下那些细微的听觉、触觉、味觉感官印象的叠加。狄更斯把人物直接放到读者面前而没有更多重要的东西,而包括上述两人以及陀思妥耶夫斯基在内的心理小说家作品里,有"思想情绪的深深的水库"。③

弗吉尼亚·伍尔芙(1882—1941)和乔伊斯以及法国的普鲁斯特一起,使意识流小说在20世纪前期煊赫一时。伍尔芙的父亲是一位文学评论家,亨利·詹姆斯与作家哈代、艺术学家罗斯金等是他们家的常客。伍尔芙的丈夫也是作家,父亲去世后她的家里继续成为文学精英聚会之所,称为"布卢姆斯伯里集团",亨利·詹姆斯、艺术批评家克莱夫·贝尔,经济学家约翰·梅纳德·凯恩斯,哲学家罗素、文学家福斯特、艾略特、乔伊斯,都经常参与其中,这个名单上的人多是具有很强创新欲望的人。伍尔芙在《论现代小说》一文中指出,"心灵接纳了成千上万个印象——琐屑的、奇异的、倏忽即逝的或者用锋利的钢刀深深地铭刻在心头的印象","把这种变化多端、不可名状、难以界说的内在精神——不论它可能显得多么反常和复杂——

---

① (美)亨利·詹姆斯:《〈鸽翼〉序言》《〈使节〉序言》,徐栋梁译,见《小说的艺术——亨利·詹姆斯文论选》,朱雯、乔佖、朱乃长等译,上海译文出版社2001年,第297—316页,第317—339页。
② (美)珀西·卢伯克:《小说技巧》,方土人译,见《小说美学经典三种》,上海文艺出版社1990年。
③ (英)伍尔夫:《论心理小说家》,见伍尔夫:《论小说与小说家》,瞿世镜译,上海译文出版社1986年,第154—159页。

用文字表达出来,并且尽可能少羼入一些外部的杂质,这难道不是小说家的任务吗?"她要按照那些原子纷纷坠落到人们心灵上的顺序,记录每一个情景或细节在思想意识中留下的痕迹。她在自己意识流小说的发轫之作《墙上的斑点》里写道:"未来的小说家们会越来越认识到这些想法的重要性,因为这不只是一个想法,而是无限多的想法;它们探索深处、追逐幻影,越来越把现实的描绘排除在他们的故事之外。""我们的思绪是多么容易一哄而上,簇拥着一件新鲜事物,像一群蚂蚁狂热地拾一根稻草一样,又把它扔在那里"。① 伍尔芙认为狄更斯已经过时了,文学再也不能像他为我们的祖辈服务那样来为我们这一代服务。伍尔芙等人确实丰富了文学的手法和理念,但是,断言现实主义小说丧失了活力,也失之武断。意识流小说经过不长时间,就没有了最初的热烈兴旺。当然,我们也充分意识到,关于意识流的文学思想至今仍然是一个宝库,蕴藏着滋育创造力的丰富营养。

(二)弗洛伊德、荣格和拉康

弗洛伊德(1856—1939)1915 年到 1917 年在维也纳大学的讲稿,后来整理成为《精神分析引论》,他在第一次演讲的开头就对听讲者说:我要劝诸位下次不要再来听讲了。他坦白地警示听众:"精神分析有两个信条足以触怒全人类"。第一,它认为心理过程主要是潜意识的,"对于潜意识的心理过程的承认,乃是对人类和科学别开生面的新观点的一个决定性的步骤";第二,它认为"性的冲动,对人类心灵最高文化的,艺术的和社会的成就做出了最大贡献"。② 正是由于这两个原因,弗洛伊德学说在很长时间里在许多国家遭到强大力量的封杀、抵制和排斥。波林在《实验心理学史》中怀着很深的感慨说,衡量学者是否伟大的最好标准是身后的荣誉,伟大的人物是史学家笔下不容忽视的人物,"谁想在今后三个世纪内写出一部心理学史,而不提弗洛伊德的姓名,那就不可能自 是一部心理学通史了"。③ 作家托马

---

① (英)伍尔夫:《论心理小说家》,见伍尔夫:《论小说与小说家》,瞿世镜译,上海译文出版社 1986 年,第 7—8 页。
② (奥)弗洛伊德:《精神分析引论》,高觉敷译,商务印书馆 1984 年,第 9 页。
③ (美)波林:《实验心理学史》下册,高觉敷译,商务印书馆 1981 年,第 814 页。

斯·曼在《弗洛伊德与未来》一文里说，精神分析学说"早已超过了弗洛伊德那纯粹的医疗含义，而成了渗入科学的每一个领域和知识界每一个王国的世界性运动。文学，艺术史，宗教和史前学；神话学，民俗学以及教育学等学科"莫不深受这种学说的影响。① 对于弗洛伊德的心理学理论，若干权威的心理学史有比较详细和准确的介绍，②我们这里要做的，主要是从他本人直接论述文学艺术的著作来介绍他对文学艺术产生了明显的直接的影响的观点。

弗洛伊德讨论文学艺术的文章主要有《作家与白日梦》《俄狄浦斯王与哈姆雷特》《列奥纳多·达·芬奇和他童年的一个记忆》《米开朗基罗的摩西》《精神分析在美学上的应用》《陀思妥耶夫斯基与弑父者》《论升华》等。③ 弗洛伊德认真阅读钻研过很多文学经典，他甚至获得过1930年的"歌德文学奖"，因此，能够熟练地运用文学艺术的材料来支撑和验证他的心理学理论。例如，他所说的"俄狄浦斯情结"，就是从索福克勒斯《俄狄浦斯王》、莎士比亚《哈姆雷特》和陀思妥耶夫斯基的《卡拉马佐夫兄弟》等名著中提炼、概括出来的。

弗洛伊德把人的心理系统分为三个部分：意识、前意识和潜意识。意识是人们能够自我觉知的，也可以叫做显意识；前意识和潜意识属于现在人们一般所说的无意识。他又将三者比拟为三个相连而又相隔的房间：第一个房间是接待室，这里住着意识；第三个房间是大前房，这里拥挤着许多潜意识的"精神兴奋"；第二个房间住着从第三个房间里挣脱出来，却又不被允许进入接待室的那些精神兴奋，他称之为前意识。在意识和潜意识"这两个房间之间的门口，有一个人站着，负守门之责，对于各种精神兴奋加以考查，检验，对于那些他不赞同的兴奋，就不许它们进入接待室"。但是，拘禁太严，

---

① （德）托马斯·曼：《弗洛伊德与未来》，见王宁、顾明栋编：《诺贝尔文学奖获奖作家谈创作》，北京大学出版社1987年，第78页。

② （美）波林：《实验心理学史》第二十六章"精神分析"一节，高觉敷译，商务印书馆1981年；（美）墨菲、柯瓦奇：《近代心理学历史导引》第十八章"弗洛伊德和心理分析学"，林方、王景和译，商务印书馆1982年；（美）黎黑：《心理学史》第八章"无意识心灵的心理学"，李维译，浙江教育出版社1998年；（美）舒尔茨：《现代心理学史》第十三章"精神分析：开端"，杨立能等译，人民教育出版社1981年。其中舒尔茨的著作，"试以有趣的——也许甚至是令人娱乐的——形式"讲述心理学史，其内容则是严谨可信的，更适合非心理学专业的人阅读。

③ 见（奥）弗洛伊德：《弗洛伊德论美文选》，张唤民、陈伟奇译，知识出版社1987年；也可参看车文博编：《弗洛伊德文集》，长春出版社2004年。

压抑太甚、太久,会给主体造成精神的病症。弗洛伊德在早期与布洛伊尔合著的《关于歇斯底里的研究》里指出,心理的创伤以及对于心理创伤的记忆,被压抑到了无意识之中,犹如楔入心理的异物,完全不受主体支配,是精神疾病的病根。所以,要设法将它释放出来。释放是一种治疗,而且是有效的治疗。精神分析心理学研究了释放的诸多方式,文学艺术活动就是常见的重要释放方式。

弗洛伊德早年和布洛伊尔在治疗一位歇斯底里症女患者(化用为名安娜·欧)的时候创造了"谈话疗法",就是让病人在催眠状态下与医生谈心,向医生尽情诉说自己的烦恼,终于揭示出被遮盖在无意识深处、病人原来竭力回避的引发精神疾病的最初事件,其效果就像"扫烟囱"一样,解除了多年来困扰她的症状,一下子轻松畅快起来。他们说:"每一个歇斯底里症状,当我们能够使患者把它的引发事件清楚地回忆起来,并且能够引起其伴生的情感,而且患者能够尽可能详细地描述这种事件,又能将其伴发的情感用言语形容时,这一症状就立刻而且永久消失。"①后来,精神分析心理学家把这种治疗称之为"疏泄疗法"(Catharsis Therapy),并作为精神分析心理学派的医疗实践主要的、基本的方法。文学艺术被作为疏泄的手段,需要注意的是,经由文学艺术的创作和欣赏所疏泄的,多数并不是困扰主体的无意识心理本身,而是与之相类似的欲望和伴生情绪。按照弗洛伊德的理论,精神生活可以归结为冲动与抑制之间的相互作用,本我的冲动受到后天种种观念的压抑,羞于出口,如果说出来,听者也会感觉厌恶;而用文学艺术的方式表现冲动,就没有上述障碍。"诗歌艺术的诀窍在于一种克服我们心中的厌恶的技巧","富有想象力的作品给予我们的实际享受来自我们精神紧张的解除。甚至可能是这样:这个效果的不小的一部分是由于作家使我们从作品中享受到自己的白日梦,而不必自我责备或搞感羞愧"。②文学艺术是一种巧妙的、隐蔽的宣泄,因而是一种在心理治疗上卓有成效的宣泄。

弗洛伊德说:"我们可以肯定,一个幸福的人从来不会幻想,幻想只发生在愿望得不到满足的人身上。幻想的动力是未被满足的愿望,每一个幻想

---

① 布洛伊尔、弗洛伊德:《论歇斯底里现象的心理机制:绪言》,张述祖译,见《西方心理学家文选》,人民教育出版社 1983 年,第 382 页。
② (奥)弗洛伊德:《作家与白日梦》,见《弗洛伊德论美文选》,张唤民等译,知识出版社 1987 年,第 37 页。

都是一个愿望的满足,都是一次对令人不能满足的现实的校正。作为动力的愿望根据幻想者的性别、性格和环境不同而各异;但是他们自然地就分成了两大类。它们,或者是野心的愿望,用来抬高幻想者的个人地位;或者是性的愿望。"①除了弗洛伊德说的这两大类,当然还有其他需要补偿的愿望。心理上这类补偿可以在多种途径中实现。弗洛伊德的学生阿德勒对补偿另有阐述,他说,主体在某些方面、某些事情中无能为力,以至心理失衡、自卑,就力求在别的方面表现自己的价值。这别的方面的实现,有时却是一把双刃剑,补偿了自卑造成的压抑,又引出新的心理偏执。例如,在网络的游戏或聊天室里,寻求某些愿望的满足。但是,结果也可能迷失于其中,反而导致更大的失落。较之于日常所见的幻想,文学艺术是补偿的更加适合的形式,在文学艺术活动中,主体用旁观的角色来满足自己,而且,文学艺术活动的主体,在一般情况下,能够将幻想与现实区别开来,并且能在随后从审美的幻想退回到现实之中,而不像有心理疾患的人沉溺于幻想之中不能自拔。

弗洛伊德所探究的受到拘禁的潜意识,大多是隐秘的欲望,其中最重要的是性的冲动。他认为,人们会设法把被压抑的精神兴奋变形为幻觉的经验,经由梦而使这些欲望得以满足。弗洛伊德把"梦是欲望的满足"这个命题搬到文学艺术活动中,提出,"代替的满足正如艺术所提供的那样,是与现实对照的幻想",文学艺术作品就是"一场白日梦",作家通过改变和伪装表现无意识中隐秘的欲望,"富有想象力的作品给予我们的实际享受来自我们精神紧张的解除……使我们从作品中享受到我们自己的白日梦,而不必自我责备或感到羞愧"。弗洛伊德把世界文学艺术史上的有些经典之作,解释为性欲的经过伪装的表现,他举的例证和对于例证的说明多数牵强附会,使人很难接受。有审美品格的文艺作品的内容不应该仅仅阐释为普通的性欲的表现,哪怕是阐释为隐晦的曲折的表现。更加需要强调的是,文学艺术可以把主体的单纯生理性的冲动提升为审美情感。例如,我们看古希腊雕塑《米罗的维纳斯》,看安格尔的《土耳其浴女》,看雷诺伊的《大浴女》,在欣赏中不能说丝毫没有性的心理的因素,但却是把生理性的性的欲望,提升到纯净的审美的境界。英国作家劳伦斯的小说《查泰来夫人的情人》有很多对于

---

① (奥)弗洛伊德:《作家与白日梦》,见《弗洛伊德论美文选》,张唤民等译,知识出版社1987年,第31—32页。

性的描写，围绕它曾发生激烈的争论，它长期被禁止公开出版发行。1960年伦敦中央刑事法庭就此书是否触犯《淫秽读物法案》进行审判时，教育心理学家海明作证说："劳伦斯以其努力和苦心呈献给我们一幅基于温柔和情感的两性关系的画面。基于此，《查泰来夫人的情人》的内容可以说是一剂解药，对于今日盛行之肤浅、表面的性价值观——它正在腐蚀年轻人对于性的态度——有着净化的作用。""因为它使在目前的态度下纯粹是肤浅、暂时和无足轻重的东西，变得美好了、深刻和丰富了。"海明使用的词语"解药""净化作用"，表达的正是文艺作品对于接受者心理的疏泄和提升。①

弗洛伊德把这种理论应用到文艺领域，文艺家不是像病人那样向医生口头诉说，而是用他们的作品，来表现被压抑到深层的童年和幼年的记忆。他撰写了《列奥纳多·达·芬奇和他的童年的一个记忆》，这篇著作创造了用心理传记的方法研究艺术家及其创作的先例，把文艺家的创作看成是其长期心理生活过程的一个产物。他在文章中说，大部分儿童，尤其是有天赋的儿童，从三岁开始，会经历一个"幼儿性研究"时期，他还在自注中强调，这个时期的"沉思和怀疑成了以后所有解决问题的智力活动的原型"。据此，他分析达·芬奇的绘画里漂亮孩子是画家本人的再现，微笑的女人则是他的母亲卡特琳娜的摹本。"在壮年时期，当列奥纳多再一次见到那种幸福和狂喜的微笑——那种微笑在他母亲爱抚他时曾浮现在他母亲的唇际——列奥纳多原已长期处于一种压抑之中，无法再期望从女人的嘴唇得到这样的爱抚，但是他成了一位画家，因此，他努力用画笔再现这个微笑，把这个微笑画在所有的画中——不管是他亲自这样做，还是指导他的学生这样做——画在《丽达》《施洗礼者约翰》和《巴克斯》中。""我们所熟悉的这个迷人的微笑引导我们猜想那是一个爱的秘密。有可能在这些形象中列奥纳多呈现了他孩提时的愿望——对母亲的迷恋。"他的结论是，"只有具有列奥纳多童年经验的人才能画出《蒙娜丽莎》"。②弗洛伊德的上述分析建立在少量的、零碎的而且很不准确的材料的基础上，谈不上严谨，但他提示的思路，也非全无参考价值。直到最近，还有心理学家用类似方法研究毕加索，通过对童年时

---

① 《译海》编辑部编：《审判〈查泰来夫人的情人〉》，钟琴译，花城出版社1996年，第112—113页，第123页。

② （奥）弗洛伊德：《列奥纳多·达·芬奇和他童年的一个记忆》，见《弗洛伊德论美文选》，张唤民等译，知识出版社1987年，第85—86页。

期遭遇的地震、妹妹夭折等造成的心理创伤,论述这些对他一生绘画的影响。

与弗洛伊德在个体的童年记忆之中确认无意识的根源不同,荣格(1875—1961)认为,更加重要的是由遗传而来的、非个人的、普遍的、集体的无意识。荣格说,集体无意识与个人无意识截然不同,"构成个人无意识的主要是一些我们曾经意识到,但以后由于遗忘或压抑而从意识中消失了的内容;集体无意识的内容从来就没有出现在意识之中,因此也就从未为个人所获得,它们的存在完全得自于遗传。个人无意识主要是由各种情结构成的,集体无意识的内容则主要是'原型'"。① 荣格以弗洛伊德对达·芬奇的绘画《圣安妮和圣母子》的解释为例,批评个人无意识理论。弗洛伊德断言只有达·芬奇能够画出这幅画,这幅画综合了他童年时代的经历,列奥纳多给了画中的孩子两个母亲,而达·芬奇自己的童年确实是有亲生的母亲和仁慈的继母。荣格则认为,对这幅画更合适的解释是"双重母亲"的母题或原型,在神话里,主人公具有人的和神的父母双重血统。"列奥纳多在其一切的可能性中都是在表现双重母亲的神话母题,而绝不是在表现他自己的个性的前史"。② 双重血统是一种集体无意识。

荣格强调,集体无意识概念并不是他独出心裁的大胆设想,在他之前,神话研究中的"母题",列维-布留尔《原始思维》中的"集体表象",还有社会学家和人类学家(例如德国民族学家巴斯蒂安)所指出的,同一种族的人具有的,建立在社会的共同结构基础之上的心理共性,都属于他所说的集体无意识。正因为如此,集体无意识概念值得我们高度重视。这一理论提示我们,要重视群体的、民族的共同心理特质,重视从社会生活、从制度性的因素来解释人的心理。集体表象、集体无意识的理论对于研究人类早期的文艺,有明显的参考意义。闻一多研究中国古代文学、民间文学,运用了这些理论。比如,他提出,在《诗经》和其后许多文学作品中,鱼是情侣的象征,打鱼、钓鱼是求偶的隐语,烹鱼、吃鱼隐喻合欢或结配。这是因为,在原始人的观念里,种族繁殖是头等大事,而鱼的繁殖功能极强。③ 古埃及、古希腊、古代西亚,崇拜鱼神,也是看重其生殖能力。这就把集体无意识的观点,结合

---

① (瑞士)荣格:《集体无意识的概念》,见《心理学与文学》,冯川、苏克译,三联书店 1987 年,第 94 页。
② 荣格:《心理学与文学》,冯川等译,三联书店 1987 年,第 97—99 页。
③ 参见闻一多《说鱼》《诗经的性欲观》等文,见《闻一多全集》第三卷,湖北人民出版社 1993 年。

到与文化学以及社会历史批评方法之中。

雅克·拉康(1901—1981)认为,集体无意识只是荣格想象出来的东西,他提出"回到弗洛伊德"的口号,他从与语言的关系来探讨无意识,认为"无意识具有像语言一样的结构",无意识是在语言障碍裂口之间闪烁躲避的东西。很有意思的是,他提出了"镜像阶段"的理论。他说,6个月到18个月的婴儿,对着镜子看到里面的自己,"兴奋地将镜中影像归属于己","在这个模式中,我突进成一种首要的形式。以后,在与他人的认同过程的辩证关系中,我才客观化;以后,语言才给我重建起在普遍性中的主体功能。""镜中形象是可见世界的门槛",镜子阶段的功能是建立内在世界与外在世界的关系。从自我在镜子里观看、凝视自己的镜像开始,发生了从自映的我到社会的我的转换,将人的所有知识转向通过对他者的欲望的中介中去。① 自我认同总是要借助于他者,父母给婴儿指认镜子里的形象,他者的作用就开始了,主体按照他者的解说来认知自己。观看行为涉及主体间性,他人的存在对我具有结构性的功能,凝视表示我是为他而存在。我的观看不是传统的主体知觉建构,而是主体与他者共同作用。主体在向外注视时也被注视,看的同时也在被看。我想象自己被看而看自己,通过认同他者的目光把凝视内化为自我的理想。看的行为是如何发生的?有的动物改变身体颜色以保护自己和恐吓对方,那就是根据他者的存在改变自身的构形。拉康的这些理论被人运用到文学批评中,对电影等视觉艺术的理论批评产生了影响。

奥地利艺术心理学家埃伦茨维希(1908—1966)是一位钢琴家和画家,他密切联系艺术实践讨论表层知觉和深层知觉,讨论两者在艺术创作中的关系。无意识对于艺术创作十分重要,但是,它隐藏在人的深层心理之中,躲避、抵制主体对它的窥视和探究。苏轼说:"作诗火急追亡逋,清景一失后难摹。"埃伦茨维希精心构建了一套"追亡逋"的心理技巧,对于文学艺术创作者,这是很有参考价值的。他说:"要想重新建立消失的白日梦幻像,就必须具备'窥视内心'(即内省)的特殊才能,去观察自身的非具象形式体验。""非具象灵感幻觉"是不被表层知觉注意,而被有意识的具象所压抑。"非具象深层知觉的存在是以破坏表层知觉为条件的","心理的较深层次受

---

① (法)拉康:《助成"我"的功能形成的镜子阶段》,褚孝泉译,《拉康选集》,上海三联书店,2001年,第90—92页。

到刺激正是表层机能部分地麻痹的时候"。"观察白日梦大概还需要一种近于冷静的自制的警觉性;当处于突然近于迷狂的白热化状态中时,这种警觉性就必须行使其职能。"①埃伦茨维希说:艺术家"听任自己笔下的形体逐渐出现,头脑里却空洞得出奇。自动形体支配意味着深层心理已经控制了形体产生过程"。"有意识的努力绝不会获得优秀技法的那种神经质的、难以捉摸的性质。""艺术的最基础成分是由深深的无意识作用形成的,并且可以通过一种复杂的组织形态展现出来,这种复杂的组织形态已经高于有意识思维的逻辑结构了。"②埃伦茨维希的论著很多来自他从事艺术创作的直接体验,也来自他对艺术心理学的丰富知识,阅读起来很有趣味,但似乎没有引起应有的高度注意。

(三)普列汉诺夫

普列汉诺夫(1856—1918)是最早在俄国和全欧洲传播马克思主义的重要思想家和文学理论家,他将《共产党宣言》翻译成俄文,他与恩格斯几次会晤交谈,列宁认为他的著作"培养了一整代俄国马克思主义者"。后来,他与列宁发生了严重分歧,但他在马克思主义哲学和美学上的贡献,仍然为马克思主义的信奉者所尊重。在他去世之后,列宁指出,他的全部哲学著作"应当列为必读的共产主义教科书"。韦勒克也肯定:"普列汉诺夫是俄国马克思主义的创建者和具有重大历史意义的一位人物。"③

普列汉诺夫在文学理论上明确而自觉地坚持马克思主义立场,他在《没有地址的信》里写道:"在这里我毫不含糊地说,我对于艺术,就像对于一切社会现象一样,是从唯物史观的观点来观察的。"他还说过:"我深深地确信,从今以后,批评(更确切地说,美学的科学理论)只有根据唯物史观,才能

---

① (奥)埃伦茨维希:《艺术视听觉心理分析》,肖聿等译,中国人民大学出版社1989年,第10—11页。
② (奥)埃伦茨维希《艺术视听觉心理分析》,肖聿等译,中国人民大学出版社1989年,第10—15页。埃伦茨维希本人是学者兼艺术家,此书不少论述是分析艺术实践中的细节,读来饶有兴味。
③ (美)韦勒克:《近代文学批评史》第七卷,杨自伍译,上海译文出版社2006年,第499—504页。

够向前迈进。"①大家知道,唯物史观最基本的观点,在马克思《〈政治经济学批判〉序言》中表述得很清楚:"物质生活的生产方式制约着整个社会生活、政治生活和精神生活的过程。不是人们的意识决定人们的存在,相反,是人们的社会存在决定人们的意识。"②普列汉诺夫的文学理论著述就是论证、应用这一条原理,在论证和应用中加进了他的创造性的思考。马克思、恩格斯建立、阐释他们的唯物史观时,主要的批判对象是唯心主义历史观,因此,他们对社会意识的能动作用没有得到适当时机充分给予强调。恩格斯晚年已经看出了这一点,他在致布洛赫的信里说:"青年们有时过分看重经济方面,这有一部分是马克思和我应当负责的。我们在反驳我们的论敌时,常常不得不强调被他们否认的主要原则,并不是始终都有时间、地点和机会来给其他参与相互作用的因素以应有的重视。"③在一定程度上,普列汉诺夫弥补了这一遗憾,他在运用唯物史观阐释文学艺术问题的时候,反对简单机械的经济决定论,而十分强调中介环节的作用,他指出:"决不是'上层建筑'的一切部分都是直接从经济基础中成长起来的:艺术同经济基础只是间接地发生关系。因此,在讨论艺术时,必须考虑到中间的环节。""经济对艺术和其他意识形态的直接影响一般是极少看得出来的。最常发生影响的是其他的'因素',即政治、哲学等。"④人类社会越是发展到较高水平,经济基础对于文学艺术的决定作用越是经由曲折、复杂的过程,表现得模糊含混而不是一目了然。在影响文学艺术的诸多中介因素中,普列汉诺夫最重视的是社会心理,他说:"任何一个民族的艺术都是由它的心理所决定的,它的心理是由它的境况所造成的,而它的境况归根到底是受它的生产力状况和它的生产关系制约的。""社会心理学异常重要。甚至在法律和政治制度的历史中都必须估计到它,而在文学、艺术、哲学等学科的历史中,如果没有它,就一步也动不得。"⑤这样,他就与那些简单地粗糙地套用唯物主义公式处理文学艺术与社会生活关系的人保持了距离。他在分析戈蒂耶、屠格涅夫等人

---

① (俄)普列汉诺夫:《没有地址的信》,《普列汉诺夫美学论文集》,曹葆华译,人民出版社1983年,第309页。
② 马克思:《〈政治经济学批判〉序言》,《马克思恩格斯文集》第二卷,人民出版社2009年,第591页。
③ (德)恩格斯:《致约瑟夫·布洛赫(1890年9月21—22日)》,《马克思恩格斯文集》第十卷,人民出版社2009年,第593页。
④ (俄)普列汉诺夫:《论经济因素》,《普列汉诺夫哲学著作选集》第二卷,三联书店1962年,第322页。
⑤ (俄)普列汉诺夫:《没有地址的信》,《普列汉诺夫美学论文集》,人民出版社1983年,第350页。

超功利的艺术观的时候,不是武断地指责他们的错误,而是巧妙地说明,这种过分注重艺术形式的观点,本身也是一定社会心理的反映,而这种社会心理产生于特定的社会环境之中,它们是由对当时社会政治绝望的否定而来的漠不关心;"连那些只重视形式而不关心内容的作家的作品,也还是运用这种或那种方式来表达某种思想的。"①这种对政治的冷漠使得主张超功利艺术观的戈蒂耶和屠格涅夫脱离当时统治者的鄙俗浇薄,从而提高了作品的品位;同时又使得他们看不到也就无从在作品里更好地表现出争取社会变革进步的健康力量,从而降低了作品的深度。这样的分析还是有较强的说服力的。

普列汉诺夫写过多篇针对具体作品的评论文章,他对作品肯下细读的功夫,拥有敏锐的艺术感受力。虽然如此,他也还是表现出对于艺术形式和技巧创新意义的估计不足。比如,他一方面承认绘画中的"印象主义所提到日程上来的技术问题是有相当大的价值的",画家注意光的效果扩大了自然界给人的享受的范围,另一方面又说,"印象主义的无思想性是它的最根本的毛病,由于这个毛病,它才这样近似漫画,并使它完全无法完成绘画上深刻的变化"。②他在评论印象派的文章里一再申述"存在决定意识,而不是意识决定存在"的原理,表明他也未能避免用理论观念剪裁丰富复杂的艺术事实的倾向。他在《维·格·别林斯基的文学观点》一文中指出,只看到现有事物与该有的事物对立的"抽象的观点",在反对腐败制度的斗争中,可能非常有益,"但是它妨碍着对事物的全面的研究。由于它的缘故,文学批评变成了政论"。③可惜,他本人没有完全摆脱同类的偏颇。

《没有地址的信》被看做是用马克思主义观点回答艺术起源问题的经典之作,普列汉诺夫用这么大篇幅来讨论这个与紧迫的社会政治问题好像是相距很远的理论问题,也是为了证实和捍卫唯物史观。他说,解决劳动和游戏的关系问题,在阐明艺术的起源上是极为重要的。"如果游戏真是先于劳动,而艺术真是先于有用物品的生产,那末对历史的唯物主义解释,起码在

---

① (俄)普列汉诺夫:《艺术与社会生活》,《普列汉诺夫美学论文集》,人民出版社1983年,第836页。

② (俄)普列汉诺夫:《无产阶级运动和资产阶级艺术》,《普列汉诺夫美学论文集》,人民出版社1983年,第506页。

③ (俄)普列汉诺夫:《维·格·别林斯基的文学观点》,《普列汉诺夫美学论文集》,人民出版社1983年,第238页。

《资本论》的作者所给予的形式下,是经不住事实的批判的,而我的全部议论也一定得颠倒过来:我就必须说,经济依存于艺术,而不是艺术依存于经济。"① 在原始时代,经济对于艺术的决定作用,可以看得比较清楚,有利于阐明唯物史观。艺术起源问题,是文艺理论重要问题之一,当代有一些学者提出对普列汉诺夫观点的质疑和修正,在这里我们不妨稍微作一点讨论。

《没有地址的信》共有四封,普列汉诺夫在第一封信的开头说,为了讨论这个问题,一定要依据严格的定义。然而定义是研究的结果,而在研究开始的时候,"我们必须给我们还不能够下定义的东西下定义"。② 这是文学理论研究经常遇到的一个棘手问题,也就是兼用演绎法与归纳法无法避免的问题。普列汉诺夫的应对办法是,先采用一个定义,然后再对这个定义不断加以补充和改正。这个办法不见得能完满彻底地解决问题。可以设想,关于艺术起源的游戏说、巫术说、劳动说的分歧,与论证上的这种悖论不无关系。因为,关于什么是艺术,并不存在单一的固定不变的精确答案。从发生发展的历史做纵向的考察,或是对同一时代不同群体的不同类别形式的艺术活动做横向考察,会发现彼此相差极大的艺术。究竟什么是艺术,什么是劳动,从不同时代不同人群中的眼中,看到的是不同的情形,得出的是不同的结论。艺术和游戏、劳动一起,在人类的历史中经历了漫长的发展过程,在不同阶段呈现很不一样的形态,具有并不完全一样的性质。在生产力非常低下的原始时代,很难有与生产劳动剥离的独立自足的艺术,也没有那样独立自足的游戏,而是在生产劳动中可能包含艺术的因素和游戏的因素。生产劳动、经济制度对艺术的作用也有许许多多不同的表现。科学技术的发展使得今天的劳动与几十年前、几百年前有了非常巨大的差别,更不要说与原始时代的基本上是靠人的四肢所进行的劳动了。

近年一些学者提出,艺术的起源是多元而非单一的观点。我觉得,这是通达的较能合理解说多种考古的和人类学田野调查的材料的说法。③ 但是,普列汉诺夫的《没有地址的信》并不因此而失去其理论价值。普列汉诺夫着重研究的是艺术、游戏与劳动的关系。他承认存在游戏与劳动的结合,但他

---

① (俄)普列汉诺夫:《没有地址的信》,《普列汉诺夫美学论文集》,人民出版社 1983 年,第 374 页。
② (俄)普列汉诺夫:《没有地址的信》,《普列汉诺夫美学论文集》,人民出版社 1983 年,第 305 页。
③ 因为,劳动、游戏、巫术等等,是文明时代以后人们划分的不同性质的活动类型,原始人,最早期的原始人,可能是把它们混在一起。

引证多种材料来证明:"功利活动先于游戏",劳动先于艺术,"人最初是从功利观点来观察事物和现象,只是后来才站到审美的观点上来看待它们"。[1]动物游戏的内容由它们借以维持生存的活动决定,对于人,游戏是劳动的产儿。原始人先从事狩猎,然后才有对狩猎的描画。针对前面学者的论证方式,他特别提出,考察这个问题,要着眼于社会,而不是孤立地看个别成员,社会先于它的个别成员,游戏在个人生活中先于劳动出现,长辈通过游戏培养孩子生存技能。这在方法论上,可以给我们不少启示。人类不论是处在多么原始的阶段,还是进化到多么发达的阶段,保证群体生活资料的生产总是最必需的,因而也就是一个决定性的因素,只不过这类"决定"作用往往是通过极其复杂的网络,经过多种中介发挥出来的。卢那察尔斯基在上世纪30年代写道:"可以毫不夸大地说,正是普列汉诺夫奠定了马克思主义艺术学的基础。"[2]我们要学习马克思主义的文学理论,不能不认真阅读、细致了解这位理论家的文学观念和他的文学研究方法论思想。

(四) 瓦莱里、里尔克和庞德

瓦莱里(1871—1945)是法国 20 世纪前期最有影响的一位诗人,他在 20 岁的时候阅读马拉美的诗歌,并有机会接近马拉美本人,感受到惊奇、震动和"目眩神迷",马拉美作品中的"魔力"使他"狂热"并且精神发生决定性的迅猛发展。他一方面喜爱绘画、音乐等多种艺术,喜爱数理科学和建筑学,另一方面热衷于哲学思考,随时把思考写成笔记,一生留下 257 本笔记。他还说过,自己是当时法国少有的读过马克思的《资本论》的人之一。他曾经担任诗学课程教授,撰写了不少评论诗人和讨论诗学理论的文章。他说,他是一面作诗一面观察自己怎样作诗;也就是说,他的诗歌理论与诗歌创作紧密结合在一起。

他的诗歌观针对当时法国和欧洲直白浅俗的诗风,继马拉美之后,提倡"纯诗"。他说:"我们所称为'诗'的,实际上是由纯诗的片段嵌在一篇讲话

---

[1] (俄)普列汉诺夫:《没有地址的信》,《普列汉诺夫美学论文集》,人民出版社 1983 年,第 395 页。
[2] (俄)卢那察尔斯基:《关于艺术的对话》,吴谷鹰译,三联书店 1991 年,第 300 页。

中而构成的。一句很美的诗句是诗的很纯的成分。""纯诗事实上是从观察推断出来的一种虚构的东西,它应该能够帮助我们弄清楚诗的总的概念,应能指导我们进行一项困难而重要的研究——研究语言与它对人们所产生的效果之间的各种各样的关系。"①这样说,大多数听的人很可能仍然不得要领。大体说来,所谓纯诗,应该具有纯粹的诗的情感、纯粹的诗的语言,同时还要具有哲学思想的深度。他说,"诗"这个词有双重含义,一是指某种风景、情景或者人,人们常说某个风景"有诗意";二是指一种艺术,"严格地称为'诗'的东西,其要点是使用语言作为手段。"②他认为,不应该混淆诗情和诗情的语言表达这两个概念,也不应该将诗情与一般感情相混淆。"首先,它指的是某一类情绪,一种特别的情感状态,形形色色的事物和情形都可以引发这种状态。""诗,在这个意义上,让我们想到一门艺术,一种奇怪的技巧,其目的就在于重新建立该词的第一种意思所指称的那种情绪。""随心所欲地重建一种诗意的情绪,不是依靠那些这种情绪可以在其中自发产生的自然条件,而是借助于语言的技巧,这就是诗人的意图。这就是与第二种意义上的诗联系在一起的观念。"③

"独立的诗情……与人类其他感情的区别在于一种独一无二的特性"。诗情发生的时候,我们感觉到世界的幻象,"这个世界中的事件、形象、生物和事物,虽然很像普通世界中的那些东西,却与我们的整个感觉有一种说不出的密切关系"。"我们原来知道的物体和生物,在某种程度上被'音乐化'了——请原谅我用这个词语;它们互相共鸣,仿佛与我们自己的感觉是合拍的。""纯诗的概念是一个达不到的类型,是诗人的愿望、努力和力量的一个理想的边界。"④瓦莱里这些话虽然有些飘忽、朦胧,他所说的这种物我合一,被融合在和谐而有丰富变化的秩序之中的感觉,我们每个人也许都曾经遇到过。纯诗情的感受,总是力图激起我们的某种幻觉或者对某种世界的幻想。

---

① (法)瓦莱里:《纯诗》,丰华瞻译,见伍蠡甫主编《现代西方文论选》,上海译文出版社1983年,第26—27页。
② (法)瓦莱里:《纯诗》,丰华瞻译,见伍蠡甫主编:《现代西方文论选》,上海译文出版社1983年,第27页。
③ (法)瓦莱里:《文艺杂谈》,段映虹译,百花文艺出版社2002年,第325—326页。
④ (法)瓦莱里:《纯诗》,丰华瞻译,见伍蠡甫主编:《现代西方文论选》,上海译文出版社1983年,第27页,第29页。

诗情是偶然地获得,也偶然地消失,诗歌就必须也只能以语言为工具。但语言是一个实用的工具,"诗人的问题是必须从这个实用的工具吸取手段来完成一项从本质上来说无实用价值的工作"。写诗是"努力用粗俗的材料来创造一个虚构的、理想的境界"。[1] 正是这个缘故,正是由于感觉到语言难以表达诗情,瓦莱里的诗作多用象征、隐喻,在大多数读者印象中,瓦莱里的诗神秘、晦涩,他有一篇谈话录标题就叫做"我的诗为什么难懂"。实际上,在象征主义作家看来,明白晓畅的不是好诗,最好的诗必然是难懂的。瓦莱里说,作品的难懂由作家和读者两方面的因素造成,但读者总是不愿意从自身找原因;接受他所认为的"纯诗","应当具有的思想紧张状态超出了一般文学好奇心和诗歌爱好所支付的紧张程度"。[2] 我想,文学专业的学生对瓦莱里这番话,不应该完全持反对和排斥的态度。对于确有价值的深奥难懂的诗,我们要付出足够的努力去领会和理解。

诗歌是语言的艺术。瓦莱里曾讲述他的朋友、印象派画家德加告诉他的一件轶事,德加对马拉美说,"你的行业是恶魔似的行业。我没有法子说出我所要说的话,然而我有很丰富的思想。"马拉美回答:"我亲爱的德加,人们并不是用思想来写诗的,而是用词语来写的。"[3] 由此,瓦莱里发挥说,语言可以产生两种很不相同的效果,一个是表达意思,意思表达了,这些话也就完成使命,"作废了"。"但是在另一方面,这个具体形式由于它自己的效果,变得很重要,它独立起来,受到人们的重视",受到欢迎,被不断重复。于是,"一种新的东西产生了……我们正在进入诗的世界"。[4] 诗的语言的对应物超出某些简单的意思,而具有独立的意味。他把散文比作走路,把诗比作舞蹈。他后来在演讲中提到,有一位听众告诉他,早在他之前,16 至 17 世纪法国诗人马雷伯已经有了完全同样的比喻。走路有一个明确的目的,到达目的地之后,所有的动作、行为都被废除,人是怎样走到那里去的已经不重

---

[1] (法)瓦莱里:《纯诗》,丰华瞻译,见伍蠡甫主编:《现代西方文论选》,上海译文出版社 1983 年,第 28—29 页。
[2] (法)弗雷德里克·勒费弗尔:《我的诗为什么难懂——保尔·瓦莱里谈话录》,杜青钢译,《当代外国文学》1986 年第 2 期。
[3] (法)瓦莱里:《诗与抽象思维》,丰华瞻译,见伍蠡甫主编:《现代西方文论选》,上海译文出版社 1983 年,第 32 页。
[4] (法)瓦莱里:《诗与抽象思维》,丰华瞻译,见伍蠡甫主编:《现代西方文论选》,上海译文出版社 1983 年,第 33—34 页。

要了。同样,说出一句话,就是要使它消失掉,这相当于中国庄子说的得鱼忘筌。跳舞和走路不同,它并不是要跳到一个什么地方去,跳舞的动作本身就是目的;诗歌的语言本身也有独立的价值。语言是抽象的,它对对象的表现是间接的,如果对诗的语言要一字一句弄得清清楚楚,就没有诗了,好比学习走路要把每一小步预先弄得清清楚楚,就无法学会走路。瓦莱里的意思是,诗歌语言需要在整体上去理解,在词与词、句与句的关系上去领会。"诗人的任务是使我们感觉到单词与心灵之间的一种密切的结合"。诗人说出来的诗句就是要"从灰烬中重生,而且永远保持它原来的样子。……它倾向于使自己的形式被反复地吟诵;它刺激我们以同样的形式进行再造"。[①]语言的和谐,语言的音乐性,是纯诗极其重要的品质。除了强调诗情和诗歌语言的诗性,瓦莱里还非常重视诗歌的智性。他说:"每一个真正的诗人,其正确辨理与抽象思维的能力,比一般人想象的要强得多。"[②]这句话蕴含了很深的哲学意味,也蕴含了很深的诗情。诗歌首先是诗人对自己灵魂的叩问。瓦莱里自己那些最优秀的作品,特别是代表作《海滨墓园》,以对于生与死的哲学思考深深打动读者。

中国有好些杰出的诗人和诗论家,钟情于瓦莱里的纯诗论。梁宗岱是其中突出的一位,他发挥瓦莱里的意思,阐释道:"所谓纯诗,便是摒除一切客观的写景、叙事、说理以至感伤的情调,而纯粹凭借那构成它底形体的原素——音乐和色彩——产生一种符咒似的暗示力,以唤起我们感官与想象底感应,而超度我们底灵魂到一种神游物表的光明极乐的境域。"[③]梁宗岱曾经师从瓦莱里,翻译瓦莱里的诗作,撰写瓦莱里评传,瓦莱里也为梁宗岱的法文译本《陶潜诗选》写了一篇序言。瓦莱里对中国新诗创作发生过不小的影响。

里尔克(1875—1926),被认为是 20 世纪最杰出的德语诗人。他的童年和少年生活孤独压抑,青年时期爱上了比他年长 15 岁的有夫之妇莎乐美,从她那里得到启示和安慰。对此,弗洛伊德用恋母情结理论予以解释,说:

---

① (法)瓦莱里:《诗与抽象思维》,丰华瞻译,见伍蠡甫主编:《现代西方文论选》,上海译文出版社 1983 年,第 35 页,第 36 页。

② (法)瓦莱里:《诗与抽象思维》,见瓦莱里《文艺杂谈》,段映虹译,百花文艺出版社 2002 年,第 297 页,第 277 页,第 287 页;参看伍蠡甫译文,见伍蠡甫主编:《现代西方文论选》,上海译文出版社 1983 年,第 30—38 页;郑敏译文,见戴维·洛奇:《二十世纪文学评论上册》,上海译文出版社 1987 年,第 429—443 页。

③ 梁宗岱:《谈诗》,见李振声编:《梁宗岱批评文集》,珠海出版社 1998 年,第 78—80 页。

"在他无助、困惑的时候,她(莎乐美)变成了他的贴心的知己、慈祥的母亲。"其间,里尔克写出的作品多神秘色彩。后来里尔克去到法国,短期担任罗丹的秘书,著有《罗丹论》。从罗丹的创作得到启发,他表示:我要学习去"看",也就是转向对外在世界的精细观察。他在《马尔特手记》中提出:"诗并非人们想象的那样,只是简单的情感(感情,我们已经拥有得足够多了);诗更多的是经验。"[1]诗是经验,虽是一句很普通的话,却发生了深远的影响。他说,为了写一行诗,必须观察许多城市、许多人物,感受鸟雀如何飞翔,小花如何在晨曦中开放,回想朦胧的童年。"只有当回忆化为我们身上的鲜血、视线和神态,没有名称,和我们自身融为一体,难以区分,只有这时,即在一个不可多得的时刻,诗的第一个词才在回忆中站立起来,从回忆中迸发出来。"[2]显然,里尔克所说的经验,包括人们常说的观察和体验,不仅是精细地观察外界事物,更要用心灵去感受和融化。

《给青年诗人的信》是里尔克表达文学思想的重要理论著述,收录了他给青年卡卜斯的十封信,这些信充满了关切、理解之情,对青年作者的尊重,判断时的审慎,同时更有直率剀切的忠告。信里说,卡卜斯的诗潜伏着向个性发展的趋势,但却"没有自己的特点"。卡卜斯向许多人询问自己的诗好不好,编辑部退稿使他不安,这是初学文学写作者最常出现的。里尔克说:"你向外看,是你现在最不应该做的事。没有人能给你出主意,没有人能够帮助你。只有一个唯一的方法,请你走向内心。探索那叫你写的缘由,考察它的根是不是盘在你心的深处;你要坦白承认,万一你写不出来,是不是彼得因此死去。这是最重要的:在你夜深最寂静的时刻问问自己:我必须写吗?你要在自身内挖掘一个深的答复。"这其实就是要求写作者有了真实的冲动才动笔写诗。他建议青年作者躲开那些普遍的题材,归依日常生活呈现的事物。不要抱怨日常生活贫乏,"还是怨你自己吧,怨你还不够做一个诗人来呼唤生活的宝藏;因为对于创造者没有贫乏,也没有贫瘠不关痛痒的地方"。[3] 并不是实际生活里没有诗料,关键是看你自己有没有诗心。

里尔克的诗歌对海德格尔和萨特的存在主义哲学发生了直接的、重要的影响。海德格尔说,读了里尔克的一首"即兴诗",才懂得"作诗无疑也是

---

[1] 里尔克:《马尔特手记》,曹元勇译,上海译文出版社2011年版,第23页。
[2] 里尔克:《马尔特手记》曹元勇译,上海文艺出版社2007年,第56页,第75页,第87页。
[3] (奥)里尔克:《给青年诗人的信》,冯至译,上海译文出版社,2011年,第6页。

一件运思的事情",这首诗就是"诗意的冥思";"如果里尔克是'贫困时代的诗人',那么,也只有他的诗才能回答这样的问题:诗人何为?诗人的歌唱正在走向何方?在世界黑夜的命运中,诗人何所归依?世界黑夜的命运决定着:在里尔克的诗中,什么东西保持为命运性的"。① 时代的贫困不仅仅因为上帝已死,而且因为爱情、死亡,生命存在的本质,被遮蔽了。诗人和哲学家的责任,是将它们"敞开"。

意象派是20世纪初期英国和美国一个颇遭争议的诗歌流派。庞德(1885—1972)说:"'意象派诗人'这个名词最早出现于我为T.E.休姆的五首诗所写的评论中。原载于我1912年秋季发表的《回答》一文的结尾。"庞德和休姆正是意象派创作和理论活动重要的推动者和代表诗人。庞德归纳了意象派的"三条原则":"1.对于所写之'物',不论是主观的或客观的,要用直接处理的方法。2.绝不使用任何对表达没有作用的字。3.关于韵律:按照富有音乐性的词句的先后关联,而不是按照一架节拍器的节拍来写诗。"② 意象派针对的是英国诗坛流行的说理、说教的流风。庞德带些夸张地说:"一生中能描述一个意象,要比写出成篇累牍的作品好。"又以训诫的口气强调他的要求:"不要用平庸的诗句去重复早已用优秀的散文写过的东西。"用有韵律的语言表达平常的思想和情感,正是古今无数平庸诗作的失败的症结。英国哲学家,也是庞德的同道休姆,主张"让散文表现理智,把直观留给诗歌"。他说,"湿而泥泞"的诗的时代已经结束了,"干而硬"的诗的时代到来了。意象派的要义在于不把意象作为修饰物,意象是一种清晰、准确的观察,把它表达出来便成为诗。庞德既坚持"避免抽象",同时也说"不要描述",因为"一个画家描绘的风景远比你描绘的出色"。意象派也不满意象征主义的神秘暗示,而是强调意象和直觉,特别是视觉意象引发的联想。庞德说,"一个意象是在瞬息间呈现出的一个理性和感情的复合体。""正是这种'复合体'的突然呈现给人以突然解放的感觉,不受时空限制的自由的感觉,一种我们在面对最伟大的艺术品时经受到的突然长大了的感觉。"③ 庞

---

① (德)海德格尔:《诗人何为》,孙周兴译,见《林中路》,上海译文出版社1997年,第282页,第327页。
② (美)庞德:《回顾》,郑敏译,见戴维·洛奇编:《二十世纪文学评论》上册,上海译文出版社1987年,第107—109页。
③ (美)庞德:《回顾》,郑敏译,见戴维·洛奇编:《二十世纪文学评论》上册,上海译文出版社1987年,第108页。

德参与意象派的时间不很长,对于庞德这样的诗人和诗论家,不宜局限于从一个流派的角度评价他,对于瓦莱里和里尔克也是这样。

庞德有两点为现代诗歌史家津津乐道,一是总结出"意象叠加"的技巧,一是他对中国唐代诗歌的翻译,而这两件事又有紧密的关联。"意象叠加"是庞德在回顾自己一首诗作的创作经历时提出来的,1913 年庞德写作了《在一个地铁车站》,全诗只有两句:

人群中这些面孔幽灵一般显现;
湿漉漉的黑色枝条上的许多花瓣。

他说,在巴黎协约地铁车站,走出车厢,突然看到一个美丽的面孔,然后又看到一个,接着又看到一个美丽的儿童的面孔,一个女人的面孔。他被眼前人流景象触动,一整天,他苦心寻找能表达他的感受的文字,可是找不到。直到夜晚,"忽然我找到了表达方式。并不是说我找到了一些文字,而是出现了一个方程式。……不是用语言,而是用许多颜色小斑点"。"这种'一个意象的诗',是一个叠加形式,即一个概念叠在另一个概念之上。我发现这对我为了摆脱那次在地铁的情感所造成的困境很有用。"[①]他写了三十行的诗;半年后,改成了十五行;一年后,就成了这首只有两行的诗。这一组意象首先是诗人看到的直观形象,是对当时直接感受的描摹;后一句的意象则是由彼时刹那感觉引起的联想。前一个意象经由跳跃式的联想并入后一个意象,两重意象在诗人的心里重叠、交叉,相互映照,相互渗透,形成了意象叠加。至于说两重叠加的意象之间、之旁,它们的四周,絪缊、流荡的是些怎样的情愫呢?是对美的飘忽、美的可望而不可即的伤惋?是对于城市喧嚣摧损美的事物的憎厌和惆怅?作者已经把那些大大地"约简"了,作品的内涵因而大大地丰富了。意象派主张"从象征符号走向实在世界",把重点放在诗的意象本身,即具象性上,让情感和思想融合在意象中,一瞬间中不假思索、自然而然地体现出来,作品大多短小、精炼。这一首正是意象派的典范之作。

庞德年轻时曾经受委托整理美国著名东方学家厄内斯特·费诺罗萨的遗稿,那是费氏在日本学习中国古代诗歌和日本俳句的笔记,庞德从遗稿材

[①] (美)庞德:《高狄埃-布热泽斯卡:回忆录》,转引自《外国现代派作品选》第一册(上),上海文艺出版社,1981 年,第 130 页脚注。也可参看丰华瞻:《意象派与中国诗》,《社会科学战线》1983 年第 3 期。

料中选译了 19 首中国古诗(其中有 12 首是李白的诗),题名为"神州集"(又译"华夏集"),于 1915 年出版,在英语国家流行颇广。艾略特后来说,庞德是"我们这个时代的中国诗的发明者"。庞德不懂汉语,他在别人的帮助下翻译,但他对这些诗确实下了一番功夫。1918 年他曾发表过一篇题为"中国诗"的文章,其中对李白《玉阶怨》作了细致的分析。庞德在这首诗里发现的是"直接性",就是"凭借一种精确的约简程序",让玉阶、罗袜、秋月等等意象直接与读者面对面,"所有的一切都已在此"。因此,在他看来,这就是"最具活力和最澄澈的诗"。庞德强调的"直接性"是什么意思呢?诗的题目是"怨","玉阶怨"本是古乐府的曲名,是写宫怨(宫廷女性的哀怨之情)的。可是全诗二十个字,没有一丁点儿正面提到女主人公的心情,读者看到的只是景物的意象,其他的被"约简"掉了。庞德说后两句是写她在无望地等待失约的男子,那是由于他不了解,中国宫中女性之怨,正在于与世隔绝,不可能有什么男子与她们约会。宫女之怨,非一时一事之怨,乃是终生之怨。但是,在诗中,怨情本身,也真如庞德所说,被"约简"了,读者看到的,只是水晶帘里的女子,失神地仰望秋月;其他的就是读者体会、推想出来的。这首诗,运用的是意象连接或者叫做意象并置,把一组意象连缀起来,而不加进诗人的评述。庞德说:"正是由于中国诗人满足于把事物直接呈现出来,而不加以说教和评论,人们才不辞辛苦地翻译它。"①

意象叠加或意象并置在中国古代诗歌中可以找到很多很多,仅就唐代而言,意象并置的运用在其他的诗人,比如温庭筠的诗词中,远比庞德所举的李白数量更多,也更典型。温庭筠《商山早行》中"鸡声茅店月,人迹板桥霜"不就是意象并置吗?俞平伯分析温庭筠的《菩萨蛮(小山重叠金明灭)》词说:"每截取可以调和的诸印象而杂置一处,听其自然融合……譬之双美,异地相逢,一朝绾合,柔情美景并入毫端,固未易以迹象求也。"②这不是比李白的《玉阶怨》更为恰切的"意象叠加"的例证吗?不过,庞德对中国古典诗词的了解有限,他分析自己所见到的少量中国古典诗歌,而得出那样的看法,已经很不容易了。

英国汉学家翟里斯(1845—1935)曾把东晋王嘉《拾遗记》里后人托名汉

---

① 参看蒋洪新:《庞德的〈华夏集〉探源》,《中国翻译》2001 年第 1 期。
② 俞平伯:《读词偶得》,上海书店,1984 年,第 3 页。

武帝刘彻的《落叶哀蝉曲》翻译成英文,中文原文是:"罗袂兮无声,玉墀兮尘生。虚房冷而寂寞,落叶依于重扃。望彼美之女兮,安得感余心之未宁?"翟里斯把中间两句翻译为:"地板上没有脚步的回声,落叶堆积阻塞了门。"有人认为是感情宣泄过度,庞德重新翻译同一句是:"一片粘在门槛上的湿叶。"这是原作里完全没有的,是庞德自己创造出来的,也是经典的意象派诗句。所以,艾略特说,我预计300年后《华夏集》会被称为20世纪诗歌的出色样板而非译作。

美国研究者杰夫·特威切尔说:"一些批评家认为庞德对中国诗的发现影响和帮助他形成了意象派诗的思想,但我将证明情况并非如此。恰恰相反,应该说是庞德的意象派诗歌原则决定了他对中国诗的兴趣、了解和翻译。"他引述乔治·斯坦纳说,《华夏集》"改变了人们对语言的感觉,为现代诗奠定了节奏模式"。① 庞德所作的大大超过了翻译的范围,经过庞德,中国唐代诗歌的元素,被用来参与英美现代诗歌的创新,这本身是一件十分耐人寻味的事情,它让我们看到中国和西方的诗学、诗艺的融合,有很开阔的空间。意象派的做法和他们取得的成绩,启发我们更好地钻研、总结自家的传统,在诗歌创作和诗学理论上作出新的创造。

艾略特(1888—1965)是1948年诺贝尔文学奖获得者,授奖词里称他是"现代派披荆斩棘的先驱者"。他得到过庞德热心的指点和帮助,他的代表作《荒原》经过庞德的细致修改。艾略特不仅是二十世纪西方诗歌界的一位巨人,也是一位学识深厚的理论家,撰写了《传统与个人才能》《批评的功能》等论文,提出了很有特色的见解。②

他的第一个观点是诗歌创作"非个人化",要求诗人超越个人的界限,超越一时一地的局限。他认为,华兹华斯《〈抒情歌谣集〉序言》里著名的定义是"一个不准确的公式",那个定义说,"诗歌是强烈感情的自然的洋溢;它的来源是在平静中回忆起来的感情"。艾略特则认为:"诗人有的并不是有待表现的'个性',而是一种特殊的媒介……通过这个媒介,许多印象和经验,用奇特的和料想不到的方式结合起来。"为了论证这一观点,他着重讨论了诗人的创造与传统的关系。在他看来,诗人,文学家艺术家,其本人并不具

---

① (美)杰夫·特威切尔:《庞德的〈华夏集〉和意象派诗》,张子清译,《外国文学评论》1992年第1期。《华夏集》又译《神州集》。
② (英)艾略特:《艾略特文学论文集》,李赋宁译注,百花洲文艺出版社,1984年。

有完整的意义,"人们对他的评价,也就是对他和已故诗人和艺术家之间关系的评价"。"我把文学、把世界文学、把国别文学看作不是个人作品的集合,而是有机的整体","只有和体系发生了关系文学艺术的单个作品,才有了它们的意义"。诗人作品中最好的部分,最具有个性的部分,就是先辈作品最有力地表现其所以不朽的部分。优秀的诗人必定具有历史意识,"即不仅感觉到过去的过去性,而且也感觉到它的现在性"。"过去决定现在,现在也会修改过去";有时间性的东西和超时间性的东西是结合在一起的。一个好的文学家的创作,是接续传统,把自己的创作添加到传统之中,从而使传统有所丰富和改变。诗人的头脑是一个捕捉和贮存无数的感受、短语、意象的容器,是一个精细、完美的媒介,在这里,"特殊或非常多样化的感受可以自由地形成新的组合"。"非个人化"的说法在理论上不精确,其意思在于反对主观而力求客观,那种"客观"也是艾略特所理解的客观。

　　诗人在创作中怎样实现"非个人化"呢?艾略特在《哈姆雷特》一文中提出"客观对应物"的概念,他说:"用艺术形式表现情感的唯一方法是寻找一个'客观对应物';换句话说,是用一系列实物、场景,一连串事件来表现某种特定的情感。要做到最终形式必然是感觉经验的外部事实一旦出现,便能立刻唤起那种情感。""把思想还原为知觉",以至可以"像你闻到玫瑰香味那样感知思想"。对于不同读者,从这些实物、场景所感受到的诗的含义可以完全不同,也不是作者所希望表达的意思。他的许多诗作是其"客观对应物"理论的实践,留下了令人难忘的名句。

(五)卢 卡 奇

　　卢卡奇(1885—1971,又译卢卡契)是匈牙利哲学家和文学理论家,1918年参加匈牙利共产党,1919年出任匈牙利苏维埃共和国文化和教育人民委员,三四十年代在苏联莫斯科马克思恩格斯研究院做研究工作,其间曾担任《马克思恩格斯全集》俄文第一版编辑,"二战"结束后回到匈牙利,任布达佩斯大学哲学和美学教授,直至去世。他的理论观点受到共产国际领导人和苏联理论界的严厉批判,不承认他是正宗的马克思主义者。1930年,柯尔施为《马克思主义和哲学》一书写的答辩《关于"马克思主义和哲学"问题的现状——一个反批判》中,把自己和卢卡奇等人称为"西方共产主义者",他说:"我们这些西方共产主义者形成了共产国际自身内部一个敌对的哲学派别。"①虽然卢卡奇在压力下否认这样的说法,但是,"通常,人们都认为卢卡奇是开创'西方马克思主义'传统的第一个代表人物,是'西方马克思主义'思潮的奠基人"。②

遭到激烈批判的首先是他在1923年出版的《历史与阶级意识》中关于"物化"的观点。卢卡奇是从马克思的《资本论》和《政治经济学批判》推导出自己的看法,他的论述和马克思《1844年经济学哲学手稿》有不少相近之处,而《手稿》是1927年到1932年逐步整理发表,卢卡奇此前不可能看到;这一点也使很多人感到惊奇和佩服。卢卡奇说,在资本主义制度下,"人自己的活动,人自己的劳动,作为某种客观的东西,某种不依赖于人的东西,同人相对立。"在资本主义分工体制下,"人的一个个体的特性越来越被消除",工人的工作被简化为机械性重复的专门职能,这种机械化"一直推行到工人的'灵魂'里;甚至他的心理特性也同他的整个人格相分离"。"人无论在客观上还是在他对劳动过程的态度上都不表现为是这个过程的真正的主人,而是作为机械化的一部分被结合到某一机械系统里去。"个人的原子化遍及资本主义社会的所有方面,"在资本主义发展过程中,物化结构越来越深入地、注定地沉浸入人的意识里"。那么,怎样才能改变、防止人的物化呢?卢卡奇认为,只有确立无产阶级的阶级意识,才能扬弃物化。"革命的命运(以及与此相关联的是人类的命运)要取决于无产阶级在意识形态上的成熟程度,即取决于它的阶级意识。"③卢卡奇在苏联工作期间,曾对其"物化"理论做过若干次自我批判。客观审视,他的物化理论是有明显的不够严密之处,但他开始了二十世纪关于"异化"的理论探讨,这对百年来的哲学和美学产生非常深刻的影响,《历史与阶级意识》一直被西方马克思主义者奉为经典。

卢卡奇早年出版了《现代戏剧发展史》如此大部头著作,提出,"文学中真正的社会因素是形式"的观点,分析文学形式变化与社会环境的关系。④

---

① 参见(德)卡尔·柯尔施:《马克思主义和哲学》,王楠湜等译,重庆出版社1989年,第72页。
② 徐崇温:《"西方马克思主义"》,天津人民出版社1982年,第56页。
③ (匈)卢卡奇:《历史与阶级意识》,杜章智等译,商务印书馆1995年,第147—149页,第133—134页。
④ 参看(美)詹姆逊:《马克思主义与形式》,李自修译,百花洲文艺出版社1995年,第20页。

韦勒克说,当时卢卡奇"整个思想观念显然脱胎于马克思主义",其实,这个时候卢卡奇还并没有系统深入地钻研马克思的著作;韦勒克又说,"出自一位年仅二十四岁的后生的这部著作,最令人刮目相看的印象是其中体现的博览群书的程度"。"一个如此年轻的后生,生活在当时的一个省会城市,取得如此成就,足以令人瞩目。"① 同为早年撰写的《小说理论》,大大提高了卢卡奇的学术声誉。与其说这是文学理论著作。不如说它更像是讨论哲学和社会问题的著作。他先是盛赞荷马史诗,向往产生史诗的古希腊:"那个时代是幸福的,布满星辰的天空是可通行的各条道路的地图,这些道路都被星光照耀。这个时代的一切事物都新鲜而熟悉,所有一切都是探索,同时又属于这个时代。"然后提出,史诗的继承者不是戏剧而是小说,"小说是这样一个时代的史诗,在这个时代里,生活外延的总体性不再直接地既存,生活的内在性已经变成了一个问题,但这个时代依旧拥有总体性信念"。小说是现代社会的史诗;《堂·吉诃德》是第一部现代小说,狄更斯和巴尔扎克是塞万提斯的后代,卢卡契对陀思妥耶夫斯基和托尔斯泰的小说给以很高评价。他要提倡的是 19 世纪现实主义小说那样的具有"广博的整体性"的新的史诗性作品。"史诗的世界在任何时候都是一种最终的原则;它既有最深刻、最重要和全能的先验基础,又是一个经验世界。"他说,戏剧、抒情诗和史诗,"作为相互异质的完全不同的手段,赋予世界以不同的形式"。他对文学形式之特性的阐述,具有高度的历史感,但也表现出怀旧情绪,对 20 世纪文学形式巨变的必然性认识不足。②

韦勒克说他计算过,在卢卡奇《审美特性》一书中,来自马克思的"现实的反映""这个说法重复了一千零三十二次"。③ 韦勒克是倾向于形式主义的文论家,他对用反映论来解释文学表示不满毫不足怪,倒是反证了卢卡奇文学理论对唯物史观的坚持。卢卡奇在《现实主义辩》中指出:"如果文艺确实是反映客观现实的一种特殊形式,那么它就特别需要按照现实的本来面貌来把握现实,而不局限于反映直接经历的现象。""伟大的现实主义所描写的不是一种直接可见的事物,而是客观上更加重要的持续的现实倾向,即人

---

① (美)韦勒克:《近代文学批评史》第七卷,杨自伍译,上海译文出版社 2006 年,第 356 页,第 355 页。
② (匈)卢卡奇:《卢卡奇早期文选·小说理论》,张亮等译,南京大学出版社 2004 年。
③ (美)韦勒克:《近代文学批评史》第七卷,上海译文出版社 2006 年,第 394 页。

物与现实的各种关系,丰富多样性中那些持久的东西。"①从这个基本原则出发,卢卡奇赞扬19世纪现实主义作家,赞扬他们"揭示客观现实的规律性","虽然在每一瞬间都闪烁着本质的东西,但是却作为一种直觉性,一种形象化的生活表面表现出来"。现实主义的作品表现出一种预见性,他引用拉法格所回忆的马克思对巴尔扎克的评价:"巴尔扎克不仅是当时社会的一位历史学家,而且也是一位预言形象的创造者。"他认为现实主义作家的主要手段是塑造典型,韦勒克对此也表示不以为然——"论者可能怀疑文学的作用是否应该局限于这种典型的创造,而且是否典型必然是最高的艺术成就。"在这个问题上,韦勒克不如卢卡奇深刻。卢卡奇正视现实主义作家世界观的局限性,指出托尔斯泰是"在一个彻底错误的世界观的基础上推出了不朽杰作"。他给现实主义一种过于宽泛的概念,说"现实主义不是风格,而是一切真正伟大的文学的共同基础"。他把肯定文学反映现实变成只肯定现实主义,对自然主义和各种现代主义一概否定。

《叙述与描写》一文批判自然主义,卢卡奇集中于一个角度,将左拉与托尔斯泰、巴尔扎克加以对比,说左拉的《娜娜》中的赛马"是从旁观者的角度来描写的",托尔斯泰的《安娜·卡列尼娜》中的赛马"却是从参与者的角度来叙述的",前者与后者的区别在于,"是按照事物的必然性还是按照他们的偶然性来塑造这些事物"。联系到当时苏联的文学,"叙述和描写的对立,也是一个作家对于生活的态度问题"。文章对于两种作品的比较分析很细腻,但结论则颇为牵强。《现实主义辩》说现实主义文学无穷无尽的多样性与乔伊斯和其他先锋派的单调性形成鲜明对照,先锋派晦涩难懂,读者从中能够得到的顶多只是"那么一点关于现实的主观主义的、被歪曲了的余音,人民绝对无法把它重新翻译成自己生活经验的语言"。在晚年,卢卡奇对这类简单化的论断有所修正。

法兰克福学派的本雅明、马尔库塞、阿多诺等人,接受和发挥了卢卡奇的许多基本观点。经历了时代的巨变,如今人们对于卢卡奇逐渐有了比较客观全面的评价。

---

① 中国社会科学院外国文学研究所外国文学研究资料编辑委员会编:《卢卡契文学论文集·现实主义辩》,卢永华译,中国社会科学出版1981年,第6页,第22页。

(六) 本雅明、马尔库塞和阿多诺

本雅明(1892—1940),德国哲学家和文学批评家。美国当代文学理论家詹明信曾经说,"本雅明无疑是二十世纪最伟大、最渊博的文学批评家之一"[1]。但是,他的学术道路和人生道路却并不顺利,他的《德国悲剧的起源》提交法兰克福大学作为教授职位的论著,被评审者讥讽为"不知所云",而现在这部书受到学界高度重视与良好评价。希特勒上台之后,他和许多犹太人一样被驱逐出德国,后来在绝望中自杀。直到20世纪50年代,阿多诺编辑《本雅明文集》,他才被学术界广泛了解并受到推崇。

本雅明用马克思的观点考察资本主义制度下的艺术问题,他的《机械复制时代的艺术作品》[2],在复制技术飞速进步的今天,被认为表达了天才的预见。对于他的论述,一方面要放在当时的具体环境中去追索它的本义,另一方面不同的论者也会从各自的文化背景出发给予发挥和阐释。本雅明在其中说:"在荷马那里属于奥林匹克神观照对象的人类,现在成了为本身而存在的人,他的自我异化达到了这样的地步,以至人们把自我否定作为第一流的审美享受去体验。法西斯主义谋求的政治审美化就是如此,而共产主义则用艺术的政治化对法西斯主义的做法做出了反应。"这本书对纳粹的文化理论和政策做出了尖锐的批判,同时提出和论述了技术发展带来艺术性质的变化,后一方面显然具有更深远的理论意义。他说,"我们不妨把被排挤掉的因素放在'光环'这个术语里,并进而说:在机械复制时代凋萎的东西正是艺术作品的光环。这是一个具有症候意义的进程,它的深远影响超出了艺术的范围","导致了一场传统的分崩离析","如果能从光环的败坏这方面来理解当代感知手段的变化,我们就有可能表明这种变化的社会原因"。随着时代的发展,随着技术进步对文学艺术发出的挑战,这一论述愈来愈引起人们的兴趣。

---

[1] 詹明信:《晚期资本主义的文化逻辑》,陈清侨等译,三联书店1997年,第314页。
[2] (德)本雅明:《机械复制时代的艺术作品》,王才勇译,中国城市出版社,2002年。此书名又译为"可技术复制时代的艺术作品"。

"光韵"(Aura)是德语文献中一个颇为古老的词语,中文有多种译法,如"灵韵""光晕""光环"等等。① 这个词原来指的是德国中世纪圣者画像头部的光圈,本雅明赋予它新的含义,他首先是就摄影、电影的出现给绘画造成的冲击提出这一概念,他说:"究竟什么是光韵呢?从时空角度所做的描述就是:在一定距离之外但感觉上如此贴近之物的独一无二的显现。"真正的光韵是物或有生物浸染其中的精神氛围,梵高后期作品的每一个对象上都画出了光韵。光韵是独一无二的,它包含了接受者对于作品的反应。"光韵就是人际经验的投影,它在自然中的出现就是人际经验向自然的转换"。研究者对本雅明"光韵"概念给予了多种诠释,我们也可以简洁地说,所谓光韵,就是复制品相对于杰出的艺术作品原作所损失掉的东西。

现代技术可以大批量地复制艺术作品,使普通人得以很容易地随时观赏,"通过持有它的逼肖物、它的复制品而得以在极为贴近的范围里占有对象的渴望正在与日俱增"。这也就剥夺了艺术作品的独一无二性、本真性、永恒性,使它只有暂时性、可复制性,膜拜价值为展览价值所代替。以前是数目很少的作者面对成千上万的读者,印刷术使读者很容易地变成作者。"面对一幅阿尔普的画或一首特拉姆的诗,我们不可能像面对戴兰的画或里尔克的诗那样花时间去细细品赏和评价……凝视和沉思变成了一种落落寡合的行为。"传统艺术的膜拜价值,带来读者的光韵体验,使接受者在作品面前沉醉、迷恋或者敬畏;而复制则丧失了独一无二的本真性,带来接受者感知形式的改变,膜拜价值向展览价值转移,凝神专注向心神涣散的消遣式转移。复制时代的艺术,就是提供消遣。

对于光韵的消失,有的人伤感,有的人激愤,本雅明则是理性地加以研究。他讨论了复制技术推动艺术大众化,不同阶级的当政者以此用作政治信仰的灌输,有人则是以"为艺术而艺术"来对抗艺术的政治化。"在三十年代末期,许多艺术家和批评家都为了政治而自愿地放弃了艺术,但是本雅明没有这样做。他尝试着寻找一条微妙的道路,从而能够兼顾艺术和政治两方面的要求。"②这个问题至今还是有待深入研究的现实问题。

本雅明认为,复制技术的发展改造了艺术作品的影响模式,从而影响到

---

① 参见张玉能:《关于本雅明的"Aura"一词中译的思考》,《外国文学研究》2007年第5期;方维规:《本雅明"光韵"概念考释》,《社会科学论坛》2008年第9期。
② (美)林赛·沃特斯:《美学权威主义批判》,昂智慧译,北京大学出版社2000年,第260页。

了艺术的本质特性。他说,当时有的理论家"紧抓住电影的肤浅性不放",对摄影是否是一门艺术作了许多"无谓的探讨",那些人指责大众以看电影作为"根本不要求全神贯注""不要以理解力为前提"的"打发时间的活动","没有点燃人心灵的火焰",却不去考察摄影、电影是否使"艺术的整个特质"发生改变。他说,这些人的指责、评论,"纯属陈词滥调"。他的"大众是母体,当今对待艺术作品的各种传统行为都从此生发。量已经突变为质,参与群众的激增引起了参与方式的变化"的论断,"在消遣中接受——这在所有艺术领域中都越来越受到注目"的论断,在文学艺术生产被纳入文化产业机制的今天,更加显示出预见性。将近80年过去了,现代传播技术使大众的文学艺术接受发生了远远超过本雅明时代的变化,文学艺术的性质、特征有没有变化,有怎样的变化,文学创作和文学理论怎样应对这种变化,是不应回避的研究课题。

阿多诺(1903—1969)是本雅明的朋友、同行,他对《机械复制时代的艺术作品》持有异议,为此与本雅明持续论争。他是德国哲学家、社会学家、文学理论家和音乐理论家,最后这个身份在他的美学和文学理论中留有痕迹。阿多诺幼小随姨母学习钢琴,中学时学习作曲,大学时选修过音乐学,写过音乐评论,后来还有机会请教过勋伯格,深受其"无调性音乐"的影响。1941年写的《论流行音乐》是一篇向大众文化宣战的文章,他认为流行音乐纳入商业流通机制会导致听觉退化,它的细节像一部机器上的许多齿轮可以随意替换,是用"伪个性"包裹起来的"标准化"。这些批评不仅适用于流行音乐,也是他所极力反对的整个"文化工业"产品的特点。出于这种观点,他一再指责本雅明关于复制艺术的态度,在给本雅明的信中说:"您低估了自律艺术的技巧而高估了从属艺术的技巧,坦率地说,这就是我主要反对的东西。"自律的艺术既要独立于商业利益,也要与政治拉开距离。他和霍克海默一起发起对"文化工业"的批判,提出了十分重要的一套理论观点。阿多诺在《文化工业再思考》一文中写道:"'文化工业'这个术语可能是在《启蒙辩证法》这本书中首先使用的。霍克海默和我于1947年在荷兰的阿姆斯特丹出版了该书。"[①]草稿中使用的本来是"大众文化",但当时一些学者认为,

---

① (德)阿多诺:《文化工业再思考》,高丙中译,《文化研究》第1辑,天津社会科学出版社2000年;(德)霍克海默尔、阿多诺:《启蒙辩证法》,洪佩郁译,重庆出版社1990年;《启蒙辩证法》,渠敬东、曹卫东译,上海人民出版社2006年。

那是从大众本身产生出来流行艺术的当代形式;为了避免与之混同,就采用"文化工业"代替了它。阿多诺说,对"工业"这个词不要太注重字面的理解,它是指事物本身的标准化。雷同,标准化,这就是文化工业产品的特征。

阿多诺说:"文化工业别有用心地自上而下整合它的消费者。它把分隔了数千年的高雅艺术与低俗艺术的领域强行聚合在一起,结果,双方都深受其害。高雅艺术的严肃性在它的效用被人投机利用时遭到了毁灭;低俗艺术的严肃性在文明的重压下消失殆尽——文明的重压加诸它富于造反精神的抵抗性,而这种抵抗性在社会控制尚未达到整体化的时期,一直都是它所固有的。因此,尽管文化工业无可否认地一直在投机利用它所诉诸的千百万的意识和无意识,但是,大众绝不是首要的,而是次要的:他们是算计的对象,是机器的附属物。顾客不是上帝,不是文化产品的主体,而是客体。"

"文化工业的总体效果之一是反启蒙"。"文化工业错误地把它对大众的关心用于复制、强化他们的精神,它假设这种精神是被给予的、不可改变的。这种精神如何被改变的问题完全被置之不理。大众不是文化工业的衡量尺度.而是文化工业的意识形态,尽管文化工业本身如果不适应大众就基本上不可能存在。""文化工业的全部实践就在于把赤裸裸的赢利动机投放到各种文化形式上。……文化工业带来的新东西是在它的最典型的产品中直截了当地、毋庸乔装地把对于效用的精确的和彻底的算计放在首位。""既然文化现在变得完全被这种僵化关系吸收了并整合了,那么,人类又一次被贬低了。说到作为典型的文化工业产物的文化作品时,我们不再说它们也是商品,它们现在是彻头彻尾的商品。"例如袖珍小说、热映的电影、家庭电视节目被说成是对大众需要的回应,究其实,这种需要是人为地刺激出来的,是用来麻醉大众的。《启蒙辩证法》中《文化工业》一章的副标题是:"作为大众欺骗的启蒙",就是作者要强调的观点。20世纪80年代之后的一段时间,在经济改革浪潮带动下,中国大众文学蓬勃发展,阿多诺的理论被介绍进来,引起很大反响。随后,人们看到,阿多诺和霍克海默对文化工业的批判,主要是针对纳粹德国和他们移居的美国社会的消费文化。对这一理论的适用范围、它的局限性,学界提出了不同看法。

阿多诺钟情于现代主义文学艺术,认为它们以反现实的方式反映现实,以反美学的方式创造审美世界。在他的重要著作《美学理论》中说:"艺术的社会性主要因为它站在社会的对立面。但是,这种具有对立性的艺术只有在它成为自律性的东西时才会出现。"①这里的"自律性的艺术"指的就是现代派的作品。他认为现代艺术追求的是现实中还不存在的东西,现代资本主义工业社会造成人性分裂,需要通过艺术加以救赎。他有一句名言:"奥斯维辛之后写诗是野蛮的。"论者多认为阿多诺有精英主义和审美乌托邦的倾向。

马尔库塞(1898—1979),德裔美籍哲学家和文学理论家,曾经师从胡塞尔和海德格尔,在20世纪60年代末期西欧和美国学生运动中,被尊奉为"青年造反者之父",这与阿多诺对学生运动的批评态度形成对照。他在1932年发表的《历史唯物主义的基础》中,对当时刚整理出版的马克思《1844年经济学哲学手稿》给予极高评价,并提出所谓"两个马克思"之说,即早期的马克思和后期的马克思,主张从人道主义角度理解马克思。②他的一大特点是力求把弗洛伊德主义和马克思主义结合,这在1955年发表的《爱欲与文明》中得到系统阐发。他说,弗洛伊德后期引入"爱欲"这个与"性欲"性质不同的概念,为的是把原来单纯的力比多"改造成对整个人格的爱欲化","把纯粹性欲的各种表现结合进一个包括工作秩序在内的更大得多的秩序中",弗洛伊德曾经提出过,工作也可以成为力比多释放的机会;马尔库塞说,这里的前提是,工作、劳动必须是非异化的,"对个人失调的医治直接依赖于对社会总失调的医治","变更了的社会条件将为工作转变成消遣提供本能基础","个体及其权利和自由只有通过发展全异的社会关系和社会机构才能被创造"。非异化的劳动也就是爱欲活动,它为"大规模地发泄爱欲构成的冲动"提供了机会,劳动的"爱欲化"也就是劳动的解放。③这样,马尔库塞把"爱欲解放"论同马克思的"劳动解放"论连接起来。

1964年出版的《单向度的人》是马尔库塞影响最大的著作,所谓"单向度"指的是个人丧失了合理批判社会的能力,失去了否定性和批判原则。他认为,前资本主义社会是双向度社会,"导致在数学框架内来解释本质的定量化,把现实与一切固有的目的分离开来;进而,又把真与善、科学与伦理学分离开来。"实证主义反对一切不具有实证意义的概念。"现行的大多数需

---

① (德)阿多诺:《美学理论》,王柯平译,四川人民出版社1998年,第386页。
② (美)马尔库塞:《历史唯物主义的基础》,见《西方学者论〈1844年经济学哲学手稿〉》,复旦大学出版社1983年版。
③ (美)马尔库塞:《爱欲与文明》,黄勇、薛民译,上海译文出版社1987年,第102—103页。

要,诸如休息、娱乐、按广告宣传来处世和消费、爱和恨别人之所爱和所恨,都属于虚假的需要这一范畴之列。他认为,资本主义工业社会不断提高的技术给人提供的自由条件越多,加之于人的强制也就越多,商业化的文学艺术成为压抑人的工具,导致并不断强化人和文化的单向度。马尔库塞采用弗洛伊德的说法,认为社会普遍的这种疾病的"病根""就在一种不能靠分析疗法来治愈的总疾病中",治疗这种疾病,需要借助于幻想。在哲学和文学领域,"幽灵"和"幻想"比它们的对立面更合理,"诗人可以说,理解我的诗的先决条件,是瓦解并破坏你们用来翻译这诗的那个言论和行为领域"。[1] 显然,他对发达资本主义作出深刻批判的同时,并不能看到任何明确的前景。

(七) 瑞恰兹、燕卜荪和布鲁克斯

瑞恰兹(1893—1980,又译瑞恰慈或理查兹),英国文学理论家。兰色姆在《新批评》一书中说,他曾对瑞恰兹苛责、贬损,后来许多大学生、研究生为瑞恰兹辩护,"我由此得知,自己从前忽视了瑞恰兹身上的优点,这促使我对他进行更为彻底的评价"。[2] 瑞恰兹得到青年人的支持是因为他热爱教学,把研究和教学紧密结合是他的一大特点。他曾在剑桥大学和哈佛大学长期担任教职,对文学和语言教学作了精心而独到的研究,还多次来中国,并在中国大学任教,为后来成为著名学者的钱锺书、李赋宁、王佐良等人授过课,并在中国写出《孟子论心》一书。20世纪20年代初期,他在剑桥大学文学系教书,做过一种后来十分著名的实验,就是搜集一批文学作品,隐去作者姓名,不提供任何背景材料,让学生阅读并要求他们作出评价。"几乎没有人对任一首诗的研究少于四次,这些诗得到了远比在普通课程的多数选集中的作品更透彻的研究。"这就是新批评派提倡的"细读"。他据此写成《实用批评》一书,在序言中说,此书的写作目的是"为若干能比我们目前的教学方法更有效地提高分辨能力和提高对于所读所闻的理解能力的教育手段铺

---

[1] 马尔库塞:《单向度的人》,刘继译,上海译文出版社,第131页,第5页。也可参见陈学明主编:《二十世纪哲学经典文本·西方马克思主义卷》,复旦大学出版社1999年,第292—315页。
[2] (美)兰色姆:《新批评》,王腊宝等译,江苏教育出版社2006年,第4页。

路搭桥"。① 瑞恰兹是英美形式主义文学理论最早的推动者之一,针对19世纪末、20世纪初欧洲印象主义、唯美主义思潮,他力图建立"科学化的文学理论"。

瑞恰兹重视文学批评中的语义分析。他认为,语词、事物和思想构成三角关系,语词与事物的关系是间接的,语词与思想的关系是直接的。由此,他强调对于语言的科学用法和感情用法这两种用法的区分,"可以为了一个表述所引起的或真或假的指称而运用表述。这就是语言的科学用法。但是也可以为了表述触发的指称所产生的感情的态度方面的影响而运用表述。这就是语言的感情用法"。他说,历来人们都忽视了这两者的差别,文学理论,诗歌理论,必须要清楚地把握住两者的差别。"就科学语言而论,指称方面的一个差异本身就是失败,没有达到目的。但是就感情语言而论,指称方面差异再大也毫不重要,只要态度和感情方面进一步的影响属于要求的一类。"②他举例说,"埃菲尔铁塔高900英尺"是科学语言,"太棒了"是情感语言。科学语言要求指称的真实性,即可验证性;情感语言要求可唤起性,即激发起接受者的情感。

为了说明语词与意义的多种情况,瑞恰兹进而对语境作出论述,追究一个词语的意义是怎样产生的,词汇的内在含义是如何通过它们所在的语境体现出来的。什么是语境呢?"语境是用来表示一组同时再现的事件的名称,这组事件包括我们可以选择作为原因和结果的任何事件以及那些所需要件。"③所谓语境,就是指系统地作用于言语表述的理解的因素。俄国形式主义文论家梯尼亚诺夫早就说过,词没有确定的意义,句子之外的词是不存在的,它是变色龙,又像一个空杯子,看你往里面装什么。在瑞恰兹那里,语境有几个层次的含义。第一,语篇语境,即词语的上下文。第二,情景语境,话是在什么样的场合里说的,说话时的气氛,说话人的表情、动作,给词语注入新的、词典里没有的意义。在文学阅读中,读者需要有意识地设想它的情景语境。第三,文化环境,这可以说是"大语境",它的作用一般是隐性的,但同时又是根本的。对于具体的读者说,"过去发生过的复现,与这个符号结

---

① (英)瑞恰兹:《实用批评》,罗少丹译,见赵毅衡编:《"新批评"文集》第363—376页,中国社会科学出版社1988年。
② (英)瑞恰兹:《文学批评原理》,杨自伍译,百花洲文艺出版社1992年,第243—244页。
③ (英)瑞恰兹:《修辞哲学》,见赵毅衡编:《"新批评"文集》,中国社会科学出版社1988年,第296页。

合,决定了我们的反应"。瑞恰兹比喻为"神经上的档案室"或"神经上的电话交换器"。这样,阅读文学作品,一个词语必然可以产生复义。"如果说旧的修辞学把复义看作语言中的一个错误,希望限制或消除这种现象,那么新的修辞学则把它看成是语言能力的必然结果。"瑞恰兹的这些论述,为新批评派确立了基本的原则。

燕卜荪(1906—1984)是瑞恰兹的学生,他说这位老师"给了我关键的指导和鼓励"。在一次检查作业时,他回应老师说,应该将关于复义问题的"所有可能的错误收集起来编印成册",于是,他写出了《朦胧的七种类型》。[①] 燕卜荪因为私生活原因被剑桥大学开除,这个意外的打击使燕卜荪发愤,写出此书,24岁时出版,一举成名,成为新批评细读的最重要的代表作。兰色姆说:"如果瑞恰兹先生没有对复义进行深入讨论,那是因为有剑桥的威廉·燕卜荪先生代劳了。名师出高徒,仅教出一个燕卜荪,即足以令瑞恰兹青史留名。"又说:"没有一个批评家读此书后还能依然故我。"

燕卜荪在书里说,有两类文学批评家,一类是突出赞扬文学作品这朵花之美,第二类"在突出花美之后还要刨根问底"。"必须承认,我有志成为第二类批评家","我相信,如果一行诗能给人愉快,那其中的原因就跟其他事物的原因一样是可以找出来的"。"推理可用于艺术,这一信念不仅自有批评以来就存在了,而且在批评中起着重要作用。"他用科学的实证和推理的方法,论述诗歌,论述诗歌里词语的含义、意味,这是一种极易引起争议的艰难的工作,也是非常富于启发性和吸引力的工作。

燕卜荪这部书第一个关键词是朦胧。朦胧、复义、含混是一个英文词"ambiguity"在中文里的不同译法。在《朦胧的七种类型》中,燕卜荪仔细分析了三十九位诗人、五位剧作家、五位散文作家的二百五十多段作品。他采用实例分析的方法,对后来的新批评派理论家,如布鲁克斯等人,起到了开路和示范的作用。燕卜荪认为,优秀的诗人对于情感的表现,引导读者体会那不可言说的奥妙,从来不肯说破,说破就没有味道了。他给"朦胧"或"含混"的定义是:"能在一个直接陈述上加添细腻意义的语言的任何微小效果。"这种看法与中国古代长期流行的审美观念很接近,但是,中国古代的评论习惯于用朦胧的语言来描述诗歌的朦胧,燕卜荪却要用清晰的语言来分

[①] (英)燕卜荪:《朦胧的七种类型》,周邦宪等译,中国美术学院出版社1996年。

析这种朦胧,也是我们有取于新批评派的地方。例如,他曾分析陶渊明的两句诗:"迈迈时运,穆穆良朝。"[①]他说,人们计算时间有两种主要的尺度,第一种以整个人生为单位,第二种以人能够意识到的短暂时刻为单位。陶渊明的两句诗表现了诗人对两种尺度的同时领悟,正视瞬息与永恒的对比,热烈、纷繁与宁静、恬淡的对比。"迈"和"穆"构成了朦胧:迈,是动,是迁流;穆,是静,是凝住。"年"本来是一个较长的时段,但是用小尺度衡量也是"迈";"朝"虽然是一个很短的时段,用大尺度衡量也是"穆"。所以,长和短,迁流和凝住,都是朦胧的。的确,一个人在静谧的清晨,与自己的影子为伴,孤独地踽踽漫步,感受着时光在微风中流驶,宇宙和社会永不停息地在变迁,这是很富于诗意和哲思的。两句诗译成英文没有了韵律,但还是诗,其诗意就来源于这种朦胧。燕卜荪说:"那种认为诗歌不宜分析的观点,不管多么聪明,我认为还是不足取的。"燕卜荪的分析有可操作性,而且他的分析有助于我们对原作体会的深化,也有助于我们阅读快感的增强。分析只是提示,分析不能替代细读原作,文学文本所传达的,总是比批评家的分析要丰富得多。燕卜荪说,有的朦胧诗句一旦被理解之后,就成为一个清晰的实体;有的朦胧诗句,你每次阅读都还要再花费脑力去理解,只不过力气花费得一次比一次少些,而且在探寻中总会获得乐趣;至于读者发现不了的朦胧,不以为是朦胧的朦胧,那是最好的。李商隐的"无题"诗百读不厌,魅力很大程度上来源于朦胧美。但是,是不是一切诗歌、一切文学,都必定是朦胧的呢?不是也有明白、单纯而成为人人喜爱的好诗的情况吗?燕卜荪说,"朦胧本身并不令人满意,也不宜为朦胧而朦胧",要"防范毫无意义地故弄玄虚"。至于朦胧是不是就是七种类型,不多也不少?那就大有讨论的余地了。

布鲁克斯(1906—1994)是新批评派在美国的代表人物,他和瑞恰兹同样主张"形式主义批评家主要关注的是作品本身",对于文学批评,"只有作者在作品中实现了的意图才能算数,至于作者写作时怎样设想,或者作者现在回忆起当初如何设想,都不能作为依据"[②]。他也是把自己的主张用在教

---

① 这两句出于陶渊明的《时运》,燕卜荪引用的是瓦勒的英译。这段分析见于《朦胧的七种类型》,中国美术学院出版社,1996年,第29—31页。

② (美)布鲁克斯:《形式主义批评家》,龚文庠译,见赵毅衡编:《"新批评"文集》,中国社会科学出版社1988年,第486—495页。

学中间,与沃伦合作编撰《诗歌鉴赏》《小说鉴赏》①,被不少大学采用作为教材。他的最重要的著作是《精致的瓮》,其中对于"悖论"和"反讽"的论述引起许多学者的兴趣,被广泛运用于作品分析之中。

悖论就是似非而是,字面上看起来荒谬,细细品味却有深意。他说:"悖论出自诗人语言的本质。在这种语言中,内涵与外延起着同样重要的作用。"强调这一点也是为了区分科学语言与诗的语言:"科学的趋势必须是使其用语稳定,把它们冻结在严格的外延之中;诗人的趋势恰好相反,是破坏性的,他用的词不断地在互相修饰,从而互相破坏彼此的词典意义。"②他举出宗教语言的例证,如像"想救自己的生命者必将失去之",还有"最后者终将领先"。这类语言在中国并不罕见,"正言若反"是《老子》语言的一大特色,它里面有许多的悖论语言,如"大成若缺""大直若屈""大巧若拙""大辩若讷""大音希声"。悖论语言与其说是文学语言的特点,毋宁说是哲学语言的特点、辩证哲学语言的特点。文学家当然也会运用悖论语言,狄更斯《双城记》的开头就是典型的悖论语言。③ 悖论被用来指表面上荒诞无稽,却含有深刻意义的语言表达。悖论语言在诗歌里,在文学里,并不是普遍运用。布鲁克斯所讲的,无非是诗歌里词语的含义要突破词典中的"标记"性质,突破单义性,从而产生出不稳定性,这自然是所有的诗人都要追求的,但这也就和"含混"相通了。

反讽(Irony)本来是古希腊作家早已熟练运用的一种修辞手法,原先指的是说反话,说话者的本意是挖苦,表面上却像是颂扬。情境性的反讽多数用于戏剧作品,在古希腊戏剧中可以找到;单独语句上的反讽常用于诗歌和散文。古希腊诗人荷马在《奥德修纪》中把罂粟叫做"忘忧草",说它"能消除所有的痛苦和争吵,却不会带来一丝罪恶",这也可以看作是一个反讽。在文学文本细读中,反讽更多地也还是被当做修辞技巧,它与单纯的讽刺不一样,就是作家竭力掩饰自己对于描述对象的否定、厌恶、敌视,似乎是肯定的、友好的,至少

---

① (美)克林斯·布鲁克斯、罗伯特·潘·华伦:《小说鉴赏》,主万译,中国青年出版社1986年;此书有小说原作,有分析评论,很适合青年读者阅读。
② (美)布鲁克斯:《悖论语言》,见赵毅衡编选:《"新批评"文集》,中国社会科学出版社1988年,第319页。
③ "那是最美好的时代,那是最糟糕的时代;那是智慧的年头,那是愚昧的年头;那是信仰的时期,那是怀疑的时期;那是光明的季节,那是黑暗的季节;那是希望的春天,那是失望的冬天;我们全都在直奔天堂,我们全都在直奔相反的方向。"

是中性的、客观的;这样做的结果使得对于对象的抨击、鞭挞更加深刻有力。德国作家托马斯·曼说,反讽是"无所不包,清澈见底而又安然自得的一瞥,它就是艺术本身的一瞥,也就是说,它是最超脱的,最冷静的,由未受任何说教干扰的客观现实所投的一瞥"。① 这是一位老练的作家对反讽艺术的精髓的把握。到了20世纪,反讽被看做是现代艺术的一个主要特征,从艾略特到米兰·昆德拉,作品里都有许多的反讽,在钱锺书的《围城》里更有许多绝妙的反讽。布鲁克斯把反讽推到极致,说成是诗歌创作中普遍不可缺少的原则:"这是唯一的词汇可以用来指出诗歌的一个普遍而重要的方面"。② 这就是20世纪西方批评家容易走极端的作风。

反讽可能由说话的声调表示,例如,英国18世纪诗人葛雷的《墓园挽歌》中有:"荣誉声音能唤起沉默的尘土?/捧场能安慰死亡冰冷的耳朵?"诗人不是真的有疑问,是无疑而问,是有了明确的答案而要发问。布鲁克斯说,这就是反讽的明显的例子。反讽更多地不是靠声调表示,布鲁克斯强调语境的重要性,他说,诗意总是在特殊的语境中取得的,诗歌作品中的任何陈述语都必定受到语境的压力。如果语境产生一种压力,是把一句话的意思扭到对立的方向上,本来字面的意思被颠倒过来,反讽就出现了。他给予的界说是:"语境对于一个陈述语的明显的歪曲,我们称之为反讽。"悖论和反讽两者内容交错,反讽是实际要表达的意思与字面意思相反,悖论是语句表示矛盾双方的不可分割和可以相互转换。在新批评派那里,这两者也是有所区别的。西方学者赋予反讽以哲学的含义,早在19世纪中叶,存在主义哲学开创者克尔凯郭尔就在《反讽概念》一文中提出,反讽不再只是指向具体的存在,而是指向整个现实。③ 在新批评派的先驱艾略特等人的诗歌里,救世主耶稣成了在荒原上游移的影子,以此表达对资本主义社会的现实的怀疑和批判,所以,他们的反讽不限于具体的修辞,而带有哲学的性质。他们有关反讽的论述,在形式逻辑上虽然不周密,但却有思想深度,有历史的内涵。瑞恰兹、燕卜荪等主要是分析诗歌,布鲁克斯却对小说文本进行细读,除了《小说鉴赏》,他还撰写了关于福克纳的多部专著。他认为小说与诗

---

① 转引自 D.C 米克:《论反讽》,周发祥译,昆仑出版社,1992年,第5页。
② 布鲁克斯:《反讽——一种结构原则》,见赵毅衡编选:《"新批评"文集》,中国社会科学出版社1988年,第337页。
③ (丹麦)克尔凯郭尔:《论反讽概念》,汤晨溪译,中国社会科学出版社2005年,第221—222页。

歌是相通的,比如同样都常常运用到反讽等技巧。他对福克纳的评论,被文学史家所重视。

(八)巴 赫 金

巴赫金(1895—1975)作为苏联理论家而受到西方现代学者的高度关注,也引起中国学界持久的兴趣。他提出的复调理论、狂欢化理论和对话理论,被广泛地应用并被予以不同的发挥和阐释;他既采用马克思主义的社会历史的、阶级分析的方法,又不同于苏联主流理论,不同于俄罗斯传统理论,不同于西方理论,自具个性。他把具体作家、具体文本研究和理论研究自然地结合,对陀思妥耶夫斯基和拉伯雷研究有重大突破,而又绝不限于论述两位作家;把文学研究和文化研究自然地结合,把文学看作文化现象,在文化背景下研究文学,从文学研究透视文化。他在研究工作中努力把严谨性和独创性结合起来,对前人成果善于吸收,而后提出崭新的独到的观点。对于学习文艺学的年轻人来说,他的《论拉伯雷》,在体例上可以看作学位论文的范本——对前人成果全面的了解,洞悉其成就和不足,翔实的材料,深刻的思辨,灼热的理论激情;虽然有时略微有点啰唆,但不足为大病。

巴赫金思想有三个背景:康德哲学、现代主义艺术思潮、俄罗斯民族的文化特性和苏联意识形态。巴赫金十二三岁开始读《纯粹理性批判》等哲学经典,养成思辨能力和习惯。他在学术上具有强烈的创新意识,提出诗学基础的合理性和广泛性问题,他在"《拉伯雷》的补充与修改"中说,"我们欧洲的文学理论(诗学),是在很狭窄、很有限的文学现象的材料上产生和发展起来的。它形成于文学样式和民族标准语逐渐稳定的时代;这时,文学和语言生活中的重大事件——震撼、危机、斗争和风暴——早已逝去",一切都已稳定下来,当然只是积淀在官方化了的文学和语言之上层,形成于诗歌占优势的时代。在《拉伯雷》"导言"的开头又说,要理解拉伯雷,"就必须对整个艺术和意识形态的把握方式加以实质性的变革,必须对许多根深蒂固的文学趣味要求加以摒弃,对许多概念加以重新审视,重要的是,必须深入了解过去研究得很少而且肤浅的民间诙谐创作"。"拉伯雷创作中使我们感兴趣的是两种文化的斗争,即民间文化和中世纪官方文化的斗争,这是基本的、重要的两种文化路线的斗争。"①他反复强调,为了正确分析拉伯雷的小说,必须摒弃现代既存的美学模式。"我们当前需要重新阅读,在另外的音区去倾听过去时代世界文学中的许多东西。"事实上,他这里说的远不止是关于拉伯雷的研究,而是整个文学理论研究。巴赫金不是为了理解拉伯雷而寻找新视点,而是为了说明新视点选择了拉伯雷,由研究拉伯雷提出狂欢化理论。

狂欢化不是技巧问题,不是枝节,是一条基本的准则,是世界观,是要在体制之外、规范之外、标准之外,提出另一种视角——非现有秩序的视角。在中世纪专制的社会,在严密的体制下,只有在节日里人们才获得临时的"治外法权"。狂欢节的实质是人的自由和平等,他引用赫尔岑的话:"平等的人彼此之间才会笑。"狂欢中人的平等,不是相对于动物,而是相对于异化的人。

巴赫金自诩在文艺复兴时期民间文化的狂欢节中听到官方文化与民间文化、高雅与俚俗、精英与大众的冲撞。他认为,文学发展趋向是,底层形式向高层形式渗透,民间笑话向叙事体裁渗透,民间文化向官方文化渗透。向下运动、脱冕、降格、戏拟,是狂欢化文学的主要艺术原则。脱冕是剥掉虚伪的尊严,运用逆向等级、颠倒世界、肯定之否定等传统民间手法,混淆等级平面,摆脱一切等级标准和评价。戏拟、戏仿,是把严肃地对待世界的所有形式吸引到诙谐游戏中,怪诞的戏仿"使与之相关的一切变得轻松起来"。

他指出,文学史不应是符合著述者狭隘文学观念的优秀文学作品的历史,而应该包括雅文学与俗文学,官方文学与非主流文学以及民间文学。"民间节日形象体系实际上已形成并活跃了上千年。……但就其基本发展趋势来说,这个体系仍然在成长着,被新的意义丰富着,在自身里吸收着新的人民愿望与思想,经受着新的人民经验的炉火考验。形象的语言更富有各种新的细微含义而且得到升华。因此,民间节日形象能够成为艺术地掌握现实生活的强大工具,能够成为真正广阔和深刻的现实主义之基础。这些民间形象有助于掌握的不是现实生活的自然主义的、转瞬即逝的、空洞

---

① (苏联)巴赫金:《弗朗索瓦·拉伯雷的创作与中世纪和文艺复兴时期的民间文化》,李兆林、夏忠宪等译,《巴赫集全集》第六卷,河北教育出版社1998年,第578页,第3页,第507页。以下本书引巴赫金,均据《全集》。

的、无意义的和琐屑的形象,而是现实生活的过程本身,是这个形成过程的意义和方向。由此才有了民间节日形象体系的最深刻的包罗万象性与清醒的乐观主义。"① 他要求从民间文学、民间文化探求顽强的精神力量,探求具有蓬勃生机的文学的新路。

他由研究陀思妥耶夫斯基提出复调理论,他说:"有着众多的各自独立而不相融合的声音和意识,由具有充分价值的不同声音组成真正的复调——这确实是陀思妥耶夫斯基长篇小说的基本特点。"② 复调理论的实质是对人的尊重,对人的个性的尊重,对人的可发展、可变化性的尊重,对人选择发展变化空间权利的尊重,特别是对人的思想的尊重——尊重思想的多样性,尊重每个人持有自己思想的权利。

相对于独白型小说,复调是小说全新的艺术思维类型、新的艺术模式,其中根本的东西,是对内在的人全新的观察和描绘,随之是对连接内在之人的事件全新的观察和描绘。陀思妥耶夫斯基好像是实现了一场小规模的哥白尼式变革,把作者对主人公的确定的最终的评价,变成了主人公自我意识的一个内容。主人公不能与作者融合,不能成为作者的传声筒。因此还要有个条件,即主人公自我意识的种种内容要真正的客体化,而作品中的主人公与作者之间要确立一定的距离,剪断连接主人公和作者的脐带。"一个人的身上总有某种东西。只有他本人在自由的自我意识和议论中才能揭示出来,却无法对之背靠背地下一个外在的结论。"展示人身上某种内在的未完成的东西,这是作家对主人公的全新的立场。"要理解个性的真谛,只有以对话渗入个性内部,个性本身也会自由地揭示自己作为回报。"这是复调小说艺术手法的要义。

陀思妥耶夫斯基的全部创作是同资本主义条件下人的物化斗争。他的艺术立场是对话立场,确认主人公的独立性、内在的自由、未完成性和未论定性。是真正的对话,不是文学中的假定性的对话,这种对话发生在创作过程之中。作者是和主人公谈话,而不是讲述主人公。心灵的隐秘只有在紧张的交际中才能揭示。冷静分析和融为一体都不能掌握他的内心世界,对

---

① (俄)巴赫金:《弗郎索瓦·拉伯雷的创作与中世纪和文艺复兴时期的民间文化》,李兆林等译,《巴赫金全集》第六卷,河北教育出版社 1998 年,第 242 页。
② (苏联)巴赫金:《陀思妥耶夫斯基诗学问题》,白春仁等译,《巴赫金全集》第五卷,河北教育出版社 1998 年,第 4 页。

话迫使他自我揭示。

巴赫金的对话理论并不限于文学理论范围,也不是一个独立的话题,而是贯穿在他的诗学和语文学的著作之中。他在回答"你更多的是哲学家还是语文学家?"的问题时说:"更多是哲学家。直到今天还是如此。我是个哲学家,是个思想家。"①他认为:"在地位平等、价值相当的不同意识之间,对话性是使他们相互作用的一种特殊形式。""存在就意味着对话的交际。对话结束之时,也是一切终结之日。因此,实际上对话不可能也不应该结束。""在陀思妥耶夫斯基长篇小说中,一切莫不都归结于对话,归结为对话式的对立,这是一切的中心。一切都是手段,对话才是目的。单一的声音什么也结束不了,什么也解决不了。两个声音才是生命的最低条件。"②

对话在陀思妥耶夫斯基创作中具有特殊意义,别人只看到一种思想的地方,他却能发现两种思想。"在每一种声音里,他能听出两个相互争论的声音;在每一个表情里,他能看出消沉的神情,并立刻准备变为另一种相反的表情。"一切矛盾和双重性全在同一平面上展开。陀思妥耶夫斯基描绘的归根结底不是人身上的思想,而是人身上的人。陀思妥耶夫斯基笔下人的意识,从不独立而自足,总是同他人意识处在紧张的关系之中。

1929年,在苏联居于显要地位的卢那察尔斯基发表《论陀思妥耶夫斯基的"多声部性"——从巴赫金的〈论陀思妥耶夫斯基创作诸问题〉一书说起》,两年后,又在为《陀思妥耶夫斯基文集》所作序言中明确提出了"复调"问题,表示了对巴赫金的赞同。③ 但是,卢那察尔斯基局限于历史渊源的分析。

巴赫金一生大部分时间处在逆境、边缘,长期没有合适的学术岗位,但他以思想生产为生命过程、为生命意义之所系。他所关注的是学术问题中包含的民族、人类的命运。这一点值得肯定。对于他的学术成果,存在不同评价,韦勒克《近代文学批评史》对他就提出很多质疑,尤其不赞成学界关于"复调"理论的创新性的赞美之辞,不过,也还是承认,巴赫金是"二十世纪上半叶最卓越的理论家之一"。④

---

① 《巴赫金访谈录》,《巴赫金全集》第五卷,白春仁等译,河北教育出版社1998年,第412页。
② 巴赫金:《陀思妥耶夫斯基诗学问题》,《巴赫金全集》第五卷,白春仁等译,河北教育出版社1998年,第339—340页。
③ (俄)卢那察尔斯基:《陀思妥耶夫斯基的"多声部性"》,于永昌译,《外国文学评论》1987年第1期。
④ (美)韦勒克:《近代文学批评史》,第七卷,杨自伍译,上海译文出版社2006年,第586—616页。

（九）列维-施特劳斯、格雷马斯

列维-施特劳斯（1908—2009），法国学者，他是一位人类学家、哲学家，也涉足文学批评。作为结构主义的代表，对文学理论产生了重要的影响。结构主义主要是一种方法论，19世纪后期以来，最早在在语言学，接着在社会学和文学批评中被采用，曾经风行一时。结构主义认为，要认识人类社会的事物，必须首先将对象符号化，把它看作相互关联的符号系统，在研究中建立起模型化的结构。瑞士语言学家索绪尔（1857—1913）把语言作为一个封闭系统，语言符号连接的不是客观事物和名称，而是概念和音响符号，前者称为能指，后者称为所指，由此开了结构主义的先河。为什么结构主义从语言学里诞生呢？格雷马斯说，"自然语言无疑占有特别的地位"，非自然语言的符号集有可能被"翻译"成自然语言，比如说，绘画、音乐可以用自然语言加以描述。而要描述自然语言本身，"我们别无选择，只能在自然语言的封闭圈中去研究语言的固有意义"。承认语义是一个封闭世界，就必然否定意义是符号和事物的对应关系。① 结构主义建立模型的首要原则是二元对立，索绪尔就提出了语言和言语、能指和所指、历时和共时等对立的二元。结构主义认为，二元对立是人类文化的各个符号系统的共有的规律。能指和所指的联系是任意的，能指即概念也并不与外界事物一一对应。"完全任意的符号比其他符号更能实现符号方式的理想"；符号在语言集体中确立以后，个人和大众都不能随意改变它，"因此语言不能同单纯的契约相提并论；正是这一方面，语言符号研究起来特别有趣"。② 索绪尔的这些论述，对于结构主义、符号学具有极大的启发作用。

列维-施特劳斯在20世纪40年代初期到美国任教时，结识了俄国语言学家雅各布逊，接受了语言学结构主义方法，并将之用于人类学领域。他说，"结构主义不是一种哲学理论，而是一种方法。它对社会事实进行试验，把它们转

---

① （法）格雷马斯：《结构语义学》，吴泓缈译，三联书店1999年，第12—13页。
② （瑞士）索绪尔：《普通语言学教程》，高名凯译，商务印书馆1985年，第100—116页。

移到实验室。在这里,它首先注意的是关系,试图以模型的形式把它们表现出来。"①作为人类学家,列维-施特劳斯试图发现神话的基本单元,他称之为神话素。神话的内容就是一系列的二元对立。例如,他把俄狄浦斯神话分解为十一个神话素,排列成表,纵向是共时性关系,横向是历时性关系,各个神话素可以重新组合,然后对表中各项关系作出分析。结构主义文学批评所关心的是系统各部分之间以及它们与总体之间的关系,文学批评只是对于文本的结构的描述,而不是对它的优劣作出判断,不是阐释。

列维-施特劳斯与雅各布逊(1896—1982)合作的《波特莱尔的〈猫〉》,是一篇很有意思的结构主义文学批评的实验标本,文章极其细致地剖析了这首诗的音韵、词性、句式、语义,发现了这首很普通的诗的精密的结构。其中说道:"每一篇诗,孤立起来看,其内部都包含着围绕它的垂直轴排列起来的可变量。"这就是音韵、句法、语义等等,而以往这些仅限于在语义层次得到阐释。文章指出,这首诗阴韵和阳韵交叉的规律,接着指出每一诗行都以名词结尾,阴韵结尾的是复数名词,阳韵结尾的是单数名词。"把这首诗一分为三,就现出'双韵'诗节和'三韵'诗节之间的矛盾。这种矛盾又因把整首诗分成两种诗节二元划分而被抵消。这种二元划分原则又进一步得到文本之语法结构的支持,同时又标示出由四个韵组成的第一诗节同三个韵组成的第二诗节之间,以及前两节四行诗和后两节三行诗之间的进一步矛盾。然而,整首诗的构成却恰恰是基于这两种排列之间,以及它们各自包含的对称成分之间的张力。""对各句中主语之语义上的比较,是从横向关系上着眼的;但除此之外,还存在着一种垂直的语义关系,这种关系把两节四行诗组成的一组同两节三行诗组成的一组置于相互对立的地位。""本诗看上去似乎是由一种像配套的盒子一样的等同关系构成的,这些关系构成一个具有封闭体系的整体。但是,我们还可以从另一个角度来观察它,这样,这首诗便成为一个从始至终呈现一种动态发展的开放体系。"②文章分析了诗中一系列的对立和呼应,这种细致到繁琐的技术性的分析,让人体会不到诗味,但作者说,神话、文学作品,作为概念的结构和作为唤起审美感情的艺术

---

① (法)列维-施特劳斯:《论反潮流》,转引自王守昌、车铭洲:《现代西方哲学概论》,商务印书馆1983年,第285页。
② (俄)雅克布逊、(法)列维-施特劳斯:《波德莱尔的〈猫〉》,见赵毅衡编选:《符号学文学论文集》,百花文艺出版社2004年,第330—367页。

品,既是对立的,又是相通、互补的。虽然他们自己在阅读中也有审美的体验,但文章所分析的只是其中的另一个方面。

格雷马斯(1917—1993),立陶宛裔的法国学者,结构主义语言学家,主编《符号学——巴黎学派》,"巴黎学派"由此得到广泛认可。他认为语言分析的主要对象是"语义素",文学叙事分析的主要对象是"行动素";分析所依据的是两个基本概念——状态(拥有和失去)和转换(从无到有和从有到无)。文学作品(绘画和神话也是同样)的产生,由内在转向外显,即由深层结构到表层结构再到外显结构。义素是指具有区别性特征的最小符意单位,形素是指具有区别性特征的最小符表单位;它们自己都有不同的连接组合方式。义素之间有反义关系、矛盾关系和蕴含关系。① "我们只能通过语言符号的象征体系来观察和组织世界","世界就是这样被我们用句法规则展现在我们面前的"。"制约我们句法活动的图式很像是一些提供给我们的内在模型"。② 从上述观念出发,格雷马斯提出著名的"符号学矩阵",用图形来表示如下图③:

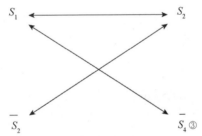

詹明信1985年在北京大学讲学时介绍格雷马斯矩阵,并且加以解释。大意是说,设立一项元素为S,其对立面是反S,与S矛盾但并不一定对立的是非S,反S的矛盾方即非反S。故事起源于S与反S之间的对立,在叙事进程中又引入了新的因素,于是出现了非S和非反S。格雷马斯叙事分析的关键是在有意义的现象下找到构成意义的微观原子和分子,并且指出它们的作用。詹明信用这个矩阵分析《聊斋志异》里的《鸲鹆》,从中找出四个元素:主人公(养八哥者)是人,他的鸲鹆(八哥)是非人,强买鸲鹆的王爷是反人,用来购买的金钱是非反人。这个故事讲的就是人道的生活与权力、金钱对

---

① (法)格雷马斯:《符号学规则及实用》,吴泓缈译,《国外文学》1998年第1期。
② (法)格雷马斯:《结构语义学》,吴泓缈译,三联书店1999年,第165—167页。
③ (法)格雷马斯:《论意义》下册,冯学俊、吴泓缈译,百花文艺出版社2005年,第49—51页。

人道的破坏、压制。这个故事"说明怎样利用高度发达的文化的武器来返回自然或自然的文化"。"所有的故事都是围绕着格式或结构而组成的,这些结构不再是旧的道德说教",是我们分析的意义系统引发了故事,"所有的故事都成了思维的形式"。① 蒲松龄的原文,是讲八哥教它的离家甚远而一文不名的主人设局,把自己卖给王爷,自己骗取王爷信任后,又飞回主人身边;故事中的八哥是骗人者,而王爷则是一个令人发笑的受骗者。詹明信的分析,在别的人看来,也许更像是一种智力游戏。

格雷马斯还是肯定对作品的感知要受到不同个体文化背景的制约。"语义素"本身并不能产生"意义"并为人所领会,而是"语义素"之间的对立关系以及基于这种对立的相互作用才产生出了所谓的"意义"。格雷马斯矩阵把二元对立扩充为四元,从四项的任意一项,通过取它的反义项或矛盾项而获得其他三项。义素项每两项组成一个维,共六个维。言语每一次意义的实现,可能取决于多个体系,是多个体系互动的结果,在实用中决定哪一种组合可以实现。不同文化、不同个人的认知模式决定了组合的选择,作家的认知方式来自他的个性与所处的社会环境的重合。

(十) 英伽登、姚斯和伊瑟尔

英伽登(1893—1970),波兰哲学家,师从胡塞尔,他用胡塞尔的现象学方法论述文学问题,写成《文学的艺术作品》和《对文学的艺术作品的认识》,后一本书的英译者克劳利和奥尔森说,"他的著作是文学哲学,他既为文学研究奠定了基础,又为它提出研究任务"。前一本书论述文学作品如何存在,后一本书研究的是读者对文学作品的接受。英伽登反对当时流行的两种彼此对立的观点,第一种是把文学作品视同于它的物质存在,比如说视同于印制出来的文学书本;第二种是把文学作品视同于作者的或任何一个读者的心理经验。关于前者,英伽登说,"印刷符号不是在它们个别的物理形式中被把握,而是像语词声音一样作为观念的标志而被把握的"。关于后

---

① 参见杰姆逊:《后现代主义与文化理论》,唐小兵译,陕西师范大学出版社1986年,第107—123页。詹明信,也有学者译作"杰姆逊"。

者,他说,文学作品"一旦被作家完成,就在作家给予他的那种形式中保持不变";"文学的艺术作品必须同它的具体化相区别,后者产生于个别的阅读"。文学作品有许多的构成层次,它的某些层次包含着若干"不定点",在具体化的过程中,也就是在读者阅读过程中,不定点被消除或者说被填补。① 这就是说,不变的作品在读者的阅读中是要发生变化的。在英伽登看来,文学作品的意义既离不开作品,也离不开读者,它是"复调和声"。很明显,英伽登是要纠正文学理论只研究作者和作品,而忽视读者的偏向,这种偏向广泛而长期地存在于文学理论的传统之中。

那么,读者是怎样接受文学作品的呢?首先,人们看到书上印出来的字或者听到朗读(讲述)的声音,与此同时,就能理解语词的意义。"语词意义以及句子意义,一方面是某种客观的东西",保持同一核心,"另一方面语词意义是一个具有适应结构的心理经验的意向构成";意义是由接受者"授予"语词的。"每一个构成语词或赋予意义的事例都是两个或更多的人共同工作的结果。""在适当地完成的阅读中,作品内容半自动地组成一个在意义上连贯的、更高级的意义整体,而不仅仅是互相完全独立的句子组成一个任意的集合体。"在读者阅读过程中,必定展开句子生成活动,个别语词的意义自动地加入到句子中,读者完成对一个句子的思考之后,会产生对新句子的期待,准备着它在下一个句子里的延续,"前进的阅读只是使我们所期待的东西现实化并对我们呈现出来",期待和理解新句子的同时,刚读过的句子"回响"在读者心理经验的边缘。每一个句子"只有作为一系列句子的组成部分才获得它的完整意义及其恰如其分的精微差别",后面的句子也会对读者确定前面句子的意义,对它有所修饰和补充。

读者在阅读中通过无意识的想象填补作品里的不定点,"这种活动如何发生取决于作品本身的特殊性,也取决于读者当时的状态和态度",所以,"任何不定点都可以用好几种方式来填补并且仍然和作品的语义层次协调一致"。当然,不同读者对于不定点的填补可能具有不同的价值,有的给予作品更大的深度和更鲜明的独创性,有的则使作品失去光彩。读者不同的填补方式,是由于他们各自的修养、性格等等个人因素,也有对于"时代的文

---

① (波兰)英伽登:《对文学的艺术作品的认识》,陈燕谷、晓禾译,中国文联出版公司1988年,第10—15页。以下引英伽登均见同书。

化氛围的依赖性"。从作品方面看,它们发挥作用的力度也不一样,"真正的杰作拥有着最大的支配读者(接受者)的力量,他们似乎有一种能力把读者置于一种共同创造的情感感受状态中"。这种能力也会随着时代而有所变化。不难看出,英伽登已经提出后来接受美学的多个主要问题,只是他所持的观点比较平和,兼顾到作家、作品、读者、时代等等文学的各个要素。英伽登想要使文学研究成为精密的学科,他在本书导论中预设的文学作品和读者都是处于"理想状态"的。有人批评他的论述过于抽象,但这样做正显出哲学家的严谨,保证了他的著作逻辑上的一贯和严密。

姚斯(1921—1997),德国文学理论家,他反对实证主义,而立足于伽达默尔的诠释学,并倾向柯林伍德的经验主义。伽达默尔说:"文学概念绝不可能脱离接受者而存在。……文学其实是一种精神性保持和流传的功能,并且因此把它的隐匿的历史带进了每一个现时之中。"[①]在《文学史作为向文学理论的挑战》中,姚斯引柯林伍德《历史的观念》中的话:"历史什么也不是,只是在历史学家的大脑里,将过去重新制定一番而已",紧接着姚斯说,柯林伍德这个假设"对文学史更为有效"。姚斯提出:"文学史的更新要求建立一种接受和影响美学,摈弃历史客观主义的偏见和传统生产美学的基础。""现在必须把作品与作品的关系放进作品和人的相互作用之中,把作品自身中含有的历史连续性放在生产与接受的相互关系中来看。换言之,只有当作品的连续性不仅通过生产主体,而且通过消费主体,即通过作者与读者之间的相互作用来调节时,文学艺术才能获得具有过程性特征的历史。"[②]在姚斯的接受美学里,作者和作品不再居于最权威的地位,读者则受到高度重视。"一部文学作品,并不是一个自身独立、向每一时代的每一读者均提供同样的观点的客体。"文学作品像是一部管弦乐谱,在演奏中不断地得到新的接受者新的反响;艺术作品是在生产者、批评家和接受者几个方面的相互作用下动态地生成的。

文学的审美接受并不是主观印象的任意罗列,在阅读之前,读者脑中存在一个期待系统。比如,我们拿起一首诗或一部小说,脑子里早已有了关于诗歌、小说特性的观念;作品的题目以及作者的署名,也给我们某种暗示、提

---

① (德)伽达默尔:《真理与方法》上卷,洪汉鼎译,上海译文出版社1999年,第211页。
② (德)姚斯:《文学史作为向文学理论的挑战》,见《接受美学与接受理论》,周宁、金元浦译,辽宁人民出版社1987年,第26—27页、第19页。本书引姚斯均据此书。

示,"它唤醒以往阅读的记忆,将读者带入一种特定的情感态度中,随之开始唤起'中间与终结'的期待,于是这种期待便在阅读过程中根据这类文本的流派和风格的特殊规则被完整地保持下去,或被改变、重新定向"。由于各种因素的变化,原有的期待视野不断改变又不断地建立新的期待视野。比如,对《堂吉诃德》最早的期待视野来自对骑士小说这一文学类型的特色的观念,后来则转为受到滑稽讽刺小说的类型特色观念的支配。"期待视野与作品间的距离,熟识的先在审美经验与新作品的接受所需求的'视野的变化'之间的距离,决定着文学作品的艺术特性。"他的这一论断,可以用来解释很多作品在不同时代的不同命运。一些经典之作在后世可能受到冷遇,一些创新之作刚问世可能为大多数人所漠视。文学的经典具有影响大多数读者期待视野的巨大力量,让读者去适应文学传统。新的环境和新的作品集聚了足够的力量,就会改变审美标准,促成新的期待视野形成和普遍化。

伊瑟尔(1926—2007),和姚斯一样曾经担任德国康斯坦茨大学教授,是"康斯坦茨学派"的重要成员。他和姚斯切入问题的角度有所不同,姚斯着重在接受史,伊瑟尔着重在文本的内在结构。他说:"读者反应批评或称接受理论,后者我自忖是一个更能表达我所追求的事业的命名,其所最关注的是一个文本使其读者做出什么反应,而对于这一文本自身可能意谓了什么则并不怎么在意。因此接受理论的主要兴奋点是文本的处理,我认为这至今仍是一个重要问题。"读者不能随心所欲地理解文本,因为作者已经把意向性意义导入读者的阅读。[①] 文学作品的意义寓于读者对文本的反应之中,如何定义读者呢?有几类不同的"读者"的概念,即:实际读者,假定读者,理想读者。伊瑟尔继承了英伽登的思想,他要讨论的读者,不是上述几种中的任何一个,而是兼及了接受和文本两个方面,他名之为隐在读者(或译"潜在读者""隐含读者")。他说:"我们试图理解文学作品所造成的效果与所引起的反应,就必须考虑到读者的存在,而不能以任何方式预先规定他的个性或他的历史情境。由于缺乏一个更好的词语,我们姑且称他为隐在读者。他体现了所有那些对一部文学作品发挥其作用来说是必要的先在倾向

---

① 金惠敏:《在虚构与想象中越界——沃尔夫冈·伊瑟尔访谈录》,《文学评论》2002年第4期;参看伊瑟尔:《阅读行为》,金惠敏译,湖南文艺出版社,1991年。

性——它们不是由经验的外在现实而是由文本自身所设定的。所以,作为一个概念的隐在读者,他牢牢地植根于本文的结构之中;他是一个思维的产物,绝不与任何实际读者相等同。"隐含读者意味着文本潜在的阅读的一切可能性。① 伊瑟尔原先在《文本的召唤结构》中使用的是"召唤结构",后来,为了强调它的双向性、双重性,不能脱离文本和接受任何一方,他借用布斯在《小说修辞学》中创造的"隐在作者"这个术语,并且赋予了它全新的内涵。在伊瑟尔这里,隐在读者是文本中的"反应邀请结构",是文本对于读者发出的邀请、召唤,也是读者对这一邀请的回应,包括读者在文本的召唤结构下的完形过程。作品向读者提出问题,布置任务,引起填补空白的冲动。文本本身存在控制机制,用不定点引导接受者的想象。伊瑟尔后来在美国任教,去世比姚斯晚了十年,产生的影响更大。

(十一)布斯、热奈特和克里斯蒂娃

韦恩·克雷森·布斯(1921—2005),美国芝加哥大学教授,1961年出版《小说修辞学》,对亨利·詹姆斯及卢伯克的理论提出挑战。在20世纪前期西方小说理论中,詹姆斯的著述被视为"圣经",而卢伯克的《小说技巧》一书则被视为对"圣经"的注释。② 《小说修辞学》有一节的小标题是"从正当的反叛到残缺的教条",指出:从福楼拜到亨利·詹姆斯再到卢伯克,对于小说中作者的声音这个问题,从具有灵活性的探讨变得公式化,僵化成为教条;他们贬低、否定"讲述",认为小说只应该是"显示",主张作家"自我隐退,放弃直接介入的特权,退到舞台侧翼",让"故事被不加评价地表现出来,使读者处于没有明确评价来指导的境地;主张采用"客观化的""非人格化的""戏剧式的"叙述方法,对所有的价值持中立态度,抛弃所有理性或政治目标,不动感情地显示。正是针对以上的小说理念,布斯提出了"隐含作者"这一术语。他说,小说家的创作中,"不是创造一个理想的、非个性的'一般

---

① (德)伊瑟尔:《阅读行为》第二章中"读者与隐在读者"一节,金惠敏译,湖南文艺出版社,1991年,第34—50页。本书引伊瑟尔均据此书,也可参看他的《文本与读者的相互作用》一文,姜以群译,见张廷琛编:《接受理论》,四川文艺出版社1989年。

② 参见方土人:《西方小说美学的首次崛起》,《小说美学经典三种》,上海文艺出版社1990年,第3页。

人',而是一个'他自己'的隐含的替身,不同于我们在其他人的作品中遇到的那些隐含的作者"。① "隐含作者"是布斯理论的最重要的概念,后来,在他去世前不久的一篇文章里,他解释说:"我们为何需要努力维护'隐含读者'这一概念",其实源于三方面的事实背景——当时作家普遍追求"客观性";大学生不了解隐含作者与叙述者以及与有血有肉的作者之间的区别;学生从来没有学会将不同程度的不可靠的叙述声音与有意创造这种声音的隐含作者区分开来。② 隐含作者不等于真实的、有血有肉的作者本人,相反,隐含作者会努力隐匿自己的缺点,"我最欣赏的是知道如何抹去自己不喜欢的自我的作者"。隐含作者也不等于叙述者,例如塞林格的《麦田守望者》和马克·吐温的《哈克·费恩历险记》里的叙述者都是"靠不住的"——叙述者赞扬的是隐含作者要讽刺的,叙述者贬低的是隐含作者所欣赏的,分不清两者区别就会误读作品。同一个作家的不同作品里的隐含作者是不同的,读者每一次阅读时建构起来的隐含作者也可以是不尽相同的。"最成功的阅读是这样的:在阅读中被创造出来的两个自我,作者和读者,能够找到完全的和谐一致。"他的这些论述,既有相当的理论深度,也有对阅读的实际指导作用。比如他举的马克·吐温的例子,小说里极力形容哈克·费恩如何顽劣,细心读来,才知道他是作家非常喜欢的勇敢的有正义感的孩子。

热奈特(1930—),法国文学理论家,在叙事学上有突出的贡献,他的《叙事话语》和《新叙事话语》得到了广泛好评。热奈特不赞成布斯关于隐含作者的概念和相关阐释,他说,隐含作者不是叙述者和真实作者之间有效的主体,在叙述者和真实作者之间,"没有第三者活动的任何余地"。③ 热奈特的叙事学注重的是叙事技巧,仅仅从这个角度来说,"隐含作者"概念的用处的确是不大的。但是,布斯的本意在于,强调小说伦理效果的重要性,小说作者的伦理立场的重要性,小说有责任向读者传达扬善惩恶的态度。理想的隐含作者,不但要比读者更清醒、更有主见、更高尚,而且应该比真实的作者更高。传记材料揭示出来作家在实际生活中的"污点",在布斯看来,并不重要,重要的是隐含作者所追求的道德境界。布斯说:"一部伟大的作品确立起它的隐含作者的'忠实性',不管创造了那个作者的真人在他的其他行为

---

① (美)布斯:《小说修辞学》,华明等译,北京大学出版社1987年。
② (美)布斯:《隐含作者的复活》,申丹译,《江西社会科学》2007年第5期。
③ (法)热奈特:《叙事话语 新叙事话语》,王文融译,中国社会科学出版社1990年,第275页。

方式中,如何完全不符合他的作品中体现的价值。因为我们都知道,他生命中唯一忠实的时候,就是他写自己的小说的那个时候。"作家对所有的人物普遍的爱、怜悯、宽容,这样的完全公正是不可能的。客观地说,如果一个作家希望自己的作品产生良好的伦理效果,那么,隐含作者比真实的作者更正直、更富于爱心,也就无可指责。不过,布斯对"隐含作者"的论述,在逻辑上并非完美无缺、无可挑剔,而是留下了一些瑕疵,不能够合理地阐释和理解许多文学事实。①

叙事学一词是保加利亚裔的法国文学批评家托多洛夫(1939—)1966年在《〈十日谈〉语法》一书中首先提出的,热奈特接受托多洛夫的观点,在《叙事话语》中以普鲁斯特的《追忆逝水年华》为例,展开细致的分析论述。在此书"引论"中,热奈特做了一些界定,他把叙述内容称作故事,叙述文本称作叙事,叙述行为称作叙述;叙事学研究的是,叙述行为、所叙述的事件,以及事件之间的连贯、反衬和重复的关系。"没有叙述行为就没有叙述","叙事理论至今很少过问叙述的陈述行为问题着实令人惊讶"。书中讨论了时间、语体和语式。关于时间,讨论的是故事时间和话语时间的关系。普鲁斯特有时用将近两百页的篇幅叙述三个小时里的事件,有时用三行叙述十二年里的事件,这就造成了叙述速度的巨大落差。关于语体,讨论的是叙述者感知故事的方式,特别是讲到叙述角度,这个问题在小说创作的实际中十分重要;关于语式,讨论的是叙述者所使用的话语类型。叙事学涵盖电影、连环画等众多领域,话语叙事则限制在用口头和书面语言作手段的范围里。古代早有对于叙事理论的阐述,如古希腊柏拉图、中国唐代的刘知几,都有很好的见解,明末清初的金圣叹对叙事角度、故事时间和话语时间的关系更有颇为自觉的认识,但系统、细密的论述则是叙事学建立之后才有的。热奈特在《叙事话语》的后记里说,书中"概念与术语的层出不穷想必激怒了许多人","这套武器不出几年必然过时","但我们期望它被抛弃之前能暂时有些用场"。他说的"用场",指的是为当时的结构主义文学理论提供支持。叙事学理论有过于琐细、过分技术化的倾向,但一方面对作家的写作有参照作用,另一方面对我们细读已有的、过去的叙事作品也有帮助。在荷马史诗

---

① 参见申丹:《究竟是否需要隐含作者——叙事学界的分歧与网上的对话》,《国外文学》2000年第3期。

中,在《左传》《史记》中,就有叙事角度、叙事节奏、叙事频率、叙事顺序的变化,叙事学理论可以提升读者阅读这些经典时的审美快感。所以,叙事学并没有也不会被"抛弃"。

朱丽娅·克里斯蒂娃(1941—),保加利亚裔法国文学批评家,她的有关女性主义和互文性的见解,具有较强的独创性。关于女性主义,她表示,波伏瓦关注的是全体女性的境遇,而她关心的是女性个体的生存境遇,尤其是她们的天才和天分。[①] 互文性这个术语,是她在《词语、对话和小说》一文中创造的,她说:"任何文本的构成都仿佛是一些引文的拼接,任何文本都是对另一个文本的吸收和转换。互文性概念占据了互主体性(即主体间性)概念的位置。诗性语言至少是作为双重语言被阅读的。"她又在《封闭的文本》里说:"我们把产生在同一个文本内部的这种文本互动叫做互文性。对于认识主体而言,互文性概念将提示一个文本阅读历史、嵌入历史的方式。在一个确定文本中,互文性的具体实现模式将提供一种文本结构的基本特征('社会的'、'审美的'特征)。"她的丈夫,也是她的思想的支持者索莱尔斯说:"任何文本都处在若干文本的交汇处,都是对这些文本的重读、更新、浓缩、移位和深化。从某种意义上讲,一个文本的价值在于它对其他文本的中和与摧毁作用。"[②]克里斯蒂娃把雅各布森等人的结构主义和巴赫金的对话理论介绍给法国,互文性理论正是在巴赫金对话理论的基础上提出的,是对当时流行的结构主义的修正,表现出结构主义向后结构主义的过渡。互文性理论用对文本之间关系的研究代替了作者之间关系的研究,他们所说的互文性,是指作者把先前的和同时代的话语转换到当下的交流话语之中;一个文本里面含有另外一个或若干个文本;强调文本的开放性,每个文本都接纳了其他文本,并且渗进了社会历史的多种因素,当前文本与先前文本的关系是互动、对话,而不是线性的单向的影响、承传。克里斯蒂娃认为,法国的结构主义者着重分析的是很简单的对话和词句,她要分析长篇的、复杂的文本;她不把文本看作完全封闭的,而注意到文化语境的背景,"我认为只有通过心理学和精神分析学才能真正理解人与人之间的对话,了解一篇文章或

---

① 参见《南方周末》2009 年 3 月 4 日记者对克里斯蒂娃的专访:《波伏瓦写女人的条件,我写女人的才华》。
② 参见秦海鹰:《互文性理论的缘起与流变》,《外国文学评论》2004 年第 3 期;秦海鹰:《克里斯特瓦的互文性概念的基本含义及其具体应用》,《法国研究》2006 年第 4 期。

一个道理"。克里斯蒂娃得到导师罗兰·巴特以及热奈特等人的热情支持,她说:"一般的老师都希望自己的学生与老师的思想是一样的,而罗兰·巴特却希望学生的思想跟他不一样。他对自己学生的想法和理念一向都非常感兴趣,有些时候他会从他的学生们那里得到一些想法,他也经常夸奖他们,觉得他们的想法很了不起。当初他发现了我对这种跨文本分析有一些很好的理念,就支持我的理念。"克里斯蒂娃主张的是广义互文性,不仅指具体的文本,还包括了社会历史的诸多因素。每一个作者的每一件作品,都是在世代积累、流传的文学理念之下创作出来的,海德格尔说,艺术作品来自艺术家的创作活动,使艺术家成为艺术家的是作品。"无论就它们本身还是就两者的关系来说,艺术家和作品都通过一个最初的第三者而存在。这个第三者才使艺术家和艺术作品获得各自的名称,那就是艺术。"[①]各时代、各民族关于艺术、文学的观念,影响着和决定着每一件具体作品,使他们相互关联。

热奈特讲的则是狭义互文性,他把互文性作为可操作的描述工具。热奈特区分五种互文性,第一种狭义互文性,也就是克里斯蒂娃所说的文本间性。他认为,有些学者所说的文本间性的痕迹"处于点状的瞬间印象",限于个别词语而非整体结构;"我要赋予该术语一个狭隘的定义,即两个或若干个文本之间的互现关系,从本相上表现为一个文本在另一个文本中实际出现。"第二种是副文本(或译"准文本"),研究一部文学作品所构成的整体中正文与副文本所维持的关系,包括标题、副标题、序跋、插图等等,草稿、梗概等前文本也发挥了副文本的作用。例如,《尤利西斯》原有小标题,提示与史诗《奥德赛》的关系。第三种是元文本性,即一部文本与它所谈论的另一部文本。第四种是他讨论的重点,他称之为承文本性,指的是文本 B(承文本)与先前的文本 A(蓝本)的连接,前者在后者的基础上嫁接而成。B 绝不谈论 A,但如果没有 A,B 绝不会是现在的生存模样。例如维吉尔的《埃涅阿斯纪》与乔伊斯的《尤利西斯》都是蓝本《奥德赛》的承文本,只是两者与蓝本关系很不相同。一个是播放,一个是改造。第五种是广义文本性,主要指类属关系,对体裁的领会很大程度上引导和决定了读者的期望区。五种跨文

---

① (德)海德格尔:《艺术作品的本源》,孙周兴译,《林中路》,上海译文出版社1997年,第1页。

本相互交流。①。一个文本包含了作者、人物、叙述者以及以前文化语境中诸多文本之间的对话。互文性理论把文本的开放性强调到前所未有的位置,一方面拓展了文学批评和文学史的视野,另一方面在运用中有时产生了过于泛化的弊病。

---

① (法)热奈特:《隐迹稿本》,史忠义译,《热奈特论文集》,百花文艺出版社 2000 年。

第二部分 基本论题与重要概念

我们学习一门学科,除了了解它的发展过程,了解它的历史上最重要的理论家和经典性的著作,同样重要的,甚至是更加重要的,是了解它的主要的术语,它的概念、范畴和命题。对于一门学科的学习者和研究者来说,只要抱着严肃的态度,术语的理解和阐释就是必不可少的入门功夫。概念、术语、命题的意涵既有其稳定的一面,又总是处在或快或慢、或巨或微的变动之中。恩格斯在《〈资本论〉英文版序言》中说:"有一个困难是我们无法为读者解除的。这就是:某些术语的应用,不仅同它们日常生活中的含义不同,而且和它们在普通政治经济学中的含义也不同。但这是不可避免的。一门学科提出的每一种新见解,都包含着这门科学术语的革命。"[①] 王国维在《论新学语之输入》一文中也指出:"思想之精粗广狭,视言语之精粗广狭义为准";"故新思想之输入,即新言语输入之意味也","至于讲一学,治一艺,则非增新语不可"。[②] 对于希望学好文艺学课程,对于愿意切实钻研文学批评、文学理论的人,弄清基本术语,弄清概念、范畴、命题的确切涵义,是起码的也是迫切的要求。这里所说的确切涵义主要指两项,即:术语和命题创立者给定的涵义和其后流行演变中新产生的有影响并且具有比较广泛共识性、权威性的涵义;就现代理论批评而言,大体上也就是各学派主要批评家所赋予的不同涵义。通过对术语,对概念、范畴、命题的了解,才能拥有文学理论批评学科的基本知识。

一门学科从创立到其后的发展、变革,从根本上说,都是为了回应实践中的某个或某些问题,提出对于这些问题的多种答案。文学理论学科,提出

---

① (德)恩格斯:《〈资本论〉英文版序言》,《马克思恩格斯全集》第23卷,人民出版社1972年,第34页。
② 王国维:《论新学与之输入》,《王国维文集》第三卷,中国文史出版社1997年,第40—43页。

并回答了人们文学活动实践中的各方面的问题。一系列大小、深浅不同的问题,编排组合在一起,成为学科结构的基础。原来被广泛认可的答案被修改、被颠覆,新的答案不断出现;旧的问题淡出人们的视野,新的问题提了出来。在这样的意义上,可以说,学科的架构就是各种问题的连接,学科的历史就是问题以及对问题回答的增减、更新、替换的历史。研究文学理论,学习文学理论,需要具有问题意识。德国数学家希尔伯特说:"只要一门科学分支能提出大量的科学问题,它就充满生命力;而问题的缺乏则预示着独立发展的衰亡或中止。"[①]术语的更新,是问题的答案更新和问题本身更新的结果。对学习者个人,我们也可以说,脑子里有专业的问题,是一个自觉的学习者;脑子里没有明确的问题,即使记住许多许多人物、著作,记住许多定义,也没有很大的用处。

  大量的应对短时段和小范围里的实践的问题,其生命力必定相对较短;与广大地域里长时段大范围事件相关的问题,被很多世代、很多民族的理论家共同关切、反复探讨的问题,其生命力是长久的。有些问题,不是直接来源于实践,它属于黑格尔所说的"反思",也就是对思想的思想,是对于前人的概念、命题的审视、批判、扬弃、改造。黑格尔要求学习哲学的人弄清楚一般的思想与哲学上的反思的区别。他说:"反思以思想的本身为内容,力求思想自觉其为思想。忽视了哲学对于思维所明确划分的这种区别,以致引起对于哲学许多粗陋的误解和非难。"[②]我们要在对实践的关注中,对前人研究结果的关注中,从新的角度探讨老问题,并且提出新问题;还要争取对术语、概念、范畴、命题作出自己的独特的新的阐发和回答。

  美国不列颠百科全书出版公司推出过一套六十卷《西方世界的伟大著作》,精心挑选了西方两三千年人文学科、社会科学以及某些自然科学的最重要的著述。丛书最前面专设了两卷,从收入整套丛书的著作里提炼出来"代表西方文化最主要特征的 102 个观念",主编者把这两卷叫做"论题集",也就是论题的集合,中译文称之为"大观念",并且说:"我们所关心的'哲学问题',差不多都包括在这里了。""论题集"对于每一个观念,先是界定其性质和范围,使读者得以知其概要,然后列出它的下面一个层次的分类主题,

---

[①] (德)希尔伯特:《数学问题》,转引自刘大椿主编:《中国人文社会科学发展研究报告 2004:问题意识和超越情怀》,中国人民大学出版社 2004 年,第 25 页。

[②] (德)黑格尔:《小逻辑》,贺麟译,商务印书馆 1981 年,第 39 页。

勾勒某一观念的内部结构,其中既提示、综合、概述了前人的见解,也隐藏着有待进一步探讨的问题。西方古往今来的经典著作,正是环绕这些问题展开,因而具有了统一性。① 这种"论题集"的做法,对我们学习文学理论学科,有方法论的参考价值。我们可以尝试找出文学理论的最重要的论题,也就是文学理论的"大观念"。

英国文学理论家、文化学者雷蒙·威廉斯著有《关键词——文化与社会的词汇》一书,关键词也就是提供关键的术语、概念,而威廉斯这本书远不限于提供检索的路径。作者说,这本书"既不是一本词典,也不是学科术语汇编,而是词汇质疑探询的记录"。"我所做的不只是收集例子、查阅或订正特殊的用法,而且是竭尽所能去分析存在于词汇内部的争议问题。我称这些词为关键词,有两种相关的意涵:一方面,在某些情境及诠释里,它们是重要且相关的词。另一方面,在某些思想领域,它们是意味深长且具指示性的词。"② 威廉斯从历史语义学的角度考察概念的起源,并梳理出不同语境中概念的发展和变迁,概念的多重意义。这本书的广泛影响使"关键词"成为许多人看重的研究方法。

20世纪80年代末,国际比较文学学会理论委员会组织很多国家学者撰写了《问题与观点:20世纪文学理论综论》,此书按照问题编排,全书分四大部分共十九个问题,介绍纷繁复杂的20世纪文学理论,它的突出特点是眼光、思维的国际交流性。几位主编认为,"比较文学研究总体上似乎比民族文学研究更易于滋养普遍概括性的理论思考"。此书前言中说,书中"回顾了与上述主题和问题相关的种种方法、理论和论点:我们无意孤立地考察上述方法、理论和论点,而是重点考查它们之间的相互关系,从它们保持和要求的明显的或者潜在的对话方式予以考察"。③ 在这几位主编看来,一般的词典提供的是大众认为适当的解释,但这不适合于牵涉到思想和价值观的词。而且,词义随时代而变化,意义会不断创新、转移、延伸。一般人习惯于通过词源的探讨来认定词的原始意涵,但后来的变异用法更显示语言的活力——创造新的语汇,旧词语词义的改变、翻转、延伸、转移。词与词之间的

---

① 陈嘉映主编:《西方大观念》中译本序言,并可参看该书导论,华夏出版社2008年。
② (英)雷蒙·威廉斯:《关键词——文化与社会的词汇》,刘建基译,三联书店2005年。
③ (加拿大)昂热诺、(法)贝西埃、(荷兰)佛克马、(加拿大)库什纳主编:《问题与观点——20世纪文学理论综论》,史忠义等译,百花文艺出版社2000年,河南大学出版社2010年新版。

互动,在不同国家、不同文化圈之间的互动,"意义的变异性是语言的本质"。主编们还指出,重要的词义由优势阶级所形塑,被某些行业所操控,对于词义的其他很多理解则被边缘化。他们的这个判断符合于实际,尤其符合于近一百年来的实际。20世纪文学理论批评的很多术语,其诠释被强势的西方文化所操控。英国哲学家罗素说过,数学问题是知识问题,而神学问题则仅仅是见解问题。文学理论问题既是知识问题,又具有文化个性和意识形态性质。所以,这类术语与我们本土文学和文化实践以及本土传统如何融合,是我们必须认真思考的问题。

我和多位同事合作,编撰过《文学理论批评术语汇释》,收有一千三百多个词条,也是学习文学理论的一本工具书。[①] 那些词条,当然并不都是"大观念"。在这本书里,考虑到篇幅的限制,我仅能举出少数几个"大观念",或者叫做基本论题,大略地讨论它们的涵义、源流、演变。这样的大观念、基本论题,都存在彼此相异甚至是相冲突的多种理解,读者可以在许多文献中去寻找进一步了解的线索。

一、文学和文学性

我们学习和研究文学理论,对于"什么是文学"这个最基本的问题,往往认为答案不言而喻,无须再去加以辨析。但是,只要认真思索一下就会发现,众多的学者对于"什么是文学"的理解,其实并非完全一致;如果再仔细检索查阅一番,各个时代、各个国度、各个学派的人们对于文学的认识,更有很大的差别。

无论在中国还是在西方,作为文学理论学科核心概念的"文学",都是一个现代才产生的新术语。雷蒙·威廉斯在《关键词——文化与社会的词汇》一书中说,"Literature"是14世纪才出现在英文里的,其含义是通过阅读得到的高雅知识;英国词典编撰的开创者约翰逊的《英语字典》给这个词的释义是"学问、文字技巧"。[②] 现代汉语里的"文学"一词,现代文艺学里"文学"

[①] 王先霈、王又平主编:《文学理论批评术语汇释》,高等教育出版社2006年。
[②] (英)雷蒙·威廉斯:《关键词——文化与社会的词汇》,刘建基译,三联书店2005年,第268—274页。

这个术语,其学术性内涵是近代从西方的 literature 翻译移用过来的。西方的 literature,含义也有历史的发展变化,美国《不列颠百科全书》"文学评论"(literary criticism)条说:"几乎所有文学评论都是在 20 世纪写出来的",文学史"用文字写下的作品的总称。常指凭作者的想象写成的诗和散文,可依作者的意图以及写作的完美程度而识别"。[①]《中国大百科全书·中国文学》卷"文学"条说,西方狭义的文学观念是 18 世纪确定,中国则是在 20 世纪初确定和开始流行的。[②]

  古人虽然没有关于文学的与今天同样明确精密的概念,却早已有了运用语言进行的审美的、艺术的活动。我们现在说古人的文学观念,柏拉图、亚里士多德的文学观念,孔子、庄子的文学观念,指的是,他们的言说中,与我们今天所理解的文学活动有关系的内容;如果和我们今天理解的文学活动无关,即使他们的言说含有"文学"字样,也不属于文学理论学科讨论的范围。文学是在人类文明进化过程中产生的,是分工、分化的产物。人类的审美活动、艺术活动,经过极其漫长的进化,才从生产劳动、巫术、祭祀、游戏中分化出来,逐渐具有独立形态。文学,也是经过很长时间的演化,逐渐从艺术活动的整体中分化出来,与乐、舞分离,逐渐具有独立形态。在人类历史的早期,没有独立的文学,也没有独立的艺术,所以,也就不可能有专门的关于文学的见解、学说。只有当文学成为一个独立的精神生产方式,才有了比较严格意义上的文学理论、文学思想。到了 20 世纪,报纸、杂志、广播、电影、电视、网络,各种传播工具的出现,文化生态发生了深刻变化,文学在审美文化中的中心地位动摇了,文学和非文学的界限逐渐又变得模糊,文学理论的形态和性质也随之发生变化。以前曾经长期流行的对于"文学"的定义,正受到严重的挑战。当艺术和文学还不具有独立性或独立性还不强的时候,艺术观念潜在于实用的意识之中,潜在于宗教观念之中,潜在于训练后代的教育观念之中,而文学观念又是潜在于艺术观念之中。文学观念的明确表述,知性形态的文学观念,乃是在文学高度发展之后的事。研究文学观念发生史,需要梳理不同阶段、不同形态的文学观念。

  文学观念有显性的和隐性的。关于文学的界说、定义属于显性的,从文

[①] 《简明不列颠百科全书》第 8 册,北京:中国大百科全书出版社 1986 年,第 267 页。
[②] 《中国大百科全书·中国文学》,中国大百科全书出版社 1986 年,第 939 页。

学文本,从文学创作活动和文学接受活动中反映出来的弃取、好恶则表达了隐性的文学观念,隐性的文学观念也可能具有巨大的支配力。

现代理论家一直是在不辞劳苦地寻求对文学的定义,这种寻求可以划分为若干阶段,却不会有一个终点。这就是文学概念的变动性,而变动是绝对的。1962年,小斯蒂芬·G.尼科尔斯在给韦勒克《批评的诸种概念》英文本写的序言中说,学者们对文学理论、文学批评和文学史三门学科作为基础的基本概念,"缺乏一个总体的、完整的意识",所以,韦勒克要孜孜不倦地坚持探讨基本概念。但韦勒克本人则在书中明确指出:"一个专门术语,尤其是在像文学批评这样一个难以捉摸的研究对象中,是不可能因哪怕是最伟大的权威或最具影响力的学者团体而凝固化的。"[1]文学理论的概念不是作为文学现象的单纯的投影或者镜像被给定,它们是在一定客观条件下被建构起来的。文学理论不是理论家从客观万象之中所"发现"的知识体系,它是在历史的社会的语境中"建构"起来的知识体系。文学的定义问题,虽是一个理论问题,但理论是从实际中提炼出来的;一般地说,理论的发展多是滞后于实际。文学的创作和接受一旦有了大的变化,关于文学的性质就会引起新的思考,也就需要理论家作出新的概括。

19世纪俄罗斯理论家别林斯基提出关于"艺术"的定义,别林斯基是一位文学批评家,他所说的艺术,主要是指文学,他说,"艺术是对于真实的直接观照,或者是形象中的思维。全部艺术理论——艺术的本质、艺术分类以及各类的本质及条件——即在于发挥艺术的这个定义。"《别林斯基论文学》一书的选辑者别列金娜强调指出:"这个定义是第一次在俄文中如此说出来的,在以前的俄国美学、诗学或所谓的文学理论中都不能看到这样的定义……这里面正确地解决了艺术和科学、思想和形式的相互关系的问题。"[2]基于这样的看法,这个定义为俄罗斯、苏联的文学理论界以及20世纪中期的中国的文学理论界所接受,成为许多文学理论教科书的出发点。别林斯基本人据此做过多次阐述,他说,"诗的本质就在于给不具形的思想以生动的、感性的、美丽的形象";"哲学家用三段论法,诗人则用形象和图画说话,然而他们所说的都是同一件事。政治经济学家靠着统计数字,诉诸读者或

---

[1] (美)韦勒克:《批评的诸种概念》,丁泓等译,四川文艺出版社,1987年,第4页、第43页。
[2] (俄)别列金娜选辑:《别林斯基论文学》,梁真译,新文艺出版社1958年,第1—20页。

听众的理智,证明社会中某一阶级的状况,因为如此这般的理由,而大为改善或大为恶化了。诗人靠着对现实的活泼而鲜明的描绘,诉诸读者的想象,在真实的图画中显示社会中某一阶级的状况,因为如此这般的理由,而大为改善或大为恶化了。一个是证明,另一个是显示,但他们都是说服,所不同的只是一个用逻辑论证,另一个用图画而已。"别林斯基的定义,包括两个基本要素,即形象和思想,他说,"诗歌不是什么别的东西,而是寓于形象的思维"。他的定义吸纳了欧洲19世纪美学、文学理论的成果,继承了黑格尔的艺术想象是把心灵性的内容放在感性的形式里的观点,突出了19世纪文学、尤其是小说创作的性质和特点,概括了现实主义文学的性质和特点,概括了在19世纪前后被公认的经典的文学作品的性质和特点,至今也还是大体上符合大部分文学的实际。但是,对于许多民间文学作品,对于20世纪以来许多标新立异的现代派作品,它就不很适合甚至是很不适合。

俄国形式主义文论学派不赞成文学艺术是形象思维的理论,不赞成别林斯基所代表的理论传统重视文学的"思想"、重视文学的社会历史内容。什克洛夫斯基说:"形象思维无论如何也不能概括艺术的所有种类,甚至不能概括语言艺术的所有种类。形象也并非凭借其改变便构成诗歌发展的本质的那种东西。""艺术的目的是使你对事物的感觉如同你所见的视像那样,而不是如同你所认知的那样;艺术的手法是事物的反常化手法,是复杂化形式的手法,它增加了感受的难度和时延……艺术是一种体验事物之创造的方式,而被创造物在艺术中已无足轻重。"①俄国形式主义学派是要把文学研究的立足点、侧重点从内容转到文学的形式上,于是,它的成员雅可布森提出"文学性"的概念,并给予定义:"文学学科的对象不是文学,而是'文学性',也就是说使一部作品成为文学作品的东西。"②使文学作品成为文学作品,使文学作品与非文学区分开来的是什么呢?他们认为,就是语言,就是语言的"反常化"或者叫做"陌生化""奇异化"。雅可布森的定义触及一部分现代派诗歌的特点,但这个定义的适用性十分有限。俄国形式主义理论家

---

① (俄)什克洛夫斯基:《作为手法的艺术》,《俄国形式主义文论选》,方珊等译,三联书店1989年,第6页。
② (俄)雅可布森:《现代俄国诗歌》,见(法)托多洛夫编选:《俄苏形式主义文论选》,蔡鸿滨译,中国社会科学出版社1989年,第24页。也可参看周启超:《形式化·寓意化·意向化》文中这段引文,《新疆大学学报》2006年第3期。

的目的也并不在于说明古今所有文学作品的特点,他们的目的在于使文学研究成为"科学的"、独立于政治和道德之外的自足体。什克洛夫斯基说:"在文学理论中我从事的是其内部规律的研究。如以工厂生产来类比的话,则我关心的不是世界棉布市场的形势,不是各托拉斯的政策,而是棉纱的标号及其纺织方法。"①对文学的语言形式的研究是文学研究的一个方面,但绝不是文学研究的全部,从整体上说,也不能说是文学研究的最主要的方面。而且,"陌生化""奇异化"也并非区分文学与非文学的普遍有效的标准。正如卡勒在《文学性》一文中所说:"如果我们把某文本的文学性效应局限在语言手段的表现范畴之内,仍然会碰到巨大的障碍,因为所有这些因素或手段都可能出现在其他地方,出现在非文学文本之中。""任何把文学作品限制为某种单一品位或单一视野的做法,都建立在一再简化的基础上。"②尽管"内部规律研究"之说具有某种矫正庸俗社会学的作用,在文学批评和文学史的实践中终难成大气候。

于是,后现代主义文论家提出另一种"文学性"。俄国形式主义文论家所说的"文学性",是很狭窄意义上的文学性,专指文学作品语言迥异于日常语言和各种实用语言的特性。后现代主义文论家所说的文学性,却又是非常宽泛意义上的文学性。美国学者辛普森1995年在《学术后现代与文学统治》一文中说,文学性渗透在各个学科中并成为支配性成分。中国学者余虹介绍辛普森的观点时阐释说,这类"渗透"指的是若干学科热衷于借用文学研究的术语,历史著述再次成为故事讲述,哲学和人类学乐于追求具体性和特殊性,各种学术文字、实用文字迷恋修辞,如此等等。③ 卡勒说:"如今理论研究的一系列不同门类,如人类学、精神分析、哲学和历史学等,皆可以在非文学现象中发现某种文学性。"又说:"文学可能失去了其作为特殊研究对象的中心性,但文学模式已经获得胜利,在人文学术和人文社会科学中,所有的一切都是文学性的。"由此我们可以知道,后现代主义者所谓哲学、宗教、历史所追求的、所具有的"文学性",和通常文学理论研究的"文学性",和雅可布森所说的"文学性",是不同的概念,后现代主义者用"文学性"概念,其意图是要否定

---

① (俄)什克洛夫斯基:《散文理论》,刘宗次译,百花洲文艺出版社1994年,第3页。
② (美)卡勒:《文学性》,昂热诺等主编:《问题与观点——20史记文学理论综论》,史忠义等译,百花文艺出版社2000年,第27—44页。
③ 余虹:《文学的终结与文学性的蔓延》,《文艺研究》2002年第6期。

各门社会科学标榜的客观性,强调其主观甚至虚构的性质。后现代主义把文学作为文化来研究,以文化研究取代原来的各种文学研究。

文化研究也只能是文学研究的路径之一,而不可能是全部,也不会成为主体。关于文学,关于文学性,几种理解可以并存。卡勒认为,文学所具有的语言现象和文化现象的性质要求相互矛盾的角度的交替使用。"如果研究的目的在于鉴别什么是文学最重要的成分,关于文学性的研究则展示出对于澄清其他文化现象并揭示基本的符号机制的极端重要性。"加拿大学者罗班在《文学概念的外延和动摇》一文中说:"'大众文化'的压路机大大动摇了此前对文学本体的界限的信念。""今后不再存在单一的文学,不管它来自大圈子还是小圈子;从今后,每个山头都有自己的文学风貌,都有自己的创作方式,或自己的文学观念。"[1]伊格尔顿也说:"我们可以一劳永逸地抛弃下述幻觉,即:'文学'具有永远给定的和经久不变的'客观性'。任何东西都能够成为文学——例如莎士比亚——又都能够不再成为文学。以为文学研究就是研究一个稳定、明确的实体,一如昆虫学是研究各种昆虫,任何一种这样的信念都可以作为妄想而加以抛弃。"[2]在不同的文化语境中,面对不同的文学创作景观,面对不同的文学接受潮流,别林斯基的文学定义,雅可布森的文学性定义,后现代理论家的文学性理念,可能在文学场域里占据显眼的位置,却不可能长久地独霸。

我们说文学研究的基本概念是建构的,绝不是说它的内涵可以由单个主体任意赋予,学科基本概念的建构是群体的社会性行为的结果,是历时的和共时的多种因素合力的产物。"文学"概念的意涵有变动性和兼容性,也有其确定、稳定的一面。文学以语言为载体,是语言的艺术,它具有审美性,表现作者的情感并激发读者的情感,表现作者的想象并激发读者的想象——这些就是具有普遍性的。否认文学概念的确定的一面,也就否定了文学理论学科存在的基础。

人类文学观念的发生存在共同规律,各个文化共同体内文学观念的发生又各有其特殊情况,具有某些各自的独特规律。文学,是主体性很强的一种精神活动。各个民族国家的文学有各自独特的文学性,对于中国文学理

---

[1] (加拿大)罗班:《文学概念的外延和动摇》,昂热诺等主编《问题与观点——20史记文学理论综论》,史忠义等译,百花文艺出版社2000年,第45—51页。
[2] (英)伊格尔顿:《二十世纪西方文学理论》,伍晓明译,陕西师范大学出版社1986年,第11页。

论的学习者和研究者,对于中国的文学家和文学理论家,从西方引进的"文学"概念、文学观,与本土实际如何融合,一直是一个有待恰当解决的问题。既不能用外来框架切割有悠久传统的中国文学思想,也不能原封不动地沿用古人的言说方式。建构新的本土文学理论体系,需要对本土文学观念发生发展的历史过程清晰的了解和科学的阐释,需要对本土文学创作和文学接受的实际有深切的了解。

在中国,甲骨文中的"文"字,像人正面站立,中间的交叉,意指胸前的纹饰。"文"作为汉语里的一个词,最早的本义就是文身,在人身上刺画花纹,引申出来,是形体或颜色交错的意思。《论语》中多次以"文"与"质"相对,"质"是未经修饰加工的质朴,"文"是经过修饰加工的文采。作为动词,"文"又有修饰、粉饰的含义。在中国古代,与我们今天讨论的文学问题有关的词语最早的并不是"文学"。定位为"用来解决阅读古籍时关于语词典故等知识性疑难问题"工具书的《辞源》,无论是20世纪初期的初版本,还是70年代的修订本,"文学"一词都没有语言艺术作品的义项,其释义都和我们讨论的文学理论没有直接关系。古代汉语里比较接近今天的"文学"含义的词是"文章"。章,有花纹的意思,是对"文"的修饰等含义的强调。文章用于指精心修饰的文字,《史记·儒林列传序》说,"文章尔雅,训辞深厚";《后汉书·延笃传》说,"能著文章,有名京师"。曹丕《典论》称"文章经国之大业",他说的"文章"所指较为宽泛;曹植《与杨德祖书》说自己"少小好为文章",那里的"文章"很具体,他所论"今之作者"都是诗歌辞赋作家。陆机《文赋》第一段谈创作的准备时说到:"游文章之林府,嘉丽藻之彬彬"。《文心雕龙》说:"古来文章,以雕缛成体";"圣贤书辞,总称文章,非采而何?"文章,就是以语言文字造成的审美艺术品。及至唐代,杜甫诗中频频使用了"文章",如:"文章曹植波澜阔""文章有神交有道""文章憎命达""庾信文章老更成","文章千古事,得失寸心知","文章"则指狭义的文学创作了。这个词涵义的演化,反映出我们的古人对"文学"特性逐渐清晰的认识过程。

对文学特性有意识地、自觉地思考的是上层社会,是学有专攻的文人,而社会上层和下层对文学各有其诉求。上层阶级掌握了话语权,他们的文学观留下了大量文献记载。下层阶级的文学观当其滋生之时就缺少代言人,更难以留下构成系统的记载,但这并不等于下层的文学观对于文学观念的发展、演变没有发生过影响。仅就艺术趣味的变化而言,下层的力量甚至会大过上层的力量。胡适《白话文学史》说:"一切新文学的来源都在民间。民间的小儿女,村夫农妇,痴男怨女,歌童舞妓,弹唱的,说书的,都是文学史上的新形式与新风格的创造者。这是文学史的通例,古今中外都逃不出这条通例。"下层社会创造的文学形式被上层采用,他们的文学趣味,他们对文学形式的敏锐感觉,却多半没有得到理论的提炼与系统阐述。文学观念发生史研究者需要千方百计地钩沉索隐,对社会下层的文学观做发掘整理。

王国维1913年作《宋元戏曲考》,他在自序里说,明清史书的艺文志和《四库全书》都不著录元人戏曲,"后世儒硕,皆鄙弃不复道",把戏曲排斥在文学场域之外;他觉得戏曲是"古所未有,而后人所不能仿佛"的划时代文学。他的观念上的依据是,"一代有一代之文学"。戏曲,还有小说,在元代以后拥有数量极其庞大的读者,这些读者影响了敏感的理论家,如李贽、金圣叹,以及后来的梁启超、王国维,他们据此修正原来的文学观,建构新的文学观。

1921年,胡适做过《什么是文学》的讲演。在他看来,原来关于文学的通识,文学的"定义",已经很不适合新的时代。早在1917年,他就写过《历史的文学观念论》的文章,其中说:"古人已造古人之文学,今人当造今人之文学。至于今日之文学与今后之文学究竟当为何物,则全系于吾辈之眼光实力与笔力,而非一二人所能逆料也。"[①]他是要重新划定文学研究的边界。"五四"新文学,也确实不同于传统的文学,文学有了新质,需要新的定义。胡适所说的"吾辈",指的是接受西方新思潮的新文学家,新一辈作家和学者。这些人为建设新文学,也为明确文学新的定义,作出了巨大贡献。但20世纪的中国文学究竟如何,并不是"全系于"他们,而在更深的层次上是系于别的因素,其中不能忽略的是新的读者群。

上世纪80年代初,国内不少作家和文学批评家发出"回到文学自身"的呼吁。他们显然是觉得,此前的一个时期,文学的场域被侵入了,文学被异化了,一段时间里的"文学"不是真正的文学,至少不是纯正的文学。所谓回到文学自身,有两个指向:第一,文学不再简单地服务于政治,不再简单地作为宣传手段;第二,文学不应该成为单纯的文化商品,低俗化的"文学"也不是真正的文学。关于第一点,80年代已经在理论上明确了,创作家、理论

[①] 胡适:《历史的文学观念论》,见姜义华主编:《胡适学术文集·新文学运动》,中华书局1993年,第32页。

家和政治家之间有了共识。第二点,因为文化体制的变化,文学生产体制的变化,文学接受在国民文化生活中的位置的变化,如何看待这些变化对文学已经发生的和还将要发生的影响,需要在实践中继续观察思考,一时还难以作出理论上精深的概括,还难有确切允当的、被大多数人认可理论表述。

确认文学的场域,确定文学与非文学的分界,原先常见的一种做法是从体裁上划分。《文心雕龙》分别论述了三十多种体裁,现代的学者认为,其中如"封禅""檄移""章表"等等都不属于文学。将文学从体裁上区分为杂文学与纯文学,虽然在实用上颇为便利,却很不严密。比如,孔稚珪的《北山移文》、李密的《陈情表》、骆宾王的《为徐敬业讨武曌檄》,分属上述实用体裁,难道不能算是文学?"平典似道德论"的玄言诗,庆祥瑞、颂升平、以典丽富艳为能事的应制诗,反而都是文学?明代前七子的代表人物李梦阳,是当时的文坛领袖,一辈子写了无数的诗,晚年忽然彻悟,认识到那不过是"文人学子韵言",而他以前认为"其曲胡(音调是外来的),其思淫"的民歌才是"真诗"。① 李梦阳以及当时文坛的名家耆宿的许多诗作,那些"韵言",合于格律,符合当时的规范,却缺少诗味。民歌创作不考虑当时文学的规范,冲口而出,自娱自乐,却诗意盎然。就是今天,专业文学刊物上发表的叫做诗、叫做小说的文字,未必全都符合多数人理念中文学的性质、品格;纯粹为实用而作的文字,网络上某些为娱乐游戏而作的文字,也不是完全没有可能历千百年后仍受到文学读者和文学批评家的青睐。

文学性首先当然是文学文本的属性,但却并不仅限于文本的属性。考察文学性,要考虑创作者、文本和接受者三个方面的因素。文学理论界关于文学研究的边界的论争,不同学者之间存在概念的错位,他们各自强调三个因素中的某一个。其实,探讨这个问题的关键之一,是对于文本的文学性与接受的文学性两者的关系,予以特别的关注和深入的追究。文学的固化、物化形态是文本,然而,文本的物质存在还不是文学,一本印制成功的小说或诗歌作为出版物还不是文学,只有在被读者实际接受的过程中它才可能(而不是必然)成为文学作品。马克思说,产品"在被消费中才证实自己是产品,才成为产品"②,文学产品也不例外。从文本到文学作品,不可缺少的中间环

---

① 李梦阳:《诗集自序》,见黄宗羲编:《明文海》卷二六二。
② (德)马克思:《〈政治经济学批判〉导言》,《马克思恩格斯选集》第二卷,人民出版社 1972 年,第 94 页。

节是文学欣赏;能否使文学文本实现其文学价值,决定的是接受者的眼光、态度。原始时代,抬木头的人,前呼邪许,后亦应之,杭育杭育,那就是文学。为什么说这样的几乎是没有什么实际意义的劳动号子,可以算作是文学呢?并不是原始时代任何举重劝力之歌都是文学,更不是在任何时代的"杭育杭育"都可以成为文学。劳动号子的咏唱,只有在劳动的强度是劳动者能够胜任的,呼喊的韵律与动作的节奏一致,大家的配合协调,这种时刻,呼喊者、应和者和聆听者才能从中得到审美的愉悦。这也就是马克思说的人的本质力量的对象化,"人不仅像在意识中那样理智的复现自己,而且能动地、现实地复现自己,从而在他所创造的世界中直观自身"[①]。人在文学活动中实现其本质力量的对象化,文学性就是如此这般由创作者和接受者注入到文本之中。今天,社会生活与原始时代差别极其巨大,然而,创作心理和接受心理中文学性的发生机制却也还有许多可以古今相通。人们在网上聊天,开博客,一人发帖,多人跟帖,颇类似于前呼邪许、后亦应之,双方各自感到自我能力的一种实现,也可能得到一种审美的愉悦。当然,网络上绝大多数帖子算不得文学,但是,不能排除这类帖子的写作、阅读、呼应中,可能有审美心理参与。当代技术为我们提供了许多前人无法得到的审美享受的机会,由此产生了一些新的审美活动的方式和途径,在读书、听乐、观画、看戏之外,有了一些非传统的审美方式。新的时期人们有了新的审美,这就是审美渗透到寻常百姓的日常生活里面,这可以说是非文字、超语言的诗。徐复观说:"老、庄的道,只是他们现实地、完整地人生,并不一定要落实而成为艺术品的创造。但此最高的艺术精神,实是艺术得以成立的最后根据。"[②]《庄子》一书里有许多对非艺术的艺术的赞叹,例如梓庆削木成镰、轮扁斫轮、佝偻者承蜩等等,陶渊明也是在采菊东篱、远望南山时体味"真意"。古人有古人日常生活中的审美,今人有今人日常生活中的审美。这些日常生活中的审美,确实是艺术的根基,文学的根基。

另一方面,需要文艺学深沉思考的是,当代的文学艺术生产日益受到文化商业控制,而文化商业拥有无孔不入的网络,把我们覆盖其中。现代文化商业机制造成了一大批文化商品的制作者、供给者,我们在媒体上能够看到

---

① (德)马克思:《经济学哲学手稿》,《马克思恩格斯全集》第42卷第97页,人民出版社1979年。
② 徐复观:《中国艺术精神》,春风文艺出版社1987年,第44页。

的,只是这些制作者、供给者愿意给我们看的。他们愿意给我们看什么,他们诱导我们从什么角度看,又有一只看不见的手在支配,那就是市场之手。文化一旦成为产业,资本必定会力图控制它,利润必然成为文化决策中权衡的一个要素,甚至往往成为第一要素。德国古典美学家敏锐地感受到的,马克思深刻地分析过的一个命题:资本主义工业化与诗歌的敌对性,在经济全球化的环境中,仍有现实针对性。于是,我们的审美,我们在文学写作和阅读中体验到的自由感,在很多时候、很大程度上带有虚幻性。人们为时尚所左右,被商业性的策划牵着鼻子走。策划人炒作什么,追星族就追什么。这个意义上的"日常生活的审美化",这些文化制作、文学炒作给予主体的快感,是在虚幻中打破一切规范,在虚拟世界中释放激烈竞争带来的压力,是一种解构欲望的虚幻满足,获得瞬间的"解脱""自由",并在"叛逆"一族的群体中获得某种归属感。从一种规范下逃逸出来,心甘情愿地臣服于"流行""时尚"的规范,把自己的头发、睫毛、嘴唇、皮肤、指甲,把自己的心灵,都交由时尚去支配。人的本质力量的对象化不见了,主体的个体独立性在盲目从众中消解,成了失去或者放弃判断力的"容器人"。

社会生活方式的演变,是必须面对的事实,不能也不应该与之对抗,却可以尽力把它引到积极方向。所以,我们需要把接受的文学性、审美性作为一个重点来关注。现代人的文学接受的动机,很突出的是解压,求知与问道往往不会是直接的目的。这原是无可厚非的,毋宁说是天性使然。是否具有休闲性,具有心理解压功能,在文化市场的竞争中,至关重要。中国古代艺术教育理论认为,音乐对于人的心理,有"疏其秽而镇其浮"的用处。音乐本身较难有明确的政治的或伦理的倾向,但它可以将欣赏者无序的心理整理为有序的心理,把日常生活中愿望不能实现引起的烦躁或消沉在审美静观中转化为宁静、愉悦。新媒体上的文学艺术,使接受者从单纯的倾听者,变成对话者,更可能发生心理治疗效果,从而为社会的和谐效力。把文学当作倾诉、宣泄手段,把文学欣赏当作怡情悦性、释躁平矜的途径,这方面新媒体大有可为。从理论上思考,文化休闲如何导致主体的自我实现和自我提升,如何避免自我迷失,需要心理学、社会学和文艺学的综合研究。

总之,对于文学和文学性,要从历史源流演化中来研究,要直面创作和接受的实际来研究,了解其多样的丰富的内涵。

二、文学形式

　　形式问题,是文学理论的一个重要论题。李斯托威尔说:"只要略微瞥视一下美学的历史,就可以知道形式论的重要地位了。从古希腊时代一直到今天,它一再居于显著的地位。"①"形式"这个术语,在文学理论和美学理论中出现的频率很高,它被不同时代、不同国度的学者赋予许许多多不同的含义。波兰的塔塔尔凯维奇的《西方六大美学观念史》一书第六章"形式:一个名词与五个概念的历史",介绍了"形式"的五种定义;②另一位波兰理论家英伽登在《内容和形式之本质的一般问题》一文中,介绍了"形式"的九种含义。③ 韦勒克在《二十世纪文学批评中形式和结构的概念》一文中感叹道:"如果有谁想从当代的批评家和美学家那里收集上百个有关'形式'和'结构'的定义,指出它们是如何从根本上相互矛盾,因此最好还是将这两个术语弃置不用,这并不是难事。"④不过,文学理论的初学者也不必因此而心生畏惧,关于"形式"的定义虽然繁多,对其内涵的阐释虽然非常纷杂,我们抓住其中最主要的两种,也可以由此找出梳理文学理论的诸多学派在这个问题上的主张的线索。这两种定义的第一种,把"形式"与"质料"相对应,把形式看做一件文学艺术作品各个部分、各个元素、各个成分的安排,这个定义更多地适用于视觉艺术,但也可以适用于文学。"形式"定义的第二种,把"形式"与"内容"相对应,把形式理解为内容在感官面前的呈现,这个定义主要适用于文学;在文学中,形式是指对于文学文本的直接被感知的要素的安排,例如诗歌韵律的安排。

　　下面我们就来分别讨论上述两种定义。第一种定义把形式视为独立自足的,本体性的。这种理解在古希腊占有主导地位,当时的学者们指出,形式是合理的规则的可以用数目表示的安排,例如,美术雕刻作品的形式是

---

① (英)李斯托威尔:《近代美学史评述》,蒋孔阳译,上海译文出版社1980年,第189页。
② (波兰)塔塔尔凯维奇:《西方六大美学观念史》,刘文潭译,上海译文出版社2006年,第227—249页。
③ (波兰)英伽登:《内容和形式之本质的一般问题》,张旭曙译,《世界哲学》2004年第5期。
④ (美)韦勒克:《二十世纪文学批评中形式和结构的概念》,见《批评的诸种概念》,丁泓等译,四川文艺出版社1988年,第60页。

长、宽、高及间距比例的安排。李斯托威尔解释，古代学者的形式美的标准是多样性复杂性中的统一。毕达哥拉斯和亚里士多德都有相关论述，其中毕达哥拉斯所说的"数理形式"影响最大，毕达哥拉斯认为，球形最美，黄金分割最美，这和质料无关。柏拉图所说的"理式"，也可以说就是形式，那是人心中所见的普遍的形象，现实的事物是理式的影子。亚里士多德在《形而上学》里说，柏拉图"由于在原理中进行探索，他引进了形式"；他又说，有的哲学家"把形式当做事物的是其所是"。① 什么是"是其所是"呢？那就是使事物成为这一事物的根本性质，是事物的本体。亚里士多德自己提出，事物运动有质料因、形式因，形式因里还有动力因和目的因。他也是把形式与质料对应，比如用铜制作一座塑像，铜是质料因，雕像的模型是形式因，艺术家是动力因，成品是目的因。他在《形而上学》中说，"事物常凭其形式取名，而不凭其物质原料取名"②；人们不会说床是木头、塑像是铜，人们总是用形式而不是用质料来称呼新事物。不是质料而是形式，才使得雕塑或床是其所是。培根在《新工具》中说，形式"是支配和构成简单性质的那些绝对现实的规律和规定性"。③

对于形式的这种理解，在康德那里得到高度思辨性的阐述、发挥，他在《纯粹理性批判》里的"先验感性论"那一部分中指出："在现象中，我把那与感觉相应的东西称之为现象的质料，而把那种使得现象的杂多能在某种关系中得到整理的东西称之为现象的形式。"④ "整理"也就是安排，把"杂多"加以安排，杂多经过安排之后就呈现新质，有了秩序，具有了统一性；也就是说，形式是将杂多秩序化的组织、安排。把这个定义用之于艺术，康德在《判断力批判》中说："当我们觉知一定对象的表象时，这表象中合目的性的单纯形式，那个我们判定为不依赖概念而具有普遍传达性的愉快，就构成鉴赏判断的规定根据。""仅以形式的合目的性作为规定根据时，这才是一个纯粹的鉴赏判断。""在素描里，对于鉴赏重要的不是感觉的快感，而是单纯经由

---

① （古希腊）亚里士多德：《形而上学》，见《亚里士多德全集》第七卷，苗力田译，中国人民大学出版社1997年，第44页，第46页。
② （古希腊）亚里士多德：《形而上学》，吴寿彭译，商务印书馆1959年，第143页。
③ （英）培根：《新工具》，见北京大学哲学系外国哲学史教研室编译：《十六——十八世纪西欧各国哲学》，商务印书馆1975年，第56页。这句话又被译为"当我说到法式时，我所知的不外是绝对现实的法则和规定性"。《新工具》，见许宝骙译，商务印书馆1984年，第146页。
④ （德）康德：《纯粹理性批判》，邓晓芒译、杨祖陶校，人民出版社2004年，第20页。

它的形式给人的愉快。"①康德认为,审美判断应该是单纯依据对象的形式作出的,而不是结合了对象的质料来作出的。对于质料的感觉在人和人之间差异很大,对于形式的感觉源于"先验形式",可以是普遍的、人所共有的。他在《实用人类学》里说:只有形式才能对愉快的情感提出普遍法则的要求。后来欧美的种种形式主义理论,其源头都出自康德。

到了20世纪,克莱夫·贝尔提出:艺术是有意味的形式,显然是承续了毕达哥拉斯到康德这一系的"形式"理念。他说,什么性质存在于一切能唤起我们审美感情的客体之中呢?什么性质是各种各样艺术品所共有的呢?"在各个不同的作品中,线条、色彩以某种特殊方式组成某种形式或形式间的关系,激起我们的审美感情。这种线、色的关系的组合,这些审美地感人的形式,我称之为有意味的形式。"他所谓的形式,指的是线条的组合和色彩的组合,艺术作品各个成分的组合;他所谓意味,指的是艺术品对审美感情的激发力、唤起力。"艺术品的特质在于它具有能够激起人们审美感情的固有力量。"形式是表达这种情感的唯一方式。比起后来的艺术,"原始艺术使我们感动之深,是任何别的艺术所不能与之媲美的。"其原因在于原始艺术是非再现、非叙事,而只是表达先民对形式美的感觉。康德和克莱夫·贝尔心目中的"形式",是一种先验的形式,由主体加到事物上去。贝尔一方面用每个人都有过的心理经验来证明它的普遍性,他说:"有谁一生中没有至少一次突然把风景看成纯形式呢?一生中只有那么一次他没有把风景看作田野和农舍,而感到它只是各种各样的线条和色彩呢?"另一方面,对于其发生的根据,他也只能归之于神秘的先在:"所谓'有意味的形式'就是我们可以得到某种对'终极实在'之感受的形式。"②其实,在他之前的持相同观点的学者也都是这么做的。塔塔尔凯维奇对欧洲关于先验形式的论述做过专门的扼要介绍,他提到,文艺复兴早期有学者指出,每一种可见的形式都构成了存在于内心之真实而不可见的形式之肖像;现代也有学者说过,与具象艺术相关的情感很快就发散掉,而那剩下来的不减少也不发散的便是那依赖纯粹形式美关系的感情。③ 长期以来,不少人把先验形式的观念斥之为唯心主义,事情恐怕不是那么简单。一些大科学家也依靠对于先验形式的衷心赞

---

① (德)康德《判断力批判》上卷,宗白华译,商务印书馆1984年,第59页,第61页,第63页。
② (英)克莱夫·贝尔:《艺术》,周金环等译,中国文联出版社1984年,第4页,第35页,第36页。
③ (波兰)塔塔尔凯维奇:《西方六大美学观念史》,刘文潭译,上海译文出版社2006年,第242—244页。

叹和信赖,而发现、证明自然界、宇宙的规律。开普勒曾经陈述他为什么坚信哥白尼的日心说:"我从灵魂的最深处证明它是真实的,我以难于相信的欢乐心情去欣赏它的美。"①爱因斯坦说:"我们所能有的最好的经验是奥秘的经验……我们认识到某种为我们所不能洞察的东西存在,感觉到那种只能从其最原始的形式为我们感受到的最深奥的理性和最灿烂的美。"②对于这种形式观念,应当如何评价呢?首先,要承认它抓住了人类审美心理实际中普遍存在的现象,中国的孟子说:"口之于味也,有同耆焉;耳之于声也,有同听焉;目之于色也,有同美焉。至于心,独无所同然乎?"同耆(嗜)、同听、同美的只能是形式,同样,也只能到普遍人性里去寻找根源。其次,要确定这只是对形式的一种理解,而形式美也只是美的一种,并不是全部。它在视觉艺术和听觉艺术中更为常见,而在文学中独立发生作用的情况较少。历来不少学者指出过康德的自相矛盾,他先是极力证明对于纯形式的感受的存在和重要性,而在《判断力批判》中又说:"鉴赏基本上既是一个对于道德性诸观念的感性化的评定能力……建立鉴赏的真正入门是道义的诸观念的演进和道德情感的培养;只有在感性和道德情感达到一致的场合,真正的鉴赏才能采取一个确定的不变的形式。"③而依据唯物史观,人对形式的审美感受,为人类的社会实践中所决定,随文化历史环境而有所变化,本书前面介绍的普列汉诺夫等有详细的论述。总之,形式理论之所以充满歧见,是因为它看似单纯,实际则涉及很多方面,关于这个问题,需要今后深入研究。

"形式"的第二种定义为更多的人所熟悉,20世纪50到70年代,我国文学理论教材和著述中"形式"的概念,普遍沿用的是苏联哲学界提出的唯物辩证法五对范畴中"形式和内容"中的含义。苏联哲学家罗森塔尔说:"内容和形式是现实中一切事物和过程都具有的。在客观世界中,内容是事物的内在方面,代表着构成事物发展和存在的基础的因素和过程的总和。形式是内容的组织、构造。在与意识有关的现象方面,形式是内容的表现。"④对于形式的这种理解,源出于黑格尔,黑格尔在《小逻辑》和《美学》中早已做过清晰的阐释。《小逻辑》有"内容和形式"一节,其中说:"形式与内容是成

---

① 转引自(英)丹皮尔:《科学史》,李珩译,商务印书馆1994年,第193页。
② (德)爱因斯坦:《我的世界观》,《爱因斯坦文集》第三卷,许良英译,商务印书馆1979年,第45页。
③ (德)康德:《判断力批判》上卷,宗白华译,商务印书馆1985年,第204—205页。
④ (苏联)罗森塔尔:《唯物辩证法的范畴》,王亦程译,三联书店1958年,第200页。

对的规定,为反思的理智所最常运用。"没有无形式的内容,内容所以成为内容是由于它包括有成熟的形式在内。形式和内容可以相互转化,形式有不同的层次和性质,有的是本身即为内容的形式,有的是与内容不相干的外在形式,文学理论要研究的只是前一种形式。比如说一本文学书籍,是手抄本还是排印本,还是现在的电子文本,这和它的内容没有关系。而《伊利亚特》之所以成为有名的史诗,却是由于它的"诗的形式",这个形式和史诗的内容是不可分离的。"只有内容与形式都表明为彻底统一的,才是真正的艺术品。"不可能有一部文学作品缺乏正当的艺术形式而可以说它的内容如何好。科学著作,逻辑的推论,其内容和形式可以不充分地相互渗透,文学以及哲学著作的内容和形式则不然。①《美学》第一卷里说:"艺术的内容就是理念,艺术的形式就是诉诸感官的形象。艺术要把这两方面调和成为一个自由的统一的整体。""艺术在符合艺术概念的实际作品中所达到的高度和优点,就要取决于理念与形象能互相融合而成为统一体的程度。"②依照黑格尔的思想,艺术不但在形式上与科学不一样,艺术的内容、艺术作品的内容与形式的关系,也与科学著作不一样。不是把科学著作的内容,加上形象的外衣就可以成为好的文学艺术作品。文学的内容必须在本质上适宜于艺术的表现,应该像感性事物那样具体,感性形式应该是单一完整的。黑格尔的这种理解和毕达哥拉斯、康德的理解不同但并不是相互冲突,他们是从不同的角度考察形式问题。

俄国形式主义理论学派反对他们所谓的艺术形式与内容的二元论,日尔蒙斯基在《诗学的任务》中说:这样做就会"导致把形式理解为一种可有可无的外表装饰,同时也导致把内容当做美感以外的现实性去研究";它使人以为,形式是器皿,内容是里面注入的液体;形式是衣裳,内容是衣裳包裹的身体。这个批评击中了二元论的主要弊端。他们认为:"在作为诗歌艺术科学的诗学内部,不可能有表达与被表达、美感事实与美感外事实的二重性。"他们同意,可以把艺术作品当做宗教现象、道德现象和认识现象来研究,但那不是美学的研究,而是非美学的研究。这样说也有道理,但是研究总是要对对象进行分析,把本来是统一体的事物分解为若干成分。文学文

---

① (德)黑格尔:《小逻辑》,贺麟译,商务印书馆1980年,第278—280页。
② (德)黑格尔:《美学》,《朱光潜全集》第13卷,安徽文艺出版社1990年,第83页,第86页。

本的审美统一性并不等于要完全否定文学批评的分析工作。俄国形式主义文论家说,美学研究不能划分内容与形式,只能"划分出材料与程序的对立。这一对立指明了对诗歌'形式'因素进行理论研究和系统描叙的途径"。研究音符的高度、长度和力度,研究节奏、和声和旋律;研究线条、颜色的组合,"诗歌的研究,也像其他任何艺术的研究,要求确定它的材料和那些借以使用材料去创造艺术作品的程序"。他们反对黑格尔关于艺术是理念在感性材料中的体现的论断,提出:"诗的材料不是形象,也不是激情,而是词。诗便是用词的艺术,诗歌史便是语文史。"①日尔蒙斯基既将形式与质料对应,又将形式与内容对应。他们矫正了忽视艺术形式的偏向,开启了20世纪文论深入细致研究文学文本形式的新风尚,但是,从形式理论上看,并没有超越康德或黑格尔的思想,反而显出理论的局促和褊狭。

在形式主义文论经过多年发展,走进另一种极端之后,詹明信试图在折中中寻找新突破,他说,"我绝不认为形式主义——无论捷克的还是俄国的——同马克思主义是不可调和的";他要寻求"马克思主义批评同艺术中的现代主义达成妥协的地方"。② 为此,詹明信接过古罗马的普罗提诺提出的"内部形式"的概念。普罗提诺认为,外在形式被理念所统辖,"听得到的和谐音调是由听不到的谐调形成的,心灵凭借后者才感觉到音调的美"。③"听不到的"就属于内在形式。詹明信又吸收了德国语言学家洪堡特的思想,洪堡特比普罗提诺讲得更为细致,他说,语言的完善性体现在语音形式与内在语言规律的联系上,"只有当语音形式的整个结构与内在的形式构造于同一时刻牢固地结合为一体时,综合的目标才告实现"。"促使语言进行创造的内在心灵活动会把语音引向和谐及韵律,语音借助它们而获得了一种能与单纯的音节声响相抗衡的均势,并且通过它们发现了一条新的道路:沿着这条道路,先是思想将生命力注入语音,而后,语音也根据自身的特性,

---

① (俄)日尔蒙斯基:《诗学的任务》,《俄国形式主义文论选》,方珊等译,三联书店1989年,第209—217页。
② (美)詹明信(杰姆逊):《马克思主义与形式》,李自修译,百花洲文艺出版社1995年,第347页,第350页。
③ (古罗马)普罗提诺:《论美》,缪灵珠译,《缪灵珠美学译文集》第一卷,中国人民大学出版社1998年,第237—238页。

反过来为思想提供了一种激励原则。"①詹明信发挥说:"马克思主义批评的全部运动,正是由表层到基础现实,从一种表面自主的客体到这客体证明是其一部分或结合部的更大基础的这样一种运动。"文学素材或潜在内容的本质特征恰恰在于,它从来不真正地在原初就是无形式的,而是从一开始就已经具有了意义,艺术作品把原初意义转变成新的提高了的意义建构。② 从内容的角度看,形式是内容及其内在逻辑的投射;从形式的角度看,每一层内容都证明只不过是隐蔽的形式。他说的外在形式,指素材具有的初始的形式和文本里显露出来的外表因素,内在形式则是统摄创作过程和作品的。詹明信联系实际,用他的内在形式理论作具体文本的分析,却显得勉强,既没有形式主义者形式分析的精细,也没有社会历史批评学派内容分析的深刻。他说:"说海明威的作品基本上描写英勇、爱情和死亡之类的事情,就是一种错误;实际上,它们最深刻的题材只是书写某种类型的语句,只是某种确定文体的实践。""他是以希望书写某种类型的语句,以对外部置换的一种中性评论。"这类话让人读来觉得不得要领。

在理论上,在文学批评和文学鉴赏、文学批评的实际中,已有的任何一种形式理论都难以圆满解释一切,不同的理论各自适用于不同的情况。当然,更需要探讨新的理论观点。

三、文学形象

在文学理论中,"形象"成为一个重要概念,关于"形象"概念内涵的讨论成为基本论题之一,是较晚的事。但是,早期的理论家也已经注意到形象或形象性对于文学和艺术的重要。苏格拉底和他那个时代的画家、雕塑家一再谈到过艺术作品里形象的问题,据色诺芬记载,苏格拉底与雕塑家有过这样的对话:

有一次苏格拉底访问雕塑家克雷同,在和他谈话的时候对他说道:

---

① (德)洪堡特:《论人类语音结构的差异及其对人类精神发展的影响》,姚小平译,商务印书馆1999年,第112页。

② (美)詹明信(杰姆逊):《马克思主义与形式》,李自修译,百花洲文艺出版社1995年,第341页。

"克雷同,你所雕塑的赛跑家、摔跤家、拳击家和格斗家的形象都很美妙,这是我所看得出来而且知道的,不过,那种对观者来说,最引人入胜的、栩栩如生的神情你是怎样创造出来的呢?"

当克雷同踌躇不决,不能立刻回答的时候,苏格拉底又进一步问道:"是不是由于你使自己的作品酷肖生物的形象,它们才显得更加生气勃勃呢?"

"肯定是这样。"克雷同回答。

"是不是由于你随着身体的不同姿态而产生的各部位的下垂或上举,挤拢或分开,紧张或松弛,都描绘得惟妙惟肖,才使它形态逼真、令人深信不疑呢?"

"完全不错。"克雷同回答。

"对于正在以身体从事某种行动的人们的感情的忠实的描绘,岂不是也会在观赏者心中产生某种的满足吗?"

"这至少是很自然的。"克雷同回答。

"这么一来,也就应该对于战斗者赫然逼人的目光加以描绘并对于胜利者的喜悦的神情加以摹拟了?"

"那是非常必要的。"克雷同回答。

"既然如此,"苏格拉底说道,"一个雕塑家就应该通过形式把内心的活动表现出来了。"①

在这场对话里,苏格拉底指出,艺术家就是要塑造形象,艺术作品里的形象要酷肖现实中的原型,栩栩如生,生气勃勃。这些话也完全适用于文学,苏格拉底说:"诗人也只知道模仿,借文字的帮助,绘出各种技艺的颜色……因为文字有了韵律,有了节奏和乐调,听众也就信以为真。诗中这些成分本来有很大的迷惑力。"他要求的"酷肖",并不是只针对某一个别对象,而是要经过作家、艺术家的创造性思维,从众多对象集中概括,创造出崭新的艺术形象,"当你们描绘美的人物形象的时候,由于在一个人的身上不容易在各方面都很完善,你们就从许多人物形象中把那些最美的部分提炼出来,从而使所创造的整个形象显得极其美丽"。尤其可贵的是,他不仅说到艺术要再现视觉形象,还多次提到要通过形象把人的神情、人的内心活动展示出来。

---

① (古希腊)色诺芬:《回忆苏格拉底》,吴永泉译,商务印书馆1984年,第131—132页。

只是,古希腊学者还没有赋予"形象"明确的定义。

随着"形象"概念的逐步明确化,在西方的词典和教科书里,有很多对它的阐释说明。威廉斯《关键词》一书里有"image"条,中文本翻译为"意象"。对于西方文学理论中的"image",中文有很多翻译为"形象";一般翻译为"意象"的乃是"imagery"。不过,在英文和中文里两者都经常混用。但"意象"在中国古代文论和现代西方现代文学中又另有特殊含义,下面我们会谈到。威廉斯这里实际讲的是通常理解的"形象",说它最早源于 13 世纪,指人像或肖像,后来从用来指人的外观或实体延伸到指心智层面,演变出幻影、概念、观念等含义,与模仿和虚构、想象等概念紧密联系;而在现代又"被用来描述电影的基本构成单位",强化了"可感知的"的意涵。①

福勒主编的《现代西方文学批评术语词典》也有"image"条,中文本翻译为"形象",词典释义首先指明它的含义是生动的图像,说 18 世纪理论家把文学看成能在读者心中唤起生动的图像(即"形象")的媒质。以后,形象和意象(imagery)都成了褒义词,指的是文学作品具有具体形象和丰富内涵。"形象"含义庞杂而且变化不定,给严肃的文学理论批评带来困难和"危险"。对"形象"过分倚重,使描述和比喻性语言的作用过分突出,而使情节、结构、句法退居次要地位。②

韦勒克和沃伦在《文学理论》中说:"意象是一个既属于心理学,又属于文学研究的题目。"他们介绍了学者们对意象的各种界定和说明。庞德说,"意象"不是一种图像式的重现,而是"一种在瞬间呈现的理智与感情的复杂经验",是"各种根本不同的观念的联合"。艾略特提倡具有"如画性"的"清晰的视觉意象"。瑞恰兹的《文学批评原理》说:"人们总是过分重视意象的感觉性。使意象具有功用的,不是它作为一个意象的生动性,而是它作为一个心理事件与感觉奇特结合的特征。"③

艾布拉姆斯《文学术语词典》有"意象"(imagery)条,说它"是文艺评论里最常见而意义又最为广泛的术语之一。它的使用范围可以包括有时候所说的读者从一首诗中领悟到的'精神画面'到构成一首诗的全部组成部分"。艾布拉姆斯指出意象在西方有三种常见用法:第一是"指代一首诗歌或其他

---

① 威廉斯:《关键词》,刘建基译,三联书店 2005 年,第 224—225 页。
② 福勒主编:《现代西方文学批评术语词典》,袁德成译,四川人民出版社 1987 年,第 129—132 页。
③ (美)韦勒克、沃伦:《文学理论》,刘象愚等译,三联书店 1984 年,第 200—203 页。

文学作品里通过直叙、暗示,或者明喻及隐喻的喻矢(间接指称)使读者感受到的物体或特性",但不能认为意象即指所描绘的逝去的视觉再现。他们说的喻矢即是通常说的喻体。第二种,在狭义上"指对可视客体和场景的具体描绘,尤其是生动细致的描述"。第三种,"按照目前最普遍的用法,意象指是指比喻语,尤其是指隐喻和明喻的喻矢",在一部分批评家那里,"意象是诗歌的基本成分,是呈现诗歌含义、结构与艺术效果的主要因素"。① 艾布拉姆斯的《词典》还有"意象主义"词条,这一诗歌流派的创始人是庞德,庞德将他所窥见、领悟的中国唐代诗歌的意象,移植、化用到西方诗歌之中,创立了意象派,他所描述的意象的涵义是专有所指,即指瞬间呈现带来摆脱时空限制的自由感,"那种我们在伟大的艺术作品面前所经历的突然长大的感觉";意象如同一个充满能量的漩涡,各种思想沉入其中又从其中涌出。

心理学、现象学和读者反应批评的不同学派,对"意象"做出各自的解释,卡尔·荣格说:"原始意象或者原型是一种形象……它们为我们的祖先的无数类型的经验提供形式。可以这样说,它们是同一类型的无数经验的心理残迹。"② 杜夫海纳《审美经验现象学》说:"意象在构造客体的过程中是追随感知的。它不是在意识之中存在的一种心理特征,而是一种方式——意识通过这种方式向对象开放自身,从它自身的深处把对象作为一种关于它的含蓄知识的功能预示出来。"伊瑟尔《阅读行为》说:"意象是一个想象性客体的表现形式。然而,文学中的意象建构与在日常生活中的意象建构之间存在着一个基本区别。在后一种情况下,我们对于真实客体的知识自然而然地预先确定了我们关于那个客体的意象,但在前一种情况下,不存在与意象有关的外在经验客体。文学的意象表现了对我们现有知识的引申;反之,一个现存客体的意象只不过利用给定的知识去创造缺席的东西的存在。"所以,文学的意象"揭示了某种东西,我们既不能把这种东西和一个给定的经验客体等同起来,也不能把它和一个被表现客体的意义等同起来,因为它超越了知觉,却还没有完全形成概念"。③

---

① (美)艾布拉姆斯:《文学术语词典》,吴松江等译,北京大学出版社 2009 年,第 243—245 页。
② 荣格:《论分析心理学与诗歌的关系》,见荣格:《心理学与文学》,三联书店 1987 年,第 120 页。
③ 此处杜夫海纳及伊瑟尔引用《文学理论批评术语汇释》"意象(imagery)"条中的译文,见该书第 259 页,高等教育出版社 2006 年,王先霈、王又平主编。参见杜夫海纳:《审美经验现象学》,韩树站等译,文化艺术出版社 1992 年,第 255—256 页。伊瑟尔:《阅读行为》,金惠敏等译,湖南文艺出版社 1991 年,第 81 页。

在理论家们的运用中,"形象"和"意象"可以是指整个作品,苏珊·朗格说:"任何一件艺术品都是这样一种形象,不管它是一场舞蹈,还是一件雕塑品,或是一幅绘画、一部乐曲、一首诗,本质上都是内在生活的外部显现,主观现实的客观显现。"①但"形象"又可以指作品中的人物或者是某一景物,也可以仅仅指作品中比喻意义的语言。② 韦勒克说:"像格律一样,意象是诗歌结构的一个组成部分,按我们的观点,它是句法结构或文体层面的一个组成部分。"显然,前一种用法,前一种理解,具有更深刻的理论性。

把"形象"作为重要的范畴给予深刻阐述的理论家是黑格尔,他是把形象作为使文学与科学相区分的特性来看待,在这个意义上,"形象"与"形式"关联起来,文学的特点在于用形象来表达作者对世界的观察和感受,形象是文学艺术与科学不同的特有的形式。本书前面引用过黑格尔的论断:"艺术的内容就是理念,艺术的形式就是诉诸感官的形象。"他还说,"艺术作品的基本特质,即形象鲜明性和感官性";"艺术是用感性形象化的方式把真实呈现于意识";"诗的观念功能可以称为制造形象的功能"。艺术形象,文学形象,应该把普遍性的内容暗寓于具体的感性的形象之中。"艺术作品所提供观照的内容,不应该只以它的普遍性出现,这普遍性须经过明晰的个性化,化成个别的感性的东西。"直接呈现于读者面前的外在因素之所以有价值,是因为它里面有内在的东西,"一种灌注生气于外在形状的意蕴"。"遇到一件艺术作品,我们首先见到的是它直接呈现给我们的东西,然后再追究它的意蕴或内容。……文字也是如此,每个字都指引到一种意蕴。""美的要素可分为两种:一种是内在的,即内容,另一种是外在的,即内容所借以显出意蕴和特性的东西。"③这样说来,文学形象就不再只限于形式,而是内容与形式的融合——这是黑格尔对"文学形象"概念阐述的精要之点,是我们今天学习文学理论中"形象"范畴时应该着重把握的。

黑格尔关于形象的阐释,被从别林斯基到高尔基等俄苏作家、理论家接受,也被我国 20 世纪文学理论接受。别林斯基说,"诗的本质就在于给不具形的思想以生动的、感性的、美丽的形象";"诗人用形象和图画说话";"诗的

---

① (美)苏珊·朗格:《艺术问题》,滕守尧译,中国社会科学出版社 1983 年,第 8 页。
② 参看韦勒克:《近代文学批评史》第三卷,杨自伍译,上海译文出版社 1991 年,第 154 页。
③ (德)黑格尔:《美学》第一卷,朱光潜译,《朱光潜全集》第 30 卷,安徽文艺出版社 1990 年,第 60 页,第 46—48 页。

形象对于诗人不是什么外在的或者第二性的东西,不是手段,而是目的";"诗人用形象思索"。别林斯基强调了艺术家塑造形象过程中的提炼、概括,他说:"有才能的画家在画布上所作的风景,必优于自然中任何美妙的景色。因为在画幅中,没有偶然和多余的东西,所有的部分都从属于一个整体,一切趋向于一个目的,一切都有助于形成一个美丽的、完整的、独特的东西。"① 这种看法为文学理论的许多学派所共有,新批评派的维姆萨特写有《具体普遍性》一文,其中说:"诗歌呈现具体的与普遍的,或个别的与普遍的,或一个神秘而特殊的既是高度一般化又是高度特殊化的客体。"他引用康德《判断力批判》里的话:人们关于美的"规范概念","它是从人人不同的直观体会中浮沉出来的整个种族的形象,大自然把这形象作为原始形象在这种族中做生产的根据,但没有任何个体似乎完全达到它"。② 总之,文学形象或意象,应是个别性、可感性与概括性、丰富性的融合、统一。

文学是用语言符号来塑造形象,它创造的形象不可能直接被看到、听到、嗅到或触摸到,所以,文学形象与绘画、音乐、电影不同,它的一大特色是其间接性,文学形象是语言激发想象的产物,文学形象是指能够激发想象力的各种语言形式。在一个语言共同体里,同一个词语,同一个句子,大家的理解存在广泛的共识,否则交流就无法实现;同时,不同群体、不同个体对于同一语词、句子的理解、领会、反应又必定存在差异。作家充分利用语言含义的明确性与模糊性、稳定性与变异性的特点,利用接受者对言语领会的共同性与差异性的规律,使其塑造的文学形象既鲜活生动,又具有丰富性和弹性,给予读者尽可能大的想象空间。

中国古代学者对于文学的形象性也早有涉及,古代汉语里的"象"与现代汉语里的"形象"涵义有不少重合之处,中国古代文学理论中论"象"的很多,也有直接讲到"形象"的。《韩非子·解老》里说:"人希见生象也,而得死象之骨,按其图以想其生也。故诸人之所以意想者,皆谓之象也。"象,包括了现代人所说的形象、表象和想象。从词源考察,"形象"大约始见于汉代。西汉孔安国解释《尚书·说命上》里"乃审厥象,俾以形旁求于天下"时说:"审所梦之人,刻其形象,以四方旁求之于民间。"东汉王充《论衡·乱

---

① (俄)别列金娜编:《别林斯基论文学》,梁真译,新文艺出版社1958年,第7页,第11页,第126页。
② (美)维姆萨特:《具体普遍性》,见赵毅衡编选:《"新批评"论集》,中国社会科学出版社1988年,第253页。

龙》篇里讲到,匈奴敬畏汉将郅都,"刻木象都之状",射不能中,不知道是不是因为"都之精神在形象"的缘故;汉武帝使人画金翁叔死去的母亲的像,金翁叔见了"泣涕沾襟",王充议论道:"夫图画,非母之实身也,因见形象,涕泣辄下。"这几处"形象"都是美术作品里的艺术形象。《论衡》同一篇里又说,历来传说楚地叶公好龙,"墙壁槃盂皆画龙,必以象类为若真是",意思是美术里面的形象与真实事物的形象应该是酷肖、逼似。不过,孔安国和王充只把"形象""象"作为一般词语来运用,还没有作为文学艺术理论的专门术语。值得注意的是,中国古人每每把"象""形象"与"意"联系。《淮南子·要略》篇里有"物之可以喻意象形者"之语,一方面要求"象形",也就是要求与原型酷肖,另一方面要求"喻意",要求蕴涵意味、情感、思想。《乱龙》篇里出现了"意象"一词:"夫画布为熊、麋之象,名布为侯,礼贵意象,示义取名也。"在布上画了熊、麋的形象代表无道的诸侯,让天子、诸侯去射,这样的画象是有寓意的,所以叫做"意象"。《文心雕龙·神思》篇有"玄解之宰,寻声律而定墨;独照之匠,窥意象而运斤",这个"意象"就是文学家创作时内心出现的艺术思维的中间性的成果。到了唐代,相传为王昌龄所作的《诗格》里说:"诗有三格。一曰生思。久用精思,未契意象,力疲智竭,放安神思,心偶照境,率然而生。"有的研究者认为刘勰所说的"意象"已经是文学理论的范畴了,钱锺书不赞成此种看法,他说,"古人借承《易经》用语,而非哲学家之精思析理,所谓'意象',每即是'意',明人方以'意象'为'意'+'象'"。① 的确,至少在宋代以前,"意象"还不是一个十分稳定的词,没有被用作文学理论的惯常术语。但是,我们也应指出,中国古代哲学和美学以及文学理论,很早就从多个角度探讨了"象"和"意"的蕴涵以及两者间关系,从而推进了"意象"从一般词语的简单含义到成为哲学范畴和美学范畴的丰富、深刻内涵的发展过程。"意象"这个词语本身就并列了"象"和"意"两个词素,前者侧重于对客体的反映,后者侧重于主体在反映时的取舍、加工和情感态度。后来成了文论常用术语,意象这一文论范畴,其含义的核心在于处理好"象"和"意"的关系。如何由象见意,是《周易》的着重点。《周易》是一部由占卜书变化发展而来的哲学著作,由象见意是解卦的基本方法。《系辞上》说:"然则圣人之意,其不可见乎?子曰:'圣人立象以尽意,设卦以尽情伪,系辞焉以尽

---

① 见敏泽:《钱锺书先生谈"意象"》,《文学遗产》2000年第2期。

其言。'""圣人有以见天下之赜,而拟诸其形容,象其物宜,是故谓之象。"这些地方的"象",说的是卦象,但被提升为方法论的原则,极大地影响了古代文学理论。有学者据此提出"象思维"的说法:"中国传统思维表现为以'象'为核心,围绕'象'而展开。这在《周易》中表现最为典型。""'观物取象'和'象以尽意',包含了'象思维'极其深邃复杂的悟性智慧。"[1]这个说法可供我们了解中国古代与"意象"相关的思想演进轨迹的参考。实际上,王弼《周易略例·明象》所说的"象生于意,故可寻象以观意",一直被文论家借鉴。六朝文论频繁地探讨文学创作中"象"与"意"、"情"与"词"的关系,陆机《文赋》和刘勰《文心雕龙》尤为突出。《物色》篇说的"随物宛转""与心徘徊",《比兴》篇说的"拟容取心",都可以看做对文学创作中"象"和"意"关系的精辟论述。经过漫长的探索过程,到了明清两代,文论里把"意象"作为一个重要术语使用的很多。其中,前七子之一的王廷相《与郭价夫学士论诗书》说:"夫诗贵意象透莹,不喜事实黏著,夫谓水中之月,镜中之影,可以目睹,难以实求是也……嗟乎,言征实则寡余味,情直致而难动物也。故示以意象,使人思而咀之,感而契之,邈哉深矣,此诗之大志也。"钱锺书认为,在这里,"'意象'是真正的'意象,'而非'意思'了。明人如前后七子用'意象'皆与此合,而非六朝、唐人所谓'意象'矣。"此外,钱锺书说到,"诗文不必一定有'象',而至少应该有'意'。""本来是状物色物象的具体字,经千百年亿万人的惯用,也发挥'象'的作用"。[2] 象,一般指物象,但情和意也可以有它们的"象",把难以描摹的情和意生动地表现出来,是古今中外优秀文学作品的一个不可忽视的方面。在这个意义上,"意象"可以理解为"意"之"象"。《老子》说"道之为物,惟恍惟惚。恍兮惚兮,其中有象;恍兮惚兮,其中有物。"那就是想要把无形的"道"用一种特别的"象"传达给想要了解它的人。《老子》还说到"大象无形",唐代司空图说到"象外之象",刘禹锡说到"境生于象外",也都是中国古代"意象"论的内容,一般理解是着重在文学作品悠远的难以言说的哲理意味。中国文论和外国文论沿着各自的发展路径发展,却又有很多相合之处,形象、意象概念的沿革也是这样。

---

[1] 王树人:《中国的'象思维'及其原创性问题》,《学术月刊》2006年第1期。
[2] 敏泽:《钱锺书先生谈"意象"》,《文学遗产》2000年第2期。

四、摹仿或再现

文学创作、文学文本与客观世界的关系,是文学理论从古以来关注的论题,相当多的理论家把文学看作是对客观世界的摹仿,后来更多是叫做"再现"或者"反映",对于摹仿或再现、反映,不同的理论家给予很不一样的解释和评价,在这个论题上的不同立场是不同文学理论学派相互区分的一个十分重要的标志。

艾布拉姆斯在《镜与灯》里说,"摹仿倾向——将艺术解释为基本上是对世界万物的摹仿——很可能是最原始的美学理论"。[①]"摹仿"这个词语比较古老,它的含义在不同的使用者那里有所变化,主要是用来说明文学作品的来源和性质,也有用来说明对他人、古人作品的学习和借鉴的,即不是对自然和社会的摹仿,而是对既有作品的摹仿,那是摹仿的另一个意思,我们这里要讨论的是前者。艾布拉姆斯《文学术语词典》"摹仿"词条说,亚里士多德所说的摹仿,指的是"再现",诗歌用语言再现人的某一活动;"从 16 世纪一直到 18 世纪,'摹仿'一向是有关诗歌性质讨论中的关键术语"。19 世纪早期,表现主义批评兴起,摹仿论逐渐被取代;马克思主义批评家认为文学是对社会现实的"反映"。[②]塔塔尔凯维奇《西方六大美学观念史》第九章第一节"'摹仿'的概念史"说,最早的"摹仿"是指内心意象的显示,到了前 5 世纪转为哲学术语,指对外界的仿造;继而用于绘画雕刻,意为事物外表的翻版。[③] 以上两位理论家对"摹仿"概念的含义的发展变化作了简要的勾勒。

"摹仿"在希腊文中是"$\mu\iota\mu\eta\sigma\iota\varsigma$",王柯平《$M\iota\mu\eta\sigma\iota\varsigma$ 的出处与释义》一文对源自古希腊的"摹仿"概念作了详细考察。在埃斯库罗斯、阿里斯托芬和希罗多德等人的著作中,"摹仿"的含义与艺术密切相关,分别为"画像""摹仿""摹拟""惟妙惟肖的摹本"等。比如,说面具真像真人的容貌;说木制的尸身模型是"惟妙惟肖或准确无误的摹本";说某个诗人歌颂女人的时候,能抓

[①] (美)艾布拉姆斯:《镜与灯》,郦稚牛等译,北京大学出版社 1989 年,第 7 页。
[②] (美)艾布拉姆斯:《文学术语词典》,吴松江等译,北京大学出版社 2009 年,第 247—248 页。
[③] (波兰)塔塔尔凯维奇:《西方六大美学观念史》,刘文潭译,上海译文出版社 2006 年,第 274 页。

住女人的心思,能装出女人的派头,等等。摹仿是从事艺术创作的必要条件,这个词常用来表示音乐与舞蹈表演活动,戏剧尤其少不了摹仿。"摹仿"包含三层用意,即:模拟表演、效仿活动和复制活动。①

德谟克利特留下了关于摹仿的较早而且较为明晰的论述,他说:"人类最初开始从事不同的艺术时,并非是无中生有。他先观察各种动物的劳作,惊叹它们处理各种问题的方式,然后自己决定如法炮制,因此,人类采用动物处理问题的方式,通过效仿动物的活动学会了唱歌等艺术与技艺。""在许多重要的事情上,我们是摹仿禽兽,作禽兽的小学生的。从蜘蛛我们学会了织布和缝补;从燕子学会了造房子;从天鹅和黄莺等歌唱的鸟学会了唱歌。"②他说的是人的许多艺术活动能力和劳动技能是对动物的摹仿,并不是讲文学艺术的内容来自对客观事物、外界事件的摹仿。

柏拉图给"摹仿"注入了更深的内涵,用它来说明诗歌、音乐、戏剧、雕塑等艺术的特征和性质。《理想国》第三卷里把诗歌分为两种,酒神颂歌直抒胸臆,属于叙事诗;悲剧与喜剧付诸扮演,属于摹仿诗;荷马史诗则兼有叙事和摹仿。诗人"以语词为手段出色地描绘各种技术",而摹仿就是复现出事物的表象,这种摹仿有"巨大的魅力"。柏拉图使摹仿成为美学、文学理论的基本概念,带有了镜子式地摹仿或复制原来物象的意思,他的"摹仿说"在文学理论史上占有很重要的地位。

艾布拉姆斯说,在关于文学与生活的摹拟关系的实质,以及文学作品所摹仿的外部世界事物的类型的理念上,批评家们有着极为不同的看法。我们在本书开头已经介绍过,柏拉图和苏格拉底认为,诗是对摹仿的摹仿,因此贬低诗,说绘画、诗歌等各种"一般的摹仿艺术",都是"远离真实""远离理性","摹仿术乃是低贱的父母所生的低贱的孩子"。他认为真实的只有神所创造的理念。后来,黑格尔在《美学》里对"艺术摹仿自然说"提出批评,认为把艺术的目的归之于摹仿,"它实际所给人的就不是真实生活情况而是生活的冒充"。③ 车尔尼雪夫斯基从相反的哲学理念出发,同样做出了贬低艺术的判断,他说,"艺术的第一个作用,就是再现自然和生活。艺术作品对现实

---

① 载《世界哲学》2004 年第 3 期。
② 见伍蠡甫主编:《西方文论选》,上海文艺出版社 1963 年,第 4—5 页。
③ (德)黑格尔:《美学》第一卷,朱光潜译,《朱光潜全集》第 13 卷,安徽教育出版社 1990 年,第 50—54 页。

中相应的方面的现象和关系,正如印画对它所由复制的原画的关系,画像对它所描绘的人的关系……印画不能比原画好,它在艺术方面要比原画低劣得多;同样,艺术作品任何时候都不及现实的美或伟大"。① 事实上,绝大部分理论家都认为,文学艺术不应该只限于单纯的摹仿,在创作过程中和作品里,不可缺少的、更加重要的,是作者对所摹仿的对象的感受和评价。

亚里士多德的《诗学》对"摹仿"作了很充分的论述,它开宗明义就指出,史诗、悲剧、喜剧以及音乐,"这一切总的说来都是摹仿"。作为诗人的条件第一是使用语言,但这还不够,只有用作品摹仿才能够被称为诗人,使用格律文撰写自然科学论著的,不能算是诗人。文学可以照事物本来的样子去摹仿,也可以照事物为人们所说的样子去摹仿,或者照事物应当有的样子去摹仿。"作为一个整体,诗艺的产生似乎有两个原因,都与人的天性有关。首先,从孩提时候起人就有摹仿的本能。人和动物的一个区别就在于人最善摹仿,并通过摹仿获得了最初的知识。其次,每个人都能从摹仿的成果中得到快感。可资证明的是,尽管我们在生活中讨厌看到某些实物,比如最讨人嫌的动物形体和尸体,但当我们观看此类物体的极其逼真的艺术再现时,却会产生一种快感。这是因为求知不仅于哲学家,而且对一般人来说都是一件最快乐的事,尽管后者领略此类感觉的能力差一些。因此,人们乐于观看艺术形象,因为通过对作品的观察,他们可以学到东西,并可就每个具体形象进行推论,比如认出作品中的某个人物是某人。"② 摹仿可以使摹仿者以及由摹仿而创造的作品的观赏者得到快感,是亚里士多德的一个创见。黑格尔对此不予认同,他说,人们凭熟练的技术复制现实里的东西,固然也可能得到乐趣,但是"仿本愈酷肖自然的蓝本,这种乐趣和惊赏也就愈稀薄,愈冷淡,甚至于变成腻味和嫌厌"。他援引康德举过的例子说,有人很逼真地摹仿夜莺歌唱,我们一发现是人在唱,马上就觉得讨厌,夜莺的歌声,"只有在从莺自己的生命源泉这不在意地自然流露出来,而同时又酷似人的情感的声音时,才能使人感到兴趣"。③ 在大多数美学家和文学理论家看来,逼真地摹仿鸟的鸣唱不是艺术,还只是一种技术,只有这种摹仿能够传达出摹仿

---

① (俄)车尔尼雪夫斯基:《生活与美学》,周扬译,人民文学出版社1957年,第91页。
② (古希腊)亚里士多德:《诗学》,陈中梅译,商务印书馆1996年,第46页。
③ (德)黑格尔《美学》第一卷,朱光潜译,《朱光潜全集》第13卷,安徽教育出版社1990年,第50—54页。

者的审美情感,并且以此打动听者,那才算得是艺术。

最早的摹仿说着重在谈论文艺摹仿个别事物、人物,在叙事文学和叙事理论成熟之后,摹仿或再现、反映的对象转向广阔的社会历史。德国文学理论家奥尔巴赫的专著《摹仿论》正是从这一个角度所写的荷马以来欧洲现实主义文学的历史,书的副标题叫做"西方文学中所描绘的现实",对古希腊、法国、西班牙、德国、英国文学中的经典之作彼此相异的写实风格和它们发展的历史线索做了多有创见的分析。这是一部影响广泛深远的论著,作者将希腊语 $\mu\iota\mu\eta\sigma\iota\varsigma$ 阐释为"对现实的再现","用文学描述对真实进行诠释或'摹仿'"。他说:"荷马作品的写实主义不能与古典写实主义相提并论,因为到后来才形成的文体分用在崇高的框架内绝不允许平静从容地描写平常的日常生活事件,尤其是悲剧中没有这种描写的位置。"他把但丁"在喜剧中表现真正的现实"的主张、文艺复兴时期的文学以及19世纪现实主义,和柏拉图的摹仿说联系起来,指出,莎士比亚的悲剧还不完全是现实主义的,"他的悲剧性主人公都是国王、诸侯、统帅、贵族和罗马史里的显赫人物"。也就是说,那时候文学、戏剧再现社会生活局限于上层。到了司汤达的《红与黑》里,"时代历史政治与社会条件以从前任何一部小说,以至任何一部文学作品所没有过的详尽、真实的形式穿插于情节之中。本书以悲剧形式自始至终、完全彻底地将于连·索莱尔这样社会地位低下的小人物的生活纳入具体时代背景之中。从时代背景的角度描述人物命运,这是一种全新的极为重要的表现手法。""巴尔扎克把虚构的艺术创作理解为对历史的阐释"。"巴尔扎克在人与历史的有机联系方面大大超过了司汤达"。① 奥尔巴赫说得对,19世纪现实主义要反映整个社会、整个时代。如巴尔扎克在《〈人间喜剧〉前言》里所说的,法国社会将要作历史学家,他只能当它的书记,写出历史学家忘记写的那部历史,就是社会风俗史,写出整个社会的历史。奥尔巴赫此书将理论卓见寓于对作品的精细独到的分析之中,显示了丰富的文学史知识和敏锐的艺术感悟力。

别林斯基和车尔尼雪夫斯基概括19世纪欧洲文学的新经验,特别是法国和俄国的现实主义小说家的经验,指出:古代世界的幼年结束了,现实生

---

① (德)奥尔巴赫:《摹仿论》,吴麟绶等译,百花文艺出版社2002年,第25—26页,第508—509页,第537页。该书商务印书馆2014年再版。

活的时代开始了,塞万提斯、莎士比亚宣告了新艺术的曙光,这便是现实性的诗歌。"它的显著特色,在于对现实的忠实;它不改造生活,而是把生活复制,再现,象凸出的镜子一样,在一种观点之下把生活的复杂多彩的现象反映出来,从这些现象里面汲取那构成丰满的、生气勃勃的、统一的图画时所必需的种种东西。""现实诗歌的任务,就是从生活的散文中抽出生活的诗,用这生活的忠实描绘来震撼灵魂。"①

也有与上述言论相反的论调,很有代表性的是王尔德的文章《谎言的衰朽》,其中说道:"在文学中,我们要求的是珍奇、魅力、美和想象力。我们不要被关于底层社会各种活动的描写所折磨和引起恶心之感。""如果不想办法制止或至少改变我们这种对事实的荒唐的崇拜,艺术就会变得毫无生气,美将从大地上消失。"他对莫泊桑、左拉、都德和亨利·詹姆斯都表示强烈不满。他认为:"唯一真实的人,是那些从未存在过的人。如果一个小说家低劣到竟从生活中去寻找他的人物,那么他就应该至少假装他的人物是创作的结果而不要去夸口说他们是复制品。要为一部小说中的一个人物辩护的正当理由不是说别的人物如何逼真,而应该说作者就是这个人物。否则小说就不是一件艺术品。""艺术本身的完美在于她内部而不在外部。她不应该由任何关于形似的外部标准来判断。她是一层纱幕而不是一面镜子。""生活摹仿艺术远甚于艺术摹仿生活。"②王尔德及其影响下的作家作品虽然也有一定的价值,他的理论显然是站不住的。马克思主义的唯物史观为艺术反映生活提供了强大的哲学依据,普列汉诺夫在这个问题上做出过许多精彩论述,同时,他也指出,究竟是艺术家为社会而存在,还是有些人主张的社会为艺术家而存在,不要简单地说前者正确、后者错误,其中哪一种有利于艺术的发展取决于社会环境。他的这个意见,对我们考察摹仿说的历史演进,很有参考意义。

中国古代摹仿论不如西方发达,直到明代,小说理论兴起,才充分注意到文学对社会生活的深入全面的反映。容与堂本《水浒传》卷首说:"世上先有'水浒传'一部,然后施耐庵、罗贯中借笔墨拈出。若夫姓某名某,不过

---

① (俄)别林斯基:《论俄国中篇小说和果戈理君的中篇小说》,《别林斯基选集》第一卷,满涛译,人民文学出版社 1959 年,第 149—150 页,第 180 页。
② (英)王尔德:《谎言的衰朽》,杨冬霞等译,《王尔德全集(评论随笔卷)》,中国文学出版社,2000 年,第 321—358 页。

劈空捏造以实其事耳……非世上先有是事,即令文人面壁九年,呕血十石,亦何能致此哉,亦何能致此哉!"①中国古代表现论远较西方出现得早,言志也好,缘情也好,都是指文学表现人的心理,所谓"气之动物,物之感人,摇荡性情,形诸舞咏"。中西文论的这种差别是因为,中国早期的文论,主要以诗歌和音乐为论述对象,西方早期文论主要以史诗、戏剧和雕塑为论述对象。艾布拉姆斯在《镜与灯》中指出,到了18、19世纪,音乐取代绘画的位置,音乐不具备摹仿的性质,"诗是精神的音乐",两者同样,表现的功能远胜于再现的功能。他引用约翰·基布尔的话:"大家知道,亚里士多德认为诗歌的要旨在于'摹仿'……但我们却认为是表现,而非摹仿;以摹仿来表示作者的意思,使人觉得冷漠,不达意。"又引小说家司各特的话:画家和诗人的动机是"使读者、听众或欣赏者心中激起一种情感,这种情感与他自己在形诸文字或言语之前激荡于胸中的情感相似"。艺术家的目的"是交流,即以色彩和文字传达出召唤他去创作的那些崇高的情感"。施莱格尔1801年所说,"使用'表现'一词显然是表示:内在的东西似乎是在某种外力作用下被挤压而出的"。艾布拉姆斯然后归纳道,"以上的引文都表明,作诗是一种单方面的活动,它只涉及诗人固有的各种品质。"②从重再现到重表现,这一倾向再向前一步,出现了表现主义思潮,其特征是"以不同方式弃离现实主义表现生活和世界的手法,而借用扭曲外部世界的手法表达和传递艺术幻想或充满激情的内心世界"。③而在20世纪后期,风向变化,西方又先后出现了新写实主义、精确写实主义、照相写实主义。事实上,文学艺术中并没有绝对的排斥表现的再现,同样,强调表现也不能拒绝任何再现。不同的体裁、类型,不同的题材,创作主体不同的个性和诉求,尤其是不同的社会文化环境,会造成再现和表现的多种多样的结合方式。

---

① 《明容与堂刻水浒传》(影印本)卷首,上海人民出版社1973年。参见黄霖、韩同文选注:《中国历代小说论著选》中"水浒传一百回文字优劣",见该书上册第186页,江西人民出版社1982年。
② (美)艾布拉姆斯:《镜与灯》,郦稚牛等译,北京大学出版社1989年,第69—76页。
③ (美)艾布拉姆斯:《文学术语词典》,吴松江等译,北京大学出版社2009年,第171页。

五、灵感、兴会和直觉

在文学创作过程中,有时苦思多日毫无所得,有时文思泉涌笔不及书。关于这两种状态,陆机《文赋》形容说:"或竭情而多悔,或率意而寡尤。虽兹物之在我,非余力之所勠。故时抚空怀而自惋,吾未识夫开塞之所由。"对于这种现象,中国古人名之曰兴会,西方文学理论称之为灵感。兴会、灵感不是主体可以完全把握,而常常似乎是来自外力。到了现代心理学兴起,常常把灵感与直觉以及无意识相联系,作为文艺心理学的一项重要内容。

汉语中的"兴会"一词,最先出于《世说新语》,它是一个合成词。其中的"兴",意思是喜悦的情绪;"会",意思是时候、时机。创作之"兴",并非招之即来,它的发生带有偶合性,要有若干因素的会合。"兴会",也就是喜悦情绪产生的时候。最早把"兴会"一词直接用之于说明文艺创作现象的,是沈约的《宋书·谢灵运传论》,那里面说:"爰逮宋氏,颜、谢腾声,灵运之兴会标举,延年之体裁明密,并方轨前秀,垂范后昆。"萧统《文选》收了这篇传论,李善注释说:"兴会,情兴所会也。"情兴,是审美化了的创作情绪。这种情绪被诗人用文词表现出来,在作品中飘逸流荡,就叫做"兴会标举"。清代诗论家王士禛倡导"兴会神到"之说,反复说过"古人诗只取兴会超妙","大抵古人诗画只取兴会神到"。袁守定更是明显地把兴会理解为灵感,他在《占毕丛谈·谈文》中说:"文章之道,遭际兴会,摅发性灵,生于临文之顷也,然须平日餐经馈史,霍然有怀,对景感物,旷然有会,尝省欲吐之言,难遏之意,然后拈题泚笔,忽忽相遭;得之在顷俄,积之在平日,昌黎所谓'有诸其中'是也。"①古人说"兴会",或"应感之会"或"天机",都相当于灵感。

艾布拉姆斯《文学术语词典》有"灵瞬(Epiphany)"条,意即文学创作中神灵显现。他引述乔伊斯《一个青年艺术家的画像》初稿里的描述:"事物之灵与实质穿过它的躯壳投向我们。这种普通事物的灵魂在我们眼前显得绚丽夺目。事物获得了其灵感。"乔伊斯用"灵瞬"这个词取代了以往作家所谓

---

① (清)袁守定:《占毕丛谈·谈文》,转引自胡经之:《中国古典文艺学丛编》,北京大学出版社2001年,第54页。

的"黄金瞬息"。雪莱的《诗之辩护》里有:"令人销魂的黄金瞬息,来无影去无踪"。华兹华斯的《序曲》里有:"这是瞬间的静止,/我心际里闪现的一切来去匆匆,/皆在片刻;却又与时光并存,/销魂的记忆,宛若天赐神授。"①总之,灵感是创造性活动中一种理想的最良好的心理状况。

许多作家结合自己的切身体验,对于兴会、灵感做过生动的描述。陆机说:"思风发于胸臆,言泉流于唇齿。纷葳蕤以馺遝,唯毫素之所拟。文徽徽以溢目,音泠泠以盈耳。"皎然描述说:"佳句纵横,若不可遏。"果戈理描述说:"我感觉到,我脑子里的思想像一窝受惊的蜜蜂似的蠕动起来,我的想象力越来越敏锐。噢,这是多么快乐呀!我懒洋洋地保存在脑子里的材料,忽然如此雄伟地展现在我的眼前,使我全身都感到一种甜蜜的战栗,于是我忘掉一切,突然进入我久违的那个世界。"②巴尔扎克描述说:"某一天晚上,走在街心,或当清晨起身,或在狂欢作乐之际,巧逢一团热火触及这个脑门,这双手,这条舌头,顿时,一字唤起了一整套意念,从这些意念的滋长、发育和酝酿中,诞生了显露匕首的悲剧、富于色彩的画幅、线条分明的塑像、风趣横溢的喜剧。""熔炉中火光闪闪,这是艺术家在劳动,在静寂与孤独中展示出无穷的宝藏,你想要什么就有什么。这是忘掉了分娩的剧痛在创作中所感到的无上喜悦。"接着他又说:"艺术家在思想探索过程中所经历的那种美妙境界是难于描绘的。"③古往今来,报告过自己的这类亲身体验的文学家艺术家不计其数,所以,我们不能不承认灵感的存在。但是,要清楚地令人信服地解释它,却非常困难。

希腊文中灵感一词,原意是指神赐的灵气。古希腊学者认为,灵感是神赐的,灵感,就是被神灵所感。德谟克利特说:"荷马由于生来就得到神的才能,所以创造出丰富多彩的伟大诗篇";"没有一种心灵的火焰,没有一种疯狂式的灵感,就不能成为大诗人。"④"一位诗人以热情并在神圣的灵感之下

---

① (美)艾布拉姆斯:《文学术语词典》第161—163页,吴松江等译,北京大学出版社2009年。其中所征引雪莱的话,缪灵珠的译文是:"诗是最快乐最善良的心灵中最快乐最善良的瞬间之记录。我们往往感到思想和感情不可捉摸的袭来,……并且往往来时不可预见,去时不用吩咐,可是总给我们以难以形容的崇高和愉快。""诗兴之来,仿佛是一种更神圣的本质渗透于我们自己的本质中;但它的步武却像拂过海面的微风,风平浪静了,它便无踪无影,只留下一些痕迹在它经过的满是皱纹的沙滩上。"见《缪灵珠美学译文集》第三卷第160页,中国人民大学出版社1998年。灵感论是雪莱这篇文章的重要内容之一。
② (俄)魏列萨耶夫:《果戈理是怎样写作的》,蓝英年译,天津人民出版社1980年,第24—25页。
③ (法)巴尔扎克:《论艺术家》,《古典文艺理论译丛》第10册,人民文学出版社1965年,第97—98页。
④ 转引自朱光潜:《西方美学史》,《朱光潜全集》第6卷,安徽文艺出版社1990年,第53—54页。

所作的一切诗句,当然是美的。"①在柏拉图的《伊安篇》中,苏格拉底回答伊安说:"你这副长于解说荷马的本领并不是一种技艺,而是一种灵感,像我已经说过的。有一种神力在驱遣你,像欧里庇得斯所说的磁石,就是一般人所谓的'赫剌克勒斯石'。……诗神就像这块磁石,他首先给人灵感,得到这灵感的人又把它传递给旁人,让旁人接上它们,悬成一条锁链。凡是高明的诗人,无论在史诗或抒情诗方面都不是凭技艺来做成他们优美的诗歌,而是因为他们得到灵感,有神力凭附着。克里班特巫师们在舞蹈时,心理都受一种迷狂支配;抒情诗人们在作诗时也是如此。他们一旦受到音乐和韵律节拍的支配,就感到酒神狂欢,由于这种灵感的影响,他们正像酒神的女信徒受酒神凭附,可以从河水中汲起乳蜜,这是她们在神志清醒时所不能做的事。"②黑格尔《美学》"艺术家"一节专门论及灵感问题,他说:"想象活动和完成作品技巧的运用,作为艺术家的一种能力,单独来看,就是人们通常所说的灵感。"他认为靠感官刺激和创作意愿都不能带来灵感:"艺术家应该从外来材料中抓到真正有艺术意义的东西,并且使对象在他心里变成有生命的东西。在这种情形之下,天才的灵感就会不招自来了。"③

总之,在古代西方,"灵感"是指艺术家借助于某种高于他自身的一种存在物,例如上帝、缪斯女神或天使的媒介创造了他的作品。灵感的意思就是"吸气",也就是通过神灵把音乐或诗或其他类似的东西吹进艺术家的灵魂中去,让他誊写下来。随着文明的进步,后来的人不再坚信灵感来自神,但是每当某人讲出来的东西好像显得不是从他自己本身那里来的,而是从一个他自身以外的某种力量或作用那里来的时候,我们就常常会说这个人是被灵感了。④ 中国唐代的皎然不把灵感归功于神灵,他说:"有时意静神王,佳句纵横,若不可遏,宛如神助。不然!盖由先积精思,因神王而得乎!"灵感是长期实践经验积累的结果。那么,灵感迸发时主体为什么感到受着外力支配呢?现代心理学认为,它来自主体的无意识,而无意识又来自主体的实践。

---

① 伍蠡甫等编:《西方文论选》上卷,上海文艺出版社 1963 年,第 4 页。
② (古希腊)柏拉图:《文艺对话集》,见《朱光潜全集》第 12 卷,安徽文艺出版社 1991 年,第 9 页。
③ (德)黑格尔《美学》第一卷,见《朱光潜全集》第 13 卷,安徽文艺出版社 1990 年,第 349—351 页。
④ 参见(英)阿诺·理德:《美学研究》,转引自朱狄:《灵感概念的历史演变及其他》,《文学理论争鸣辑要》(上),上海文艺出版社 1983 年,第 463 页。

灵感的迸发具有很大的突然性和偶然性,陆机说是"来不可遏,去不可止","藏若景灭,行犹响起"。袁枚诗说,"我不觅诗诗觅我,始知天籁本天然";江弢叔诗说,"我要寻诗定是痴,诗来寻我却难辞"。这也是使得灵感显得神秘的重要原因。灵感虽然必定来源于实践和精思,但实践和精思却不一定都能导致灵感。灵感往往要以直觉为契机。直觉是一种高度压缩的心理动作,它在相当大的程度上利用了动力定型和无意识,因而省略了许多心理活动步骤,无须推论和分析而直接达到结论。柴可夫斯基说:"当一种新的思想孕育着,开始采取决定的形状时,那种无边无际的欢喜是难以说明的。这时简直会忘记了一切;变成一个狂人,每一个器官都在战栗着,几乎连写出个大概来的时间也没有,就一个思想接着一个思想的迅速发展着。有时,在这魔幻的过程当中,忽然有外力来震撼了一下,把你从梦游病的状态中惊醒过来。教堂的钟声,仆人的进来,挂钟的响声,都使人记起了当天必须去做的工作,这些中断是说不出的讨厌的。有时,灵感飞掉了,你必须再把它找回来——但往往找不回来了。通常就只得把这个地方依靠一种很冷酷的,勉强的技术工作。大师们的作品中,有机的连续忽然中断的地方,恐怕就是要这些契机负责的,你在这些地方往往可以找到造作的痕迹。但这是无可避免的。如果艺术家的这种精神状态(即称为灵感的东西)继续下去,永不中断,那么这个艺术家却活不了一天的。弦线会断,琴也会裂成碎片。然而有一桩事情却是很宝贵的,即:一个乐曲的主要乐想,连同各个部分的总轮廓,必须不是硬找来,而是涌现的——这就是被称为灵感的那种超自然的,不可理解的,从来没有分析过的力量底结果。"[①]灵感和"勉强的"技术工作的结合,完成整个创作,不止一个文艺家提到这一点。这就涉及意识和无意识、理性和感性在创作思维中的错综交织。

灵感产生时,神经系统内部的信息传送和信息提取,显然与人在日常思维或逻辑思维时大不一样。直觉很可能是由两组或两组以上的神经元突然建立起联系,而这些神经元之间平时是较少发生联系的。这些联系的突然建立,诱发了灵感状态。文艺家决定创作中的一些关键,例如,决定作品情节发展的趋向或进行的节奏,选择人物行为和语言的方式,靠直觉常常比靠按部就班的分析效果更好。普希金让他的塔姬雅娜结婚,托尔斯泰让他的

[①] (俄)柴可夫斯基:《我的音乐生活》,陈原译,人民音乐出版社1982年,第116页。

安娜自杀，作家都是避开了自己的理性分析，一反常规，听任直觉的指挥。良好的敏锐的艺术直觉叩开了创作灵感的大门。本来，直觉以无意识为依据，而这种无意识是建立在高度发达的意识的基础之上。宋代哲学家程颐说："以无思无虑而得者，乃所以深思而得之也。"宋代诗论家严羽说："诗有别材，非关书也，诗有别趣，非关理也。然非多读书、多穷理，则不能极其至。"清代学者黄百家说："深思之久，方能于无思无虑忽然撞着。"他们说的都是这一个意思。灵感有赖于无意识和直觉，但绝不能仅仅靠无意识和直觉。直觉发生之后，还需要用意识，用高度发达的自觉意识来引导它。在灵感状态中，无意识和意识、直觉和逻辑思维应该是相互作用、协调无间。明代诗人和诗论家胡应麟说："严氏以禅喻诗，旨哉！禅则一悟之后万法皆空，棒喝怒呵，无非至理。诗则一悟之后万象冥会，呻吟咳唾，动触天真。然禅必深造而后能悟，诗虽悟后仍须深造。自昔瑰奇之士，往往有识窥上乘、业阻半途者。"①"业阻半途"就是灵感的夭折，有了好的思路，但不能将它展开和系统化，构成形象体系，而只有吉光片羽在闪烁飘浮。清人陆桴亭也说："人性中皆有悟，必工夫不断，悟头始出。如石中皆有火，必敲击不已，火光始现。然得火不难，得火之后，须承之以艾，继之以油，然后火可不灭。故悟亦必继之以躬行力学。"②

顿悟和直觉有着密切的联系。美国心理学和美学专家阿恩海姆说："直觉是一种为感性活动所专有的认识能力，因为它是通过'场'的一系列变化而活动，而唯有感性知觉才可以通过'场'的一系列变化而提供知识。""我用'直觉'来指谓知觉之'场'或它的格式塔层面。"③我们知道，格式塔心理学认为人的知觉是整体的、完整的，知觉经验具有在它的任何一个部分都找不到的整体性。格式塔心理学家说，问题的解决是突然来到的，随着"顿悟一闪"（flash of insight）而作出适当的动作，"顿悟是对关系的知觉"。④

顿悟和渐悟是中国佛教关于证悟成佛的两种方法或步骤，渐悟说认为修行是一个阶段一个阶段逐步前进，最后达到觉悟；顿悟说认为修行没有固

---

① 胡应麟：《诗薮》，中华书局1962年，第25页。
② 陆世仪（陆桴亭）：《思辨录辑要》卷三。
③ （美）阿恩海姆：《心灵的两个方面：理智与直觉》，见《艺术心理学新论》，郭小平等译，商务印书馆1994年，第18页。
④ E.G.波林：《实验心理学史》下册，高觉敷译，商务印书馆1981年，第720页。

定的阶段和次序,结果的出现是突然的,刹那之间进入悟境。在古希腊,亚里士多德把认识分为五个阶段,前面是感觉、记忆、经验、技艺,最后是智慧。智慧的人力求通晓一切,而不是一个一个地认知个别事物。① 东方思维将亚里士多德放在第五阶段的认识,名之为悟,更加明确地把智慧、悟与记忆、技艺之类根本地区别。道家以及后来的理学,把各自信奉的最高的真理,分别叫做"道"或者"理",这些也都是终极性的真理,也是不能分的。道、理、真如既然不可分,当然也就不能一步一步地分开来体悟,只能是"极照极慧""一时顿了",都只能整体地完整地去把握,只能顿悟,不能渐悟。顿悟和渐悟,不是量的区别,而是质的区别。顿悟说所要辨明的,不是体悟的快慢问题,而是对万物本原的终极关怀和把握方式的问题。每一个民族、每一种文化中哲学的诞生,以本原问题,即万物的根源或来源问题的提出为标志。② 有没有对本原、对"第一原理"的关切,关切的深度如何,可以用来衡量哲学发展、艺术发展的程度。顿悟说的提出和受到重视,就是中国哲学和美学、中国艺术心理学思想成长的一个标志。

在文学理论中,学者不把顿悟和渐悟截然割裂。《文心雕龙·神思》说:"若夫骏发之士,心总要术,敏在虑前,应机立断。覃思之人,情饶歧路,鉴在疑后,研虑方定。机敏故造次而成功,虑疑故愈久而致绩。难易虽殊,并资博练。若学浅而空迟,才疏而徒速,以斯成器,未之前闻。"立断是顿,研虑是渐,因人而异,因时而异,因事而异,两者最好是有不同程度和不同形式的结合。陆机、刘勰等人就是既讲主体不能完全控制的顿悟,又讲渐修,讲"积学以储宝,酌理以富才,研阅以穷照",总是兼顾渐和顿两个方面。胡应麟《诗薮》说:"汉唐以后谈诗者,吾于宋严羽卿得一'悟'字,于明李献吉得一'法'字,皆千古词场大关键。此二者不可偏废,法而不悟,如小僧缚律;悟而不法,外道野狐耳。"几乎所有认真的文学理论家,都承认顿和渐缺一不可。宗教家讲的悟,哲学家讲的悟,主要是对他们心目中的最高本体之悟。实际上,人们还有各种不同层次的悟。在文艺创作中,各种不同层次的悟都会发生作用。严羽《沧浪诗话》说:"悟有浅深,有分限:有透彻之悟,有但得一知半解之悟。汉魏尚矣,不假悟也;谢灵运至盛唐诸公,透彻之悟也;他虽有悟

---

① 参见汪子嵩等著:《希腊哲学史》第三卷下册,商务印书馆 2003 年,第 630 页。
② 参见黑格尔:《哲学史讲演录》第一卷,商务印书馆 1995 年,第 47 页;汪子嵩等著:《希腊哲学史》第 1 卷第一编第一章第二节"本原",商务印书馆 1997 年,第 151—159 页。

者,皆非第一义也。"他在这里讲的是,不同类型作者的不同层次的悟。首先,是人生之悟。汉魏乐府诗,古诗十九首,曹操父子的诗作,等等,它们的突出特点是真率自然,原因在于作者都有对人生哲理的深刻领悟。其中许多人,非刻意寻求而得悟,难能可贵,可遇而不可求。文学艺术,表现人对生命的意义的探索和思考,作者对人生意义有了深刻的体认,悟了,作品才可能有很高的价值。陶渊明的诗,苏轼的散文,歌德的《浮士德》,都表现了人生之悟。这种悟,总是由渐而顿、由长期积累而在某一契机下突然发生飞跃。第二种,审美之悟。从谢灵运到唐代李白杜甫等人,都是有意作文,但他们确实都有独到的审美感悟。像谢灵运的《登池上楼》,被誉为"一语天然万古新",就是久病卧床之后,偶尔"窥临","倾耳聆波澜,举目眺岖嵚"时瞬间之所得。艺术创作中的触发,常常是这种悟的结果。第三种,技法之悟。艺术就是克服困难,创作的每一步都有困难,一词一句之得,也要靠悟。这种悟,如皎然《诗式》所说,常常是苦思之后的突破。每一个层次的悟,都有由渐而顿、顿后复渐的沉积、铺垫和完成、完善的阶段。每一个层次的悟,都是对"关系"的把握,从人与宇宙、世界的关系,到人与某个具体的自然或者社会环境的关系,到文本的某个或大或小或长或短的"上下文"的关系。对于这种或那种关系,找到一条全新的思路,悟就出现了。

悟的性质和表现除了因人而异之外,在一个作者创作道路的不同时期,在一次创作活动的不同阶段,往往都有不同的侧重点。诗歌创作中的顿悟,大多是在起初的触发,当然也包括中间的突破,如"诗眼"的获得。但是,顿悟,"悟"的主要是思路,而结构、语言仍需要推敲,推敲中有反复,那就不是"顿"了。元代诗论家方回《清渭滨上人诗集序》说:"然偈不在工,取其顿悟而已。诗则一字不可不工,悟而工,以渐不以顿。"宗教思维是采取内敛的方法,去绝尘缘,无思无念,以求一悟;艺术思维则须外驰,登山观海,上天入地,以求一悟。佛家之悟,是万虑皆空;诗家之悟,却还要继之以思。[①]

佛教所说的悟,尤其是禅宗所说的悟,有明显的非理性的色彩。修行,

[①] 关于中国古典诗学中顿悟、渐悟之说,钱锺书《谈艺录》之二十八、八十四,论之甚详。其中说,严羽称诗有别才,"则宿世渐熏而今生顿见之解悟也";严羽说要读书穷理,"则因悟而修,以修承悟也。可见诗中'解悟',已不能舍思学而不顾;至于'证悟',正自思学中来,下学以臻上达,超思与学,而不能捐思废学"。又说,"了悟以后,禅可不著言说,诗必托诸文字;然其为悟境,初无不同"。具体见《谈艺录》,中华书局1984年,第98—102页,第256—260页。

要去掉迷妄,去掉执着,断绝学佛者的常规思维,开启全新的思路,叫做"截断葛藤"。现代学者发现,禅宗的棒喝与精神分析医生的做法有着一些相似。弗洛姆在《心理分析与禅》中说:"禅宗与心理分析还有另一个相同之处。禅的教育方法可以说是要把学生逼入角落。公案使得学生无法在知性思考中寻求庇护;公案就像一个障碍,使得学生无法再逃。心理分析者也做着——或者应当做着——类似的事。他必须避免用种种的解释来喂养患者,因为这只能阻止患者从思考跃入体验。他要把合理化的借口一个一个移除,把拐杖一个一个撤走,使得患者再无从逃避,使他突破充满心中的种种幻象,而体验到真实——即是说,对于以前未曾意识到的某些事情,现在变得意识到。"①禅宗与精神分析两者,都是要求设法打破常规思维,打破日常心理模式的束缚,以此作为手段引起顿悟。

  顿悟和渐悟、直觉思维与分析思维,它们发生和形成并不矛盾。在一定程度上,直觉思维就是分析思维的凝结或简缩。从表面上看,直觉思维过程中没有思维的"间接性",但实际上,作为直觉思维突出表现的"概括化"或"简缩化",体现了对外的"语言化"与对己的"内化"两者的搏斗和交织,达成"同化"或"知识迁移"的结果。苏珊·朗格在其符号论的美学理论中将直觉理解为艺术知觉。与克罗齐和柏格森等各式各样的神秘主义直觉论不同,她将直觉理解为一种洞察力或者顿悟能力。尽管它不是一种推理性的思辨活动,却仍是一种理性的活动。她说:"直觉根本就不是'方法',而是一个'过程'。直觉是逻辑的开端和结尾,如果没有直觉,一切理性思维都要遭受挫折。"直觉"导致的是一种逻辑的或语义上的理解,它包括着对各式各样的形式的洞察,或者说它包括着对诸形式特征、关系、意味、抽象形式和具体实例的洞察或认识。"②以上提到的古代的禅学和现代无意识心理学思想,有助于对灵感现象的深入了解和认识。这里面有许多需要继续探讨的很有趣味的理论话题。

---

  ① (美)弗洛姆:《心理分析与禅》,见铃木大拙、弗洛姆:《禅与心理分析》,中国民间文艺出版社1986年,第191页。
  ② (美)苏珊·朗格:《情感与形式》,刘大基等译,中国社会科学出版社1986年,第434页。也可参看苏珊·朗格:《艺术问题》,滕守尧等译,中国社会科学出版社1983年,第62页,第66页。

六、个性、才能与风格

个性、才能与风格是文学理论中的重要论题,文艺创作要体现主体对客观世界独特的观察、体验和评价,要体现作家形式创新的独到能力,独创性是文艺创作的价值的核心,缺乏独创性的文艺是没有生命力的,而文学文本的独创性、文学家的才能必须以作家的个性为前提,作家个性与才能的最突出的表现就是风格。

人的个性由先天和后天的因素共同作用而形成,它表现为主体情绪与行为发生和变化的快慢、强弱以及持续的久暂,表现为主体对于情绪、行为的内容和方式的选择。才能是为了阐明人在社会生活的各种领域从事创造性活动而取得成就的主观方面的可能性而提出的概念。人为着顺利实现某种活动所必须具备的各种心理品质的总和,就是能力。人的能力有很多不同的层次,和满足单纯生理需要的活动相联系的,是人的本能;高度发展的、多种能力的组合,称为才能,其中最杰出的称为天才。能力不仅是静态地体现在主体拥有知识的多寡、技巧的熟练程度等等之上,而更要从动态方面去观察和理解,它动态地体现主体的心理品质,即主体获取知识、技巧以完成活动的可能性。

中国古代理论家很早就提出"才性""气质""气性"等概念,相当于现代心理学所说的个性和才能。《荀子·修身》中说:"彼人之才性之相县(悬)也,岂若跛鳖之与六骥足哉!"已经注意到人的个性和才能的差异。三国曹魏时代刘劭的《人物志》是中国最早对个性和能力作出系统论述的著作,它的论述对于文学理论家很有启发作用。文学理论上的个性论,较早见于曹丕《典论·论文》,其中说道:"文以气为主,气之清浊有体,不可力强而致。譬诸音乐,曲度虽均,节奏同检,至于引气不齐,巧拙有素,虽在父兄,不能以移子弟。"意思是说,文学创作由作家的心理素质、性格特征决定;而心理素质、性格特征是由多方面因素在很长的时间里逐渐形成的,不能够随意改变,不能凭借主观愿望而相授受,不因血统关系而传承。《文心雕龙·体性》说:"才力居中,肇自血气,气以实志,志以定言,吐纳英华,莫非情性。""才有庸俊,气有刚柔,学有浅深,习有雅郑,并情性所铄,陶染所凝。是以笔区云谲,文苑波诡者矣。"他也是肯定才自性出,并指出作家的个性的多样,决定了作品风格的多样。

　　心理学和文学理论所讲的个性,是把它理解为个人稳定心理特征的总和;个性应该作为统一体、作为整体来认识,它是某个个人区别于其他人的,又是他自身一贯稳定保持的。文艺家作为社会的人的个性同他的艺术个性的关系,一直为中国古代文论所高度重视,存在相异相反的观点。魏晋时期曾概括为四种见解,即才性同,才性异,才性合,才性离。[①] 强调道德文章的一致性,强调文如其人,这是由于文以载道的传统的影响。儒家要求克己,用普遍的规范约束自己、塑造自己,个性须服从于规范。先秦道家主张适性,反对用礼法约束个性。多数有才气的文艺家,欢迎道家的主张。《庄子·骈拇》说:"且夫待钩绳规矩而正者,是削其性者也;待绳约胶漆而固者,是侵其德者也;屈折礼乐(以礼乐相周旋)、呴俞仁义(以仁义相抚爱)以慰天下之心者,此失其常然也。"两汉行孔子之教,要求心理和言行严格遵循礼的规范,而魏晋南北朝时期的许多文人则主张纵情任性,让自己的个性自由发挥和发展。这时的文人把才与德分开来,强调两者各自的独立性,甚至强调两者不可得兼。之后两千年,大抵在思想转换变更时期,人们更注重才与德的分离;在思想稳固渐进时期,人们则注重才与德的统一。梁简文帝萧纲说:"立身之道,与文章异,立身先须谨重,文章且须放荡。"他不反对儒家的伦理准则,只是强调,在文学艺术创作中,支配的不应该是伦理心理,而恰恰是要脱离日常的伦理心理的拘束。这种论断是中国艺术心理探究走向自觉的一个很重要的标志。文人,才学之人,更易"放荡",这和艺术思维的特性有关。《颜氏家训·文章》从相反的立场得出近似的结论,其中说,自古文人多陷轻薄,原因何在呢?"每尝思之,原其所积,文章之体,标举兴会,发引性灵,使人矜伐,故忽于持操,果于进取。今世文士,此患弥切。一事惬当,一句清巧,神厉九霄,志凌千载,自吟自赏,不觉更有傍人。"他还指出:"学问有利钝,文章有巧拙。钝学累功,不妨精熟;拙文研思,终归蚩鄙。"治学需要的是逻辑理性,需要积累;创作需要的是直觉灵感,

---

[①] 见《世说新语·文学》刘孝标注引《魏志》:"(钟)会论才性同异传于世。'四本'(钟会著有《四本论》)者,言才性同、才性异、才性合、才性离也。尚书傅嘏论同,中书令李丰论异,侍郎钟会论合,屯骑校尉王广论离。"

需要爆发。所以,对于文学家艺术家来说,如何对待自己个性与社会伦理常规的矛盾,就是一个尖锐的问题。西方从柏拉图到现代,在这个问题上同样存在两种对立的观念。现代西方强调个性不受拘束的意见每占上风,其中很偏激的如王尔德,他在《〈道连·葛雷的画像〉自序》中说:"书无所谓道德的或不道德的。书有写得好的或写得糟的。仅此而已。……艺术的道德则在于完美地运用并不完美的手段。""艺术家没有伦理上的好恶。艺术家如在伦理上有所臧否,那是不可原谅的矫揉造作。""邪恶与美德是艺术家创作的素材。"① 王尔德把忠于艺术看做艺术家最重要的道德。

在魏晋时期,随着对个体独立性、能动性的重视,除了把才和德分开而不是一味强调才和德的统一,还把智和能分开。"智"是认识、领悟能力或分析、判断能力,"能"是操作实践能力。才与智的区别或能与智的区别,先秦时也有所涉及。《荀子·正名》说:"所以知之在人者,谓之知,知有所合谓之智;所以能之在人者,谓之能,能有所合谓之能。"古代颇多学者重认知而轻实践,因此,区分才与智,客观上有利于突出才的重要。就文学创作而言,陆机《文赋》指出的"非知之难,能之难也",不但反驳了"有德者必有言",也否定了"能知者必能言"。认识文艺创作的规律和技巧是一回事,运用技巧创作出成功的作品又是一回事。文艺创作成就高低的最后决定因素是实际的表现能力。心里想到了还不行,必须笔下写得出来。苏轼《答谢民师书》说:"能使是物了然于心者,盖千万人而不一遇也,而况能使了然于口与手者乎?"文学家在运思过程中对于对象有了认识,却不一定能用符号、材料(文字、线条、旋律等)表现出来。唐代张怀瓘《书断序》说,"心不能授之于手,手不能受之于心",也是这个意思。

技巧有两个方面,或者说,两个层次。第一是比较固定的,带有一定机械性的、可重复性,这就是活动的方式,它可以分解为若干动作,可以传授,可以摹仿,可以习得。第二是灵活的、随机而变的、难以重复的部分。这就是《庄子》中说的"臣之所好者道也,进乎技矣"。"技"提升到"道",成为哲理的、心灵的,既难以分解,也难以摹仿,所以轮扁不能语斤,伊挚不能言鼎,使人不能讲出写诗的奥秘。

在文艺创作中,才能有一般与特殊之分,有人善于作论,有人善于作赋。

---

① 《王尔德全集·小说童话卷》,荣如德译,中国文学出版社 2000 年,第 3—4 页。

适性而行,较易于取得成功;违性而行,会遇到更多更大的障碍。刘劭《人物志》说:"是故直而不柔则木,劲而不精则力,固而不端则愚,气而不清则越,畅而不平则荡。"这类思想为曹丕、刘勰等人所吸收。曹丕《典论·论文》说:"王粲长于辞赋,徐幹时有齐气,然粲之匹也……然于他文,未能称是。琳、瑀之章表书记,今之隽也。""孔融体气高妙,有过人者,然不能持论,理不胜辞,以至乎杂以嘲戏,及其所善,扬、班俦也。"《文心雕龙·才略》说桓谭作论,可比司马相如,而作赋则"偏浅无才,故知长于讽谕,不及丽文也"。他和曹丕都是从驾驭不同体式的能力看作家的才能和个性。不同的文艺类型,各有其特殊才能,舞蹈的才能不同于写诗的才能,歌唱的才能不同于绘画的才能,能够多项兼善的人,是极少数。创作主体应对自己有个冷静估量,善扬所长,能补所短,才有可能取得更大的成绩。

作家的艺术个性需要从多个方面来系统地考察。文艺家工作的速度和效率,也因人而异,这也是艺术个性的一个方面。《文心雕龙·神思》说:"人之禀才,迟速异分,文之制体,大小殊功。相如含笔而腐毫,扬雄辍翰而惊梦,桓谭疾感于苦思,王充气竭于思虑,张衡研《京》以十年,左思练《都》以一纪。虽有巨文,亦思之缓也。淮南崇朝而赋《骚》,枚皋应诏而成赋,子建援牍如口诵,仲宣举笔似宿构,阮瑀据案而制书,祢衡当食而草奏。虽有短篇,亦思之速也。"写作中快慢难易差异,出于主体不同的个性,都应该得到理解和尊重。

在思想封闭的时代,主流往往强调作家的共性,而在思想开放的时期,则强调个性对文艺创作的特别重要的作用,认为这是文艺创作活动同人的其他活动的不同之点。清代诗论家和诗人袁枚说:"为人不可以有我,有我则自恃很用之病多,孔子所以'毋固''毋我'也。作诗不可以无我,无我则剿袭敷衍之弊大,韩昌黎所以'惟古于词必已出'也。北魏祖莹云:'文章当自出机杼,成一家风骨,不可寄人篱下。'"[①]明代文学家袁宏道《叙小修诗》评论他弟弟的创作时,把文艺的个性化的意义强调到极致,他说袁小修的作品有佳处,亦有疵处,"然予则极喜其疵处,而所谓佳者,尚不能不以粉饰蹈袭为恨,以为未能尽脱近代文人气习故也"[②]。既然承认有"疵处","疵"就是缺

---

① 袁枚:《随园诗话》,人民文学出版社 1960 年,第 216 页。
② 《袁宏道集笺校》卷四,上海古籍出版社 1981 年,第 187 页。

陷、毛病,是需要剔除的,怎么又"极喜"呢?原来,袁宏道想要标榜的乃是与众不同。

　　文艺家的艺术个性更主要的还是体现在创作的成果上,体现在作品的风格上。创作中素材的选取和处理,形象的塑造,手法、技巧以及媒质材料的选用,都因文艺家艺术个性的不同而显现多姿多彩。有关风格的理论研究十分重要,我们如果对风格没有精细的辨识力,不能对重要作家的风格作出恰切细致的描述和说明,就不能有贴近文学艺术实际的文学史和文学批评。匈牙利的豪泽尔在《艺术史的哲学》里说:"没有风格概念,我们至多只有艺术家的历史,对相互承袭的或同时代的众多艺术家进行介绍,或者编撰属于这些艺术家的或者作者存疑作品的目录。我们不可能形成关于共同发展趋向的历史以及可以把一个时代或一个地区的作品联系在一起的一般模式,我们也不能谈论艺术演变和发展,或者艺术运动。"[①]19世纪以来,对于文学艺术风格的研究逐渐细致、深入和系统。黑格尔《美学》第一卷说:风格指的是"个别艺术家在表现方式和笔调曲折等方面完全见出他的人格的一些特点";"风格就是服从所用材料的各种条件的一种表现方式,而且它还要适应一定艺术种类的要求和从主题概念胜出的规律"。[②] 德国理论家威克纳格的《诗学·修辞学·风格论》说:"在全部艺术领域内(绘画、雕刻、音乐等),我们说到风格总是意味着通过特有标志在外部表现中显示自身的内在特性。""假如'风格'一词更为明确地特别规定为语言的表现,那么,我们就可以这样说:风格是语言的表现形态,一部分被表现者的心理特征所决定,一部分则被表现的内容和意图所决定。"[③]威克纳格这篇文章有两点格外值得注意,第一是区别诗学意义上的风格和修辞学意义上的风格,这两者至今常常被混淆。修辞学的风格指用独具一格的方式把思想化为语言安排、拆散、连缀自己的字汇,诗学的风格体现在文本的内容和形式的整体。文学文体学更多地倾向于修辞学,中西方的文学文体研究源远流长,在中国可追溯到先秦时期对不同文类以及不同言说主体各自语言表达范式的研究,在西方可追溯到古希腊、古罗马的修辞学研究。作为现代意义上具有独立地位

---

① (匈牙利)豪泽尔:《艺术史的哲学》,陈超南、刘天华译,中国社会科学出版社1992年,第201页。
② 黑格尔:《美学》第一卷,朱光潜译,《朱光潜全集》第13卷,安徽教育出版社1990年,第357—358页。
③ (德)威克纳格:《诗学·修辞学·风格论》,王元化译,《文艺理论研究》1981年第2期。

的交叉学科的文体学,则是20世纪以来随着现代语言学的发展逐渐形成的,有人翻译为语体学。在文学批评中,对现代语言学方法的吸收和运用,形成了具有自身鲜明特征的文体批评。威克纳格文章中第二点,是指出风格有主观的方面(作家的压倒的优势的精神力量)和客观的方面(所反映的生活);个性是就其主观方面而言,题材、主题是就其客观方面而言。这对深入研究风格很有帮助。

兰恩·库珀给威克纳格《诗学·修辞学·风格论》加的注,对威克纳格提出修正和补充,他说:"个人风格首先随着个别作家所隶属的种族、国家、方言或者文学流派、家族而变化。""其次是本质属于时间方面的划分——各个历史阶段所形成的风格演变。""个人风格在客观上随着作者意图创作的不同文学种类或样式的作品而转移。"①库珀的补充确有必要,文学艺术不仅有个人风格,还存在民族风格、地域风格、时代风格。丹纳的理论创新,就是提出了种族、时代和地理环境对于艺术风格的决定性作用。例如,他讲到荷兰潮湿的气候"使人对色彩特别敏感",导致了鲁本斯为代表的绘画风格的产生。中国古代的气论,其中一项讲的是地域之气。自然条件的不同,造成社会心理和人们性格的差异。曹丕《典论·论文》中所说的"徐幹时有齐气","齐气"就属于在地域之气之上生成的地区人群性格和地域艺术的风格。《论衡·率性》说:"楚越之人处庄岳(齐地街里之名)之间,经历岁月,变为舒缓,风俗移也,故曰齐舒缓。"《北史·文苑传序》说:"江右宫商发越,贵于清绮;河朔词义贞刚,重乎气质。"至于时代风格,更是为论家所关注,刘勰指出,"歌谣文理,与世推移,风动于上,而波震于下",具体来说,在建安时期,"观其时文,雅好慷慨,良由世积乱离,风衰俗怨,并志深而笔长,故梗概而多气也"。盛唐气象也是一种时代风格。

中国古代的艺术风格论,很重视风格类型的辨析。曹丕和刘勰都提出才性的清浊之分和阴阳之分,概括了作家气质的两大类别,而且表示了对于每一种气质的构成要素及其相互关系的理解以及对于两种气质之间关系的理解,后来的文论家继续他们的思路,进一步阐述发挥。他们常用的概念就是阴阳和刚柔。从《周易》开始,我们的古人认为,万事万物都由阴阳两个方

---

① (德)威克纳格:《诗学·修辞学·风格论》,歌德等著:《文学风格论》,王元化译,上海译文出版社1982年,第17—18页,第27—28页。

面构成,都包含阴和阳的相互对立、相互渗透、相互协调、相互融合,古人也是依据这样的原则来看待、分析文学家的个性。清代姚鼐《复鲁絜非书》对此有总结性论述:"鼐闻天地之道,阴阳刚柔而已。文者,天地之精英,而阴阳刚柔之发也。惟圣人之言,统二气之会而弗偏,然而《易》《诗》《书》《论语》所载,亦间有可以刚柔分矣。值其时其人,告语之体各有宜也。自诸子而降,其为文无弗有偏者……观其文,讽其音,则为文者之性情形状举以殊焉。且夫阴阳刚柔,其本二端,造物者糅而气有多寡进绌,则品次亿万,以至于不可穷,万物生焉。故曰:'一阴一阳之为道。'夫文之多变,亦若是已。糅而偏胜可也,偏胜之极,一有一绝无,与夫刚不足为刚,柔不足为柔者,皆不可以言文。"① 中国古人论风格类型,有三点值得留意:第一,不是专门注重它的具体组成成分,而是更注重它的结构形态;风格的组成成分有基本的类别,结构形态则是无穷无尽。第二,不是专门注重它的稳定的一面,而是更注重它的运动形态。个体的风格逐渐形成,不断变化。第三,不是赞赏它的偏胜,即仅仅突出某一个倾向,而是更赞赏它的善于转化和协调。

西方文学理论讲风格类型最主要是区分优美和崇高。古罗马的朗加纳斯在《论崇高》一书中提出"崇高"这一范畴。论述达致崇高风格的条件是:庄严伟大的思想;强烈激越的情感;高雅的措辞;整体结构的堂皇和卓越。18世纪英国经验主义者博克著有《关于崇高与美的观念的根源的哲学探讨》一书,把人的所有情感归结为两大类:自我保全和相互交往。前者与爱联系在一起,产生积极的快感,是优美的根源。后者与危险和痛苦相关,产生痛苦和恐惧,而经历危险和痛苦之后,痛感转化为崇高。康德论述自然界和人类社会的优美和崇高。他认为,优美可以在形式中发现,崇高则只涉及理性观念。把崇高分为数学的崇高和力学的崇高,前者如高山峻岭,后者如暴风骤雨。在康德看来,崇高是人对自身道德的力量、尊严的胜利的喜悦。"那对于自然界里的崇高的感觉就是对于自己本身的使命的崇敬,而经由某一种暗换付予了一自然界的对象(把这对于主体里的人类观念的崇敬变换为对于客体)。"② 席勒、里普斯和李斯托威尔对"优美"有专门的论述,与平和、秀丽、轻巧、稳静相关联,顺乎自然,没有粗暴的强制,其最主要的特性是

---

① (清)姚鼐:《惜抱轩文集·复鲁絜非书》,转引自郭绍虞主编:《中国历代文论选》第三册,上海古籍出版社1980年,第510—511页。
② 康德:《判断力批判》上卷,宗白华译,商务印书馆1985年,第97页。

真善美的交融、内容与形式的自然、和谐的交融。

　　比较起来,中国古代文学批评由于印象主义色彩较浓,在风格类型的区分上,更为精细,有时也近于繁琐。《文心雕龙·体性》提出八体,司空图《二十四诗品》则举出二十四种风格类型。虽然不同的理论家批评家,各有自己的兴趣,但是一般都认为,不同的才性产生不同的风格,评论者不必扬此而抑彼。如曹植敏捷,曹丕周密,各有所长。硬要擅长于和适合于这种风格的作家追求与之相悖的风格,就违背了文学的规律。

第三部分　给文学专业研究生的几点建议

在本书的末尾,我给愿意研究文学、愿意研究文艺学的同学,提几条建议。为了说话的方便,设想的交谈对象主要是硕士研究生,期望对于文学专业的本科生以及博士研究生,也有一点参考作用。

一、要有规划和计划

第一,是学习要有规划,没有计划的学习必然是缺乏效率的。既要有近期的计划安排,也有长远的打算,把人生规划和学术规划结合起来,志存高远,脚踏实地,一步步建立自己的人生功业。攻读硕士学位,选择文学专业,就开始踏上了学术的道路,有了具体的方向。过了十几年、几十年之后回头看,这是一次很重要的人生选择。学术研究对于做研究工作的主体,可以有几个方面的意义。历史上有人把学术作为人生的目标,甚至是生命的价值之所系。相传罗马军队打进叙拉古的时候,阿基米德正在自家门前地上画图,思考几何问题。一个罗马兵士走过来,把他画的图踩乱了。阿基米德面对兵士的长矛,说:"站开些,别踩坏我的图形!"结果被那个兵士杀掉。这种为科学而科学的态度,在中外历史上很不少,在现代社会里则比过去减少了。它是很可怀恋的。学术也可以是个人兴趣之所在,像中国的陈景润、俄罗斯的佩雷尔,他们研究数学只是因为觉得数学里有无穷的乐趣。佩雷尔获得数学界的最高奖菲尔兹奖,却不愿意领奖,国际数学联盟主席亲自到圣彼得堡劝他接受,他还是选择拒绝。有的人研究文学,只是因为爱好文学。

钱锺书一辈子写了好几百万字读书札记,原先并没有考虑过发表,《管锥编》的出版不是他最初计划之中,卷帙浩繁的《容安馆札记》《钱锺书手稿集·外文笔记》则是他身后由别人整理出版的。① 尽管我们不一定要模仿他,但是,这类例子表明,兴趣,对于学术研究是非常重要的一个动力。此外,学术也是一种职业,是谋生工具。在现代社会里,文学专业的适应性比较广泛,学好文学,对于今后可能从事的多种职业,都是一种很有用的积累。这一点说起来好像不那么崇高,其实是很实际的,是广泛存在的。即使主要是为了谋生而选择了文学研究,那也要逐步培养兴趣,也要以诚实的劳动来谋生,做出符合学术规范的产品给社会,给读者,给学生。我想,在同学们那里,这几个方面的考虑都会有一些。刘勰写《文心雕龙》,他在《序志》篇里说,为的是树德建言,名垂后世。他不是空想,而是用艰苦的精神劳作,写成体大思精的五十篇,实现了自己的人生理想。我相信各位同学,以后也会做出各自的成绩。

到了研究生阶段,独立性大大增强,更多地需要自己安排自己的学习。英国哲学家和教育家怀特海在《教育的目的》中说:"概括的精神应当统治大学……在中小学阶段,学生是埋头在书桌上的;在大学里,他就应当站起来环顾四周。""大学的职能就在于使你能够为原理而摆脱细节。"钱锺书也说,及入大学,不由师授。文艺学是一个很大的领域,各位参加进来,在起步阶段,就要找好自己的位置。刘勰本意是要弘扬儒学,可是他分析情况,如果阐释孔孟等人的经典,自己不可能超过汉代经学家马融、郑玄,而讨论文学,他分析曹丕、曹植、陆机、应玚等人的文论著作的得失,觉得自己可以奉献出前人所没有的成果。他的选择是很理性的,经过周密的策划,所以他成功了。没有事先的一番分析,就不会有中国文论史上空前杰作《文心雕龙》的诞生。我建议各位花一些时间分析学术环境,既要分析世界学术潮流,还要分析中国的学术生态,要分析所在专业、所在省区乃至于所在学校的学术生存环境,分析本人的处境。这里有一个对学科分工的认识和跨越的问题。古代学者有不少是百科全书式的,比如,康德、歌德在自然科学和人文学科的许多方面,都站在当时的时代前列。中国古代读书人认为,"一物不知,深

---

① 《钱锺书手稿集·容安馆札记》,商务印书馆 2003 年;《钱锺书手稿集:外文笔记》(第一辑),商务印书馆 2014 年。参与整理后一种的德国汉学家莫芝宜佳说:"这些笔记是钱先生生命的一部分,反映出他对书籍的热情、惊人的语言知识、对生活的好奇和兴趣。"参看《南方都市报》2014 年 6 月 7 日李昶伟的报道。

以为耻","一事不知,儒者之耻"。学术的发展,使得学者必须专业化,学术研究必须分门别类。有了学科分工,大多数人集中精力专攻一门,才有现代学术的伟大成就。现代学科分工从西方引进到中国,大学和研究院把学科分工体制化,我们现在就处在这样的体制之中。中文系属于中国文学学科,从本科到攻读硕士学位,学习的范围从一级学科缩小到二级学科;攻读博士学位,不仅在二级学科,还要选择更细的方向。那么,学术研究的成长道路是不是就是一步步细化,越来越窄呢?近年来,人们逐渐意识到,学科划分既有正面作用,也有负面作用,那就是把人局限在一个狭小的范围,容易造成片面和僵化。因此,近一二十年,学术研究中越来越重视综合性和"问题化"。所谓"问题化",就是确定研究课题,不是从学科的固有分工出发——文艺学专业选什么题目,中国现当代文学专业选什么题目,中国古代文学或者世界文学和比较文学专业选什么题目,而是从问题出发,实践中有哪样急需要解决的问题,各个学科各自从不同的角度去研究问题,还可以联合攻关。学院派的保守性,造成学科思维的僵化;研究课题问题化,使得被学科分工所遮蔽的现实中深层问题成为关注的焦点,这样的研究才更有可能出有大价值的成果。陈寅恪先生有一个说法:学术研究要"预流"——参预到时代潮流之中。在上世纪30年代,他就说:"一时代之学术,必有其新材料与新问题。取用此材料,以研求问题,则为此时代学术之新潮流。治学之士,得预于此潮流者,谓之预流。其未得预者,谓之未入流。此古今学术史之通义,非彼闭门造车之徒,所能同喻者也。"[①]预流,绝不是跟风赶潮,绝不是一窝蜂围绕"热点"转,而是说要有时代意识和时代感觉——自觉认识所处的学术时代,这个时代要解决的核心问题是什么,出现了哪些新材料和新手段,文学观念可能有哪些选择,研究方法可能有哪些选择。

21世纪人类面对三大问题:生态问题、性别问题和种族问题。后两项是人与人之间的关系问题,前一项是人与自然关系的问题,三者都可能落脚为文化问题。研究这些问题,就要处理传统与现代,东方与西方,高技术运用与精神的自由创造的关系。这些问题需要多学科综合研究。在这些大问题下面,还有许多具体问题,其中有文学研究、文艺学研究可以参与回答、发挥作用的问题。

[①] 陈寅恪:《陈垣敦煌劫余录序》,《金明馆丛稿二编》,三联书店2001年,第266页。

学术的时代特色,表现在范式的转变。在中国古代,春秋战国时期,秦汉时期,唐代,宋代,明代,它们的学术研究、文学研究,各有不同的范式。春秋战国的特色,是原创和多元。汉代是经学时代,文学和文学理论多求一致性。唐代国势强盛,经济繁荣,而且皇族有胡人血缘,较少礼教束缚,文化和文学上持开放态度。宋代数百年,面对北方威胁,强调政统、道统、文统。明代新兴商人活跃,是文体革新时代,白话小说异军突起。从这样的线索看,社会对文学和文学研究的影响历历可辨。

近五十年来,中国内地的文学和文学研究,随着社会发展,经历几个阶段,也有范式的变化。50 至 60 年代前期,各种人大多乐于趋同;60 年代后期至 70 年代,个人创造被压抑;70 年代末期以来,走向开放、多元。评五六十年代的文学研究,应当充分估计当时范式的作用,不必苛求厚责前人,也不能不看到那个时期难以避免的局限。21 世纪,世界的面貌会有大幅度、高速度变化,文学研究范式将随之变化,拘守故步的人恐怕难以适应。可以预言,文学会越来越开放、越来越多样,会出现新品种、新风格,它们与有生命力的传统的品种、风格并存。我们应该欢迎新的范式,努力参与到新范式的创造中去。

二、培养理论思辨力和审美感受力

第二点,我们讨论一下,文学研究的特点、文艺学研究的特点,它对研究者思维能力有什么特别的要求。文学研究是现代学科之一,与历史学、哲学等其他人文学科,与社会科学和自然科学的许多学科一样,有学科的规范,都必须遵守理性思维的各项规则,立论要有坚实的事实依据,推论要合乎逻辑。同时,文学研究的对象与其他学科不同,是艺术思维的产品,是张扬个性、驰骋想象的天地。因此,文学研究过程中,主体的思维应该兼具逻辑思维和艺术思维两方面的性质。说到逻辑思维和科学性,人们很容易想起"量的精确性""可证伪性"以及"可重复性"等等,以为具备这些特性的才能算是科学。这是因为人们习惯于用牛顿以来自然科学的规范来衡量,这种习惯是建立在并不全面的认识的基础之上的。有的文学理论批评学派和有的文学批评方法,例如文体批评可以应用到数学统计法,计算作品中某类词汇出现的频率,句子的平均长度,等等,具有相当程度的量的精确性。但大多数文学理论批评不这样做,这不是文学理论批评的缺点,而是它的特点。文学理论批评家对研究对象的态度和科学家一样,对于所要评论的作家、流派、思潮的有关材料,要尽可能全面地占有,对于文学创作和接受的背景、环境,要尽可能细致地了解。在思考和写作中同样要遵循形式逻辑和辩证逻辑的基本规范,从一定的理念、原则出发,进行归纳、演绎,体现出洞察力、预见性和理论深度,从外部现象的描述上升到内在规律的揭示。文学理论批评对文学现象的评价是否符合对象的实际,它的论断是否符合文学创作、文学接受、文学发展的规律,决定着它的科学性的有无、高低。文学理论家、批评家所作的论断,和科学家的论断一样,要受到实践的检验。但是,文学理论批评研究对象是艺术思维产品,文学创作最忌讳千人一面的雷同,要求不可重复的独特个性,要求强烈、深沉、细腻的情感和大胆的想象。文学理论批评的任务是要敏锐地发现"这一个"作家和此前作家不同的独有的特点之所在,"这一篇"作品与此前作品不同的独有的特点之所在。文学理论批评需要客观冷静,又需要充分理解和体验作家的情感和想象。文学理论批评是以文学欣赏为前提、为基础、为出发点的,文学欣赏心理可以说是文学创作心理的逆向过程——作家把他的情感、想象化为文字,读者把作品的文字化为生动的视觉的、听觉的、触觉的形象,化为某种心理状态的形象。文学欣赏属于艺术思维而不是逻辑思维,文学理论家、批评家的欣赏心理是他研究过程的开始阶段,与后面的分析、推论阶段难以截然划分。文学理论家、批评整体说来属于逻辑思维,但包含了不可缺少的艺术思维成分。文学理论批评要把理性活动方式与感性活动方式沟通与结合,把逻辑思维方式与艺术思维方式沟通与融合,把思辨性与感悟性沟通与融合。这是它的最突出的特点,文学理论批评水平的高低,常常就在这沟通和融合的把握上面。我们很难设想,一个对于艺术思维的特性缺乏足够了解和体验的人,能够把文学理论批评工作做得出色。文学理论批评是以理性活动方式对感性活动成果的研究,以逻辑思维方式对艺术思维成果的研究。在文学理论批评的全过程中,既要把握理性思维的基本性质,又要融合艺术思维的若干成分,形成跨越、沟通、结合两种思维的文学批评思维。以上是就文学理论批评的总体而言,至于某一文学理论批评学派,某一文学理论批评模式,某一文学理论批评的文本,或者靠近严密的科学,或者带有较浓的直感印象的色彩,彼此往往有很大的差别,共同组成丰富、复杂的文学批评世界,其中成功的、优秀的,总是结合了两种思维成分的。

文学理论批评思维也可以具有实证性。文学现象和文学事实是文学理论批评的根据,文学理论批评所依据的事实应该是确凿无误的。面对文学文本,理论家、批评家有时需要做版本学、校勘学、考据学的工作。凯赛尔说:"一个可靠的版本,我们可以下这样的定义,就是一个能够代表作家意志的版本。"在作家的定稿与读者所看到的印刷文本之间,站着编辑、校对等若干人,他们都可能在文本上留下痕迹。作家在写作过程中,也会有若干的修改,发表后还可能重新修订。也正如凯塞尔所说,掌握了作者反复修改的多种稿本,就使"我们有一批丰富的资料来研究艺术家内心的发展,同时考察他抒情动机的自主的和发展的力量"。[①] 除了作品的文字之外,关于作品的写作时间、初次发表时间和发表方式,有时也需要经过研究来确定。理论家、批评家对于作者的有关材料,更需要下工夫搜集和鉴别。既要鉴别作家传记文献的可靠性,还要判定它们与作品的思想、艺术各要素有何关系。对文学流派的批评,需要了解相关作家之间的交往,彼此相互的影响。对于上述种种问题,理论家、批评家应该冷静地客观地对待,应该有科学研究的严谨态度。他们在这些工作中的思维,与社会学家、生物学家以及一切科学家,是基本相同的。

文学理论批评思维应当具有思辨性。实证性强调的是客观事实,思辨性强调的是科学抽象。思辨指的是与经验思维相对的纯粹思维,是超越于感性直观,借助概念进行演绎推论。将黑格尔的思辨加以改造,使之成为辩证法的一种方式,马克思主义的经典著作因其思辨性而强化了理论的征服力。就我接触到的范围来看,我感觉年轻的同学中很多抽象思维的训练比较缺乏。恩格斯说:"在抽象思维这个十分崎岖险阻的地域行猎的时候,恰好是不能骑驾车的马的。"[②]马克思说:"分析经济形式,既不能用显微镜,也不能用化学试剂,二者都必须用抽象力来代替。"他还提示《资本论》的读者:"万事开头难,每门科学都是如此。所以本书第一章,特别是分析商品的部

---

① (瑞士)沃尔夫冈·凯塞尔:《语言的艺术作品》,陈铨译,上海译文出版社1984年,第23页,第27页。
② (德)恩格斯:《卡尔·马克思〈政治经济学批判〉》,《马克思恩格斯选集》第二卷,人民出版社1972年,第120页。

分,是最难理解的。"①马克思论述政治经济学的方法时说,"从表象中的具体达到越来越稀薄的抽象,直到我达到一些最简单的规定";然后,思维行程回过头来,又回到具体,但"已不是一个浑沌的关于整体的表象,而是一个具有许多规定和关系的丰富的总体了"。② 他们的这些教导,对于学习文学理论,完全适合。即使不是为了学习文学理论,一个大学生,一个研究生,认真啃读马克思经典作家的几本"最难理解"的著作,认真啃读德国古典哲学的几本经典著作,有意识地训练自己的抽象思维能力,也会是终身受益的。

思辨,往往有预设的理念、严密的推论、自足的体系。20世纪的许多文学理论家、批评家,都以自己的预设作为理论批评操作的前提,因而产生鲜明的理论个性。理论批评的思辨性可以增强其洞察力、预见性和理论深度,进而将科学的文学理论批评与应时的通俗的书刊评论区别开来。文学理论批评对于文学现象的阐释、分析,需要以一定的理念、原则为依据,当文学理论批评准备阐释的是急剧变化的、与传统大异其趣的文学现象,当文学理论批评要对文学现象作出新的、与传统大异其趣的新的解说的时候,它需要新的理念、新的原则来支持。理论家、批评家并不愿意只是向别人借用现成的理念、原则,而愿意自己从批评实践中提炼理念与原则,这个时候理论批评思维的思辨性就是必不可少的了。

正确和准确地把握概念和命题,这是做研究的必要前提。概念要用名词表达,概念的内涵远远超出名词的词义。学习文艺学,要注意概念的历史演变,即使是同一学者,早期和后期赋予同一概念的内涵也可能有所不同。清代朴学大师段玉裁说,研究学术经典,"必以贾还贾(东汉经学家贾逵,研究《左传》《国语》),以孔还孔(汉代经学家孔安国,古文《尚书》学的开创人),以陆还陆(唐代学者陆德明,著有《经典释文》等),以杜还杜(西晋学者杜预,著有《春秋左氏经传集解》),以郑还郑(汉代经学大师郑玄,注释儒家多种经典),各得其底本,而后判其义理之是非"。切忌"缘辞生训"和"守讹传

---

① (德)马克思:《〈资本论〉第一卷第一般序言》,《马克思恩格斯选集》第二卷,人民出版社1972年,第206页,第205页。
② (德)马克思:《〈政治经济学批判〉导言》,《马克思恩格斯选集》第二卷,人民出版社1972年,第103页。

缪"。① 我们今天学习古今中外的文艺学著作,第一步就是努力了解作者的本意,按照刘勰原意了解刘勰,按照海德格尔的原意了解海德格尔,然后再来判断他们的贡献和局限,再来提出自己的见解。

文学批评思维具有审美性。当文学理论家、批评家完成了准备工作,进入到专业的思考,他就不能再停留在作品、现象的这个或那个局部,作家生活的这一或那一事件,也不能沉迷于理论推导——文学理论批评家要把作品当做一个完整的艺术品。马克思说,"对于不辨音律的耳朵说来,最美的音乐也毫无意义";"只有当对象对人来说成为人的对象,或者说成为对象性的人的时候,人才不致在自己的对象中丧失自身"。② 文学理论批评家必须把他的对象当做审美的对象,文学理论批评才不至于丧失其本质属性。马克思给拉萨尔的信对剧本《济金根》作了极深刻的富于理论性的分析,信中也谈到理论批评思维的感性方面,说,"如果完全撇开对这个剧本的纯批判的态度,在我读第一遍的时候,它强烈地感动了我"③。马克思恩格斯的文学理论批评思维总是含着纯正的审美心理成分。我以前听说,在20世纪50年代,一位翻译家把他翻译苏联作家特瓦尔多夫斯基长诗的译稿给一位评论家看,这位评论家看了说,其中可能漏了一小节。翻译家很不以为然,那位评论家不能读俄文原文,他怎么武断地说漏了一节呢?后来一查,果然是漏了。评论家说,读到这个地方,感觉"文气"断了。这就是精细的艺术感受力。这种感受力需要培育、磨炼。美学家王朝闻看戏的时候,总要在随身带的小本本上记下当场的某些感受。他在莫斯科看奥斯特洛夫斯基的《大雷雨》,里面老妇人弯曲食指轻轻碰自己的鼻子的动作,使他当时有所感触,马上记一两句,后来据此发挥,成为演出评论中很精彩的一段。同学们读文学作品,看演出,看绘画,听音乐,也要注意自己的细微感受,记下来,反复琢磨,要有意识地使自己的感受力精细化。

实证性、思辨性和审美性,在文学理论批评研究的全过程中,它们会或者居于边缘或者居于中心,或者成为主导或者作为从属,但在理论批评思维中不是各自孤立的,更不能相互排斥,而应相辅相成,相融相渗。古今中外

---

① 段玉裁:《与诸同志书论校书之难》,《经韵楼集》,上海古籍出版社2011年,第332—336页。
② 马克思:《1844年经济学哲学手稿》,北京:人民出版社2000年,第86页。
③ 马克思:《致斐迪南·拉萨尔》,《马克思恩格斯选集》第4卷,人民出版社1972年,第339页。"批判的态度",指理性考察的态度。

有许许多多参与文学理论批评的创作家,有许许多多才华横溢的理论家、批评家,为我们提供了文学批评思维的良好范例。

当前,我们还有必要强调文学理论批评的人文特色。19世纪以来,自然科学取得了巨大成功,西方的自然科学领导世界潮流。由此,西方普遍主义、自然科学普遍主义就产生了,并且一直盛行不衰。所谓西方普遍主义和自然科学普遍主义,就是把自然科学的范式看做标尺,把西方的范式看做标尺,用它们来衡量、判断其他一切。许多人把自然科学看得高于社会科学,更高于人文学科;人文学科在自然科学面前有自卑心理。人文学科研究的是人,是社会的、文化的人。生理意义上的人,彼此共同点很多;社会的人,文化的人,彼此差异很大。文学研究可以说是人文学科里面最重视个体独特性的一个学科。多年来,人文学科的特点,东方本土文化的特点,中国本土文化的特点,常常被忽视。那么,我们,文学研究者,能不能否认自然科学的哲学意义,它的方法论启示呢?中国的文学研究者能不能否认西方自然科学、社会科学、人文学科、文学研究的巨大进展呢?又不能。这就是我们的两难。我们要了解哲学的最新进展,了解自然科学的伟大发现的哲学意义,又要保持人文学科的独特立场;要了解和借鉴国外文学研究的有益成果,又要立足于本土的实际,尊重本土的传统。

文学研究与自然科学不同,根本在对象的不同。自然科学研究客观存在的物质世界,文学研究则是研究人类个体的精神产品。自然科学最重要的是求真,文学研究更多的是求美、求善;自然科学是事实判断,文学研究是价值判断。文学研究也有求真的一面,这一面确定性较多,与自然科学相通之处较多。社会科学、人文学科,要处理真实性、真理性、合理性、价值性之间的关系。文学研究者的思维方式和研究方法不应该是单一的,而应该是多样的。该重视直觉时就重视直觉,该运用抽象时就运用抽象,该灵动时灵动,该严密时严密。

文艺学、文学理论批评不可能是纯客观的,人们在研究中所看到的、所描述的,既决定于对象,也决定于他们所取的视角。文学批评方式决定观察、切入对象的角度,决定所感受、所获知的内容,主体对作品的感受,是主体与作品相互作用的结果。发现一个新的植物品种,这个植物学家去观察,那个植物学家去观察,记录下来应该是一致的。一首诗,一部小说,这个文学批评家去读,那个文学批评家去读,得到的印象,不可能是一样的。对于

《红楼梦》,对于莎士比亚,不同的研究者在其中看到各不相同的东西。排除批评家的主体性,就没有文学批评。研究文学批评,不能不研究批评家的思维方式。对物理现象尚且有"测不准"问题,对文学现象更是如此,多元的批评方式存在是必然的和合理的,排斥异己的批评方式是愚蠢的。每一种批评方式在自己的框架内,有高低之分,对错之分,好坏之分。不顾别人的理论前提,用自己的框架衡量别人,这样的态度就难以和他进行严肃的学术讨论。

研究总要有新发现,文学研究中有两类发现:史实、史料的发现与理论的发现,这是两类完全不同的发现。一是用新方式观看熟悉现象,一是用熟悉的方式观看新现象。史料的发现是用既有方式发现前所未知的新现象,理论的发现是用新方式看待老现象。史料发现的正确和错误用事实来检验;理论的发现用有用或无用来检验,看理论是否能更贴近地解释已知的事实,解释各种文学现象,指点人们去发现新的未知的现象。人们是否接受新理论取决于它是否有益,是否有用,是否能比以前更有效地解释事实。两种发现也不是截然对立的,文艺学的研究者,更应追求理论的发现。一篇论文想在哪个方向上创新,是在理论的创新上,还是在新材料的阐释上,在构思的时候就要有所考虑。

三、充分地占有材料

第三点,说说研究中观念和材料的关系。观念是从材料中归纳、提炼出来的;但如何归纳、提炼又受到观念制约。从收集材料开始,就自觉或不自觉地受到观念的控制或指导。收集哪些材料,向哪里收集,如何弃取?大家一定要高度重视材料的积累,材料的收集是研究工作的基础,没有扎实的材料,你的成果就靠不住。历史学家傅斯年特别看重史料,他的名言是,"上穷碧落下黄泉,动手动脚找东西"。材料要到好些个方向寻找,同学们不能仅仅在网上搜索一下就满足。80年代前期,刘心武的小说受到普遍关注,大量的评论文章都是谈《班主任》等1978年以后发表的作品。有一位日本学者,却搜罗了几乎他发表过的全部文字,包括60年代《北京晚报》上豆腐块的短文,还有"文革"中写的剧本,那个剧本的主题和《班主任》刚好相反。在材料上力求齐全、力求准确,这样的学术作风我们应该学习。再举一个例子,六七十年代,有人声称发现唐代米兰古城有少数民族诗人写的《坎曼尔诗签》,内容是控诉财主剥削压迫,赞美汉族文学、赞美李白杜甫的诗歌成就,这事轰动一时。中国社会科学院文学所编的《唐诗选》,后来中华书局的《全唐诗外编》,上海出版的《唐诗鉴赏辞典》,都收录了这几首诗。郭沫若先生发表文章说这几首诗"直可称无价之宝"。有少数学者怀疑它的真实性,但没有详细论证。到了80年代,社科院文学所的杨镰研究员决心弄个清楚,他花了八年时间做这一件事情。其中有些工作实证性很强,例如,仔细查看原件,一张纸一面是察合台文,字迹模糊年代在前;一面是汉文,字迹清晰年代在后。察合台文始创于13世纪,汉文的书写怎么可能是9世纪唐代的呢?他又使用文体学的方法,把诗签里的词语与唐代用词习惯对比。当时社科院刚刚把全部唐诗输入计算机,杨镰对诗签中"诗坛""欣赏""东家"进行检索,这在当时的文科学者中是很"先锋"的,他发现唐诗里没有"诗坛""欣赏"这两个词,"东家"在唐代没有"财主"那种含义,而是邻人的意思。最后,他还找到了制作这件假文物的人,说服那个人说出了造假的经过。杨镰的文章是文学文献学的一篇优秀的辨伪之作,完全是靠材料说话,而这些材料是他推倒用阶级斗争观念剪裁历史的错误做法,在历史主义观念指导之下,搜集得到的。这篇文章对于纠正古典文学研究中庸俗社会学的风气,很有启发意义。

同样的材料摆在那里,不同的研究者从中看到不同的东西,敏锐的学者在别人无疑处发现疑问,一追到底。同学们知道,1900年敦煌藏经洞的发现是20世纪学术史上一件大事。其中的一部分文本运到了北平。30年代陈寅恪先生阅读这批文献,读到《莲花色尼出家因缘》,这是古印度佛教故事,说的是一个叫做莲花色尼的女子出家的故事。她立下毒誓,说如果违背承诺,将会遭到七种恶报。可是敦煌文本里只写出了六种恶报。是不是抄写的笔误?陈寅恪认为不是,因为两次出现都是"七",不大可能两次都错得一样,何况古印度列举什么的时候,习惯用"七"。是不是不小心抄漏一种?也不可能,抄漏几个字或几行都可能,不会不多不少恰恰抄漏一种恶报。陈寅恪推断,只有一种可能,那就是翻译的人,传抄的人,认为其中一种必须避讳,有意地不译出来,不抄下来。他决心查下去,陈寅恪懂多种文字,他找到巴利文关于莲花色尼的故事,叙述的各种咒誓与敦煌本大抵相同,只有一种是敦煌本所没有。这一种就是莲花色尼多次嫁人,都与所生子女分离不相认识,后来与她的女儿同时嫁给一个男子,这个男子竟是她的亲生儿子,羞恶之下她才出家。嫁给亲生儿子这一点,是出家因缘最关键的一点,是不应该删除的,为什么被删除了呢?印度佛教常常追溯到原始群婚时代,人们不能辨识父母,认为人在受孕之时,男体女体已经分别产生恋父恋母情结。早期佛教的这种学说,与中国传统的伦理观念尖锐冲突,绝不相容。佛教文本传入中国,随着佛教的日益中国化,这类内容就被秘藏或者被删除。陈寅恪由此写了一篇《跋》,是比较文学的典范之作,不到两千字,揭示了中国古代文化与古印度文化的性质差异,十分深刻。① 陈寅恪认为,比较文学研究方法,"必须具有历史演变及系统异同之观念",他对于以屈原比荷马,以孔子比歌德,"穿凿附会,怪诞百出",很是反感。从这篇文章,我们可以看到他的理论观念指引他追根寻源发掘材料,用无可辩驳的材料证明自己的观点。

马克思在《资本论》第一卷第二版跋中说过,"研究必须充分地占有材料,分析它的各种发展形式,探寻这些形式的内在联系"。马克思清楚地说明了研究中材料和观念的关系,我们在学习和研究中要谨记这个教导。

四、论文选题提倡以小见大

第四点,谈谈论文选题策略。做研究生就必定要写论文,论文选题策略因人而异,不好一概而论。若干年来,我在帮助学生确定论文选题的时候,形成一个看法,作为研究工作的新手,论文选题比较合适的是小题深作。大家在学习阶段,牵涉范围较小的题目,可以驾驭得下来。我对于那些"宏大"的题目,总有些担心。普林斯顿大学教授余英时回忆,钱锺书1979年访问美国,谈话中批评陈寅恪太"Trivial(琐碎,见小)",指的是陈寅恪在《元白诗笺证稿》中考证杨贵妃"入宫"时是不是处女。我记得,

---

① 陈寅恪:《莲花色尼出家因缘跋》,《寒柳堂集》,三联书店2001年,第169—175页。

1958年"拔白旗",报纸上就批评过这一点,说是"无聊繁琐的考证"。余英时不赞成这种看法,陈寅恪考证这一点,和他论证莲花色尼故事被删去一段,是类似的用意。陈寅恪认为,唐代王室有少数民族血统,对于女子贞节的看法和汉族传统文化不一样,而这是研究唐代历史的一个关节点。如果要说"琐碎",这是一种很难得的"琐碎",是从一滴水、一粒沙见出三千大千世界。我非常赞成余英时的看法。当前多数论文的短处是大而空,小中见大是很可贵的。

选一个前人从来没有说透的很小的问题,深深挖掘,可能引出新颖的发人深思的新观点。这里再举一个例子,西方人常说"说不尽的莎士比亚",几百年来研究莎士比亚的论著难以胜数,可是各种莎士比亚论文集,总要选德弹词·昆西的一篇《论〈麦克佩斯〉剧中的敲门》。[①]《麦克佩斯》是莎士比亚四大悲剧之一,敲门声是其中一个细节。讨论这样的一个细节,也可以写成一篇论文吗?德弹词·昆西写了,获得极大的成功。麦克佩斯夫妇深夜杀死国王邓肯之后,在万籁俱寂之中,突然听到了一声紧似一声的敲门声。德弹词·昆西说,凶手起了谋杀之心的那一刻,就不自觉地关闭了内心的天堂,打开了心中的地狱之门。世界上,恶人做坏事的过程都是这样——魔鬼的灵魂取代了人性。敲门声之所以让凶手害怕,是因为"宣布了人性的恢复和魔性的被驱除"。莎士比亚不只是叙述一个令人惊悚的故事,他是写人性中的矛盾纠结。我国当代学者钱谷融,分析《雷雨》中的周朴园,也是抓住他专横、残暴和没有完全泯灭的人性的冲突。50年过去了,对周朴园的艺术形象的剖析还没有人超过钱谷融。[②] 从小问题入手,深刻思考中见出理论的创新性。题目不要贪大,开掘务必求深。

要做到深入开掘,就要有文艺观、哲学观做后盾,一个文艺学的研究者应该经常反省自己的哲学思想,要有一以贯之的哲学观念,要有一以贯之的美学观念、文学观念;而后不断地修正、变更;要不断地"打发掉"自己脑中过时的观念。不弃旧就不能图新,弃旧往往比图新更艰难。

最后,我要声明,以上所说,多少是有些理想化的,我自己远不能完全做到,还有很大的差距,提出这些来是和同学们互勉。一个人学术成就有大

---

① (英)德弹词·昆西:《论〈麦克佩斯〉剧中的敲门》,《古典文艺理论译丛》第六册,人民文学出版社 1963年。

② 钱谷融:《谈周朴园》,《〈雷雨〉人物谈》,上海文艺出版社 1980年。

小，一辈子做出一项实实在在的小成果，也足以自慰。一个小的独创也没有，再退而求其次，做一个诚实的传播者，一个诚实的教师，可信的普及性小册子的作者，也不一定要惭愧。但是，学术品德必须确立高标准。在研究态度上要学习清代朴学家，不以孤证立说，不匿反证，不掠人之美。当前学界有不良风气，甚至于抄袭剽窃也时有所闻，我们要洁身自好。

后　记

　　这部书稿是在北京大学出版社周志刚先生的提议和敦促下写出来的，它的体例主要也来自出版方的构想。本书的目的，主要是为大学文学专业、艺术专业本科生和研究生研习文艺学提供一份思想谱系或文献指引，因此，重点不是发表撰写者个人的理论见解，而是介绍文艺学的基本观念、基本知识和重要论著，书中对一些观念和论著的解说，虽然包含了撰写者个人的看法，但也引用、展示了学界已有的成果。凡是直接或间接引用较多的著述，书中尽量予以标示。原来曾设想列出进一步阅读的书目，但因书中各节都已经注明所介绍理论家最主要论著的版本，这些可以看做是本书撰写者的推荐书目，多是值得精读的。若再另列，不免重复；若增加种类，则书单必定很长，同学们学习任务繁重而精力有限，阅读量受到限制，推荐的书目不宜过多，故此略去。

　　书中存在的错误、欠妥之处，祈望读者惠予指正。

王先霈

2014 年 10 月 21 日于武昌桂子山北区寓所

大学学科地图丛书

丛书总策划	周雁翎
社会科学策划	刘　军
人文学科策划	周志刚
自然科学策划	唐知涵